줄라이, 줄라이

July, July
by Tim O'Brien

This Korean edition was published by Isle and Moon in 2022
by arrangement with Houghton Mifflin Harcourt Publishing Company
through KCC(Korea Copyright Center Inc.), Seoul.

줄라이, 줄라이
July, July

장편소설

팀 오브라이언
이승학 옮김

섬과 달

줄라이, 줄라이

1판 1쇄 발행 2022년 11월 30일

지은이 팀 오브라이언
옮긴이 이승학
펴낸이 이승학
펴낸 곳 섬과 달

출판 등록 2019년 6월 5일 제2019-000057호
주소 (03360) 서울특별시 은평구 불광로 170, 101-1503
전화 070-7333-7212
팩스 02-6305-7212
전자우편 isleandmoonpublisher@gmail.com
인스타그램 @isleandmoon

기획·편집 이승학
디자인 이정하
제작 영신사

ISBN 979-11-980420-0-2 03840

* 섬과 달의 모든 책은 실매기 방식으로 제본해 낱장이 떨어지지 않습니다.

"살면서 배워, 그게 이론이야."

차례

래리 쿠퍼, 재닛 실버, 웬디 스트로스먼,

클레이 하퍼, 메러디스 오브라이언, 레스 라미레스, 네이더 다레쇼리,

에이드리엔 밀러, 빌 뷰퍼드, 팀 왈러,

그리고 로이 F. 미티 및 조앤 콜 미티 재단에 감사를 전하며

메러디스에게 바침

일러두기

1. 이 책은 팀 오브라이언의 『July, July』(Houghton Mifflin, 2002)를 우리말로 옮긴 것으로 Mariner Books의 판본(2014)을 번역 대본으로 삼았다.
2. 국립국어원의 어문규범을 따르되 용례가 없는 경우 관용적 표기를 따랐다.
3. 책·장편은 『 』로, 단편은 「 」로, 영화·음악·매체·연속간행물 등은 〈 〉로 묶었다.
4. 주석은 모두 옮긴이의 것으로 간단한 것은 본문에 소괄호로 달았고 긴 것은 각주로 내렸다.
5. 원서에서 이탤릭체로 강조한 부분은 굵은 고딕 글자로 바꿨다.

우리가 공상으로 마음을 키우니

그 대가로 마음은 잔인해지더라.

-윌리엄 버틀러 예이츠

1
1969년도 졸업반

동창회 무도회가 시작된 건 불과 한 시간 전이었지만 제법 많은 춤꾼이 벌써들 취해서 비틀거리는 데다 다른 대다수도 흥이 올라 이제 다턴 홀 칼리지 체육관에 걸린 보드지 별들 밑에서는 뒷말도 나오고 고백도 진행되면서 지난날의 불꽃들이 꺼졌다 되살아났다 하고 있었다.

에이미 로빈슨은 예전 룸메이트인 잔 휴브너에게 예전의 또 다른 룸메이트 캐런 번스가 작년에 살해당한 일을 이야기하고 있었다. "누가 캐런 아니랄까 봐," 에이미는 말했다. "그렇게 갈 게 뭐람. 누가 그렇게 가. 캐런 말고는."

"그러게," 잔은 말했다. 그녀는 잠시 기다렸다. "혀 좀 더 놀려봐, 얘. 자세하게."

에이미는 지긋지긋하다는 맥없는 어깻짓을 했다. "새로울 건 없어, 유감스럽게도. 뻔한 캐런 얘기지 뭐, 밸런타인데이처럼 순진해빠진 얘기. 세상을 믿었다. 묵사발이 되었다."

"딱한 기집애," 잔은 말했다.

"딱한 숙녀," 에이미는 말했다.

잔은 움찔하더니 말했다. "숙녀, 시체, 뭐든 간에. 아직 미혼이었지, 아마? 캐런은?"

"그럴 만도 하지."

"그럼 웬 사내놈이 — ?"

"그럴 만도 하지."

"맙소사," 잔은 말했다.

"그래, 맞아," 에이미는 말했다.

두 사람은 다턴 홀 보드카 한 병을 저녁 일찌감치 해방시켜 지금은 거의 비운 참이었고 그 때문에 둘 다 강렬한 기분과 괜한 감상에 젖어 있었다. 그들은 쉰세 살이었다. 그들은 취해 있었다. 그들은 이혼녀였다. 세월과 비탄이 삯을 거두어들인 상태였다. 에이미 로빈슨은 들창코와 주근깨로 여전히 소녀 같은 모습이었지만 대학 시절의 풋풋함은 초췌하고 날 선 무언가로 바뀌어 있었다. 잔 휴브너는 한 번도 풋풋했던 적이 없었다. 그녀는 예뻤던 적도 귀여웠던 적도 심지어 그저 그랬던 적도 없었고, 이 순간 그녀의 탈색 머리와 정리한 눈썹과 미드나이트 플럼* 립스틱은 개선해야 할 가장 탐탁잖은 점을 일러줄 뿐이었다.

"남자들이 진짜 좋은 게 뭐냐면," 잔은 말하고 있었다. "대부분 일단 튕긴다는 거야. 난 그 점이 그렇게 좋더라. 이해돼?"

"이해되지," 에이미는 말했다.

"집어치워, 네가 이해하긴 뭘 이해하니?"

"너 인기 빵점이었잖아."

"하!" 잔은 말했다.

"고추들이 그렇지 뭐," 에이미는 말했다.

그러더니 말이 없어진 그들은 반질반질 광이 나는 체육관 댄스 플로어에서 스스로를 재발견 중인 1969년도 졸업반을 보드카를 홀짝이면서 지켜보았다. 이것은 비공식적으로 서른 번째 동창회였다—누군가의 부주의 탓에 한 해 밀린 것으로 이날 저녁 칵테일을 들며 숱하게들 토론을 하고 농담을 나누고 했는데도 아직 완전히 풀리지 않은 아이러니였다. 그래도 그 덕분에 다들 특별한 기분은 들었다. 일반적인 졸업식 날짜보다 한 달 이상 늦은 한여름에 모두가 인적 없는 캠퍼스에 모여 있다는 사실 또한 특별한 기분을 주었다. 학교도 많은 기억, 많은 착시로 황량하고 으스스한 기분을 더했는데 이는 적절한 듯했다.

"저기," 잔 휴브너는 마침내 말했다. "나쁜 소식이다, 암만 그래도—캐런이 죽다니. 하지만 좋은 소식도 있어. 그 기집앤 이혼은 안 해봤잖아."

"그러게나 말이야," 에이미는 말했다.

"내가 정말, 징글징글해서."

"징글징글이라니 딱 맞는 말이다," 에이미는 말했다.

잔은 고개를 끄덕였다. "29년, 거의 30년이야, 근데 어쨌는 줄 알아? 능글맞은 내 전남편 있잖니, 뺀질이 리처드, 그 인간이 씩 웃으면서 나한테 손을 흔들곤 문밖으로 유유히 걸어 나가더라니까. 착착 걷거나 뛰지도 않아. 유유히 나가더라고. 살인 얘기나 하자. 내가 틀

---

* Midnight Plum. 특정 화장품 업체에서 짙은 자두 색깔에 붙인 이름.

린 말 했니?"

"틀린 말 안 했어," 에이미는 말했다.

"남자라는 성을 얘기 중이었잖아, 안 그래?"

"그래."

"자, 알아둘 교훈이 있어," 잔은 말했다. "남자들은 어떻게든 저떻게든 널 끝장낼 거라는 거. 항상 그래, 꽃다발도 주고 묘비도 준다고. 백이면 백."

"묘비처럼 싸늘하게 만들지," 에이미는 말하더니 뒤로 푹 기대어 늙어가는 춤꾼들 무리를 훑어보았다. 31년, 그녀는 생각했다. 조금 뒤 그녀는 한숨을 쉬고 저희 술잔을 다시 채운 뒤 말했다. "오늘 밤 확 뻗어버려?"

"그래야죠, 아주머니," 잔은 말했다. "고추들하고. 크고 둔하고 머리 까진 고추들."

에이미는 술잔을 들어 올렸다. "캐런 번스를 위하여."

"이혼을 위하여," 잔은 말한 다음 뒤로 돌아 이리 와서 춤추라는 동작을 하고 있는 마브 버텔에게 손을 흔들었으나 마브는 곧 고개를 젓더니 가슴을 두드리곤 바에 등을 턱 하고 무겁게 기댔다.

마브는 심장에 또 한 번 충격이 올지 궁금해하면서 스푸크 스피넬리와 춤추느라 빠진 기력을 되찾는 중이었다. 그는 확신이 안 섰다. 그는 버번을 한 잔 더 해야 할지도 확신이 안 섰는데, 다만 술은 이미 그의 손에 관처럼 차갑게 들려 있었고 어쩌면 심장 발작을 진정시켜줄지도 몰랐다. 부분적으론 스푸크 스피넬리가 문제였다. 그녀의 그 당돌한 눈, 소녀 같은 그 꾸밈없는 웃음. 반평생 동안 두 번의 미적지근한 결혼 생활을 겪어오면서 마브는 저희 둘 사이에 무언가 발전할 게 있다는 공상을 매만져오던 터였다. 비참하군, 그는 생각하면서도 이때조차 희망을 버리진 못했다. 그 모든 세월, 꼭두새벽의 그 모든 솔리테어*, 그렇게 그는 아직도 스푸크 스피넬리에게 붙들려 있었다. 게다가 시원찮은 삼중 우회혈관, 동맥에 낀 버터, 허리에서 출렁대는 남아도는 군살도 문제였다. 남들도 마찬가지다, 아마 망할 놈의 동창회도 이번이 내 마지막일 것이다, 마브는 합리화했고, 그래서 손에 든 술을 쭉 들이켠 뒤 바텐더에게 온더록스로 한 잔 더 주문, 이중고를 무릅썼다.

체육관 저쪽에서는 깜빡깜빡하는 파란 스포트라이트 아래서 스푸크 스피넬리가 빌리 맥맨과 춤을 추고 있었다. 그들은 과장된 행동으로 오만상을 쓰며 서로에게 성적 매력을 뽐냈지만 빌리는 연주무대 근처에서 폴렛 하슬로와 얘기 중인 도러시 스타이어한테서 한시도 눈을 떼지 않았다. 30년이 지난 지금도 빌리는 도러시를 증오했다. 또한 그녀를 사랑했다. 사랑과 증오는 모르타르를 발라 층층이 쌓은 벽돌처럼 이것이 저것을 보강하며 그의 속에서 단단해졌다. 빌리는 몇 분 있다가 술이나 또 한 잔, 어쩌면 서너 잔 더 즐기자고, 그런 다음 도러시한테 여유만만하게 걸어가 애증의 역동을 역사대로 상세하게 설명하자고 마음먹었다.

도러시는 빌리가 쳐다보고 있단 걸 알았다. 그녀는 빌리가 아직

---

* solitaire. 혼자서 하는 카드놀이.

도 자기를 흠모한단 것도 알았다. 이따가 그를 데리고 나가 1969년에 저질렀던 내 실수를 인정할 시간이 있겠지 하고 그녀는 생각했다. 궁극적으로 보면 그것은 실수가 아니었는데, 왜냐하면 도러시에겐 상냥한 남편과 매우매우 훌륭한 두 아이와 최상층 컨트리클럽 회원권이 두어 개 있었기 때문이다. 그래도 빌리에게 거짓말이 필요하다면 하나쯤 지어내서 나쁠 건 없을 거라고 그녀는 여겼다. 그녀는 그와 보나 마나 키스할 터였다. 보나 마나 조금은 울게 될 터였다. 하지만 당장은 폴렛 하슬로한테 자신의 유방암이 천만다행히 차도를 보이고 있다, 상냥한 남편과 매우매우 훌륭한 두 아이가 얼마나 힘이 되어주는지 모른다 하는 얘기를 풀어놓느라 도러시는 바빴다.

2000년 7월 7일 습한 금요일 저녁이었다.

전쟁은 끝났고, 열정들은 논쟁의 여지가 있었고, 밴드는 버펄로 스프링필드*의 곡을 알맹이 없고 느린 버전으로 연주했다. 현재의 기회 때문에 향수의 감정이 물러진 건 모두가 마찬가지였다.

“너무 슬프다, 너무 기이해,” 에이미 로빈슨이 말하고 있었다. “하지만 너무나 예상되긴 했지. 예나 지금이나 그 캐런다운 말이야, 그게 걔를 죽인 거라고. 걔는 캐런이길 단념한 적이 없었어.”

“누가 그런 거야?” 잔 휴브너는 말했다.

에이미는 고개를 가로흔들었다. “확실히는 아무도 몰라. 걔가 홀딱 빠졌던 어떤 사내놈이던가, 소름 끼치는 놈, 캐런 수준에 맞는 인간. 재수가 없어도 너무 없지.”

“너무 없어, 한평생,” 잔은 말했다. “근데 중요한 건 있잖니, 걔가 매력 덩어리일 수도 있었다는 거야, 왜 그 자원들. 화려한 빨강 머리

하며, 풍성하긴 또 얼마나 풍성한지. 그래, 그 기집애는 **매력 덩어리 였어.**"

"몸무게가 문제였지, 누가 봐도," 에이미는 말했다.

"매우 동감," 잔은 말했다.

"게다가 나이도. 상황을 직시하자고, 걔도 우리 모두처럼 마일리지가 쌓이고 있었잖아." 에이미는 한숨을 쉬었다. "완전 굴욕이다, 안 그래? 황금 세대**가 말이야. 그렇게나 꿈들이 컸는데—적극적이지, 굴할 줄 모르지—한데 어쩌다 전부 훅 갔다니. 받아들이기 어려운 사실이긴 해, 하지만 생물학은 정치적이지 않으니까. 노쇠한 몸뚱이라고, 알았어? 그 몸뚱이가 우스꽝스럽고 한심한 짓을 죽어라고 한다 이거야."

"또 한 번 동감," 잔은 말하더니 제 손을 내려다보며 눈을 깜빡거렸다. "우리가 어쩌다 이렇게 됐니?"

"누가 아니래," 에이미는 말했다.

"멍키스***인가 보다."

"응?"

"확실해," 잔은 말했다. "세대 전체가 멍키스로 시작하는데 우리가 어쩌자고 잘 풀리길 기대했을까? '나는 신봉자, 그녀를 떠날 수 없었지'—내 말은, 에그, 시작부터 꼬였다 이거야. 눈물 나게 순진

---

* Buffalo Springfield. 닐 영 등이 몸담았던, 1960년대 활동했던 미국 록 밴드.

** golden generation. 보통은 1946년 이후 태어난 전후(戰後) 세대, 베이비 붐 세대를 가리킨다. 1960년대 중후반 반전운동, 학생운동, 히피 문화를 일으켰던 청년들이 이 세대에 속한다.

*** The Monkees. 1966년에 나온 미국 록 밴드.

했다. 클라크스빌행 막차*야, 아가씨, 우리 전부가 올라탔다고."

에이미는 고개를 끄덕였다. "네 말이 맞다," 그녀는 말했다.

"당연히 맞지," 잔은 말했다.

"질문 하나 해도 돼?"

"해."

"우리 보드카 어디 있니?"

비슷한 대화들이 어두워진 체육관 곳곳에서 벌어지는 중이었다. 죽음, 결혼, 자식, 이혼, 배신, 상실, 질병. 음악이라는 표층 밑에서 낮고 맑은 음의 허밍을 자아내는 화제들은 그런 것들이었다. 바 근처 테이블에서는 세 명의 동창생이 앉아 최근에 있었던 에이미 로빈슨의 행운을 두고 걔가 몇 년 동안 지지리도 운이 없더니 결국은 수학 선생을 하는 괜찮은 남자를 만났다더라, 신혼여행 중에 걔네 부부가 싹쓸이 경마인지 빙고 대회인지 주(州) 발행 복권인지 하여간 아무도 모를 무언가를 우승했다더라 하며 이러쿵저러쿵하고 있었다. 어쨌거나 에이미는 이제 사정이 매우 좋아서 빵빵한 은행 계좌와 신형 메르세데스와 아칸소주만 한 수영장을 거느리고 있었다. 하지만 그녀의 결혼 생활은 실패였다. "보름도 못 될걸," 누군가 말했고, 그러자 다른 누가 말했다. "무슨 아이러니인지. 가엾은 에이미. 마침내 운이 따라서 한 놈 낚았더니 **그놈**이 재수가 없을 게 뭐야. 에이미의 운까지 썩잖아."

31년 전인 1969년의 혹독한 봄, 에이미 로빈슨과 그 밖의 많은 수는 시대에 고양되어 제 한계를 초과해 살았다. 거기엔 선과 악이 있었다. 거기엔 도덕적 열기가 있었다. 하지만 지금은 2000년도, 즉 공론장에서는 합의가 이루어지고 희망은 김이 샜으며 얼치기들이 백만장자가 되는, 나아가 엘리 애벗의 우울증, 도러시 스타이어의 유방암, 스푸크 스피넬리의 성공적인 이중 결혼과 이날 저녁 그녀가 마브 버텔 아니면 빌리 맥맨과 삼중 결혼을 하려나 보다 하는 사실에 관해 뒷말이 나도는 새 밀레니엄이었다.

"끔찍한 건 뭐냐면," 잔 휴브너는 말하고 있었다. "누가 봐도 캐런이 우리 중 최고였다는 거야. 마음이 아주 넓었잖니. 망상뿐인 애였어, 인정해, 하지만 걔는 한 번도 희망을 단념한 적이 없었어."

"그것 때문에 걔가 죽은 거야," 에이미는 말했다.

"응?"

"희망. 치사제."

잔은 잠시 그 말을 곱씹어보았다. 그녀는 손을 흔들고 문밖으로 유유히 걸어 나간 전남편의 모습도 곱씹어보았다. "어쩌면 우린 그냥 희망을 버려야 하나 봐," 그녀는 말했다. "어쩌면 그게 비결이겠다. 절대 희망하지 않는 게."

"그렇게 생각해?" 에이미는 말했다.

"어느 정도는," 잔은 말했다.

에이미 로빈슨은 약간의 숙고 끝에 어깨를 으쓱하더니 말했다. "얘, 그렇지 않길 희망하자." 그렇게 두 사람은 한바탕 웃은 뒤 마브 버텔의 심장을 확인하러 바 쪽으로 자리를 옮겼다.

• • •

---

* Last Train to Clarksville. 멍키스의 대표곡.

이제 음악은 시대에 걸맞게 클라리넷으로 해석된 반골 밴드 롤링 스톤스였다.

기교가 널을 뛰고 있었다. 작품들은 곤경에 처해 있었다.

캐런 번스는 살해당했다.

"믿어지지가 않아," 동창생들은 이것에 관해서든 저것에 관해서든 믿음 자체에 관해서든 그렇게들 말했다. 그렇게 다들 의심을 품고 고개를 절레절레하며 대화하는 사이 한 쌍의 슬라이드 영사기가 체육관 한쪽 벽면에다 흐릿한 옛 사진들을 쏘았다. 당돌하고 주근깨가 난 스무 살의 선동가 에이미 로빈슨. 광대같이 차려입은 잔 휴브너. 새로 채용된 사회학 교수를 말똥말똥 쳐다보는 캐런 번스. 파란색과 금색으로 된 야구복 차림으로 말쑥하고 온순해 보이는 데이비드 토드. 다턴 홀 졸업 앨범을 위해 젖가슴을 노출하고 포즈를 취한 스푸크 스피넬리. 분홍색 졸업 무도회 드레스를 입고 불편해서 카메라를 쏘아보는 도러시 스타이어. 도러시의 손을 꼭 쥔 빌리 맥맨. 소화기를 들고 폴렛 하슬로를 뒤쫓는 말라 뎀프시. 점심시간에 붐비는 학생 식당에서 멜론으로 축구 중인 엘리 애벗과 마브 버텔과 하먼 오스터버그. 동창회 소책자에 따르면 동창들 중 62퍼센트가 쌍둥이 도시* 권역에 터를 두고 있었다— 에이미 로빈슨과 잔 휴브너는 이든프레리(Eden Prairie)와 가까운 교외에서 서로 일곱 블록 거리에 살았다. 49퍼센트가 이혼 법정을 적어도 한 번은 방문한 적이 있었다. 67퍼센트가 결혼 생활 중이었다. 58퍼센트가 스스로를 "사랑에 운이 없다"라고 밝혔다. 80퍼센트 가까이가 제 삶의 통치 원리로 "연애 그리고/또는 영적 충족"을 꼽았다. 이날 저녁 체육관의 보드지 별들 밑에는 변호사 여섯, 선생 열둘, 내과의 다섯, 화학자 하나, 회계사 셋, 사업가 열아홉, 전업주부 열넷, 최고경영자 하나, 배우 하나, 목사 하나, 루터교회 선교사 하나, 은퇴한 사서 하나, 부지사 하나가 있었다. 빌리 맥맨은 위니펙**에 철물점 체인 사업체를 하나 가지고 있었다. 에이미 로빈슨은 형법 일에 종사 중이었다. 1969년에 다리 한쪽을 잃었고 지금은 말라 뎀프시와 이혼 상태인 데이비드 토드는 잘나가는 주문 제작 가구업체를 운영하고 있었다. 폴렛 하슬로는 당장 속한 교회는 없어도 장로교회 목사였는데 이는 아직도 얘깃거리 중 하나였다. "믿어지지가 않아, 안 그래?" 다턴 홀 여자 농구팀의 전 포인트가드이자 현 세 아이의 어머니가 말했다. "우리 종교쟁이 아가씨 폴렛 있지, 걔가 어디 침입했다가 붙잡혔는데…… 나 말하면 안 되는데. 큰 사건이야. 걔가 하느님한테 해고당했대."

"와, 진짜 안됐다," 전 동료 선수이자 현 허니웰의 회계사가 말했다. "우리가 가서 — 왜 그 — 무슨 말이라도 해줘야겠다."

"무슨 말을?"

"난들 아니. 도움 될 만한 말."

전 포인트가드이자 현 세 아이의 어머니는 고개를 가로젓곤 "안 돼, 난 지금 즐기기에도 시간 모자라" 하고 말하더니 바 쪽으로 부랴부랴 자리를 떴다.

소책자가 공언하길 꽉 채운 100퍼센트가 "파티를 작심"하고 동창회에 나온 터였다.

---

* Twin Cities. 미네소타주 미니애폴리스와 세인트폴을 함께 일컫는 말. 두 도시는 미시시피강을 사이에 두고 서로 마주하고 있다.

** Winnipeg. 캐나다 중남부 도시.

• • •

숨 막힐 듯이 더운 끈적끈적한 저녁이었다. 체육관 뒤쪽의 개방된 출입구에서는 엘리 애벗이 바닥에 떨어진 보드지 별로 부채질하면서 데이비드 토드랑 말라 템프시랑 담배 한 개비를 돌려 피웠다. 세 사람은 중간중간 웃음까지 터뜨릴 만큼 충분히 화기애애했지만 에이미 로빈슨과 잔 휴브너가 그랬듯 여기서도 희망은 문제였다. 말라는 데이비드가 자기한테 눈길 좀 보내길 희망하고 있었다. 엘리는 말라가 지난여름 미네소타 북부 어느 호수에 가라앉은 저희 동창 하먼 오스터버그 얘기 좀 그만하길 희망하고 있었다. 데이비드 토드는 끽해야 머리보다 조금 덜 빈 지갑으로 떵떵거리던 젊은 주식 중개인 때문에 자길 떠난 말라가 후회하길 희망하고 있었다.

"걔 치과의였잖아," 말라는 말했다. 그녀는 엘리를 쳐다본 뒤 데이비드를 쳐다보았고, 그런 다음 팔짱 낀 제 두 팔을 내려다보았다. "그 왜, 하먼 말이야. 그것도 훌륭한 치과의였다며. 끝내주게 점잖았대. 하여튼 사람들 얘기가 그래." 그녀는 말을 멈추고 눈길을 돌렸다. "아마 두 사람 다 이미 알겠지만."

"난 알고 있었어," 엘리가 말했다.

말라는 한숨을 쉬었다. "맙소사, 내가 화가 다 난다니까. 그렇게나 말이야, 그렇게나 귀한 사람이었는데, 늘 행복해하고 말이지, 그런데 지금은 그냥—악의 없이 하는 말이지만—요렇게 죽어서 없는 치과의잖아. 내 말은, 하먼이 오늘 밤 여기 올 수 있었다면 분명 치과의다운 농담을 던졌을 텐데 말이야."

"가라앉는 농담이었겠지," 데이비드가 말했다.

엘리는 잠자코 있었다. 그녀는 11개월 보름을 잠자코 있던 터였다.

그녀는 희미한 동작으로 손목을 젖혀 데이비드의 담배를 건네받곤 마지막으로 한 모금 쭉 빨았고, 그런 다음 양해를 구하고 슬며시 안에 들어가 한동안 외야석에 홀로 앉아서는 자기 혼을 쏙 빼줄 또라이들을 기다렸고, 하먼이 다 가라앉길 기다렸고, 그러다 남편을 찾아 자리를 떴다.

체육관의 개방된 출입구에 서 있던 데이비드 토드와 말라 뎀프시는 춤꾼들 무리에 슬그머니 섞여드는 엘리를 지켜보았다.

"내가 무슨 생각 중인지 맞혀봐," 데이비드가 말했다.

"엘리랑 하먼," 말라가 말했다. "둘이서 이어질랑 말랑 했던 게 백만 번이야. 어쩌면 결국에는……."

"우리처럼?"

"아니. 우리랑은 달라."

수년의 결혼 생활을 통해 익히 아는 정적이 두 사람 사이에 깔렸다. 그들은 언제나 서로 다른 걸 원했었다. 누구의 잘못도 아니었다. 함께 살던 중에도 말라는 완전히 전념을 못 하겠다고, 우리의 결혼은 하나의 실험이라고, 당신의 실종된 다리를 보면 가끔씩 소름이 돋는다고 못을 박았었다. 그녀는 자주색 밑동부리를 만지기가 싫었고 쳐다보기도 싫었다. 게다가 이 남자는 어떨 때 보면 점쟁이처럼 속을 읽는 것 같다는 두려운 의혹도 들었었는데, 마치 결혼 기간 내내 어떤 염탐꾼이 그녀의 온갖 비밀을 그에게 일러바치고 있는 듯한 기분이었다.

데이비드가 웃음을 지어 보이는 지금도 말라는 저 웃음이 무엇을 감추고 있는지 궁금했다. 그는 착한 사람이었다, 그랬다, 하지만 그

착함조차 그녀에겐 무서움을 주었다.

"그럼 진도 나가보자," 데이비드는 말하고 있었다. "난 준비됐어."

"무슨 진도?"

"내가 어디 묵는지 물어봐."

말라는 얼굴을 찌푸렸다. "어딘데?"

"캠퍼스. 플레어티 홀. 거기까지 60초면 갈 수 있어."

"뛰어서?"

"절뚝거려서," 데이비드는 말한 다음 제 의족을 탁 쳤다. "오붓하게 보내자고, 느긋하게, 아마 기분——"

"그만해."

"그래. 미안. 그만 뚝."

말라는 감정 없는 단조로운 눈으로 그를 뜯어보았다. "어쨌거나 나 좀 봐. 8파운드나 쪘어. 이게 다 어디서 왔나 몰라. 이놈의 얼굴도 브릴로 수세미 같아, 요 주름들 하며."

"보기엔 아주 아름다워," 데이비드는 말했다.

"거짓말 참 달콤하게 하네."

"별말씀을." 데이비드는 그녀의 입술에서 담배를 빼내어 바닥에 던졌다. "스스로한테 그런 짓 하지 마. 불임의 원인이 돼."

말라는 놀라서 그를 힐끗 쳐다보았다.

"당신이 끊은 줄 미처 몰랐네."

"끊긴. 나는 나잖아, 여보. 당신은 당신이고."

"여보?"

"또 미안. 이혼했는데, 그치?"

"새로 불 하나 붙여줘, 데이비드."

그는 담배 한 대를 톡톡 꺼내어 그녀의 입술에 살며시 물린 뒤 성냥을 그었고, 그런 다음 성냥불 쪽으로 수그리는 그녀를 지켜보았다. 사랑스러운 여자라고 그는 생각했다. 단호한 눈. 짧게 친 은빛의 금발. 날씬한 외모. 군살 없는 허리. 8파운드 찐 흔적 따위 안 보이는 몸. 두 사람은 몇 년을 친구로 지내며 점심을, 때로는 잠자리를 같이한 터라 데이비드로선 저희가 같이 살고 같이 나이를 먹다가 최후엔 같은 땅뙈기에 묻힐 일이 없으리라 믿기가 불가능했다. 그 밖의 경우는 터무니없어 보였다. 터무니없는 것만도 못했다. 누가 봐도 사악한 거였다.

말라는 7월의 밤 속으로 연기를 내불었다.

"한결 낫네," 그녀는 말했다.

"우리 아기들한텐 아니지."

"데이비드, 부탁인데 그 아기니 뭐니 하는 얘긴 그만둬. 난 에스트로겐 수치가 낮아. 빈 탱크야. 늙었다고."

"당신 안 늙었어."

"이런, 늙었거든. 항상 그랬어." 그녀는 눈길을 돌렸다가 다시 그를 쳐다보고는 발뒤꿈치를 들어 그의 뺨에 키스했다. "동창회 이거 참 형편없다, 데이비드. 사람들을 죄다 애틋하게 만들어."

"나를, 나를 애틋하게 생각해봐," 데이비드는 말했다.

"말하나 마나지. 애틋하게 생각해."

"뭐 좀 물어볼게."

"애틋한 거야?"

"응."

"안 돼," 그녀는 말했다. "묻지 마."

말라는 팔짱을 끼고 뒤로 물러섰다.

그녀는 데이비드가 좋았고 상황이 다르게 돌아가길 바랐지만 그는 가망 없는 것들만 그녀에게 원하는 사람이었다. 평범한 사랑은 — 사람들 대다수가 사랑이라 생각하는 그것은 — 그녀에게 별 의미가 없었다. 그녀가 내내 바라온 건 혼자가 되는 것뿐이었다.

"춤이나 추자," 그녀는 말했다. "난 이런 거 서툴러."

"이런 게 뭔데?"

"이런 거. 대화."

"좋아. 하지만 당신이 대화 안 하면 나도 춤 안 춰."

"다리에 관한 거야?"

"다리에 관한 건 아니고," 그는 말했다. "내가 바란 건 그냥…… 잊어버려."

"조심할 수 있었잖아, 그치?"

"그럼," 데이비드는 말했다.

그는 말라를 따라 안으로 들어갔고 그녀가 도러시 스타이어며 스푸크 스피넬리랑 춤추는 모습을 서서 지켜보았다. 아닌 게 아니라 그녀도 조금 상하기는 했다고 그는 생각했다. 누런 눈구멍, 거기다 피부도 푸석푸석하고 무른 질감이어서 그는 깜짝 놀랐다. 무려 쉰세 살, 그녀는 제 나이로 보였다. 하지만 그게 뭐. 끝내주는 쉰세 살인데. 정말이지 기품 있고 사람 마음을 애달프게 하며 심장이 멎을 만큼 아름다운 쉰세 살이라고 그는 판단했다. 그 세월이 지났는데도 말라만의 본질적인 광채, 자기장, 뭐라고 부르든 간에 말라를 말라로 만드는 무엇, 데이비드의 삶을 고통을 감내할 만한 삶으로 만드는 무엇은 여전했다.

조금 뒤 마브 버텔이 끼어들더니 스푸크만 따로 구석으로 데려갔고, 그러고 얼마 안 가 도러시 스타이어도 빌리 맥맨과 화해하러 떨어져 나가자 말라는 혼자서 춤을 추었다.

그래, 데이비드는 생각했다.

꿈같은 여자.

그는 눈길을 돌렸다.

이날 저녁은 그에게 힘든 시간이었는데, 왜냐하면 전쟁 기간 내내, 그러고 나서 9년의 결혼 기간 내내, 그러고 나서 수십 년에 걸친 숱한 세월을 말라가 그의 속에서 살아왔고, 따라서 그가 그녀를 몹시도 원하기 때문이었다. 데이비드가 아는바 말라는 아주아주 존경스럽게도 열정을 가장하는 법, 무언가를 함부로 약속하는 법이 없었다. 데이비드는 그녀가 당신을 아낀다고 말하면 그 말을 믿었다. 하지만 그는 "아끼다"라는 말을 경멸하게 되었다. 그는 그 말을 아끼지 않았다. 그는 말라가 저를 그저 아끼기만 할 뿐이라는 가혹한 진실도 아끼지 않았다.

두 잔을 들이켠 뒤 데이비드는 체육관을 떴다. 그는 캠퍼스를 가로질러 플레어티 홀에 가서는 엘리베이터를 타고 제 숙소에 올라가 바지와 의족을 벗은 다음 데메롤* 한 알을 복용하고 반 장의 산(酸)** 을 복용한 뒤 타일 바닥에 몸을 누였고, 그러고 나선 마약 성분들이 저를 얕고 물살 빠른 송짜끼라는 강으로 실어 가게 내버려두었다.

---

* Demerol. 마약성 진통제 상표

** acid. 마약인 LSD를 가리키는 속어. LSD는 그 성분이 흡착된 사각형의 작은 종이 형태로 유통되며 이를 혀에 올려 녹이는 방식으로 복용한다.

• • •

엘리 애벗은 얼마 뒤 머릿속에서 울리는 물새 소리와 함께 남편 마크와 떠났다. 하먼은 그녀의 머리 위로 가라앉길 그만두지 않을 터였다. 그녀는 평생 두 번의 불륜을 저질렀고 두 번째는 몹시, 아주 몹시 안 좋게 끝이 났는데, 그 하먼 오스터버그가 이제는 그녀의 꿈속에서 1년 가까이 가라앉고 있었다. 이것은 그녀가 절대 꺼낼 수 없는 얘기였다. 마크한테도, 누구한테도. 그 불륜은 전혀 진지할 것 없는 잠깐의 가벼운 연애에서 얼떨결에 발전했지만 그 결과는 그녀더러 사탄의 존재를 믿게 만들 정도였다. 엘리는 남은 인생을 전화벨 소리에 대한 공포, 한밤중 현관문을 두드리는 소리에 대한 공포와 함께 살아갈 터였다. 말 못 할 비밀이 그녀에게서 미래를 몰아내고 있었다.

호텔로 돌아가는 택시 안에서 그녀의 남편은 말했다. "재미있었어?"

"재미?" 그녀는 말했다.

"동창회 말이야. 옛 친구들. 그거 말고 또 있어?"

둘 사이에는 구멍이 뚫린 듯 공백이 이어졌고, 그러자 엘리는 용기를 내서 그걸 진실로 메울까 하는 생각을 몇 초 해보았다.

그러는 대신 그녀는 말했다. "아, 재미있었어."

그 밖에 거의 모두는 자정 넘어서까지 잘들 흥청거렸다. 몇 번의 경품 추첨 행사가 있었고 나중엔 림보 경연, 더 나중엔 아예 웃을 작정으로 마련된 장기 자랑이 이어졌다. 남은 사람들 중에는 마브 버텔도 있었다. 심장 등이 안 좋은데도 그는 스푸크 스피넬리와 몇 번이나 춤을 추었는데, 그녀는 이미 이중 결혼을 한 데다 사모하는 두 남편과 가끔씩 따로 만나는 애인 사이에서 시간을 쪼개어 쓰는 사람이었다. 새벽 1시경 스푸크의 머리는 마브의 어깨에 걸쳐져 있었다. "내가 뚱보긴 하지만," 그는 그녀에게 말했다. "뽕 가는 셋째 남편을 마련해줄 수 있어. 나를 침대 밑에 숨겨놔. 아니지, 침대들 밑에. 복수형으로."

스푸크는 말했다. "꿈도 야무지다, 그치?"

"봐서라고 얼른 말해."

"봐서," 그녀는 말했다.

도러시 스타이어도 늦게까지 남았다. 그녀는 빌리 맥맨과 밖에 나가 자신의 실수를, 혹은 빌리가 실수라 일컫는 것을 해명하느라 애썼다. 그녀는 종교며 정치 그리고 1969년에 저희 사이에 있었던 커다란 의견 차이를 핑계로 삼았다. "난 천주교인이었어," 그녀는 그에게 상기시켰다. "닉슨의 병아리였다고. 내가 달리 뭘 어쨌겠어?"

"위니펙에도 성당은 있어," 빌리는 말했다. "다과회도 있고."

"어쨌든 나랑 춤은 추자."

"고맙지만 싫어," 그는 말했다.

"부탁인데?"

"못 춰. 안 춰. 정말 미안해." 그는 일부러 그녀를 쳐다보지 않았다. "그래서 론은 오늘 저녁 어디에 있어?"

"그 얘긴 관둬."

"어디 맞혀볼까," 빌리는 말했다. "애들하고 집에?"

"정답."

"물론 정답이겠지. 정답은 쓰레기 같은 단어야."

안에서는 말라 뎀프시가 제 안에 푹 빠져 여전히 혼자 춤을 추었다.

60초가 지나자 데이비드 토드는 양발에 관통상을 당한 채 높은 하늘을 마주하고 누워, 쭐라이 서쪽 얕은 강 변에 큰 키로 자란 피투성이 풀들 틈으로 들려오는 영겁의 소리를 마냥 멍하니 귀담아들었다.

하먼 오스터버그는 익사했다.

캐런 번스는 살해당했다.

시내의 호텔 방에서는 엘리 애벗이 남편 마크와 얇은 이불 밑에 누워 있었다. 어느 시점에 엘리는 그에게 슬슬 손을 뻗었다. 그녀는 하마터면 얘기를 꺼낼 뻔했다.

새벽 1시 30분이 막 지나자 밴드는 연주를 멈추었다. 불이 들어오고 사람들은 하나둘 출입구 쪽으로 이동하기 시작했지만 그때 또 누군가 라디오를 찾아 볼륨을 높이자 파티는 계속되었다.

체육관 저 뒤쪽에서는 전 미식축구 선수 여섯 명이 패스 놀이를 했다.

한 쌍의 슬라이드 영사기가 벽에다 역사를 붙박아놓았다. RFK*는 머리에 난 구멍으로 피를 흘렸다. 엘리 애벗은 다턴 홀 수영장에서 하먼 오스터버그와 레인을 왕복했고, 에이미 로빈슨은 마틴 루서 킹을 위해 촛불을 들었고, 쭐라이 서쪽에서는 헬리콥터 한 대가 푹푹 찌는 논에서 공중으로 떠올랐고, 데이비드 토드는 몸을 수그려 예리한 땅볼을 처리했고, 스푸크 스피넬리는 저만의 젊고 섹시한 함박웃음을 지었고, 빌리 맥맨은 학생회관 3층 발코니에서 불타는 소집영장을 떨어뜨렸고, 시카고 경찰은 구레나룻을 기른 청년의 머리통을 내리쳤다. 아폴로 11호는 달을 향해 이륙했다. 미합중국 대통령은 눈부신 햇빛 속에서 영웅적인 거짓말을 내뱉었다. 저기 댄스 플로어에서는 미네소타주 부지사와 이제는 루터교회 선교사인 그의 전 약혼자가 빠른 음악에 맞추어 굼뜨게 몸을 흔들었다. 화학자는 은퇴한 사서의 팽창 중인 허리를 더듬었다. 전 인기 포인트가드였던 전업주부 한 사람과 저명한 내과의는 여자 로커 룸 쪽으로 걸어갔다. 이것은 비공식적으로 서른 번째 동창회였고 — 공식적으론 서른한 번째였고 — 1969년도 졸업반 상당수에겐, 어쩌면 그들 전부에겐 세상이 지금 아니면 손쓰지 못할 만큼 앙상해져 있었다.

빌리 맥맨과 도러시 스타이어는 허탕이었다. 그들은 바 근처에서서 책임 소재를 다투었다.

술에 취한 폴렛 하슬로는 두 손 두 무릎으로 바닥을 짚고서 보드지 별들을 빤히 올려다보았다. "내 평생 바란 건," 그녀는 대상 없이 말하고 있었다. "좋은 목사가 되는 것뿐이었어. 그게 다라고. 다른 건 바라지도 않아."

화학자는 제 은퇴한 사서의 풍화된 목에 키스를 했다.

미네소타주 부지사는 온데간데없었다. 이제는 루터교회 선교사

---

* Robert F. Kennedy. 존 F. 케네디의 동생. 미국 법무부 장관을 지냈으며 1968년 민주당 대통령 후보 경선에 참여했으나 암살당했다.

인 그의 전 약혼자도 물론 마찬가지였다.

스푸크 스피넬리는 마브 버텔의 무릎에 걸터앉았다. 마브는 자신의 때가 왔다고 확신했다. 스푸크는 아무것도, 특히 자기 마음은 더더욱 확신하지 않았다. 조금 뒤 그녀는 양해를 구하고 일어서더니 두 남편에게 전화를 걸러 자리를 떴다.

뒤쪽 테이블에서는 에이미 로빈슨이 잔 휴브너와 보드카 막잔을 들면서 100달러짜리 지폐가 든 돈 봉투들은 핸드백 밖으로 끝내 나와보지도 못했다는 말로 제 처참했던 신혼여행의 내막을 털어놓고 있었다. 행운이 늘 줄줄줄 따랐는데 신혼여행 때 마지막 하나까지 다 써버렸을까 봐 겁이 난다고 에이미는 말했다. "미신같이 들리겠지," 그녀는 말했다. "하지만 남은 게 있는지 의심스러워. 운 말이야, 운. 현실 세계에서 쓸 운."

"이혼은 최악이야," 잔은 말했다.

"대단히," 에이미는 말했다.

잔은 체육관을 둘러보았다. "잘하면 우리 노다지 캐겠다. 여기 이곳 말이야, 한번 쭉 둘러봐. 우리처럼 늙고 가엾은 취객 부류 말고는 아무도 안 갔어. 다들 누굴 원하는 거지."

"난 저 노래 싫더라," 에이미는 말했다.

"온 세상이 싫어할걸," 잔은 말했다. "내 전남편만 빼고."

"그 자식 꺼지라 그래," 에이미는 말했다.

"사내자식들 전부," 잔은 말했다.

"짠," 에이미는 말했다.

"짠," 잔은 말했다.

에이미는 술잔을 싹 비우더니 눈을 감고 웃음기를 띠었다. "말도 안 돼, 말도 안 되는 거라고, 안 그러니?"

"뭐가 말이 안 돼?"

"하, 글쎄, 그냥 늙는 거," 에이미는 말했다. "너랑 나, 꿈 많던 우리 세대 전부 말이야. 한땐 그랬지, 우리 다 제네바협약, 통킹만 결의안 같은 걸 얘기했었잖아. 지금은 지방 흡입이랑 전남편 얘기가 다야. 육십 넘으면 아무도 못 믿겠어." 에이미는 고개를 절레절레했다. 그녀는 몇 초간 빈 잔으로 테이블을 두드렸다. "그리고 최악이었던 게 뭔 줄 아니? 완전 최악이었던 건 이거야. 우리 구닥다리 부모님들 — 네 부모님이랑 내 부모님, 모두의 부모님 — 그 양반들은 쥐뿔 아무것도 몰랐어. 자음모음을 알려줘도 하노이 하나를 못 적었지. 그래도 한 가지는 **확실히** 아셨던 게, 우리가 결국 어떻게 될지는 기가 막히게들 아셨어. 길들이 다 어디로 이어지는지 아셨다고."

"다 어디로 이어지는데?" 잔은 말했다.

"여기."

"응?"

"바로 여기."

잔은 한숨을 쉬었다. "맞는 말이다," 그녀는 말했다. "하지만 이렇게 생각해보자. 우린 캐런 번스 꼴은 안 났잖니."

2
1969년 7월

1969년 7월 16일 늦은 오후였다. 나흘 뒤면 닐 암스트롱이 달 표면을 걸을 터였다. 하지만 지금 쭐라이 서쪽 산맥 먼 세상에서는 데이비드 토드 소위가 얕고 물살 빠른 송짜끼강 변의 풀밭에 심한 부상을 당한 채 누워 사방팔방 사람들 죽어나가는 소리를 듣고 하느님을 생각했다. 헥터 오르티스는 얼굴에 총을 맞은 상태였다. 녀석은 죽었거나 혹은 죽은 것처럼 보였지만 녀석의 트랜지스터라디오는 다낭에서 송출되는 저녁 뉴스로 지지직거렸다. 이날 아침 아폴로 11호가 이륙한 참이었다. 수시티에서는 기도회, 타임스 스퀘어에서는 경과보고, 공화국 전역에서 작은 마을 큰 마을 할 것 없이 군중마다 쨍한 여름 하늘 밑 가전제품 매장 앞에 모여 우주관제센터가 갱신하는 정보를 두 눈에 똑똑히들 담았다. 빈스 머스틴은 울고 있었다. 그는 배에 총을 맞은 상태였다. 강 건너 저기 앞쪽에서는 버스 덱스터 하사가 뭐라 뭐라 소리치며 바위 무더기를 향해 기어갔다. 그는 거의 성공할 뻔했다. 데이비드는 그 거구가 꾸역꾸역 일어나 형편없는 꼴로 내달리기 시작하더니 서너 걸음 만에 뒤에서 뭐가 터지는 바람에 붕 떠올라서는 강기슭까지 데구루루, 죽은 채 굴러떨어지는 모습을 지켜보았다. 버디 본드와 캐즈 메이플스는 첫 총격이 한바탕 벌어졌을 때 죽은 참이었다. 해피 제임스는 목에 총을 맞은 상태였다. 닥 팔라디노는 아예 사라지고 없었다. 몇 분 전 소대 휴식 때 데이비드의 몇 미터 뒤에 있던 닥은 무릎을 꿇고서 오르티스의 라디오에 귀를 기울이며 씩 하는 웃음과 함께 고개를 절레절레하고 있었는데 ― "좆같은 달" 하고 그는 말했다 ― 그러다 굉음이 들리더니 번쩍하는 빛이 뒤따랐고, 그렇게 닥 팔라디노는 가루투성이 풀밭에 아예 흡수되어버렸다.

다른 사람들은 아직 죽어가는 중이었다. 데이비드는 강기슭이며 뒤쪽 덤불 속에서 흘러나오는 그들의 짐승 같은 소리를 들었다. 그는 어떡해야 할지 몰랐다. 그는 양발에 관통상을 당한 상태였다. 그는 데굴데굴 풀밭을 굴러 강 쪽으로 간 다음 머리를 감쌌다. 그가 내륙에 떨어진 지 열아흐레째 되는 날이었다. 그는 반은 겁에 질리고 반은 크게 놀란 채였다. 총에 맞는 건, 혹은 그렇게 빨리 총에 맞는 건, 혹은 양발이 총에 맞는 건 말도 안 되는 일 같던 참이었다. 그는 소음 때문에도 놀랐고 닥 팔라디노가 죽어서 풀밭에 흡수되는 모습에도, 제 발이 아픈 것에도, 그리고 오르티스의 조그만 트랜지스터 라디오가 사람들이 죽어나가는 내내 멈추지 않고 방송을 내보내는 데에도 놀랐다. 아폴로호의 착륙은 그리니치표준시로 7월 20일 오후 8시 27분, 고요의 바다라 불리는 우주 어느 지점에 예정되어 있었다.

데이비드는 너무 겁나서 움직일 수가 없었다.

나는 장교야, 뭐라도 해야 돼 하는 생각이 떠올랐지만 그의 주위에는 온통 메말라 부서지기 쉬운 풀만 있을 뿐 해야 할 것이, 맞서 쏠 대상이 하나도 없었다.

10에서 15미터 떨어진 곳에서 오르티스의 트랜지스터라디오가 아폴로 11호의 무전을 내보냈다.

강 근처에서 누군가 웃고 있었다.

베트남 사람들의 목소리, 재잘거리는 소리가 났다.

비가 멎듯 총격이 몇 초 잦아들었다가 얼마 못 가 더 가까이서 더 시끄럽게 재개되자 데이비드는 어서 움직이라고 스스로를 다그쳤다. 그는 심호흡을 했고, 전방으로 몇 피트 기었고, 멈추었고, 귀를 기울였고, 그러곤 다시 기었다. 그는 자기가 이런 식으로 총에 맞은 게 어이없이 느껴졌다. 통증은 엄청났지만 공포보단 덜했고, 그래서 그는 눈을 질끈 감고 속으로 혼잣말을 해가며 공터 한가운데 자란 한 쌍의 묘목에 닿을 때까지 멈추지 않고 움직였다. 기이하게도 그는 총격 중에도 오르티스의 라디오 소리를 들을 수 있었다. 빈스 머스틴은 더는 훌쩍거리고 있지 않았고 소대원 대다수가 궁지에 몰린 강기슭에서는 대응 사격이 멎어 있었다. 베트남 사람들은 앵앵거리며 중간중간 웃고 있었다. 가끔씩 단발의 총성이 울려 퍼졌다. 소탕 중이다, 데이비드는 생각했다. 그러자 그로서는 난생처음 나도 여기서 틀림없이 죽겠구나, 양발에 관통상을 당한 채, 친구도 없는 데서, 말라 템프시도 없는 데서 혼자서 죽겠구나 하는 생각이 생생히 들었다.

공황이 그를 다시 움직이게 했다. 그는 몸을, 주로 배를 질질 끌면서 풀밭을 헤쳤고 지독히 길게 느껴지는 시간이 흐른 뒤 송짜끼 변의 갈대숲에 도달했다. 남은 소대는 하류 어디에 분명 있을 터였다.

한 시간 전 그가 자신의 대원 절반에게 수영하러 가도 좋다고 허락했던 것이다. 그때만 해도 우주는 아직 그 우주였다.

데이비드는 오물 구덩이에 꿈틀꿈틀 기어들어 제 몸에 팔을 두르고 잠시 제 시체를 그려보았다. 그는 말라 뎀프시도 그려보았다. 자신의 장례식에 그녀는 반드시 올 터였다. 자신의 관에 깃발을 덮어주고 힘겹게 눈을 깜빡거리며 죄책감을 느낄 터였다. 그녀는 최선을 다해 울 터였다.

그 장면들 때문에 그는 살고 싶어졌다.

50미터 밖에서는 이제 겨우겨우 들리는 오르티스의 트랜지스터 라디오가 아폴로 11호 덕분에 화합을 이룬 인류의 운명에 관해 끊임없이 왱왱거렸다. 그것은 하나도 실제 같지 않았다. 뉴스 방송도, 달도. “간다, 파트너, 꽉 붙들어,” 질질 끄는 텍사스 말투, 남부 사람의 부드러운 목소리가 말했다. 말도 안 돼, 데이비드는 생각했다. 목소리는 오르티스의 라디오에서 흘러나오는 듯했다. 그는 갈대 속으로 몸을 바짝 누르곤 생각을 또렷이 하려고 애썼지만 그가 뜻대로 할 수 있는 건 발에서 죽을 만큼 피가 새지 않길, 자기가 남들처럼 끝장나지 않길 희망하는 것뿐이었다.

어느 시점에 그는 지근거리에서 베트남 사람들의 목소리를 들었다. 모발 영양제인가 싶은 달고 비릿한 냄새가 풍겼다. 그는 제 관자놀이에 바짝 겨누어진 총구를 상상했다. “잠깐잠깐, 안 돼!” 그는 말했고, 그러고 나서 저 자신이 스르르 사라지는 느낌이 들었다.

나중에 그는 야구에 관해 웅얼거리는 제 목소리를 들었다.

더 나중에 그는 개미들이 갉아 먹고 있는, 온통 개미의 식민지가 된 제 두 발을 보았다.

• • •

어둠이 내리기 직전에 개미들이 그를 깨웠다. 그는 몇 초간 가만히 누워 있었는데, 그러다 발의 통증이 격하게 엄습했다. 그는 일어앉은 다음 개미들을 쓸어내고 벨트에서 수통 하나를 꺼내어 바닥까지 들이켠 뒤 눈을 비비고 자주색 하늘을 가만히 올려다보았다. 곤충들 소리, 개구리 몇 마리뿐 그 밖엔 아무것도 없었다. 그는 또 자고 싶은, 둥둥 떠다니고 싶은 유혹이 일다가 우아한 텍사스 사람의 말소리가 들려 거의 식겁하듯 놀랐다. “가세, 제군. 움직이자고. 시간 아까워, 개미들도 핥아대고.”

데이비드는 열대의 황혼을 둘러보았다.

“나 진지해, 데이비*. 어서 움직여.”

그가 발을 질질 끌어 풀이 무성한 공터에 다시 들어섰을 때쯤 어둠은 시작되었다. 그 장소는 이미 추억 속의 장소 같았다. 그는 이제 슬라이 앤 더 패밀리 스톤**으로 밤을 채우는 헥터 오르티스의 트랜지스터라디오 소리를 따라갔다. 근처에 오르티스의 시체가 누워 있었다. 강 좀 더 가까이에는 캐즈 메이플스와 버디 본드와 빈스 머스틴 그리고 데이비드로선 이름이 기억나지 않는 어린 일병의 시신이 대강 반원의 형태로 널려 있었다. 그들 모두 플라스틱 제품처럼 창백하게 죽어 있는 것이 마치 애초에 살았던 적도 없는 듯했지만 데이비드는 확실히 하고자 그들 하나하나의 맥박을 살폈다. 그 뒤 그는 철퍽 앉아 귀를 기울였다. 그는 스물두 살이었다. 그는 야구 선수지 군인이 아니었다. 마음 한편으론 질질 울거나 실성을 하고 싶었지만 그는 너무 무섭고 너무 당혹스러워서 그조차 하기 어려웠는데 그 와중에 슬라이 앤 더 패밀리 스톤까지 그에게 겁을 주고 있었다.

그는 라디오를 꺼 제 주머니에 넣었다.

그에게 두 가지 앎이 동시에 들었다. 그는 자기가 여기서 죽을 걸 확실히 알았다. 그게 대부분 자기 탓이란 것도 확실히 알았다.

밤은 안개 속에서 지나갔다. 데이비드는 가끔씩 기도를 했고 이따금은 양발 통증에 굴복했다. 주기적으로 참을 수 있겠다 싶을 땐 피가 멎길 바라며 군화 끈을 꽉 조였다. 생각들이 그에게 불꽃놀이처럼 덤벼들었다. 어린 시절로부터 번쩍, 그러곤 어둠, 그러곤 대학 시절의 어느 반쯤 잊힌 얼굴을 열어젖히며 번쩍. 그는 다턴 홀 체육관에서 춤을 추는 말라 뎀프시를 보았다. 그는 뒷마당에서 빨래를 너는 어머니, 라일락 관목을 심는 아버지, 차고에서 야구공을 던져주는 형 미키를 보았다.

마약 한 느낌이구나, 데이비드는 평했다.

뭐 하나 맥락이 없었다.

그는 밤늦게 오르티스의 트랜지스터라디오를 켰다. 그는 볼륨을 낮춘 그 소니 제품을 귀에 바짝 갖다 댄 다음 다낭의 어느 상사가 피곤해하는 목소리로 아폴로 달 탐사선 발사에 관해 재잘대는 얘기에 귀를 기울였다. "길에 구멍도 없고 덜컹거릴 일도 없으면," 진행자는 말했다. "저 암석까지 구김살 없고 쾌적한 여행을 누가 못 합니까. 그러니 여기 계신 모든 대원 여러분, 새벽 나들이객과 뺀질이와 전

---

* Davy. 데이비드의 애칭.

** Sly and the Family Stone. 1960년대 중반부터 활동한 미국 소울 펑키 밴드.

쟁 혐오자와 쫄보* 여러분, 여러분은 그 점에서 자신감을 가지셔도 좋습니다." 남자는 낄낄거렸다. "과학기술이 좋긴 좋아요, 친구들."

동이 트자마자 데이비드는 풀이 무성한 공터를 체계적으로 살폈다. 그는 닥 팔라디노의 흔적을 찾았다. 현실의 스냅숏인 양 더할 나위 없이 정지된 고요한 아침이었다. 풀조차 움직임이 없었다. 데이비드는 저기 서쪽에서 강물의 보글대는 거품 소리를 들을 수 있었다. 그 밖엔 아무 소리도 없었다. 그는 닥 팔라디노의 의료낭을 열었고, 시렛** 일곱 대를 꺼냈고, 넓적다리에 한 대를 찔렀고, 페니실린을 한 알 삼켰고, 정사각형 밴드 세 개로 양쪽 군화에 난 구멍들을 막았고, 캔버스 천으로 된 의료낭을 어깨에 걸쳤고, 닥의 M-16을 집었고, 그러곤 저 아래 송짜끼까지 긴 포복을 시작했다.

200미터를 이동하는 데 한 시간이 훌쩍 넘었다. 그는 잠과 아주 흡사한 것에 두 번이나 빠졌다. 또 어떨 땐 제트기 한 쌍이 머리 위 멀리서 붉은 형광빛 하늘에 평행한 두 궤적을 남기고 지나가는 모습을 엎드려 지켜보았다.

강에 도달했을 땐 모르핀 때문에 이미 신세계에 가 있었다. 이것은 더 이상 전쟁이 아니었고 그는 총에 맞지도 혼자이지도 양발에서 죽을 만큼 피가 새지도 않았다.

그는 희망을 가질 뻔했다.

그는 수통들을 채운 뒤 잠시 곯아떨어져 댄스 플로어에 있는 말라에게 합류했고, 이후 그녀와 결혼했고, 저희 뒷마당에 라일락 관목을 심었다.

한낮의 더위가 그를 거기서 끌어냈다. 머잖아 어느 정도 단호해진 그는 하류까지 이동하기로 마음먹었다. 남은 소대가 거기 어디서 틀림없이 버티고 있을 터였다. 그는 유일한 생존자일 수 없었다— 그의 운은 썩 좋았던 적도 썩 나빴던 적도 없었다.

기도를 마친 데이비드는 얕은 강물로 살금살금 들어갔다. 얼마간은 차가운 느낌이 좋다가 조금 뒤 양발 뼈에 냉기가 스미자 두 다리가 부러지는 듯했고, 그러자 뭉툭하고 얼음장 같은 무엇이 미간을 때렸다. 몇 초 동안 그의 머릿속을 차지한 건 제 몸의 생물학뿐이었다. 강은 끽해야 3피트 깊이라서 강 같지도 않았지만 힘찬 물살은 그를 빙빙 돌리고 얼굴을 바닥에 처박아 끌고 다녔다. 그는 의식을 잃는 기분이 들었고, 그러다 그리되었고, 그러고 나중이 되어서야 강기슭에 거미줄처럼 뻗친 나무뿌리에 자신이 뒤엉켜 있음을 알았다. 그의 바로 왼쪽 닿을 듯 말 듯한 거리에서는 코가 날아간 채 커다란 회색 바위에 걸려 누워 있는 보든 매닝 이병이 굽이도는 강물의 흐름에 까닥거렸다. 다른 몇 사람도 근처의 뿌리며 바위에 붙들려 둥실거렸다. 길 리스 병장은 강기슭에 죽어 있었다. 탭 해멀리, 밴 스케더리언 그리고 앨빈 캠벨은 강기슭 하류 멀리에 나란히 누워 있었는데 마치 일부러 전시한 양 머리 가죽은 벗겨져 있었고 잘려나간 발은 그 밑동부리가 이글대는 햇빛에 불그죽죽한 자줏빛으로 빛나고 있었다.

강기슭에는 나비들이 있었다. 시체들은 알몸이었고 잔뜩 부풀어

---

* 모두 전쟁에서 도망치거나 전쟁에 반감을 가진 사람들을 비아냥거리는 말. 원문은 차례대로 wee-hour trippers, dippers, war-wiggies, scaredy-cats.

** Syrette. 일회용 모르핀 주사기.

있었다. 그들은 보이스카우트 단원들처럼 까불다가 알몸으로 살해된 거였다.

데이비드는 물 밖으로 몸을 끄집어내어 어린 빈랑나무 그늘 속에 들어갔다. 살육이 당혹스러웠다. 그는 주머니에서 시렛을 한 대 꺼내어 또 한 번 놓은 다음 셔츠로 몸의 물기를 닦았다. 희고 노란 나비들이 그의 사방에서 돌아다녔다. 그는 잠시 말라 뎀프시와 춤을 추었고, 땅볼을 떠서 잡았고, 두 다리의 통증이 심한 데다 너무 외롭고 너무 죽기 겁나서 질질 울었다. 나중에 그는 사망자 숫자를 세기 시작했다. 스물네 시간 전 휴식을 하고자 풀이 무성한 공터에서 멈췄을 때 그들은 다 해서 열일곱 명, 남을 사람만 남은 소대였다. 이제는 한 사람도 없었다. 모르핀으로 아이가 된 탓에, 그리고 빠르게 죽어가는 탓에 그도 없는 사람이나 다름없었다. 다 그의 잘못이었다. 측면 경계를 소홀히 한 건 그였다. 소대 절반더러 강에 내려가 수영해도 좋다고 허락한 것도 그였다. 오르티스가 달 탐사선 발사 소식을 듣겠다고 트랜지스터라디오를 켰을 때 아무런 말 아무런 행동 하지 않은 것도 그였다. 모아서 생각하건 나눠서 생각하건 이 실책들은 최소한의 야전 기강을 위반한 거였다.

너무 멍청해, 그는 생각했다.

더는 움직여봐야 의미가 없었다. 그는 배가 고파야 했지만 그럴 수 없었다. 그는 무언가 영리한 계획도 찾아내야 했지만 그가 할 수 있는 건 그저 눈을 감고서 언제 죽을지 궁금해하는 것뿐이었다.

이제는 전쟁이 아니었다.

네 양발이 총알에 관통됐을 때 전쟁은 전쟁이길 멈췄어, 데이비드는 결론을 내렸다.

• • •

"일흔여섯 시간을 넘어가는 시각, 모든 시스템이 원활합니다," 다낭의 피곤해하는 진행자가 말했다. 1969년 7월 17일 저녁 늦은 때였다. 오르티스의 트랜지스터라디오는 강물 속을 지나오고도 여전히 작동 중이었다. "쪼그만 녹색 공산주의자들이 있는 저쪽 장소는 이틀 뒤 정신 차리고 나서 확인하기로 하죠." 남자는 무겁고 기진맥진한 한숨을 쉬었다. "그러니까요, 친구들, 그 시시한 치안 활동 얼른 끝냅시다. 고요의 해변을 밟을 시간이에요."

다른 소식으로는 로드 커루가 자신의 이력 통산 일곱 번째 홈스틸에 성공한 참이었다.*

동이 트자마자 한 쌍의 헬리콥터가 송짜끼 위를 낮게 날았다. 상상인지 모르핀 탓인지 모르지만 데이비드는 자기가 한동안 어린 기총 사수의 눈을, 싹 쓸어버리는 데 맛 들린, 사립학교 교복처럼 파란 무아지경의 눈을 들여다보고 있음을 깨달았다. 데이비드는 손을 들려고 노력했지만 그 노력에 머리만 아찔해졌다. 모든 게 어느 먼 세상처럼 흐릿했고 몇 초 뒤에는 그 흐릿함조차 사라졌다.

통증은 들었다 났다 했다. 어떨 땐 아무렇지 않았다. 어떨 땐 물리적인 것을 넘어섰다.

한낮의 더위 속에서 데이비드는 시렛을 또 한 대 꺼내어 푹 찌른

---

* 로드 커루(Rod Carew)는 미네소타 트윈스와 로스앤젤레스 에인절스에서 활약한 야구 선수. 홈스틸은 야구에서 홈으로 도루하는 일.

뒤 강까지 몸을 끌고 가 살금살금 들어갔고, 그런 다음 양발이 진정되길 기다렸다. 그는 온 주변의 시체를 쳐다보지 않으려고 애썼다. 냄새로도 충분했다. 그는 어깨를 강기슭에 걸치고 얕은 물줄기에 누워 차가운 강물이 부어오른 군화와 두 다리 위로 졸졸 흐르게 20분을 그대로 있었다. 모르핀이 도움이 되었다. 그도 알듯 그는 죽어가고 있었지만 그의 머릿속에 든 건 야구 생각, 말라 생각이었고 하늘은 반질반질 광이 나는 파란색이었다.

그는 오르티스의 라디오를 켜 강기슭에 받쳐놓고 익숙한 노래들을 흠흠 따라 부르면서 제 보잘것없는 역사를 확대했다 축소했다 했다.

그가 보기에 이번 일로 슬픈 점이 있다면 제 인생 대부분이 살아보지도 못하고 사라졌다는 점, 전부 전망으로 남았다는 점이었다.

예를 들어 말라.

야구도.

다턴 홀 3학년 때 그는 트윈스랑 필리스*, 큰물에서 노는 그 두 개의 구단에 발탁되어 있었고 조금만 열심히 하면 끝까지 갔을지도 몰랐다. 그는 글러브도 탁월했고 방망이도 뜨거웠다. 모르핀 덕에 정신이 또렷해진 데이비드 토드는 머릿속으로 몇 분간 숱한 하이라이트를 재생했다. 그는 유격수로 돌아가 1루로 공을 쏘았고, 그러곤 이내 저를 흠모하는 말라 뎀프시와 결혼해 미니애폴리스에서 괜찮은 치장 벽토 주택과 아이 둘을 갖고 살았는데, 그 몽상 속에서 그는 앞으로 50년은 죽지 않을 터였다.

다턴 홀 2학년 때 데이비드는 야구의 좀 더 세세한 점들을 말라에게 알려준 적이 있었다. 고의사구, 시간 끌기 견제구, 히트앤드런. 그는 운이 별로 없었다. 말라는 미술학도였다. 그녀는 관심을 갖기 어려워했다. “그게 내가 잘하는 거야,” 그는 그녀에게 말했었다. “네가 왜 관심을 안 가지려고 하는지 모르겠어.”

“진짜로 관심은 있어.”

“번트가 뭔데?”

“번트? 드리블 같은 거잖아, 그치?”

“맞아,” 그는 말했었다.

어떨 때 말라는 소리 내어 웃었다. 어떨 땐 남자들과 그들의 마초 같은 장난에 관해 한두 마디 불평을 내뱉었다. “관심 가질게,” 언젠가 그녀는 말했었다. “야구가 인도 고아들을 어떻게 살찌우는지 설명해주면.”

“못 찌워,” 그는 말했었다. “미술은 가능해?”

“아니. 미술은 다른 뭔가를 살찌우거든. 아이참, 그만 싸우자. 네 그 거창하고 멋진 번트에 대해서나 얘기해줘.”

그러곤 둘 다 소리 내어 웃었었다. 그렇긴 했지만 그가 번트의 기능을 얘기하는 동안, 번트도 여느 붓질 못지않게 아름답고 성취감을 줄 수 있다고 얘기하는 동안 그녀의 눈에서는 시큰둥함을 볼 수 있었다. 말라는 귀를 기울이며 끄덕끄덕하기는 해도 마지막엔 하나도 기억을 못 하곤 했다.

이 때문에 그는 겁이 났다. 사랑이 그녀에게 어떤 의미인지, 그녀가 저만의 히트앤드런을 해내기까지 사랑이 얼마나 지속될지 몰라

---

* 야구팀 미네소타 트윈스와 필라델피아 필리스.

그는 저희의 미래가 의심되었다.

"시간은," 다낭의 진행자는 말했다. "15시 정각, 죽을 만큼 쨍하고, 이곳 비탈진 도시 시내의 수은주는 어디 보자—아이고 세상에, 이게 말이 됩니까—퓨즈가 터져나갈 97도*군요." 그러곤 음향 효과를 주고자 물 한 컵을 꿀꺽꿀꺽 들이켜는 진행자. "거 전쟁 참—고국만큼이나 열띠네요! 그러니 거기 나가 계신 모든 정글쥐** 여러분, 정제 소금 잘들 삼키시고 부단히 수분 보충 하시길 바랍니다. 조니 에버 상사가 충심을 담아 전하는 바위처럼 알찬 조언입니다." 남자는 잠깐 말을 멈추고 낄낄거렸다. "산에 가면 너희 놈들은 두 배는 힘들어, 이 데이비드 토드처럼 약해빠져서 부상이나 당하는 가엾은 좆대가리들아."

그러고는 뉴스가 흘러나왔다. 아폴로 11호 착륙 서른두 시간 전이었다.

오후 늦게 데이비드는 왼쪽 군화를 살살 벗었다. 발등 구멍과 발가락 바로 뒤쪽 좀 더 큰 구멍에서 가느다랗게 피가 흘렀다. 그는 닥 팔라디노의 의료낭에서 꺼낸 거즈로 양말을 메우고 군화 끈을 최대한 꽉 조인 다음 페니실린을 네 알 먹고서 기절해버렸다. 그는 한밤중에 깼다. 통증이 양쪽 발목을 지나 정강이뼈까지 올라온 터라 그는 한동안 저 자신과 양발의 소통에 귀를 기울였다. 그는 젖먹이 말로 말했다. 그는 하느님과 거래를 했다.

나중에는 현실을 타개하려고 애썼다.

남은 시렛은 네 대, 그는 상황이 악화될 때를 대비해 이걸 아껴둘 수 있었으면 했다. 그는 20분만 버텨보자고 스스로에게 말했다. 그는 손목시계를 들여다보면서 초를 쟀지만 바늘이 한 바퀴 돌자 어깨를 으쓱하곤 제게 약을 놓았다. 죽은 친구들의 악취와 곰팡내가 어둠 속에서 풍겼다. 그는 제 발이 썩는 냄새를 맡을 수 있었다.

"이건 뻥 안 치고 말하는 건데," 다낭의 진행자는 말했다. "야구 말이야, 넌 해냈을 거야. 솔직히 말할게, 풋내기 땐 힘들어, 하지만 그 뒤엔…… 우울하게 만들고 싶진 않군."

"그 뒤엔 뭐?" 데이비드는 말했다.

진행자는 연민이 담긴 소리를 냈다. "저기 있지, 우린 지금 큰물에서 보내는 네 번의 시즌을 얘기 중이야. 엄청난 경기는 아니야, 인정할게, 하지만 오호, 리틀리그도 아니군."

데이비드는 입을 다물었다. 그는 오르티스의 트랜지스터라디오 노브를 돌렸다.

잡음이 지지직거리더니 웃음소리가 터져 나왔다.

"시도는 좋았어, 친구. 잘 알아둬, 조니 에버를 외면할 수 있는 건 아무도 없어. 나는 말이야 — 이걸 뭐라고 해야 하나? — 말하자면 네트워크거든. 지구적이라 이거야. 행성급 월터 크롱카이트***랄까."

"그래," 데이비드는 말했다.

---

* 이것은 화씨. 섭씨로는 약 36도.

** 원문은 boonie rat. 베트남전쟁 때 보병을 가리키던 미군 은어. 정글모(boonie hat)를 쓰고 몇 날 며칠 정글을 헤매던 데서 나온 말.

*** Walter Cronkite. 미국 유명 언론인이자 방송인.

"비 같은 거야, 친구. 비랑 똑같아. 아무튼 달콤한 네 번의 시즌 말인데, 그건 예정된 수순이었어. 재수가 없어도 이렇게 없나, 안 그래? 딱해, 딱하다고, 쯧쯧." 진행자는 한숨을 쉬었다. "내가 네 아빠는 아니지만, 넌 그 졸업반을 마쳤어야 했어, 중퇴할 게 아니라. 내 말은, 맙소사, 요 쓸모없는 쓰레기장에 오겠다고 뒤도 안 돌아보고 자원할 게 뭐냐고." 그는 그 기억이 자리 잡도록 잠시 말을 끊었다. "예라. 댐이 넘친 거야, 내가 볼 땐. 알고 싶은 거 또 있어?"

"저리 가."

"네 애정사가 듣고 싶나?"

"그만 좀 하라고."

"그러지, 그럴 수만 있다면." 진행자는 그만둠의 형이상학을 잠시 숙고하는 듯했다. 그러다 그의 목소리가 밝아졌다. "자, 어서. 수줍어하긴. 나한테 물어보라니까."

동틀 무렵 데이비드는 페니실린 두 알을 삼키고 시렛을 한 대 놓은 다음 내면의 음악을 기다렸다. 오늘 그는 강 하류로 이동할 생각이었다. 아마 헛일이겠지만 그래도 스스로를 구하려는 시늉은 해야 한다고 그는 생각했다.

그는 때론 기고 때론 강 얕은 곳에서 몸을 끄느라 오전을 엎드려서 보냈다. 대개는 졸았다. 정오쯤 그만 멈추기로 했을 땐 도시 한 블록의 절반도 못 되는 거리를 이동한 참이었다. 이 고생은 그를 뒤숭숭하게 만들었다. 그는 제 정신의 행방, 제 시간관념, 대체로 꿈속 같은 상황 속에서의 제 좌표를 놓친 터였다. 오후의 지독한 무더위 내내 그는 세 겹의 캐노피가 만드는 그늘에 누워 왼쪽 몇 미터 거리에서 흐르는 강물 소리를 귀담아들었고, 그러고 나서 어스레할 때쯤 일어앉아 상처들을 살폈다. 오른쪽 발과 종아리가 검누런 색이었다. 왼쪽 다리는 그나마 나아 보였다——통증은 더 심했지만 변색은 훨씬 덜했다.

시렛은 두 대가 남아 있었다. 이게 바닥나면 더는 사람 구실 못 하리란 걸 데이비드는 알았다. 지금도 바로 앞의 곤경 너머는 생각하기 어려웠다. 그는 남은 시렛 중 하나를 꺼내어 옆의 풀밭에 놓아두었다.

그는 조바심이 안 나게끔 오르티스의 라디오를 켰다.

아폴로 11호는 열두 시간 반 뒤 착륙이었다. 〈불길한 달이 떠오르네〉*가 빌보드 차트 2위에 올라 있었다.

"그리고 골수 야구팬 여러분께는," 진행자는 말했다. "몇 세기에 한 번 나올까 말까 한 시즌입니다. 데이브, 친구, 넌 그 빌빌대는 메츠한테 믿음이 가?** 한물간 것들하고 한물조차 못 가볼 것들이 말이야, 그런 인간들이 단체로 사고를 쳐서 모두가 깜짝 놀라고 있다니까, 우리 조니 에버 상사까지도. 장담하는데 여기 이 몸은 세상일에 빠삭한 짬밥 1만 년짜리 직업군인이라 **웬만해선** 안 놀라는데 말이야. 스파르타쿠스, **그 사람**한텐 좀 놀랐던 것 같군. 에스터 윌리엄스***한테도. 끽해야 그 정도야." 남자는 마이크에다 기침을 했다. "그러니까 잘 들어, 소위. 거기 점수는 몇 대 몇이야? 투아웃? 9회

* Bad Moon Rising. 미국 록 밴드 CCR의 노래.

** 비교적 신생 야구팀이던 뉴욕 메츠는 1969년 이변을 일으켜 이해 월드시리즈에서 우승했다. 이때의 뉴욕 메츠에는 "기적의 메츠"라는 별명이 붙었다.

*** Esther Williams. 전직 수영 선수였던 미모의 영화배우.

말?"

마약이 중얼대는 소리야, 데이비드는 생각했다. 그는 대꾸하지 않았다.

"가볍게 볼 마음은 없지만," 진행자는 말했다. "넌 그걸 알아야 돼, 인마, 죽어가는 이 한심한 자식아, 이건 그저 또 하나의 일방적인 게임이라고. 모두가 기적을 원한다 이거야—오합지졸 메츠 놈들한테 원하듯이. 그놈들의 성공을 돕고 싶은 마음이 반쯤은 있어." 무언가 쑥스러워하는 기색이 그의 목소리에서 묻어났다. "어쩌면 네 성공도."

그것은 유혹이었지만 데이비드는 아무 말도 하지 않았다.

"흥미 없나? 미신은 용납이 안 돼?"

데이비드는 잠자코 있었다.

"봐봐, 중요한 건 있지, 오늘은 내가 특별가에 넘기겠다 이거야. 한 개 값으로 기적이 두 개. 말만 잘하면 원가에 줄게."

"너 하느님이야?"

진행자는 웃음을 터뜨렸다. "씨발 아니지, 하느님은 무슨. 머릴 굴려봐, 인마. 하느님이 '씨발 아니지' 하고 말하겠어?" 잠시 생각의 시간이 이어졌다. "난 중매상 같은 거야. 상냥함을 뺀 빌리 그레이엄*, 자질 없는 성크리스토포루스**랄까. 내가 할 수 있는 일은 부탁을 접수해서 헬기를 부르고 최선을 비는 게 다라고."

데이비드는 눈을 감았고, 시렛을 찔러 넣었고, 그러곤 울지 않으려고 애썼다.

"네가 아주 많은 걸 놓치게 될 거란 얘긴 아니야," 진행자는 말했다. "불쌍하기야 불쌍한 미래겠지. 상황을 직시해봐—다리가 하나인 유격수를 누가 원하겠어? 너한테 미래가 담긴 테이프를 틀어 줄 수 있어, 하지만 그러면 내 생각엔 진짜로 있잖아, 진짜로 우울해질지 몰라. 스물두 살에 경력은 끝났지, 전쟁에서 당한 부상은 누구 하나 신경도 안 쓰니까. 네 풍선껌 같은 기록으로는, 데이비, 너한테 최고액을 갖다 바칠 사람은 없어. 어쨌든 이걸로도 충분하지 않을까 봐 말해주자면, 너는 얼마 못 가서 악몽을 꾸기 시작해. 10년이고 20년이고 생존자의 죄책감이 나타나는 거지. 유령들이 득시글댄다고. 여기서 죽은 녀석들 전부가—버스 덱스터, 빈스 머스틴 말이야—그놈들이 여기서 일어난 일을 네 귀에다 진물이 나게 얘기한다 이거야. 전적으로 네 잘못은 아니었지—실탄 전쟁이니까, 빌어먹을—하지만 그게 어디 그 친구들한테 먹히나. 그렇게 이 일이 저 일로 이어지게 돼. 내가 술 얘기 했던가? 집구석에서도 말썽이 생겨. 힘든 이혼도 겪고. 이런 말 하긴 싫은데, 왜 그 말라라는 예쁜 여자애 있잖아, 그녀는 그냥 네 짝이 아니었어. 누구의 짝도 아니었지."

데이비드는 눈이 뜨였다. "무슨 얘기야?"

"네 미래 얘기다, 소위. 미래를 원한다면 말이지만." 진행자는 코웃음 소리를 냈다. "나쁜 소식을 전해줘서 미안한데, 너는 딱 이세벨*** 따위한테 말려들 상이야. 악어만큼 오래된 일이지. 말라는 너더러 아주 멋지다고, 네가 제 일생의 사랑이라고 말하더니 어느 날

* Billy Graham. 미국 침례교 목사이자 복음 전도사.

** Christophorus. 로마 때의 기독교 순교자.

*** Jezebel. 고대 이스라엘의 왕 아합의 아내로 요부, 부정한 여자라는 뜻.

그 뺀질뺀질한 주식 중개인이랑 할리(Harley)를 타고 튀어. 한데 떠나기 전에 그녀는 눈물을 쏙 빼며 통곡을 하지. 저도 어쩔 수가 없었다, 너를 영원히 사랑하겠다 이야기한다고. 대단하다, 그치? 뿅, 그녀는 사라지고 너는 그 어린 아가씨가 마음 바꾸길 기다리느라 그 뒤 6년을 허비해. 하루도 안 거르고 우체통을 확인하지. 텅. 크리스마스카드 한 통도 없어. 사실대로 말해봐, 너 견딜 수 있어? 네 안타까운 인생을?" 남자는 잠시 멈추었다. 그의 침묵조차 날카로운 조롱을 담고 있었다. "그러니까 이렇게 하자고, 친구. 고려해볼 만한 일이야. 가정이긴 한데, 이를테면 내가 이 난장판에서 널 어떻게든 끄집어내주겠어. 후송 헬기를 띄워서 널 주워가지고 일본에 가서 그 오른쪽 다리는 잘라내고 다른 쪽 다리는 재정비하는 거야. 그러고 나서는 어쩐다? 너 실연의 아픔 이수할 준비 됐어? 진짜로 내키는 거 맞지? 그러니까 내 말은, 진짜? 퍼듀카* 동부에서 맨 잠만 자빠져 자는 안타까운 꼴로 살 텐데? 어금니로 담배 얼룩이나 씹으면서? 잇몸암에도 걸리고? 바람난 전처 때문에 속 뒤집어지는 걸 꾹 삼켜야 하는데? 이봐, 거 대재앙일 거야, 확실해. 우르릉, 바빌론이 무너져 내리는 거라고. 에볼라 바이러스라니까. 역병 말이야. 그게 인생이지, 데이비. 모두가 죽어."

"말라가 뭘 어쨌는데?" 데이비드는 말했다.

"이거이거 이제야 집중을 하는구먼."

"뭘 어쨌길래?"

진행자는 기진맥진해서 한숨을 쉬었다. "미안하지만 친구, 난 세세한 것까진 털어놓지 못하게 돼 있어. 살면서 배워, 그게 이론이야. 그 여자애는 중립으로 태어났다고만 해두자고. 속도가 안 나. 기어 자체가 없어."

"그녀가 날 사랑한 적이 없대?"

"네가 그랬잖아, 내가 아니라. 조니 에버한테서 들었다고 하지 마."

나중에 날씨 정보를 갱신하고 남자는 말했다. "하지만 데이비, 좋은 소식도 있어. 적어도 그녀가 널 좋아하기는 했어. 호감이란 건 중요하지. 거기 깨끗한 양말에 느끼는 그 감정이 호감이야. 진지하게 말하는데, 더 많은 사람이 서로서로 죽어라 좋아했다면…… 음, 넌 이 비참한 곤경에 빠져 있지 않았을 거야. 걱정 없는 사람이 어디 있느냐고? 나한테 기회를 줘봐, 내가 아주 낡고 밋밋하고 미적지근한 호감을 끌어내볼 테니까. 모두가 올스타는 아니란 얘기야."

진행자는 연민이 담긴 소리를 냈다. 그는 몇 초 동안 말이 없었다.

"의견을 말해봐," 그는 말했다. "내가 구조해주면, 후송 헬기 띄워주면 너 그거 감수할 수 있어? 감수할 마음 있어?"

데이비드는 가만히 누워 있었다. "다리 하나를 잃는다고?"

"그래, 친구. 호펄롱 캐시디**처럼."

"말라도? 그녀도 잃고?"

"외로운 절름발이지. 이랴, 실버."***

---

* Paducah. 미국 켄터키주 남서부 도시.

** Hopalong Cassidy. 클레런스 E. 멀퍼드(Clarence E. Mulford)가 1904년 지어낸 허구의 카우보이 영웅. 총상을 당한 이후 다리를 저는 인물로 별명인 호펄롱은 '껑충껑충'이라는 뜻.

데이비드는 잠시 기다렸다가 라디오를 껐다. 하지만 허공엔 아직도 전기잡음이 맴돌았다. 정글의 잡음, 정글의 횡설수설. 진행자는 하품을 쩍 하더니 말했다. "잘 생각해봐. 부담 갖진 말고. 어느 쪽이든 말이야, 친구, 아무도 널 비난하진 않을 테니까."

다음 날 새벽 04시 30분, 데이비드 토드는 마지막 시렛을 사용했다. 동이 터오자 그는 산 것도 죽은 것도 아닌 채 송짜끼 변에 누워 달에서 오는 지연된 방송을 들었다. "놀라워, 안 그래?" 조니 에버상사는 말했다. "그 화력 하며 과학기술이란. 질색인 녀석 둘을 저기 올려 보내서 뛰어다니게는 만들어도 여기 지구 행성에 있는 우리들 길 잃은 영혼들을 위해선 아무것도 못 해주잖아. 한심하다, 안 그래? 제기랄, 저들은 너랑 내가 존재한단 사실도 모를걸. 저들 세상에 가서 보면 있지, 데이비, 저들 전부 공중제비를 돌고 있을 거야, 캘리포니아산 샴페인을 따면서. 이 망할 전쟁은 전부 미뤄둔 채로." 그는 웃음을 터뜨렸다. "슬픈 상황이지."

하지만 데이비드 토드에게는 슬픈 상황이 아니었다. 슬플뿐더러 무언가 더해진 상황이었다.

그는 발이 아픈 데다 외롭고 무서웠으며 이를 감당하기에 너무 어렸다. 하지만 12분 뒤 이글*이 고요의 바다에 착륙하자 그는 콩닥콩닥하는 기쁨을 느꼈다. 득의만만함, 경외감에 가까운 기분이었다. 그는 암스트롱과 올드린과 콜린스가 집에 과연 돌아올지 궁금했다.

*** 미국 서부극 〈론 레인저The Lone Ranger〉의 주인공 론 레인저와 그의 말 실버를 가리킴.

• • •

1년 반 전 말라는 그와의 결혼에 동의한 터였다. 하지만 그녀의 언어는 빈틈이 없었다. "당신을 아끼긴 해," 그녀는 말했었다. "하지만 영원할진 모르겠어. 그건 너무나 뭐랄까——"

"영원할진?" 그는 말했었다.

"노력할 거야. 그럴 거야. 하지만 확실히 약속은 못 하겠어."

그녀를 만나던 날부터, 아니 심지어 그 전부터 데이비드는 독극물 같은 승산임을 알았다. 1000분의 1, 어쩌면 그 이하. 하지만 끊임없이 노력하되 절대 그만두지 않는 것 말고는 괜찮은 선택지가 없었다.

이제 데이비드는 강을 보며 웃음을 짓고 말했다. "괜찮아."

"괜찮다니 뭐가?" 조니 에버가 말했다.

"새** 띄워줘."

"그렇게 되더라도?"

"그렇다, 오버."

"거래 내용 이해하지, 데이브? 농담 아니야. 주식 중개인이 네 미래에 아주 분명히 포함돼 있어." 진행자는 망설이다가 목을 가다듬었다. 다시 말을 꺼냈을 때 그의 목소리에는 체념과 연민이 뒤범벅되어 실려 있었다. "사실 난 조언을 못 하게 돼 있어, 하지만 네 경우는 정말이지 보석(保釋)을 권하지 않을 수 없군. 그만둬. 체크아웃하라고. 당장은 말이야, 데이비, 넌 부상자가 **뭔지** 몰라. 말라 전쟁이

---

* Eagle. 달착륙선의 이름.

** bird. 미군 은어로 헬리콥터.

시작되면 어디 한번 봐 — 그 실연의 아픔 하며 할리 데이비슨 꿈이 어떤지. 너는 상처 많은 세상에 휘말릴 거야, 내 친구. 모르핀도 말을 안 듣는 세상."

"이해했어," 데이비드는 말했다.

"그렇다면?"

"파란불. 한번 가볼래."

"확실하지?"

"응. 확실해."

조니 에버는 낄낄거렸다. "오키도키. 근데 이 말은 해야겠군. 넌 참 둘도 없이 용감한 개자식이야."

3
1969년도 졸업반

2000년 7월 8일 새벽 1시 45분이 막 지난 시각이었지만 1969년도 졸업반 대부분은 다턴 홀 칼리지 체육관에서 여전히 홍청망청이었다. 바는 열려 있었고, 액체들은 흘렀고, 누군가의 라디오는 옛날 유행곡 주파수에 맞춰져 있었고, 부산한 댄스 플로어에서는 상당한 양의 흰머리와 떠들썩한 홍이 방황을 했다. 다들 짝을 지어 있었다. 윤리에 관한 각주는 아직 검증 단계였다. 댄스 플로어 저쪽의 스푸크 스피넬리는 마브 버텔과 빌리 맥맨을 오가며 시간을 쪼개어 쓰고 있었다. 그녀는 스웨터를 벗은 터라 메탈릭 미니스커트와 맨발과 셀로판 소재로 보이는 빨간 블라우스밖에 남지 않은 차림새였다. 그런데도 빌리 맥맨의 관심을 끄는 데에는 애를 먹었다. 지금 빌리는 머리에 테이블보를 뒤집어쓰고 그걸로 이리저리 꾸며가며 웃긴 척, 섹시한 척을 하고 있지만 머릿속으로는 조금 이따 도러시 스타이어에게 전할 온갖 애증의 문장을 사전 연습 중이었다. 그는 "비겁자"라는 단어를 반드시 끄집어낼 생각이었다. 몇 개의 독한 형용사 중에서 무엇을 쓸지는 아직 마음이 안 선 상태였다. 하지만 이 순간 도러시는 네 시간에 걸친 구역질 레이스 결승선을 방금 넘은 폴렛 하슬로를 체육관 뒤쪽 개방된 출입구에서 돌보고 있었다. "난 **잘못** 없어," 폴렛이 도러시한테 말하고 있었다. "어디 하느님한테 물어봐. 내 평생 바란 거라곤 사람들 돌보는 거, 훌륭한 목사 되는 거, 모두를…… 맙소사, 나 토했니? 나 냄새난다. 나 냄새나지?"

"안 나," 도러시는 말했다.

"나는데 뭘. 천박한 폴렛. 나 울고 있지?"

"조금," 도러시는 말했다. "하지만 냄새는 안 나. 뭐가 문제인지 얘기해봐."

"문제는 없어, 내가 냄새나는 공인 사기꾼이란 거 말고는. 내가 한 일은 있지, 착하게 굴려고 노력했던 것뿐이야. 안 그랬니? 그랬잖아. 노력하고 또 노력했어, 마냥 노력을 했다고, 그런데 지금 나는 구토나 해대는 타락한 범죄자라고. 사람들이 나를 막 체포했다니까."

"바보같이 굴지 마," 도러시는 말했다. "너 취했어, 얘, 하지만 사기꾼은 아니야."

"사기꾼이야!" 폴렛은 대성통곡을 했다.

몇 피트 떨어진 구석에서는 말라 뎀프시가 혼자서 춤을 추었다. 그녀의 눈은 감겨 있었다. 그녀는 자기가 마지막에 너무 지독한 상처를 주었던 탓에 데이비드 토드와 결혼한 사실이 아예 없었다면 하고 바랐지만 한편으로는 제 사랑을 완벽하게 쟁취할 방법을 데이비드가 찾았으면 싶었다. 문제는 그녀가 완벽하게는커녕 누굴 사랑해본 일조차 없다는 거였다. 그녀도 노력은 했었다. 수년을 들였었다. 말라는 어쩐지 자기가 인간미 없다는, 어느 특정 효소 내지 사랑 유전자가 누락되어 있다는 생각이 들었다. 내면이 언제나 무미건조했다. 언제나 너무도 미적지근하고 단절되어 있었다. 데이비드가 그녀의 마음을 읽을 줄 안다는 것, 그가 결코 알아선 안 될 것들을 안다는 것도 문제였는데 그건 마치 누가 남몰래 그의 귀에다 미래를 속속들이 속삭여주고 있는 것 같았다. 가끔은 그가 소곤소곤 대답한 적도 있었다. 30년 전부터 지속된 말다툼 혹은 대화 비슷한 것. 그래서 그 견딜 수 없는 9년의 세월 동안 말라는 캄캄한 침실에 누워 무서움 반 호기심 반으로 그의 종알대는 잠꼬대에 귀를 기울이곤 했다 — 어떨 땐 외설스러운 내용이었고 어떨 땐 발이 그만 아프게 해달라고 비는 내용이었다. 이러고 어떻게 살아? 결혼 생활을 어떻게 해? 넌 못 해. 버티고 버티다 우중충한 크리스마스 날 아침에 감기에나 걸려버릴 테지, 그러니까 딱 잘라 얘기하고 얼른 걸어 나가서 딴 남자의 할리를 타고 멀리 가버려, 그러고 남은 인생 동안 스스로를 경멸하고 사는 거야. 네가 아무도, 심지어 자신조차 사랑할 줄 모른다는 사실을 경멸하고 또 지금, 바로 이 순간 너 혼자 춤추고 있다는 사실을 경멸하라고.

에이미 로빈슨과 잔 휴브너는 보드카를 또 한 병 해방시킨 참이었다. 그들의 대화는 이혼으로 시작해 도박으로 질염으로 또다시 이혼으로 삐딱한 노선을 달렸다. 31년 전 에이미는 날씬한 데다 왈가닥에 주근깨가 귀여웠었다. 잔 휴브너는 광대요, 심한 무매력에다 농담에 민첩했었다.

"사실대로 말해, 기집애야, 그 사람 정말 사랑했니?" 잔이 말하고 있었다. "왜 있잖아, 전남편."

에이미는 말했다. "뭐가 사랑인데?"

잔은 고개를 끄덕였다. "정정하자. 그거 사랑이니?"

"그렇다고 믿어," 에이미는 말했다. "하지만 의문이 드는 건 이거야. 오래전으로 돌아가 보자—이를테면 영겁 전으로—그땐 의심 따위 하나도 없었어. 사랑은 그냥 사랑이었어. 얘기 끝." 에이미는 숫자가 점점 줄어가는 인파를 가만히 바라보았다. 그녀는 여전히 날씬했지만 더는 귀엽지 않았고 지금은 보드카의 무게로 자음들도 뭉개져서 나왔다. "그래, 뭐," 그녀는 말했다. "세상은 돌고 도니까. 한 잔만 더 해, 그러고 가서 미식축구팀이랑 한판 뜨자."

미네소타주 부지사와 그의 전 약혼자는 보드지 별들 밑에서 서로 꼭 붙어 있었다. 둘 다 진탕 취한 듯했다. 그녀는 루터교회 선교사였고 그는 갓 결혼한 미남 타협가였다.

전 인기 농구 선수이자 현 세 아이의 어머니와 저명한 내과의는 여자 로커 룸에서 서로 사탕발림을 해댔다.

엘리 애벗은 시내 호텔에서 말똥말똥하게 누워 있었다.

댄스 플로어 저쪽에서는 한때 숫기 없는 책벌레였던 장신의 백발 화학자가 한때 졸업 무도회 여왕이었던 은퇴한 사서의 술을 독한 맛으로 만들었다. 둘 다 말은 안 했지만 세월은 그들의 울퉁불퉁했던 경기장을 평탄하게 다진 터였다. 그는 노벨상 유망주가 되어 있었고 그녀는 불충분한 이혼 수당의 수령인이 되어 있었다. 변제가 진행 중이었다.

스푸크 스피넬리는 적어도 당분간은 빌리 맥맨을 단념하기로 한 상태였다. 스푸크는 이제 마브 버텔의 널찍한 무릎을 빛내고 있었는데 이로써 마브의 별도 막 떠올라 그의 31년짜리 인내가 마침내 배당금을 탈 것으로 보였다.

도러시 스타이어는 폴렛 하슬로를 닦아주었다. “괜찮아질 거야, 시간을 좀 가져봐,” 도러시는 말했고, 그러자 폴렛은 소리를 질렀다. “범죄자라고!”

빌리 맥맨은 스푸크와 마브한테 넘어가 합류했다.

말라 뎀프시는 춤을 추었다.

데이비드 토드는 송짜끼라는 강 변에 누워 영겁에 관한 꿈을 꾸었다. 그는 양발에 관통상을 당한 채 반은 환각에 취하고 반은 실성해 있었다.

“나를 커샌드라라고 불러,” 조니 에버가 말하고 있었다. “보수는 쥐꼬리에 초과근무 수당도 없지만 나한텐 겁나게 진지한 직장이야. 내 말은, 데이비, 넌 대체 기시감이 뭐인 것 같아? 점성술은 왜 있다고 생각해? 토끼 발은? 체중은? 입 냄새는? ‘붉은 아침 하늘은 뱃사람에게 내리는 경고’* — 그 빌어먹을 시엠송을 작곡한 게 나야. 뜻밖이지? 내가 지었다니까. 직관하고 아주 똑같은 거야. 내 사적인 영감 말이야. 그래, 조짐. 예감, 스릴(frisson), 예지, 징조, 전조, 목덜미가 싸한 온갖 기본적인 술책. 그러니까 내 말은, 일어나란 말이

---

* 뱃사람들에게 전해 내려오는 격언으로 전체는 이렇다. “붉은 밤하늘은 뱃사람의 기쁨이요, 붉은 아침 하늘은 뱃사람에게 내리는 경고로다.(Red sky at night, sailors’ delight / Red sky at morning, sailors take warning.)

야. 우연이 그저 우연일 뿐이라고 생각해? 이런 우라질, 데이비, 그게 내 본업이야. 만물박사, 그거라고 말할 수 있어. 디스크자키. 경찰. 오리 조각가. 미 해병대(USMC)의 퇴역 대령. 히트앤드런을 예술적으로 하는 사람이자 약사이기도 하고 거물급 건반 주자란 건 말해봐야 입만 아프지. 심지어 왕년엔 블랙잭도 좀 했다고." 송짜끼 변의 어둠 속에서 우우 하는 소리가 났다. "정말이라니까, 친구, 더 할 수도 있어. 진짜야. 이름부터가 에버*잖아."

"근데 기이한 건 내가 결혼을 하려고 50년 이상을 기다렸단 거야," 에이미 로빈슨은 잔 휴브너에게 말했다. "보름을 살았어. 신혼여행도 겨우 끝냈지. 내 기억엔 둘이 어느 주유소에 차를 세우자 내가 내려서 여자 화장실로 들어가 변기에 그냥 그러고 앉아 있었는데—얼마나 오래 있었더라?—반 시간, 아마 그 이상이었을 거야. 거기서 내가 뭘 희망하고 있었는지 알아? 그 사람이 차 끌고 휙 가버리길 희망했어. 날 잊어라. 신혼여행이었던 것도 잊어라."

"하지만 안 갔잖아," 잔은 말했다.

"응."

"그러고 나서는?"

에이미는 일어서서 배가 진정되길 기다렸다. "그러고 나서는 아무 일도 없었어," 그녀는 말했다. 그녀는 좌우로 비틀거리다 균형을 찾았다. "일어나, 아가씨. 당당한 표정 짓고."

"술은 어쩌고?"

"네 번째 쿼터, 네 번째 다운**이야," 에이미는 말했다. "빌리 맥맨 쪽이 뻥 뚫렸네, 내가 패스할게."

잔은 흥 하더니 말했다. "최후의 발악***인가."

---

* 에버(Ever)는 '영원히' '언제까지나' 등의 뜻.

** 미식축구에 빗댄 것으로 최종 쿼터의 마지막 공격이 남았다는 뜻.

*** 원문은 "Hail Mary". 미식축구에서 최종 승부수를 띄우는 것을 가리킴.

4
끗발

그들은 점심 식사 전에 2500달러를 땄다. “우리 그만해야 돼” 하고 에이미가 말하자 보비는 말했다. “그래야겠지.” 하지만 그들은 저녁 식사 때까지 2000달러를 더 땄다.

늦여름 어느 주말이었다. 아흐레 반나절 동안 결혼 생활을 해온 그들은 호숫가의 작은 카지노에 충동적으로 차를 세운 터였다.

“방 잡아야겠어,” 보비는 말했다. “이런 행운에 가긴 어딜 가?”

“이럴 땐 머물러줘야겠지?” 에이미는 말했다.

그들은 자정까지 태그팀으로 교대를 해가며 블랙잭*에서 1500달러를 더 땄다. 에이미는 저희가 딴 검정색과 자주색 칩들을 단정하게 쌓아서 정리했다.

“전부 걸어,” 보비는 말했다. “육천 다, 그러고 나서 자러 가자고.”

그들은 돈을 전부 걸었고 잭 한 쌍으로 판을 이겨 자러 가질 못했다. 그들은 거두어들인 것의 절반을 걸었다. 젊고 예쁜 딜러가 12로 깨졌다. 이때까지도 카드놀이는 매우 잘 풀렸지만 이젠 끗발이 설만큼 선 터였다.

"7연승이야," 보비는 말했다. "육천 내밀어."

"지면 어쩌려고?" 에이미는 말했다.

"자러 가는 거지."

"후회 안 하지?"

보비가 패를 깠다. 검정 에이스 위에 포개어진 붉은 퀸. 따뜻하고 몽환적인 불빛이 테이블에 비쳤다. 사람들은 멈추어 지켜보고 있었다. 예쁜 딜러는 그들에게 웃음을 지었다.

"당신 차례야," 보비가 에이미에게 말했다. "이번에도 육천."

"너무 많아," 에이미는 말했다.

"진행해. 그래서 도박이라는 거 아냐."

그녀는 검정색 칩 예순 개를 들이밀었다. 그녀는 9와 4를 뽑아 딜러의 잭에 맞섰다.

"한 장 더 뽑아," 보비는 말했다.

"못 하겠어."

"눈 감고 해."

그녀는 7을 뽑았다. 딜러가 뒤집은 카드는 8이었다. 그들은 다 해서 3만 3000달러를 딴 참이었다.

"제발제발제발," 보비는 말했다. 그는 들떠 있었다. 그는 에이미의 엉덩이에 손을 대어 행운을 빌었고, 그렇게 그들은 또 한 번 이겨

---

* 딜러와 겨루는 카드놀이로 숫자 총합이 21에 가까운 사람이 이기되 21을 넘으면 지는 게임. 딜러와 플레이어는 카드를 각각 두 장씩 받되 원할 경우 추가 카드를 받을 수 있다. 딜러는 맨 처음에 자신의 카드 중 한 장을 공개하고 시작한다. 에이스(A)는 1 또는 10이며 잭(J), 퀸(Q), 킹(K)은 각각 10으로 친다.

6000달러를 더 벌었다.

"아주 훌륭하세요," 땋은 검정 머리에 검정 눈에 갈색 피부를 한, 엉덩이가 날씬한 스물둘 내지 스물세 살가량의 딜러가 말했다. 그녀는 카드를 그러모아 패를 섞었다.

"신혼부부라, 거 멋진데요," 여자아이는 말했다. "저도 10월에 결혼해요 — 10월 1일에요 — 다만 제 운으로는 아무래도 약혼자의 위너베이고*에서 신혼여행을 보내게 될 것 같아요." 그녀는 코웃음을 쳤다. "제가 이 나이 먹도록 모르는 구석이 많은가 봐요."

딜러의 약혼반지는 녹색 펠트지와 대조되어 싸고 요란해 보였다. 에이미는 팁으로 25달러를 찔러주었다.

"손님은 어떠셨어요?" 여자아이는 말했다. "큰 결혼식이었나요?"

"꽤 컸죠," 에이미는 말했다.

"제 생각엔 굉장히 컸을 것 같은데요. 손님들 같은 행운의 타짜라면 분명 세상없이 진지하게, 최대로 공들여서 식을 치르셨겠죠." 딜러는 카드를 네모반듯하게 접은 다음 그들에게 커팅**하라고 내밀었다. "흰옷 입으셨죠? 그거 있잖아요. 순백색이었나요?"

"파란색이었어요," 에이미는 말했다.

"음악은 뭐였어요?"

"음악이요?"

"결혼식 때요."

"아, 그거. 어째 가물가물하네요." 에이미는 카드를 커팅했다.

"달리기보단 걸으시는 게," 딜러는 말했다. "이득일 때가 있어요."

"어림없는 소리," 보비는 말했다. "이번에도 육천."

"어쩌면 저분 말이 옳을지도 몰라," 에이미는 말했다.

"어쩌면이겠지."

그들은 6과 10을 받았다. 에이미는 카드를 그만 받았다. 예쁜 딜러가 15로 졌다.

"제 운이 참 지저분하네요," 여자아이는 말했다.

에이미는 팁으로 50달러를 찔러주었다. 불어난 구경꾼 대다수는 아예 또는 거의 말이 없었다. 격자무늬 추리닝을 입은 한 남자는 보비가 1만 2000달러어치 주황색 칩을 들이밀자 킥킥 웃었다.

"안 돼요," 딜러는 말했다. 그녀는 에이미의 어깨 너머 한곳을 빤히 쳐다보았다. "육천이 — 테이블 한도예요."

"두 판," 보비는 말했다. "한 판에 육."

"거참 교양 넘치는 중고차시네," 여자아이는 말했다. 그녀는 뜸을 들였다. "저라면 지금 당장 말이죠, 올라가서 이불을 확 걷어젖히겠어요. 신혼여행을 시작하겠다고요."

"패 돌려요," 보비는 말했다.

"불안해," 에이미는 말했다.

"이래야 이기는 법이야," 보비는 심통 부리다시피 말했다. 그는 한쪽 손바닥으로 테이블을 탁탁 두드렸다. "끗발이 섰으면 행운을 따라가는 거야."

"그래도 만에 하나 — " 에이미는 그를 쳐다보았다. "우리가 질 수도 있잖아, 왜. 사람들도 다 져."

---

* Winnebago. 캠핑카 브랜드.

** cutting. 블랙잭에서는 한 번에 여러 벌의 카드를 사용하는데 커팅은 이 중에서 얼마만큼의 카드를 사용할지 플레이어더러 정하게 하는 일을 말한다. 다른 말로 penetration.

"그런 사고방식 버려."

그는 에이미의 볼에 키스를, 반쪽짜리 키스를 한 다음 고개를 들어 예쁜 딜러를 쳐다보았다.

"어서 블랙잭 합시다," 그는 말했다.

이번에도 딜러가 깨졌다. 그들은 오전 10시 이후로 5만 7000달러를 딴 참이었다.

"전능하신 하느님께 비나이다, 제게 당신의 행운이 내리기를," 여자아이는 말했다. 그녀는 에이미가 팁으로 준 100달러를 주머니에 넣은 뒤 눈을 감고 고개를 도리도리했다. "부디 제 썩은 인생에 딱 한 번만."

그녀는 다음 패도 깨졌다.

"똥 같네 진짜," 그녀는 말했다.

"이번엔 네 판," 보비는 말했다. "한 판에 육천."

에이미가 나섰다. 그녀는 블랙잭, 20, 17, 또 한 번 20이 나왔다. 젊고 예쁜 딜러가 13으로 깨졌다.

구경꾼들이 소리를 질러가며 환호했다.

"설마설마했는데," 여자아이는 말했다. "제가 운이 없어도 지지리 없군요."

"우릴 응원해주셔야 되는 거 아닌가요," 에이미는 말했다.

"저기요, 열심히 응원해드리고 있거든요, 미녀 아가씨. 다정한 커플이시잖아요. 성대한 결혼식도 하시고."

에이미는 쉰두 살의 변호사였고 아가씨라 불리길 좋아하지 않았다. 누구도 주황색 칩 네 더미, 2만 4000달러를 들이밀게끔 그녀를 부추겨선 안 될 일이었다.

"이기든 지든," 에이미는 말했다. "우린 이번 판으로 끝내는 거야."

보비는 아무 말 하지 않았다. 그는 두 손으로 턱을 괴고 테이블에 낮게 기댔다. 그곳은 포마이카를 깐 바 하나와 네 개의 블랙잭 테이블, 오륙십 개의 슬롯머신이 있는 작고 우중충한 카지노였다. 고객은 대부분 현지인이었다.

"끗발에서 알아둘 점은," 딜러는 말했다. "행운을 몽땅 써버릴 수도 있단 거예요. 마지막 하나까지 다요—저처럼요. 그러고 나면 나머지 인생이 이어지죠."

"무슨 말이에요?" 에이미는 말했다.

"들을 거 없어," 보비는 말했다.

딜러는 엄지손가락으로 카드를 주르륵 넘겼다. "여기서 행운을 다 써버리면 신혼여행에는 뭐가 남겠어요? 이 변두리에서 궁할 때가 오면 뭐가 남아 있을까요?"

"패나 좀 돌려요," 보비는 말했다.

여자아이는 숨을 내뱉고 패를 돌렸다. 보비는 두 판을 따고 두 판을 잃었다.

"이쯤이야 뭐," 그는 말했다.

"부탁인데 좀 쉬자," 에이미는 말했다. "잠깐이라도 좀 쉬자고."

"딱 한 판만 더."

"그래, 근데 우리 딸 만큼 땄어. 우리 여기 도박하러 온 거 아니잖아, 안 그래?"

"당신 행복해야지."

"난 행복해."

"행복하긴," 보비는 말했다. 그는 자신의 중학교 대수학반 학생들을 대하듯 혼내는 눈길로 그녀를 쳐다보았다. "이런 끗발은 아무나 안 서. 둘 다 그냥 즐기자고, 오케이?"

"오케이," 에이미는 말했다.

딜러는 이 발 저 발 몸무게를 옮겨가면서 제 왼쪽에 있는 업장 매니저를 말똥말똥 쳐다보았다. 그 남자는 어깨를 으쓱했다.

"잘 들으세요," 여자아이는 말했다. "거기 있는 그 칩이요, 그거면 집값의 반이에요."

"이젠 가구도 채워 넣어야죠," 보비는 말했다.

그는 한 판에 6000달러씩 네 판을 더 했다. 여자아이는 그에게 20 두 번, 19 한 번, 17 한 번의 패를 돌렸다.

그녀는 또 깨졌다.

"제기랄," 그녀는 다 들리게 말했다. "오늘 진짜 왜 이 모양이지?"

업장 매니저가 뭐라고 소곤거렸다. 여자아이는 고개를 끄덕이고 말했다. "죄송합니다."

"우리 좀 쉴게요," 에이미는 말했다.

그녀는 팁을 내밀려다가 도로 집어넣었다.

"치페와족* 자치국에서 한잔하시죠," 업장 책임자는 시계 같은 억양으로 엄숙하게 말했다.

새벽 3시가 막 지난 바에서 그들은 거두어들인 액수를 계산했다.

"이게 얼마나 갈까?" 에이미는 말했다.

"영원히는 아니겠지," 보비는 말했다. "내 생각엔 조만간 승산이 멱살을 붙들고 비틀기 시작할 것 같은데." 그는 잠시 멈추었다. "어떻게 보면 또 모를 일이지."

"그거 수학 선생으로서 하는 말이야?"

"응," 그는 말했다.

"그럼 때려치우는 게 어때?"

"난 원래 형편없는 수학 선생이거든. 게다가 나이는 쉰여섯에 지금을 위해 평생을 기다려왔으니까."

"나는? 나는 기다렸어?"

"무슨 뜻이야?"

"보비, 우린 바보 커플이 아니야, 공상을 좇는 사람들이 아니라고. 이걸로 만족하고…… 모르겠다. 되는대로 해."

둘은 서로를 쳐다보았다.

잠시 후 보비는 일어섰다. 그는 창구로 걸어가 현찰로 바꾸더니 바(bar)로 돌아와 12만 달러를 포마이카 위에 툭 떨구었다. 지폐는 끈으로 묶여 있었고 잉크 냄새가 났다.

"사만 오천은 샘 삼촌** 거야," 그는 말했다. 그는 눈썹을 들썩했는데 그녀로선 짜증 나는 행동이었다. "이제 그 돈다발 걸면 재밌겠는데. 한 푼도 남기지 말고 말이야. 사람들 코를 납작하게 해주자고."

"이걸 한꺼번에?"

"어차피 순수익이잖아. 저들 돈이야."

---

* Chippewa. 북미 인디언 부족. 오지브웨이족(Ojibwe 또는 Ojibwa)으로도 불린다.

** Uncle Sam. 미국 정부. 즉 세금으로 나간다는 뜻.

"잃게 될 거야."

"그래도 재미는 있잖아."

카지노는 이제 인적이 뜸했다. 그들 뒤 어둠 속에서 슬롯머신 한 대가 윙 하며 칙칙하고 거슬리는 잡음을 냈다. 바 끝에는 노신사 두 명이 앉아 꿈에 젖어 있었다.

에이미는 젊은 딜러를 바라보았다.

"저 여자애 있잖아, 보고 있으면 사랑스러워," 에이미는 말했다. "하지만 쟨 우리가 지길 원했지."

보비는 어깨를 으쓱했다. "아닐걸."

"그럼 뭔데?"

"우리가 지길 원한 게 아니지. 자기가 이기길 원한 거지."

"그럴 수도 있겠네," 에이미는 말했다. "하지만 딜러라면 그런 식으로 생각해선 안 되지. 저건 직업이니까, 그뿐이라고. 둔하고 로봇 같은 직업."

"저 애한텐 아닐걸. 적어도 오늘 밤은."

에이미는 눈길을 거두려고 애썼지만 — 면전에 놓인 현찰 더미의 진가를 알아보려고 애썼지만 — 그녀의 눈길은 본의 아니게 또다시 딜러 쪽으로 슬그머니 샜다. 여자아이는 팔짱을 낀 채 엉덩이를 테이블 가장자리에 얹고 혼자 서 있었다.

"그래도 쟤 **예쁘긴** 하다," 에이미는 말했다.

"10년만 있어봐," 보비는 말했다. "자식들이랑 위너베이고에서."

"거 까칠하네. 본심은 아니겠지만."

"본심이 아니면?"

"당신 쟤 쳐다보고 있었잖아."

보비는 낄낄거리며 웃었다. "행운의 여신을 보고 있었지."

"아닐 때도 있었잖아."

"언제?"

"재가 패 섞을 때," 에이미는 말했다. "내가 잡담하느라 정신 파니까 쳐다보고 있던데 뭘."

"사랑해."

"당신은 이기는 걸 사랑하는 사람이었지."

"음, 맞아, 그건 틀림없는 사실이야," 보비는 말했다. 그는 100달러짜리 지폐 한 다발을 그녀에게 건넸다. 그러곤 윙크를 하더니 눈썹으로 그 짜증 나는 짓을 했다. "당신은 축하를 하고 있어야 돼."

"그렇담 우린 왜 침대에 있지 않은 걸까?"

"달아올랐으니까."

"그게 이유라고?"

"괜히 망치지 마," 그는 말했다.

에이미는 눈을 감았다. 왜 떠올랐는지 언제부터 떠올랐는지 몰라도 그녀는 저희 결혼식 때의 오르간 연주자, 그러니까 크레이프* 드레스에 코바늘로 뜬 흰 스웨터를 걸친 허약한 노부인을 떠올리고 있었다. 음악은—뮤지컬 음악 메들리로—보비가 고른 거였는데 그 화성이며 녹초가 된 늙은 오르간 연주자의 어떤 점 때문에 에이미는 지금에야 소름이 돋았다. 어쩌면 거짓된 감정 때문에. 혹은 마찬가지로 보비의 아이디어였던, 그녀로선 죄책감이 들어 찬성한 결혼식 자체 때문에. 둘은 4년을 사귄 사이였다. 보비는 그녀에게 부

* crepe. 블라우스 등에도 사용되는 직물로 사각사각 부드러우며 광택이 돈다.

지런히, 나무랄 데 없이 도리를 다했고 그의 참을성과 유머와 헌신과 다정함과 수려하게 나이 드는 용모는 의심할 데가 없었다. 그녀는 진심으로 그가 좋았다. 그러다 그녀는 함께한 세월에 발목이 잡혀 결국 핑곗거리를 다 써버리고 말았다.

이것은 사랑의 문제가 아니었다. 에이미는 쉰셋에 가까운 쉰두 살이었다. 그녀는 이제 동화 같은 연애를 기대하지 않았다.

"나 봐봐," 보비가 말했다. "뭐가 문제야? 얘길 해봐."

"모르겠어."

"돈? 저 여자애?"

"모르겠어."

두 사람은 카지노를 나와 어둠 속에서 호숫가를 걸었는데 주머니에 현금이 들어 있어 산책이 위험하게 느껴졌다. 나중에 도로 실내에 들어간 뒤 에이미는 자러 가겠다고 말했다. 보비는 저가 원하는 걸 할 수 있었다.

그의 턱 근육이 불끈거렸다.

"그렇다면," 보비는 말했다. "난 끗발 좀 세우러 갈까 봐. 따로 놀자는 뜻은 아니고."

"아니야?"

"아니야."

"그럼 무슨 뜻인데?"

"같이 있어줘," 그는 말했다. "재미 좀 보자고."

"보비, 하나도 재미없어. 나여서 그렇겠지만, 이기는 것조차 더럽게 느껴져."

두 사람은 일렬로 늘어선 슬롯머신들 맞은편 엘리베이터 앞에서 그대로 서 있었다. 에이미는 카지노를 주의 깊게 살폈다. 몇 년 뒤면 이 하나하나가 저를 따라다닐 걸 그녀는 알았다.

"난 자러 갈게," 그녀는 말했다. "당신은 어디든 가."

"당신 화났군."

"화난 게 아니야, 보비."

"그럼 뭔데?"

"수학," 그녀는 말했다.

에이미는 샤워를 했고, 라디오를 켰고, 라디오를 껐고, 여행 가방을 쌌고, 침대에 앉았고, 머리를 빗었고, 울었고, 그러곤 호수가 내려다보이는 발코니로 나갔다. 동이 트고 있었다. 무언가 은백색이었다. 호수 자체는 캄캄해서 아직 호수 같지 않았지만 그녀는 그것의 출렁이는 움직임은 들을 수 있었다. 북쪽에 자리한 거대한 숲 상공에 걸린 달은 아득히 움츠러들어 보였다.

그녀는 발코니에 누웠다.

쉰두 살, 그녀는 생각했다. 12만 달러.

그러고 나서 그녀는 제 결혼식 날에 관해 생각했는데 그날은 보비와의 결혼, 아니 누구와의 결혼도 성취할 것 목록의 상단을 차지해본 적이 없었단 사실만 아니면 훌륭했었다. 1년 전 그에게 예스라고 대답했을 때만 해도 결혼은 작은 불편쯤으로 여겨졌었다. 어리석게도 이제 그녀는 결혼식을 머릿속에서 지우려고, 이것저것을 덜어내려고 어느새 애쓰고 있었다. 꽃들과 늙은 오르간 연주자와 목사와 음악과 파란색 드레스, 그리고 보비, 그리고 그녀 자신.

승리를 가져다준 그 모든 패. 믿기지 않는 그 인정사정없는 행운.

그녀는 사랑에 빠져 있지 않았다.

눈을 번쩍 뜬 에이미는 저 아래층에서 나이 들어가는 새신랑을 떠올렸다. 그는 어쩌면 그 예쁜 딜러에게 홀딱 빠질지 몰랐다. 그 애를 위너베이고에서 구출해낼지 몰랐다. 이게 무슨 상황이든 저 자신을 여기서 구출해낼지 몰랐다.

그녀는 한 시간쯤 잠들었다가 옷을 걸치고 카지노로 내려갔다.

보비는 앉아서 주황색 칩 더미 위로 수그리고 있었다. 셔츠가 밖으로 다 삐져나와 있었다. 그에게서 화학적이고 퀴퀴한 냄새가 나 에이미는 한 발짝 뒷걸음을 쳤다. 그의 손에 킹 한 쌍이 들리는 걸 그녀는 지켜보았다.

딜러가 16으로 깨졌다.

보비는 환호성을 지르며 테이블을 때렸다.

"손님 남편분께서," 젊은 딜러는 말했다. "이 구역을 공식적으로 접수하셨어요. 이분은 도무지 지질 않아요."

"도무지요?" 에이미는 말했다.

그들은 23만 달러 조금 못 되는 현찰을 들고 차를 몰아 떠났다. 미니애폴리스를 향해 남쪽으로 달리는 세 시간 동안 보비는 행운이 일생에 한 번 뜻대로 풀리더라는 둥, 뭔 짓을 해도 실수가 안 나오더라는 둥, 둘이서 일찌감치 은퇴해 메르세데스를 끌면서 불타는 시간을 보내되 잘하면 애리조나의 골프장에 작고 괜찮은 콘도까지 한 채 둘 수 있는 돈을 방금 벌었다는 둥 제 행운에 관해 끝없이 떠들었다.

어느 시점에 그는 그녀의 무릎을 꽉 움켜쥐었다.

그는 웃으면서 말했다. "놀라워. 우리가 그 사람들 머리 가죽을 싹 다 벗겼지 뭐야. 매니저고 뭐고 할 것 없이."

"그래," 에이미는 말했다.

정오에 그들은 쌍둥이 도시 외곽의 어느 주유소에 차를 세웠다. 에이미는 안에 들어가 코카콜라를 하나 산 다음 택시를 불렀다.

그녀에겐 아무런 계획이 없었다.

그녀는 코카콜라를 마시면서, 종업원한테 끗발 얘길 늘어놓는 보비를 지켜보면서 한동안 출입구 안쪽에 서 있었다. 저 두 사람은 웃고 있었다. 그가 남은 평생, 지독히 길어 보이는 세월 동안 이 이야길 되풀이하고 있을 거란 생각이 그녀에게 들었다.

에이미는 여자 화장실로 들어가 문을 잠그고 변기 자리를 닦은 뒤 앉아서 기다렸다.

그녀는 코바늘로 뜬 흰 스웨터를 그려보았다. 애리조나의 콘도도. 택시가 오면 그녀는 보비에게 결혼은 실수라고, 완전 개패라고 어쩌면 설명할 셈이었다. 그녀는 마음이 갈팡질팡했다. 그녀는 표지판 하나를 찾아 낙서를 유심히 들여다보았다. 열여섯 살짜리가 남긴 낙서였다. 몇 초 후야, 당당히 걸어 나가서 보비의 차에 올라타 신혼여행을 끝내는 거야, 에이미는 속으로 말했다. 16에서 멈추고 최선을 희망하는 거야. 어쩌면 그러지 않을 수도 있었다. 어쩌면 그녀는 칩을 들고 그냥 퇴장해버릴 수도 있었다.

5
소인들

1969년 6월에 다턴 홀 칼리지를 졸업한 잔 휴브너는 그 뒤 몇 달간 쌍둥이 도시 권역에서 가두연극단 공연을 하며 베트남에서 진행 중인 민족 말살(genocide), 아니 제 눈에 민족 말살로 보이는 것의 공포를 산만한 시민들에게 환기했다—그것은 헤게모니와 위선과 무차별폭격과 인종주의와 오만한 론 레인저식 지정학 전쟁이었다. 보기만 해도 웃긴 타고난 광대 잔 휴브너는 사악* 앞의 버드 여사**를 연기했다. 그녀는 사투리를 잘 썼다. 그녀는 스피로 애그뉴***의 덜떨어진 깡패 행위, 번디 형제****의 건조해빠진 변명문에도 소질이 있었다. 그녀는 무시무시한 닉슨, 올백 머리의 깔끔이 로버트 맥나마라*****도 연기했다. 코미디는 잔 휴브너의 특별한 재능이었다. "거 우리 딸내미는," 그녀의 어머니는 허풍을 떨곤 했다. "나기는 노스다코타******만큼 못났어도, 내 맹세하는데 침례교도한테서도 웃음을 쥐어짜낼 인물이지."

코미디냐 수녀원이냐? 선택은 어렵지 않았다. 잔은 어려서부터 익살꾼이었던 덕분에 제정신을 지킬 수 있었고, 그래서 전쟁은 무슨 전쟁 말이냐 하며 더없을 무료함에 젖어 있던 1969년 7월 한낮의 관중에게서 마지못한 웃음을 쥐어짜낼 수 있었다.

그 일은 그녀에게 중요한 듯했다. 그녀는 길거리가, 즉 열의와 동지애와 날마다 하는 연극이 좋았다. 그녀가 결론 내린 유일한 결점은 게릴라 연극 모금함에선 식비며 집세가 나오지 않는다는 거였다. 잔은 파산, 마약의 대가는 비쌌다.

그리하여 어느 날 저녁 몸집은 왜소하고 머리는 큰 웬 젊은 남자가 50달러짜리 쉬운 돈벌이를 제안해 왔을 때 그녀는 다행이라 느꼈다. 황혼 녘 헤너핀 애버뉴에서였다. 잔은 〈데일리 시장님〉의 피날레를 위해 종이 경찰모를 걸치는 단원들을 지켜보며 길 한쪽에서 따로 담배를 피우고 있었다. "뭐 하는 데 오십이요?" 잔은 눈치를 채고도 그렇게 말했고, 그러자 딱히 위협적이지 않아 보이는 ― 키는 5피트 미만(약 152센티미터 미만)에 몸무게는 머리 빼고 100파운드(약 45킬로그램)가 안 될 ― 그 젊은 남자는 눈을 돌리고 얼굴을 붉히더니 말했다. "뭐 하는 거죠 지금, 쪽팔리게?"

---

* 원문은 사형에 쓰이는 약물을 뜻하는 속어 "Texas T".

** 린든 B. 존슨 대통령의 부인 버드 존슨(Lady Bird Johnson). 텍사스주 출신으로 고향의 보수성과 다르게 민권운동, 환경 운동을 활발히 펼쳤다.

*** Spiro Agnew. 리처드 닉슨의 대통령 재임 시 부통령으로 부패 스캔들을 일으킨 정치인.

**** The Bundy Brothers. 존 F. 케네디와 린든 B. 존슨이 대통령이던 시절 국가 안보 보좌관을 역임하며 베트남전쟁을 확전시킨 맥조지 번디(McGeorge Bundy)와 그의 형제들. 맥조지 번디는 이후 포드 재단의 대표를 지냈다.

***** Robert McNamara. 베트남전쟁 당시 미 국방장관.

****** 노스다코타주는 촌구석의 이미지가 있다.

"뭐 하는 데에요?"

"그래요, 끝내 제 입으로 말하죠. 반 시간. 벌거벗고 알몸으로." 그는 튀어나온 한 쌍의 맑고 파란 눈으로 그녀를 올려다보았다. 그 남자의 커다란 머리와 조그만 몸 때문에 나이를 가늠하기가 어려웠다. 어쩌면 스무 살, 어쩌면 스물다섯 살. "개인적인 촬영이에요. 이제 됐어요? 작아진 기분이네."

"얼마나 개인적인데요?" 잔은 말했다.

그는 그녀에게 눈을 희번덕거리더니 눈속임 티가 나는 가벼운 한숨을 내뱉었다. "잘 들어요, 귀염둥이, 벌거벗는 게 뭔지 당신이 안다는 데 내 뭐든지 걸죠. 엉덩이를 허공에 쳐들고 예쁘게 웃어서 내 50달러를 가져가라고요. 당신 처녀잖아요, 그렇다고 말해요."

잔은 단원들이 경찰국가다운 맹공을 개시해 여섯 명쯤 되는 행인을 덮치는 장면을 몇 초 지켜보았다. 그녀는 처녀가 아니었다.

"오십 선불이요," 잔은 말했다.

"어림없어요. 나중에 드리죠."

"어디서요?"

"모퉁이 돌면," 그는 말했다. "내 스튜디오가 있어요."

"왜 나죠? 내가 새싹처럼 귀여워서?"

남자는 눈을 피했다. "꼭 그런 건 아니고. 하지만 백설 공주긴 하잖아요, 그렇죠?"

가서 보니 그곳은 스튜디오가 아니라 헤너핀 애버뉴에서 떨어진 갑갑한 아파트의 거실이었다. 포즈는 전형적이었다. 뒤로 허리 꺾기. 황홀경. 그 작고 이상한 남자는 숨을 쌕쌕 콧노래를 홍얼홍얼 바쁜 손을 쉼 없이 놀리며 모델인 잔에게보다 셔터속도에 더욱 주의를 기울였다. 이것은 진저리 나는 일이었지만 어떤 면에서 그녀는 우쭐한 기분을 억누를 수 없었다. "무매력(homely)"이란 단어가 사전에 편입된 게 11월 내 쓸쓸한 생일날이었는데, 그녀는 틈틈이 생각했다. 그녀의 머리카락은 가는 데다 탁한 갈색이었고 턱은 무턱이었으며 가느다란 다리는 스모 선수 같은 엉덩이에 임시방편으로 달아놓은 것 같았다. 그녀는 웃긴 게 뭔지 일찍부터 깨달은 사람이었다.

젊은 남자는 5분에서 10분 동안 몇 개의 쌀쌀맞은 지시 외에 아무런 말도 하지 않았다. 그는 콧노래를 흥얼거리면서 렌즈를 이것저것 바꾸고 사진을 찍고 필름을 갈고 하더니 그녀더러 휴지통에 앉으라고 손짓했다.

"휴지통에요?" 잔은 말했다.

"50달러면 휴지통에 앉아줄 수 있잖아요."

잔은 웅그려 앉았다. "저기요," 그녀는 말했다. "이러면 재미없잖아요? 상냥하게 부탁해봐요, 내가 이 얼빵한 휴지통에서 방귀로 슝 하고 날아가는 걸 보여드릴 테니."

그녀는 눈을 모들떴다.

"장난은 관둬요," 남자는 말했다. "자기야, 내 땡전이 걸렸어요. 이건 서커스가 아니라고요."

"오호, 와우. 예민한 사이코시네."

"입 닫아요," 그는 말했다. "다리는 벌리고."

부도덕한 여름이었다. 광란의 음악, 광란의 섹스, 설탕 속 화학물질들*, 백악관의 중죄인들, 공공장소의 모리배들, 동남아시아 전역에 죽음을 투하하는 B-52 폭격기들. 잔 휴브너는 최악을 예상했고

1969년은 그 배달원이었다. 그녀는 그 젊은 남자가 어느 순간 카메라를 치우고 시대가 요구하는 것을 요구하리라, 즉 극단적인 위험을 무릅쓰게 하리라 거의 확신했고, 그래서 그가 50달러를 그녀의 무릎에 내려놓고 이렇게 말했을 때 뜻밖이 아닐 수 없었다. "이만하면 괜찮군요."

"그게 다예요?" 그녀는 말했다.

"무슨 생각을 하는 거예요?"

"아니에요. 모르겠네요."

남자는 웃음을 터뜨렸다. "나는 난쟁이예요. 선들이 어디로 그어질지 잘 알아요."

이 선은 어디로 그어질 운명인지 확신 못 한 채 잔은 브래지어와 팬티를 걸쳤다. "나라면 **난쟁이**라고 안 하겠어요."

"그래요?"

"네. 단신이다, 이렇게 말하죠."

"이야, 이거, 이제야 사람대접받는 기분이네." 젊은 남자는 빈정거리면서 카메라에서 필름을 톡 빼낸 뒤 뒷주머니에 삭 집어넣었다. "당신은 백설 공주고 나는 배시풀*이에요. 어쩔 셈인데요? 내 이마에 키스라도 박아 넣게요? 별 보이게 만들어주려고요?"

"바보 같은 소리 마요."

"당신 같은 여자들은 하여튼. 자유연애라니 — 웃기는 소리죠."

휴지통에 무방비로, 웃기지 않은 모습으로 앉아 저 맑고 파란 눈을 들여다보고 있으니 어색한 기분이었다. 잔은 청바지와 셔츠와 가

---

* 설탕(sugar)은 마약 LSD를 일컫는 속어이기도 하다.

죽 샌들을 걸쳤다.

"당신 태도 말인데요," 그녀는 말했다. "구려요."

"그 점은 미안해요. 그럼피**라서 그렇다 쳐요."

"그러죠, 뭐가 됐든," 잔은 말했다. 그녀는 문 쪽으로 갔다. "이봐요, 중요한 건 있죠, 당신은 난쟁이가 아니에요. 등신이지."

다턴 홀에서 잔 휴브너는 영문학을 전공하는 B 학점짜리 학생이자 기숙사 지도부원, 예쁜 여자애들의 절친, 토요일 밤마다 브리지***에 매달리는 노름꾼, 골초, 광대였다. 4학년이 될 때까지 그녀는 누구와도 잔 적이 없었다. 그녀는 남자들을 웃겨 그들을 친구로 만들었다. 그녀는 제 비참함을 농담으로 승화했다. 화장품에 아낀 돈으로 부자가 됐다느니 자기를 찬 사람은 아무도 없다느니 제 최고의 연인은 저 자신이라서 매우 은밀한 구석까지 보살핀다느니 하는 단타의 농담을 그녀는 스스로를 속여가며 능숙하게 던졌다. 그녀는 멜빵바지와 헐렁한 스웨트셔츠를 입었다. 그녀는 〈코스모폴리탄〉지를 매트리스 밑에 숨겼다. 토요일 밤 브리지가 끝난 뒤면 그녀는 피자 한 판을 사다가 방문을 걸어 잠그곤 유방 확대에 관한 기사, 당신의 특별한 남자를 사로잡는 열 가지 확실한 방법에 관한 기사에 푹 빠져들었다.

그녀를 구한 것은 전쟁이었다.

---

* Bashful. 백설 공주 동화에 나오는 숫기 없는 난쟁이. bashful이란 단어가 '숫기 없는' '수줍은'이라는 뜻.

** Grumpy. 백설 공주 동화에 나오는 심술보 난쟁이.

*** bridge. 카드놀이의 일종.

기적, 그것은 그렇게 보였다.

4학년이던 해 봄, 어쩌다 보니 잔은 다턴 홀 입학관리처에 눌러앉아 열정적인 데다 매우 성실한 다수의 청년과 침낭을 나눠 쓰고 있었다. 그녀를 좋아하고 그녀도 진심으로 좋아하는—폴렛 하슬로와 에이미 로빈슨과 빌리 맥맨 같은—친구들이 그녀에게 어느 날 갑자기 생겼다. 그녀는 전에 없던 자신감이 들었다. 그녀에겐 기발하게도 평화를 연출해내는 재주가 있었다. 그녀는 귀한 사람에 속했다. 잔은 6주 만에 15파운드(약 7킬로그램)의 살을 주로 엉덩이에서 뺐고, 그래서 가끔은 스스로도 이게 말이 되나 싶을 만큼 예쁜 경지, 성적 매력을 풍기는 경지에 다가선 기분이었다. 그녀가 여전히 농담에 민첩했던 건 사실이지만 이제 그녀는 우는 것도 그만큼 민첩해, 만약 그런 일이 생기면 나서서 그녀를 안아주고 위로를 건네는 사람들도 생겼다—그중엔 남자, 그것도 잘생긴 남자가 많았다. 어쩌면 음악 때문일 수도 있고 마약 때문일 수도 있지만, 잔 휴브너는 난생 처음으로 스스로가 웃음의 대상을 넘어 욕망의 대상, 음미의 대상, 심지어 사랑의 대상이 된 기분이 들었다.

섬뜩한 아이러니이긴 하지만 학살자가 제게 생명을 부여했음을 그녀는 잘 알았다. 그녀는 네이팜탄 덕분에 행복해진 거였다. 그녀는 전쟁이 끝나지 않았으면 하고 바랐다.

보아하니 말이 나돌고 있었다. 그 무더운 1969년 7월 내내 잔은 거리의 사람들이 "개인 촬영회"라 부르는 곳에 나가 포즈를 취해 밥값을 벌었다. 사내들은 하나같이 패자였다—싸구려 카메라에 기름때 낀 지폐 말곤 뭐 없는 사람들. 주로 나이 많은 사람, 주로 뚱뚱한 사람, 누구랄 것 없이 소름 끼치는 사람들. 그래도 그만하면 안전했다. 심지어 위생적이었다. 벗기, 웃기, 수집하기가 다였다. 손은 대지 않는다는, 변태들끼리도 명예는 지킨다는 거리의 윤리적 관습이 거기엔 있었고, 두세 명의 껄떡쇠 지망자를 제외하면 잔으로서도 마찰로 번질 만큼의 위험을 맞닥뜨리는 일은 없었다. 더러 문제적인 경우가 발생하면 그녀는 유머와 급한 출장으로 대처했다.

도덕적인 문제에 관해 말하자면, 그녀가 자신의 새 직업에 품는 의혹은 사소한 것들뿐이었다. 물론 그것은 조만간 어머니에게는 물론이고 그해 여름 우연히 사귄 대학 친구들에게도 털어놓을 만한 일이 못 되었다. 하지만 1969년은 악행이 만연했던 해라 사진 몇 장으로는 티도 안 났다. 무엇보다도 그녀의 몸은 성역이 아니었다. 어느 장님이 빚은, 끽해봐야 얼마 못 가 무너질 몸, 그걸 은행 잔고로 바꾼들 뭐 어때서? 또한 거기에는 엉겁결에 우쭐해지는 요소가 분명히 있었다. 사내들이 그것에 돈을 치르고 있었던 것이다. **그것**에만 치르는 게 아니었다. 그녀로선 거의 인지하지 못하는 슬픈 인상의 수척한 여자가 담긴 초점 안 맞는 극소수의 이미지도 돈을 받았다. 어떨 때 잔은 그 일을 예술을 하는 모델업으로 여겼다. 또 어떨 땐 스스로를 일종의 사회복지사로, 추수감사절이 되면 노숙자며 성적으로 불우한 사람들에게 칠면조를 내놓는, 제복만 안 걸친 구세군 자원봉사자로 보았다.

보통예금이 1200달러를 넘은 7월 셋째 주, 잔은 여섯 명의 단원과 함께 지내던 아파트를 나와 레이크 스트리트에 있는 싸구려 원룸으로 숙소를 구했다. 그녀는 현란한 가발 두 벌, 새 속옷, 그리고 사진가용 중고 조명 한 세트를 샀다. 경찰용 호루라기도 구입했다.

그녀의 사업은 탄탄대로였다. 그녀는 베로니카를 속칭으로 삼았다. 예쁜 여자애 이름이네, 그녀는 생각했다.

여러모로 보아 잔은 그해 여름 세 배의 인생을 살았다. 그녀는 여전히 연극단의 활동적인 일원이자 보통의 반전운동가였다. 아울러 그녀는, 적어도 그녀의 어머니가 아는 바로는, 딩키타운*의 한 서점에서 오전 9시부터 오후 5시까지 점원으로 일하며 대학원 학기가 시작되는 9월 중순까지 시간을 때우는 학생이었다.

하지만 그녀는 날이 갈수록 더더욱 베로니카로 살았다.

꾸준한 고객들, 그리고 적당한 팁을 줄 거라 생각되는 사람들을 위해 그녀는 집 전화번호를 제공하기 시작했다. 그것은 위험할뿐더러 자주 성가신 일을 초래한단 걸 그녀는 알게 되었다. 가령 7월 스물여드렛날 밤 자정 넘어 시비조의 막돼먹은 취한에게 이런 말을 듣고 잠이 깼을 때가 그랬다. "이거 백설 공주 아니신가."

무례하고 날 선 목소리를 지난 일과 이어 붙이기까지는 몇 초가 걸렸다.

그는 저 길가의 전화박스에 있었다. 어느 정도 취한 지금 자신은 2인치짜리 발기물, 자기로선 거대한 그 물건의 자랑스러운 새 주인이라고 젊은 남자는 그녀에게 말했다. 그의 반바지에는 얼른 쓰고 싶어 죽겠는 38달러도 있었다. 그녀는 관심이 있었던 걸까? 그에게 부족한 12달러는 봐주자는 백설 공주 같은 마음씨를 제 내면에서 찾았던 걸까?

"셔터 내렸어요," 잔은 말했다. "내일 되면 또 모르죠, 당신이 예의를 배워 오면."

"그래요, 좋아요. 난쟁이는 사절이겠죠."

"당신 난쟁이 아니라니까요, 이건 사절이 아니고요."

"아니라고요? 그럼 내 기록적인 2인치짜리는 어떻게 생각해요?"

"얼음으로 비비고 망치로 두들겨요," 잔은 말했다. "잘하면 커질지도 모르죠."

그는 킥킥거림이었을까 싶은 소리를 냈다. "오케이, 들켰네요, 내가 과장을 했어요. 2인치짜리, 이건 늘어나는 물건이니까. 당신한테 관심을 받고 싶었어요. 우리 엄마가 종종 하던 말이…… 그 왜, 그녀는 정상 크기의 암컷이잖아요, 그렇죠? 나는 이런 꼬맹이고요. 그래서 그런지 그녀가 뭐랄까, 눈을 가늘게 뜨고 나를 내려다보더니 이러는 거예요. '에이, 별거 아니야.' 이해돼요? 별거 아니래요. 엄마 생각엔 기가 막힌 농담이었죠." 그는 망설였다. "38달러. 카메라는 없어요. 오래 걸리지도 않아요. 그냥 얘기만 해요."

"무슨 얘기요?"

"바로 그 얘기를," 그는 말했다. "우리가 나눌 필요가 있어요."

5분 뒤 잔이 현관문을 여니 남자는 빨간 폴로셔츠에 발목까지 내려오는 헐렁한 회색 반바지, 그리고 TITLEIST**라고 적힌 파란 캡 모자 차림으로 서 있었다. 그는 어떤 초대 혹은 그 반대의 것을 기다리는지 슬슬 불편해진다 싶을 만큼 빤히 그녀를 올려다보았고, 그러고 나서는 쌕 하는 숨소리를 내곤 안에 들어가 소파에 앉았다. 그의 하얀 스니커즈화가 카펫에 닿지 않음을 잔은 알아보았다.

"저기," 그녀는 말했다. "미니 골프 치다 왔어요?"

---

* Dinkytown. 학생들이 많이 몰리는 미니애폴리스의 중심 상권.

** 미국 골프 용품 브랜드.

"미니라, 거 굉장히 웃기네요. 거슬려요?"

그는 반바지에서 위스키병을 꺼내어 꿀꺽꿀꺽 마신 다음 그녀에게 병을 흔들어 보였다. 잔은 고개를 가로저었다.

"이렇게 하자고요," 그는 말했다. "난쟁이들은 사랑에 빠지지 않아요, 너무 무모하니까, 결국 떼먹히기나 하니까. 그냥 내가 진짜 진지한 애정에 빠졌다고만 해두죠. 내가 고객도 좀 끌어다 줬잖아요, 안 그래요? 입소문 내서?"

"그랬죠. 우편으로 감사장 보냈는데요."

젊은 남자는 이 말이 안 들리는 듯했다. 그의 크고 파란 눈은 아파트를 요모조모 살피다가 마침내 사진가용 조명과 그녀가 배경막으로 걸어둔 넓고 때 묻은 홑이불에 정착했다.

"우리 둘 다 프로군요, 그렇죠?" 그는 말했다.

"겨우 먹고사는 정도죠. 원하는 게 뭐예요?"

그의 눈이 반짝였다. "음, 있죠, 그 질문에 대한 답이 두 개 있어요. 내가 원했던 것, 내가 원하는 것." 그는 그녀에게서 어떤 틀, 어떤 미래를 재는 듯했다. "죄다 신문에 실리는 광고 같군요. 화려한 조명. 경찰용 호루라기. 내 말은, 이야, 인상적이에요. 세상물정에 어지간히도 밝네요, 네?" 또 한 번 반짝. "당신을 베로니카라고 불러야 하나요?"

"물론이죠," 그녀는 말했다.

"물론이겠죠," 그는 조롱하듯이 말했다. "한 모금 해요. 거리의 여잘 골로 보낼 정돈 아니니까."

"그 호루라기는 어떻게 알았어요?"

"내가 그걸 다 어떻게 알겠어요? 그 삐쩍 마른 목에 걸고 다니니까 알지, 안 그래요? 사진들 봤어요. 부탁 하나 합시다 — 한 모금만 살짝 해봐요. 옛정을 생각해서."

그녀는 그에게서 병을 건네받은 다음 들이켜는 척했다. 밖은 비가 내리기 시작한 참이었다. 그녀는 살짝 무서운 기분이 들었다.

"한 번 더 묻죠," 그녀는 말했다. "원하는 게 정확히 뭐예요?"

"음, 에그, 내가 말했듯이 **원했던** 것과 **원하는** 것이 있어요. 내가 원했던 것은요, 당신이 얼마나 똑똑한지 증명하고 싶었어요, 이렇게 멋진 영문학 전공자, 스스로를 모나리자라고 생각하는 이 알몸의 돈 버는 기계가 어떤 사람인지. 제 발로 이 시원한 여름철 일자리에 뛰어드는 사람 말이죠. 당신 또래의 다른 아이들은 있죠, 걔들은 비닐봉지에 식료품 담는 일, 옥수수수염 떼는 일을 하고 그래요. 당신은 아니에요. 당신은 베로니카죠." 그는 스니커즈를 흔들어 벗곤 캡 모자를 젖히더니 소파 위에서 양반다리를 틀었다. "그러니까 내가 원했던 것은 뭐냐, 자, 이렇게 물어보려고 했어요 — 그 뭐냐 — 은행에다 얼마나 맡겼어요, 자기는?"

"은행에요?"

"은행에요. 돈 같은 거요. 당신 아주 똑똑하잖아요, 그렇죠? 그 번듯한 교육도 받았으니까 내 생각엔 당신이 다음의 말에 끝내주는 대답을 갖고 있을 것 같거든요. '어이, 돈 내놔.'" 그는 눈썹을 치켜들었다. "장담하는데 당신은, 당신 대답은 분명 '잃어버렸다, 땅딸아'일 거고, 그러면 나는 말하겠죠. '알았어, 근데 안 내놓으면 내가 엄마한테 흥미로운 사진들을 보낼 거야.' 당신 엄마요, 우리 엄마 말고. 그러면 그 순간 당신은 당찬 여자애다운 놀라운 대답을 내놓는 거예요. 당신이 얼마나 프로인지가 그 순간에 증명되는 거죠."

잔은 한동안 그를, 그러고 나서 바닥을 보았다. "우리 어머니는," 그녀는 말했다. "눈 하나 깜빡 안 할걸."

"그게 놀라 자빠질 대답이에요?"

"얼추요."

그는 어깨를 으쓱했다. "음, 알려줄 게 있어요. 홀딱 벗는다고 하면 눈 하나 깜빡 안 할 어머니는 세상에 **하나도** 없어요."

"제 경우는 아니에요."

"아니라고요? 좋은 생각이 있죠, 그럼." 그는 달콤한 속삭임으로 그녀를 가지고 놀고 있었다. "이러는 거예요. 당신이랑 나랑 우리 둘이 당장 택시를 타고 엄마한테 가서 저 사진들을 보여주고 그 질문을 대뜸 던지는 거죠. 부인께서 사시는 데가……" 그는 종이쪽지 하나를 꺼냈다. "세인트앤서니파크, 맞죠?"

"맞아요," 잔은 말했다.

"한번 나서볼래요? 분명히 말하는데, 옷 입을 필요는 없어요."

"얼마예요?"

"네?"

"좀 그만하려면요. 얼마예요?"

남자는 문제아를 처리 중이라는 양 고개를 절레절레했다. "빵 원이요. 내가 이미 얘기하지 않았어요? 우린 지금 무슨 얘기 중이냐면, 우린 내가 **원했던** 것에 관해서 개그를 하고 있는 거예요. 나 같은 사람들은 있잖아요, 우리는 꾸역꾸역 살아가요. 왜인 줄 알아요? 백설 공주랑 떡 한번 쳐보려고. 귀여운 변두리 영계들한테 상처 한번 줘보려고, 스스로 반은 원더우먼 반은 퀸카라고 생각하는 애들요. 전쟁을 막고 굶주린 사람한테 적선하고 밑바닥 사람들이랑 알몸으로 뒹굴고 부업으로 몇 달러씩 쉽게쉽게 챙기는 애들."

"이거 계획한 일이에요?"

"했죠. 짜증 나서요. 뭘 기대한 거예요? 그 가식만 떠는 학교에서 쫓겨나 몇 달 동안 알몸으로 하수구를 전전하고 인간쓰레기들이랑 형동생 하면서 지내다가 으스스한 무용담을 잔뜩 들고 중심가로 냉큼 내뺀다고 해봐요 — 그게 그렇게 먹혀들 거라고 생각해요? 가서 바닥 생활을 한 게? 깨끗이 떠나온 게?"

"난 아무 생각도 안 했어요," 잔은 말했다.

"아. 진심이죠?" 그의 목소리는 바깥의 꾸준한 빗소리와 뒤섞여서인지 여유롭고 감미로운 음색을 띠었다. "아무튼 내가 마음을 고쳐먹었으니 당신 운 좋은 줄 알아요. 애정 속으로 푹 곤두박질쳤다고요. 좁쌀만 한 마음을 바꿔 먹었다 이거예요."

그녀는 미심쩍은 눈으로 그를 바라보았다. "그래서 이게 뭐 하는 건데요? 굴욕 주기?"

"초심자인데 뭐 어때서요? 굴욕이 나쁘기만 한 건 아니에요. 날 봐요, 나도 괜찮잖아요."

"협박," 그녀는 말했다. "그거 저열한 거거든요."

젊은 남자는 웃음을 터뜨렸다. "그게 삶이죠. 난쟁이들은 억지로들 받아들여요."

"당신 난쟁이 아니라니까요."

"나 좀 도와줘 봐요, 그럼. 내가 뭐죠? 최저 밑바닥이잖아요, 맞죠?"

"왜 아니겠어요," 그녀는 말했다.

두 사람은 말없이 앉아 빗소리를 들었다. 등불 속에 있으니 젊은 남자의 얼굴은 이제 그리 젊어 보이지 않았다. 까맣게 꺼진 눈 밑, 두 볼과 이마에 남은 자외선의 잔해. 적어도 30대 초반. 어쩌면 그 이상. 젊다는 인상을 준 건 그의 키뿐이었음을 잔은 깨달았고, 그래서 그녀는 아프게 쑤시는 죄책감을 느끼지 않을 수 없었다.

그녀는 그걸 떨쳐내느라 고개를 흔들었다. "20분 전만 해도," 그녀는 말했다. "난 잘해가고 있었어요, 아무 문제 없이."

"이제 와서 그랬다고요?"

"네."

"진짜 매춘부인가 봐요? 직업여성?"

"그냥 일이에요. 추잡한 사진 몇 장 찍고 잔돈 몇 푼 받는. 난 아무 짓도 안 해요."

"아무 짓도 안 한다," 그는 말했다. "아이고, 엄마도 그렇게 보실까 모르겠네." 남자는 또 한 번 거대한 파란 눈을 번득이더니 고개를 절레절레하면서 연민에 가까운 무엇으로 그녀를 감정(鑑定)했다. "잘 들어요, 난 지금 예의를 다하려고 노력 중이에요. 좋은 시민이니까요, 알겠어요? 썩어 문드러진 좁쌀만 한 마음으로나마 진심을 얘기 중이라고요, 순진한 양반아. 당신은 현실 파악이 안 돼요. 아주, 아주 안 돼요. 내가 다른 누구였으면 — 예를 들어 키 큰 사람이었으면 — 당신은 지금 굉장히 역겨운 어느 장소에 있었을 거예요. 경찰용 호루라기 소리가 안 들리는 곳에요. 그러니까 내 말은, 당신은 당신이 뭐라고 생각해요? 이달의 누드모델? 7월의 아가씨?"

잔은 그를 쏘아보았다. 조롱 가득했던 스무 해가 그녀를 바짝 따라와 있었다. "가서 드라이버나 삼켜요," 그녀는 말했다. "독약이나 마시라고요."

남자는 웃음을 터뜨렸다. 그는 눈썹으로 그루초 막스* 흉내를 냈다. "신경질적인 여자네," 그는 말했다.

"당신은 고약하고요," 잔은 말했다.

"네, 맞아요, 점점 고약해지고 있죠. 악마 같아서 이런 말 하긴 싫지만, 당신은 브리지트 바르도가 아니에요. 거울을 봐요. 당신은 무난하게 타고났어요, 돌연변이가 아니라, 그리고 그게 바로 슬픈 일이죠. 베로니카라니 — 웃겨 죽겠어요. 나 같은 놈들은요, 우아한 여자한텐 돈을 안 써요, 해볼 만한 여자한테 돈을 쓰지. 내 말 듣고 얼른 꿈 깨는 게 좋을 거예요. 조만간 잭 더 리퍼 같은 놈이 백치 같은 여자애 하나 물고서는 걔가 심한 상처 좀 내달라고 알아서 조아리더라 하고 일내기 전에. 그런 일은 꼭 생겨요. 짠 듯이. 협박 가지고 사악하다는 사람이 바늘을 삼키지 못해 안달이라니. 슬럼가에서 농구를 한다고 칩시다, 슬램 덩크를요, 당신은 바스켓이에요. 난 그런 인간들을 알아요. 그놈들이 관심만 가지면 당신은 밖에서 날아든 또 한 마리의 비둘기가 되고 말죠. 당신의 하얗고 마른 가슴에는 어마어마하게 큰 과녁이 그려져 있다고요."

"돌연변이?" 잔은 소곤대는 소리로 말했다.

"그렇게 말 안 했어요. 거의 평균이라고 했지. 커트라인에 걸리거나 그 아래 등급. 가진 것에 감사하고 살아요."

잔은 고개를 끄덕이며 오만상을 썼다.

그녀도 어쨌거나 알고 있었다.

"요컨대 당신은 나를 모욕하러 여기에 온 거군요?"

---

* Groucho Marx. 미국 코미디언이자 영화배우.

"그럴 리가," 그는 말했다. "모욕의 출처를 살펴봐요. 내가 뭐라고 남더러 역겹다 못생겼다 하겠어요?" 그는 술을 한 모금 주입하곤 입을 닦더니 그녀에게 격려의 웃음을 지었다. "사실 처음에 당신이 한 말이 맞았어요. 실제론 내가 여기에 왜 왔느냐면, 끝을 보러 왔었죠, 진짜로 당신 엉덩이를 갈취하려고, 어쩌면 철 지난 방식으로 당신한테 진짜 겁을 줄까 해서. 그게 내가 원했던 거예요. 지금은 다른 걸 원해요."

잔은 코웃음을 쳤다. "확실히 말하죠. 차라리 협박을 당하고 말겠어요."

"이봐요, 나한테 여러 감정이 생겼단 얘기예요."

"나가요," 잔은 말했다. "내가 이미 말했죠, 나 그거 안 해요."

"내 말은 그게 아니라—"

"당신 키가 10인치 더 컸어도 안 해요. 당신이 내 배꼽에 올라탔어도 안 한다고요."

그는 몇 초간 그녀를 이글이글 쏘아보았다. "당신 생각은, 난쟁이는 여자랑 그 짓도 못 한다는 거군요? 혹할 만한 게 있어요—당신 앞에 있는 게 둘도 없는 인기인이라는 사실." 그의 말투는 여전히 경쾌했지만 그 밖에는 모든 게 어두워져 있었다. "내가 원했던 건요, 그냥 당신을 유쾌하고 괜찮은 생일 파티에 초대하려던 게 다예요. 케이크랑 아이스크림요. 이젠 나도 모르겠군요."

"생일 파티라," 잔은 말했다. "상상이 되네요."

"**되긴** 뭐가 돼요. 너무 건방지게 굴지 마요, 나한텐 아직 사진들이 있어요."

"누구 생일인데요?"

"조그맣고 늙은 나요, 이 소생. 나라고 알에서 부화하거나 그런 게 아니에요, 그 왜, 엄마랑 아빠가 돌을 쩍 갈라서 하찮은 화석 찾듯 나를 찾은 게 아니라고요." 그는 두 손으로 무릎을 꼭 잡은 채 눈길을 돌렸다. "그러니까 이 파티는 눈이 번쩍 뜨이는 경험이 될 수도 있어요, 모를 일이라고요. 내 친구들, 내 남동생 좀 만나봐요."

잔은 웃음을 터뜨렸다. "당신은 데이트 신청을 이런 식으로 하나요? 누구를 협박해서?"

"먹히기만 한다면야."

"오케이, 궁금하네요," 그녀는 말했다. "왜죠?"

"왜냐고요?"

"들었잖아요."

"음" 하고 그는 말했고, 그러자 어둠이 싹 걷혔다. 그의 눈은 여우같은 빛을 띠었다. "앙갚음을 위해서."

"이해가 안 되는데요."

"이해할 것 없어요. 당신은 50달러를 받고 나는 내 정상적인, 평균에 가까운 데이트를 뽐내는 거예요. 다 끝나면—내 파티 말이에요—포르노 따윈 둘이서 같이 폐기해버려요."

그는 눈썹을 치켜들고 잠시 기다렸다. "당신도 내 이름을 알아야 할 필요가 있을 것 같군요, 그렇죠?"

앤드루 헨리 윌턴이라는 이름이었다. 그의—아홉 살 밑인—남동생은 그를 행코라 부르거나 어떨 땐 앤디, 어떨 땐 작은 사내(Little Guy)라 불렀다.

앤드루는 서른두 살이었다.

그는 섰을 때 4피트 7인치(139.7센티미터)였다.

그가 자란 곳은 화려한 변두리 에디나였다.

화려한 부모님은 두 분 다 돌아가신 상태였다. 화려하게 잘 살아 있는 남동생은 6피트 2인치(약 188센티미터) 키에 세련되었고 스키를 타 볕에 그은 데다 대단한 건치였다.

어쨌거나 앤드루 얘기로 돌아가자. 블레이크 학교*와 시카고 대학교에서 수학. 1967년에 잠적. 입대 시도, 신장 미달. 입대 재시도, 전보다 더 신장 미달. 묘한 일이긴 하지만 그는 꼬맹이 시절부터—"몸집 말고 **나이**를 말하는 거예요" 하고 앤드루는 말했다—늘 전사가 되길 원했었다. 병사가 아니었다. 전사였다. 줄루족 같은 전사. 이유야 누가 알까? 왜소한 사람의 콤플렉스인지. 오디 머피**의 영화 때문인지. "그러니까 그 끔찍한 전쟁이 이어지고 있잖아요, 네? 나는 사람을 죽이고 싶어서, **죽임을 당하고** 싶어서 죽을 지경이었는데 어떻게 됐는지 알아요? 커다랗고 못된 징병관 그 머저리들, 그 꼴통들이 한 차례 쳐다보고선 골이 빠개지도록 웃더니 나더러 꺼지라는 거예요. 그래서 그렇게 해줬죠. 대히트였어요. 내가 꺼져줬어요."

유니버시티 애버뉴에서 개당 1.5달러짜리 핫도그를 만들되 양배추 절임(sauerkraut)을 곁들여 바가지를 씌우고 머스터드소스에 침을 뱉었다. 많은 시간을 독서로 보냈다. 『전쟁과 평화』를 한달음에 완독했다. 마르쿠제***를 파보았고 미스 제인 폰다****, 멍청이들의 음양설도 파보았다. 말도 안 되었다. 그저 키가 불리하다고 해서 얼빠진 리버럴이 되는 것도, 조앤 바에즈로 거듭나는 것도, 전쟁에 나가 적의 고환을 도려내거나 민간인들한테 사방팔방 기관총질을 해대기가 싫은 것도 아닌데.

주로 난쟁이가 구성원인 존 버치 협회*****는 일반인들이 그 점을 모른다고 장담했다.

아무렴, 핫도그 장사나 할밖에.

툴루즈 로트레크******에 관해 읽었다. 볼품없는 형이었다. 여자들하고 유난히 죽이 잘 맞는 남자, 잘나가는 예능인이었다. 잃을 게 뭐 있어? 카메라를 사자.

질문: 세상의 은이 대부분 어디에 사용되는지 알아요? 답: 사진.

질문: RFK 그 샌님의 연인들을 흥분시키는 게 뭔지 알아요? 답: 전쟁과 연민. 그게 제목이었어야 하는데. 기골이 장대한 인간이었죠, 톨스토이는. 그에겐 RFK 같은 일이 안 생겼던 거예요.

핫도그 장사, 스냅사진 촬영, 믹 재거처럼 난봉질.

당신이 나라고 해봐요.

남동생이 징집돼요. 녀석은 전쟁이 싫지만 어쨌든 나가서 훈장과 함께 팬클럽을 잔뜩 이끌고 돌아와 멋진 치아를 내보이면서 당신을 꽉 껴안고 이렇게 말하죠. 여, 작은 사내.

---

* Blake School. 미니애폴리스에 있는 통학 사립학교.

** Audie Murphy. 제2차 세계대전 당시 미국의 전쟁 영웅이자 영화배우.

*** Herbert Marcuse. 독일에서 태어난 미국 철학자로 1960년대 혁명의 이론적 기반을 마련해 신좌파의 아버지라 불렸다.

**** 영화배우 제인 폰다는 베트남전쟁 당시 노골적이고 때론 이기적인 반전운동을 펼쳐 지탄을 받았다.

***** John Birch Society. 공산주의에 맞서 싸우고자 설립된 미국 극우 단체.

****** Henri de Toulouse Lautrec. 프랑스 귀족 가문에서 태어난 화가로 왜소증이었다.

당신은 키만 8피트가 아닐 뿐이에요. 골리앗이라고요. 줄루족이요, 그렇죠? 온종일 길바닥에 서서 오스카 메이어 소시지를 팔고, 빌어먹을 피스 표시*를 해대고, 피코트를 한 벌 구해 입고선 지나가는 백설 공주들을 바라보는. 앙갚음을 꿈꾸게 되죠. 난쟁이의 분노, 그거 크답니다.

좋아요, 그럼 페이지를 쭉쭉 넘겨봅시다.

스페인내란에 관한 오웰의 글을 맛보고선 난쟁이 여단을 이끌고 베트남으로 건너가는 생각을 했어요. 링컨 여단처럼요, 왜, 우린 죄다 꼬맹이이긴 해도 화도 많고 맺힌 것도 많아서 거기 가면 우리보다 훨씬 왜소한 공산당 무지렁이들을 때려잡는다 이거에요. 터무니없는 생각이죠, 거의. 그 생각은 관뒀어요. 핫도그 장사도 관뒀고요. 마리화나 팔러 다니다 걸리고, 그래도 팔러 다니다 걸리고, 그러다 대학원에 돌아갔죠. 소립자물리학, 보통이 아니더군요. 받아들이질 못했어요. 중퇴. 사방이 죄다 평화주의자들뿐이었어요, 장발을 하고 레온 트로츠키의 초인종을 누르는 머저리들—이봐, 나라가 어떻게 되려고 이래? 거리로 돌아가니 아무 일도 없던걸요. 이 일은 저 일로 이어지죠. 사기 치는 걸 배웠어요. 카메라 사기요. 갈취. 그러니까 예를 들면 잘난 척하는 백설 공주들 옷 벗기는 법. 똑똑한 콩트를 공연하고 그걸 게릴라 연극이라 부르면서 정치에 참여 중인 맹추들한테 아랫도리 꽂는 법……. 내 말은, 맙소사, **게릴라**요? 쇼핑객들한테 떵떵 겁이나 주면 체 게바라가 될 것 같아요?

난 인생을 낭비했어요.

요즘 울적함을 느껴요. 엄청나게 작아졌죠.

"그렇답니다," 앤드루 헨리 월턴은 말했다. "비 오는 밤에. 2인치짜리가. 동정심이 좀 드나요?"

"아니요," 잔은 말했다.

그는 혼자 낄낄거리더니 스니커즈를 신고는 허리를 숙여 인사했다. "걱정 마요. 당신도 내 동생을 흠모하게 될 테니까."

그녀는 정말로 그랬다.

여덟 달 뒤 그와 결혼했을 만큼, 간통으로 점철된 29년 내내 멍청히 손 놓고 있는 광대 역할을 떠맡았을 만큼, 지독하게 잘못된 1999년에 남편이 그토록 유유히, 아무렇지 않게 떠나가자 제 인생을 반으로 뚝 분질렀을 만큼.

하지만 이날은 1969년 7월 30일 앤드루의 생일이었고, 앤드루의 남동생은 지나칠 정도로 점잖고 예의 바른 태도만 아니면—모 CEO 같은 여유만 아니면, 즉 기질이 천한 사람 같으면 느끼하다고까지 불릴 그 태도만 아니면—그녀가 살면서 언감생심 꿈도 꾸지 말라고 경고받아온 영화 속 괴생물체 같은 면이 전혀 없었다. 그 남자의 치아와 구릿빛은 평범했다. 그는 홍보된 대로 키는 컸지만 전체적인 풍채는 박박 문질러 닦고 단정하게 이발을 한 호남형이긴 해도 스크린테스트를 통과할 정도는 못 되었다.

웃을 때의 눈주름은 사실이었다.

똑바른 자세.

첫 순간부터 추파.

그는 앤드루가 다음과 같이 소개할 때 그녀의 눈을 똑바로 들여

---

* 평화를 뜻하는 브이(V) 자 손가락 제스처.

다보았다. “자기, 이쪽이 리처드예요. 진짜로 할 마음이 없으면 내가 부르듯이 딕*이라고 부르지 마요.”

리처드, 그러니까 그녀에게 악몽의 대부분을 안겨주게 될 남자는 웃음을 터뜨렸다. 그는 두 손으로 그녀의 손을 잡았다. 그녀는 그때 알았어야 했지만 그러지 못했는데 그것은 그가 제 형의 반짝이는 파란 눈과 저만의 흠잡을 데 없는 태도와 길이가 남아도는 물건을 가지고 있었기 때문이다.

“그리고 이쪽은,” 앤드루는 앙심을 품어서인지 선견지명을 가져서인지 너무 조용하다 싶게 말하고 있었다. “내 애인 베로니카.”

“예쁜 이름이네요,” 리처드는 말했다.

“고마워요,” 잔은 말했다. “본명은 아니에요.”

“매우 흥미로운데요,” 리처드는 말했다.

파티는 대단할 게 없었고 그마저도 앤드루의 눈물겹게 꾸민 거실에 네댓 명의 손님만 겨우 남아 있던 파장 무렵에는 분위기가 암울한 쪽으로 바뀌었다. 자르지 않은 생일 케이크가 거기 있었다. 두어 개의 풍선, 많은 빈 병이 거기 있었다. 잔은 해야 할 일을— 몇 번쯤 앤드루의 손을 잡아가며 애인 시늉을— 한 참이었지만 진짜로 그걸 믿는 사람은 아무도 없어서, 특히나 리처드는 더더욱 안 믿어서 시늉은 한 시간 만에 중단되었다. 이제 자정을 2분 넘긴 시각이었다. 조명은 약해졌고 앤드루는 어디로 증발했고 리처드는 어질러진 식탁에서 그녀 곁에 놀랄 만큼 정중히, 놀랄 만큼 솔직히 다가앉아 다리를 꼬고서는 “모델로 일하는 삶”이 어떤지 물으며 가끔씩 제 발목을 그녀의 왼쪽 엉덩이에 갖다 댔다. 그는 잔이 이렇게 말하자

맨정신인데도 넋이 나간 듯했다. "옷 벗어서 돈 벌어요."

"아아," 리처드는 말했다.

"임시로 하는 일이에요. 취미처럼요."

"그럼 앤드루는요?"

"글쎄요," 잔은 이렇게밖에 말할 수 없었는데 이 말은 그녀에게 배신으로 느껴져서, 홀로 낳은 사생아마냥 한 떨기 고통으로 느껴져서 30년 뒤인 1999년에 그녀는 이 일로 덜컥 정신이 들 터였다—"글쎄요"라는 그 말, 그 비규정성, 그 유혹, 거기다 엉덩이에 무심코 와 닿는 리처드 월턴의 빼놓을 수 없는 발목까지—난쟁이들과 왕자님들로 가득한 동화 속에 뚝 떨어진 양 어쩌다가 그녀는 자기가 광대란 걸, 노스다코타만큼 못났단 걸 한순간에 잊었는지.

향후 이 파란 눈의 매력남은 그녀에게 매정한 진실을 일깨워주려고 악착같이, 무참히 혼신의 힘을 다할 테지만 1969년 7월 31일 이른 아침 시각인 지금 잔 휴브너는 구조된 기분이었다.

"황홀하네요," 키 큰 남동생, 그 비열한 인간, 미래의 남편 리처드는 말했다.

그러고 나서 그는 훗날 그녀에게 공포가 될 그 음악처럼 그윽하고 교양 있는 목소리로 앤드루와 지내기 어려운 점들을 이야기했다. 자기는 그를 매우 사랑한다고. 그 딱한 남자는 자신의 키 문제를 결코 극복하지 못할 거라고—화가 가득, 질투가 가득해서 밖에 나가 세상에다 앙갚음을 하는데 이는 매우 망신스러운 일이라고—그리고 자기는, 매정한 사람이요, 방탕아요, 삶에 파탄을 가져오는 남자요,

---

* 딕(Dick)은 속어로 '성교하다' '페니스'라는 뜻.

어디든 좇방망이 써먹을 생각뿐인 리처드는 당신에게 몹시도 저녁 식사를 대접하고 싶다고.

전쟁은 계속되었다. 사람들은 레이즌 브랜*을 먹었다. 고아와 과부와 금성어머니회** 회원은 늘었다. 그해 여름 3020명의 미군 병사가 죽었고 베트남 쪽은 7000명 이상이었다. 머리가 아플 때 사람들은 아스피린을 먹었다. 근사한 레스토랑에서는 남은 음식을 싸 가고들 했다. 다우 케미컬은 살인을 저질렀다.*** 이 바다 저 바다에서, 시골길에서, 잠든 거대한 도시들에서 사소한 질투며 식료품 목록이며 성적인 환상이며 배탈이 생겨났다. 지구는 끊임없이 돌고 있었다. 8월 둘째 주, 잔 휴브너는 다턴 홀 동기 하나가 송짜끼라는 강에서 심한 부상을 입었단 걸 알게 되었다. 다른 동기 하나는 이제 향후 수십 년간 증오로 굳어질 원한을 품고 혼자 겁에 질린 채 위니펙에서 살았다. 다른 어디에서는 상상으로나 실제로나 조국의 젊은이들이 뉴욕주 우드스톡 외곽 40에이커 면적의 농지에 모여들었다. 섀런 테이트****가 죽은 지 일주일도 안 된 때였다. 맨해튼의 환경미화원들은 닐 암스트롱을 반긴 색종이 테이프를 쓸고 있었다. 하지만 1969년 여름은 다른 대다수에게처럼 잔 휴브너에게도 훗날 머리기사로, 세계정세로, 하다못해 전쟁으로 기억되기보다 작고 별것 아닌 것들에 관한 작고 별것 아닌 추억들로 기억될 터였다. 이를테면 헝클어진 침대와 전화벨 소리와 생일 케이크와 추잡한 사진과 외우기 쉬운 일상사 노래로. 오리건주에서는 치명적인 대관람차 사고가 있었다. 볕에 흠뻑 젖은 오만 지역의 중심가에서는 대낮에 미친 할인 행사가 벌어졌다. 잔 휴브너는 제 남편을 만났다.

여름이 가고 가을이 왔다. 미식축구 시즌이었다. 다턴 홀은 개막 시합 선수를 잃은 참이었다.

지구 반대편에서 사람들이 비명횡사하는 동안 다른 사람들은 치아를 때우고 이혼소송을 제기하고 주차된 차에서 사랑을 나누었다.

신입생들은 오리엔테이션을 받았다.

메츠는 승승장구였다.

그랬다, 작고 단순한 것들이었다, 하지만 어느 전국 규모의 암실에서처럼 인간의 가장 평범한 스냅숏들은 전쟁이라는 산(酸)으로 세척된 기억 속에 남을 터였다 — 그때의 음악, 언어, 저녁 뉴스가.

9월 중순에 잔 휴브너는 평화운동을 그만두었다. 그녀는 전화번호를 바꾸고 거리의 풍경에서 떨어져 나와 대학원에 등록했다. 그녀는 개인적인 사진 촬영을 포기하되 그녀 안의 베로니카에게 홀린 듯한, 혹은 베로니카라는 관념에 홀린 듯한 새 약혼자만은 특별히 예외로 두었다. 그는 그 뒤 8개월 동안, 신혼여행에서도 일주일 꼬박 그녀를 딱히 쳐다볼 생각을 안 했는데 그럴 땐 마치 담배 상표를 잘못 고른 사람처럼 별안간 인상을 찌푸린 채 고개를 절레절레하곤 했다. 그들은 하와이에 있었다. 붐비는 해변에 있었다. 신혼여행이 끝

---

* Raisin Bran. 켈로그사의 시리얼 상표.

** American Gold Star Mothers. 군 복무 중 사망한 자식을 둔 어머니들이 조직한 비영리단체.

*** 다우 케미컬(Dow Chemical)은 고엽제와 다양한 인체 유해 물질을 만든 대표적인 화학 회사.

**** Sharon Tate. 미국 영화배우. 앞길이 유망했으나 임신 중 연쇄살인범 찰스 맨슨에게 살해당한 비운의 여배우.

나갈 무렵이었다. 잔은 끈으로 된 새 비키니를 걸치고 반쯤 감은 눈으로 그에게 이리 와서 나를 가져봐 하는 숙달된 포즈를 취하고 있었는데 리처드는 초점이 문제인지 어떤 기능 불량 때문에 무턱과 탁한 갈색 머리와 뼈처럼 가느다란 다리가 찍힌다는 양 카메라의 파인더만 길게, 아주 길게 느껴지는 동안 들여다보았다. 잔은 여기에 예민했다. 그녀는 눈을 모들뜨고 웃긴 표정을 지었다.

생일 파티가 있고 일주일쯤 뒤 앤드루가 50달러를 들고 잠시 들른 적이 있었다.

그의 기분은 명랑했다.

"당신은 엄연히 배우가 아니에요," 그는 말했다. "하지만 누가 불만이겠어요? 당신이 눈에 띄었는데. 나의 그 엄청난 동생과 만나게 됐잖아요."

잔은 고개를 가로저으며 그 돈을 애써 물렸다. 며칠 전 밤 그녀는 숱한 굴욕의 밤을 불러올 리처드와의 첫 밤을 보낸 터였다. 그녀는 네 시간 뒤 그와 다시 잘 터였고, 8개월 뒤에는 꿍꿍이도 의심도 없이 그와 결혼할 터였고, 그러고 나서는 남은 20세기를 조롱과 추잡한 사진들의 포로로 보내게 될 터였다. 그녀는 이든프레리의 방 세 개짜리 집에서 살 터였다. 그녀는 칵테일파티에서 남편이 수작질하고 다니는 모습을 보게 될 터였다. 그녀는 성형수술에 관한 농담을 견디고 심지어 몇 마디는 스스로 거들면서 해피엔드를 향해 제 길을 터나가는 광대 노릇을 하게 될 터였다.

"그냥 받아요," 앤드루는 말했다. 그는 현찰을 손에 꼭 쥐여 주며 그녀를 빤히 올려다보고는 윙크를 했다. "내 동생, 당신은 개를 흠모

했죠, 내가 장담했듯이."

"그랬죠, 지금도 그렇고요," 잔은 말했다. "아주 달콤하던데요."

"달콤하다고 생각해요?"

잔은 고개를 끄덕였다. "모든 건 상대적이에요. 그는 나를 사람처럼 대해줘요."

"그럼요, 그렇겠죠," 앤드루는 말했다. "두고 보죠."

그는 그녀에게 언뜻 심술궂다 싶은 묘한 웃음을 내비쳤는데 그것은 마치 미수에 그친 제 범죄에 대한 보복성의 길바닥 사기 행각을 막 완수한 듯한 모습이었다.

"무슨 말이에요?"

"또 모르잖아요? 지켜보자는 거예요."

앤드루는 또 한 번 그 낯설고 습관적이고 고약하다 싶은 웃음을 그녀에게 지었는데 이 때문에 잔은 이후 30년 동안 이것이 처음부터 계획된 일이었는지 문득문득 의문에 빠질 터였다.

"달아나야겠군요," 앤드루는 말했다. "당신도 그래야 돼요. 그래도 당신은 안 달아날 테지만. 그것도 나름 재미있는 일이죠." 그는 오직 갈망의 기색으로 그녀를 빤히 올려다보았다. "백설 공주에게 심하게 군 적 없다는 말은 차마 못 하겠네요."

6
1969년도 졸업반

그들이 댄스 플로어를 떠나 바(bar)로 이동한 건 새벽 2시 15분이었다.

"얼음에 보드카," 스푸크 스피넬리는 바텐더에게 말했다. "샷 두 개요. 큰 잔에다. 라임도 짜주시고 — 통째로요 — 그런 다음 토닉을 가득 따라줘요."

"항상 먹보였지," 마브 버텔은 말했다.

"항상 목말랐으니까," 스푸크는 말했다. 그녀는 손을 그의 궁둥이로 가져갔다. 그녀의 약손가락에는 크고 값비싸 보이는 결혼반지 두 개가 겹쳐지다시피 끼워져 있었다. 지난 반세기의 흔적이 있기는 했지만 메탈릭 스커트와 부분 탈색 머리와 값비싼 반지를 한 스푸크는 끝내줘 보였다.

"네 손이," 마브는 근엄하게 말했다. "내 엉덩이를 발견한 걸로 보이는데."

"발견했지."

"너 결혼한 여자잖아."

"남들보다 많이 했지," 그녀는 말했다. "서둘러, 얼른. 주문해."

마브는 가슴 통증에다 숨이 지독히도 찼지만 티를 내지 않으려고 애썼다. "버번," 그는 바텐더에게 말했다. "샷 두 개, 큰 잔에다, 라임 같은 복잡한 건 관두고."

"괜찮아?" 스푸크는 말했다.

"살쪄서 그래, 안 죽어."

스푸크는 그를 쳐다보았다. "아무래도 둘이 그냥 앉아 있자. 빠른 춤 같은 건 그만 추고."

그들은 대학 시절 가까운 친구였다 — 마브 쪽의 일방적인 연애 감정이었다. 30년이나 연체된 지금은 그녀가 마침내 그의 사랑에 보답 중인가 싶은 신호들이 있었다. 오후 칵테일파티 때 불붙은 것들이 저녁 식사 중에 발전하다가 댄스 플로어에서 무르익은 참이었다.

마실 것이 나오자 그들은 같이 건배를 했다.

"아내는?" 스푸크가 물었다.

"덴버에," 그는 말했다.

"가치 있는 일 같아?"

"사랑?"

"아니," 스푸크는 말했다. "다른 거. 네 엉덩이에다 내 손을 대고 말고 하는 거."

마브는 웃음을 터뜨리고 말했다. "꿈꾸던 일인걸. 가치 있지."

"긍정적이다 이거지?"

"꽤나 긍정적이야."

두 사람은 마실 것을 들고 댄스 플로어 근처 테이블로 건너갔다.

분위기는 꺾인 지 한참이었고 지금은 라디오만이 음악을 전하며 쓸쓸한 소리로 공간을 울렸다. 스물대여섯 명의 녹초가 된 1969년도 졸업반은 다턴 홀 체육관에서 아직도 기억에 휘청거렸다.

스푸크는 테이블 밑으로 마브의 무릎에 손을 삭 뻗었다. "저기, 이제," 그녀는 말했다. "나도 처신 잘해야겠다, 그치?"

"꼭 그럴 필욘 없어," 마브는 말했다.

"상관없다는 거야, 그럼?"

"상관없어."

"고맙군요, 선생님. 하지만 내가 우연히라도 끌어당기기 시작하면 분명 주의는 주겠지?"

"그래야지."

"그게 맞는 단어인가? 끌어당기다?"

"아주 가까워."

"주의를 **준다** 이거군?" 스푸크는 말했다. "내가 완전 헤픈 년 되는 꼴은 못 보시겠다?"

"빨간 깃발 쳐들게," 그는 말했다.

스푸크는 웃음을 터뜨리고 춤꾼들을 바라보았다. 서른 몇 해 전에 마브는 전혀 진전이 없었다. 두 사람은 둘도 없는, 그보다 가까울 수 없는 친구였지만 가끔은 캠퍼스에서 오직 그만이 그녀의 연애 궤도에서 이탈한 남자로 보였었다. 그래도 스푸크는 미니 스푸크가 끝없이 들어 있는 뽑기 주머니가 아닌 적이 없었는데 그녀가 지금은 그에게 매혹적인 웃음을 쏘고 있었다. 그녀의 이는 죄다 크라운을 씌운 것 아니면 의치로 보였다. "이해가 안 되는 건," 그녀는 말했다. "그 옛날엔 이 일이 왜 안 일어났었느냐 거야. 상황이 죄다 복잡해지기 전엔."

"네가 빌리 맥맨하고 사랑에 빠졌었으니까," 마브는 말했다. "게다가 빌리는 그 뭐시기를 사랑했고."

"도러시."

"잘 아네. 도러시. 갠 도러시를 사랑했지."

"그리고 도러시가 사랑한 건—?"

"자기 거울," 마브는 말했다.

스푸크는 또 한 번 웃음을 터뜨렸다. "말 된다. 그때도 복잡했구나."

"늘 그랬지."

"늘, 맞아. 예를 들어 지금처럼. 요렇게 네 무릎에서 기분 좋은 용무를 보는."

"무릎도 좋고 나도 좋고."

"빌리가 쳐다보는 데서 말이지. 도러시도."

"쟤들 질투할라," 마브는 말했다. "30년이라—누가 믿겠어?"

"맞아, 근데 물어볼 거 있어. 우리 둘이 네 방에 가야 하나?"

"네 방은 어때?"

"아마 제임스가 전화할 거야. 아니면 링컨이."

"남편들?"

"왜 아니겠어," 스푸크는 말했다. "결혼 한번 많이도 했네. 시집 잘 간 여자라니까."

마브는 의자에 푹 묻혀 칵테일 냅킨으로 이마에 난 땀을 닦았다. 가슴에서 북소리가 느껴졌다. "상황이 그렇다면," 그는 말했다. "우리 둘 다 난잡한 행위는 잊는 게 현명할 것 같은데. 너도 말했잖아.

복잡하다고."

"네 아내도 그래. 그녀도 옥에 티야."

"탁월한 예시군."

"네 그 골골대는 심장도 그렇고."

"심장은 괜찮아," 마브는 말했지만 괜찮지 않았다. 6개월 전만 해도 아슬아슬한 상황이었다. 그는 그 유명한 터널을 눈앞에서 보고 깊은 인상을 받았는데 어떤 면에선 그 일이 그를 동창회로 이끈 거였다. 그리고 스푸크가. 그는 이 가능성을 30년 넘게 숙고해왔다. 말하나 마나 그것은 공상이었지만 그는 그녀 같은 사람을, 즉 자신의 자장(磁場)을 그렇게나 잘 알되 자신이 세상에서 뭘 바라는지는 그렇게나 모르는 여자를 평생 만나본 적이 없었다. 대학 애송이 시절에도 스푸크는 무슨 이유에선지 본능 하나만 믿고 엄청난 감정적 위험을 무릅써 이 남자 저 남자에게 크게 베팅했고, 주로 이겼고, 운명이며 인간의 순수한 동기를 한결같이 믿었었다. 1969년 졸업 직전 그녀는 다턴 홀 졸업 앨범 표지에 젖가슴을 노출하고 나와 졸업이 유보되었었다. 일주일간 상당한 논란이 있은 뒤 교무처장은 출판의 자유를 문제 삼아, 아울러 대학 신문 특집호에 자신의 남은 자산을 노출하겠다는 스푸크의 매우 설득력 있는 협박을 문제 삼아 그녀를 복권시킴이 알맞다고 보았다. 마브는 그해 주필이었다. 그는 그 사진 촬영을 감독한 뒤 개인적 차원에서 흑백사진 한 꾸러미를 교무처장실로 보냈었다.

두 번의 심란한 결혼 생활을 해나가는 동안 마브는 잊을 만하면 한 번씩 스푸크 스피넬리를 사랑해왔다.

"그럼 우리가 할 일은," 스푸크는 말하고 있었다. "그냥 시늉을 하는 거지. 기혼이 아닌 척."

"그런다고 죽진 않겠지."

"그럴까?"

"응. 하여간 나는 그 마술 부려봐도 괜찮아." 그는 그녀를 바라보았다. "얘기 하나 해줄게. 웃지 않는다고 약속해."

"안 웃을게."

"맹세해."

스푸크는 제 잔을 들고 선서했다.

"좋아, 그렇다면," 마브는 말했다. "비웃음 살 얘긴가 싶지만 예전 대학 시절에 있잖아, 4학년 때, 내가 솔리테어라는 그 멍청한 카드놀이에 빠졌었어. 이상한 강박이나 뭐 그런 거였지. 이렇게 혼잣말을 했어. '마브, 네가 이번 판을 이기면 스푸크를 따낼 거야, 걔가 달려올 거라고.' 그 짓을 천 번이나 했어. 만 번."

"이겼어?"

"당연히 이겼지. 성과는 없었지만. 너무 뚱뚱해서."

스푸크는 고개를 절레절레했다. "넌 내 친구였어."

"친구라, 고맙네. 늘 위안을 주는 거잖아."

"미안," 그녀는 말했다. "**복잡하다**, 그치?"

마브는 제 술을 저었다. "이렇게 말할게. 네 그 두 남편 말이야, 그들은 참는 덴 고수야, 둔감하기도 하고, 뭐 그래. 끼어들고픈 마음은 없지만 언제라도 그 얘길 나눠봐야겠으면…… 찐빵, 걔가 아직 네 친구란 걸 알아둬."

"오늘 밤은 아니야. 지긋지긋해."

"네가 내킬 때 말이야."

스푸크는 엄지를 입에 가져가 조금씩 물어뜯으며 댄스 플로어 저편에 있는 빌리 맥맨을 바라보았다. 그녀는 시간인지 거리인지 무언가를 계산 중인 듯했다. 뭉친 마스카라 찌꺼기들이 그녀의 속눈썹에 점점이 맺혀 있었다.

"너랑 무슨 얘길 하겠니?" 마침내 그녀는 말했다. "사랑에 빠져 있는데. 결혼도 했고. 2번이랑 결혼했지, 1번이랑은 사랑에서 헤어나는 걸 잊었고." 그녀는 저 혼자 키득거리곤 눈을 감고 한숨을 쉬더니 이게 대체 뭐 하는 짓이람 하는 고갯짓을 살짝 했다. "그래도 날 믿어줘. 나 충실한 사람이야. 너에 대한 사랑도 안 그만둘 거야."

"안 그만둔다고?"

"절대로. 하지만 너도 살 빼고 경동맥 청소 좀 해야겠다. 술 그만 마시고."

"이건 마저 비워도 돼?"

"건배. 마시고 나서 잠자리 문제 해결하자."

"해결된 줄 알았는데."

"그랬어?"

"아니," 그는 말했다.

"한 잔만 더," 스푸크는 말했다. "그러고 해결하는 거야."

두 사람은 말없이 앉아 이런저런 기억에 잠겼고, 그러다 마브가 말했다. "링컨과 제임스. 영국 잼 이름 같다."

"내 말이, 그치?" 스푸크는 그의 무릎에서 손을 치우고 제 관자놀이를 주물렀다. "맙소사, 나 취했다."

"이만 사라지자고."

"아유, 그러자," 그녀는 말했다. "당장은 말고. 빌리하고 한 곡 추기로 했거든."

"당연히 그러셨겠지."

"관둬. 걔한텐 도러시가 있잖아."

"너한텐 남편들이 있고."

"마브, 좀 유치하다."

그는 테이블을 내려다보며 "미안" 하고 말은 했지만 미안하지 않았다. 오래전에 그는 뚱뚱한 대학생 애송이였고 지금은 돈 많고 불행하고 전보다 훨씬 뚱뚱해진 대걸레 및 빗자루 제조업자였다. 미국 자본가가 누군 안 뚱뚱한가, 그는 시원찮게 부어오른 심장을 안고 되뇌었다. 그는 스푸크의 두 남편과 빌리 맥맨과 그 밖에 그녀의 인생에서 안 먹곤 못 배겼던 잡놈들에게 감정을 품지 않을 수 없었다.

"질문이 있어," 그는 말했다. "어떻게 해나가고 있는지 말해줘. 두 집 살림이야? 코커스패니얼도 두 마리?"

"꼭 알 필욘 없잖아."

"좀 알아야겠어."

스푸크는 그를 쏘아보았다. "난 애플파이가 아니야, 마브. 두 집 살림, 그래. 침대도 두 개. 피임구도 두 개 — 적어도 몇 년 전까지는. 이젠 그럴 필요가 없고."

"두 남편 다 알아?"

"알고말고." 그녀는 머뭇거렸다. "잘 들어, 난 망했어, 나도 알아. 비참하고 제정신이 아닐 정도로 망했다고. 그래서 어떨 땐 — 이건 진심인데 — 어떨 땐 그냥 훌랑 도망치고 싶어. 어디로든. 탈출 말이야." 그녀는 체육관 저편을 보았다. "거봐. 엉망이잖아. 나 가서 빌리랑 추고 올게, 그러고 우리 여기서 나가자."

"가서 춰," 마브는 말했다.

"한 곡만. 두 곡은 과하니까."

"맞아."

그녀는 그의 손을 꼭 잡고 키스를 한 다음 일어서서 댄스 플로어 저편의 빌리 맥맨 쪽으로 이동했다. 마브는 그녀를 보지 않으려고 최선을 다했다. 한동안은, 어쩌면 오랫동안은 그럴 일이 없겠지만 결국엔 그녀가 돌아오리란 걸 마브는 알았다. 그는 바에 가서 버번 병을 탈취하고, 에이미 로빈슨과 몇 곡 추고, 빗자루에 관한 농담을 하고, 웃고, 남들을 웃겼다. 그는 유쾌한 사람이었다. 어느 시점에 그는 셔츠를 벗어 제 하얗고 어마어마한 배를 두고 한마디씩 거드는 즐거움을 옛 친구들에게 허락했는데, 그 배는 일평생 그 자신보다 먼저였고 의심할 바 없이 무덤에도 그 자신보다 먼저 들어갈 터였다.

새벽 3시에 그는 덴버에 있는 아내에게 전화를 걸었다.

그는 그녀에게 끔찍하다고 말했다. 동창회는 이걸로 끝이라고.

"문제는 무슨," 그는 말했다. "아무 문제 없어."

나중에 그는 남자 화장실에서 네모나고 때 묻은 바닥 타일을 저도 모르게 멍하니 살펴보고 있었다. 여기엔 비싸고 좋은 대걸레가 있어야겠다고 그는 결론 내렸다.

스푸크는 새벽 4시가 다 된 시각에야 그의 등 뒤에서 나타났다. 그는 연주 무대 근처의 어질러진 테이블에 혼자 앉아 있었다.

"마브, 마브," 그녀는 말했다.

"붙어먹기엔 밤이 너무 깊잖아?"

"언제 다음에 하자, 꼭. 무슨 일이냐면, 내가 이놈의 세상을 즐겁게 해줘야 해서. 모두를 말이야, 누구도 예외 없이—남자, 여자, 아이, 짐승."

"빌리 맥맨. 빌도 즐겁게 해줘야지?"

"그야 내 본능이지."

"도러시는 어쩌고?"

"남편에 자식들에. 내가 대역을 맡았어."

"아주아주 축하해."

"마브, 나 미워하지 마."

"영원한 친군걸," 그는 말했다.

마브는 일어서려 했지만 주체가 안 되었다. 그는 의자에 도로 털썩 앉아 그녀를 올려다보면서 뚱보의 상처는 보통 이렇다는 걸 보여줄 셈으로 얼빠진 표정을 지었다.

"비밀 지키는 거지?" 그는 말했다.

"널 위해서라면 나야 당연히."

"내가 교무처장한테 보낸 사진들 기억나? 벌거벗은 스푸크. 너무 벗었었지. 너무 어렸고. 아직도 우리 집 다락에 음화필름 보관하고 있어."

스푸크는 그의 이마에 키스했다.

"즐겨," 그녀는 말했다.

7
시집 잘 간 여자

스푸크 스피넬리는 쌍둥이 도시 근교인 미네소타주 화이트베어 레이크시(市) 파인힐스 드라이브 1202번지에 자리한 비싼 벽돌집에서 살았다. 또한 그녀는 같은 근교 스프링 스트리트 540번지에 자리한 좀 더 검소한 집에서도 살았다. 그녀는 변호사 링컨 하우드와 부부였다. 그녀는 철학과 부교수 제임스 윈십과도 부부였다. 두 남편 다 협약을 알고 있었고 어느 정도는 그것을 받아들였다. 스푸크가 링컨과 결혼한 건 1985년, 제임스와는 그 이듬해였다. "난 당신들 둘 다 끔찍이 사랑해," 그녀는 말했었다. "그래서 우리만의 규칙을 만들지 못할 이유가 뭔지 모르겠어. 둘 다한테 충실히 할게."

그들은 지성 있고 트인 1960년대의 아이들이었다. 다툼은 거의 없었다. 처음엔 링컨도 남편 둘을 두려는 스푸크의 욕망에 불만을 드러냈지만 그는 그녀를 흠모했던 데다 대안이라곤 자기가 마음 깊이 아끼는 아내를 잃는 것뿐임을 깨달았다. 그에 질세라 링컨마저 매우 기특하게도 관계란 섬세한 전환점을 필요로 한다고, 나에 대한 스푸크의 사랑은 틀림없다고, 나는 아내를 잃는 게 아니라 또 하나의 가족을 얻는 거라고 이해했다. 1986년 7월 3일 세인트폴 시내의 한 커피숍에 모인 세 사람은 고심고심하여 비공식 합의를 이끌어냈다. 철학자 제임스는 윤리적 쟁점들을 재검토했다. 변호사 링컨은 법적 문제들을 심의했다. 스푸크의 두 번째 결혼, 그러니까 제임스와의 결혼은 엄밀한 법률적 의미에서 비인가로 이루어져야만 할 것으로 판단되었다. 그것은 가족이란 사실과 영혼을 위한 결혼이 될 터였다. 스푸크는 두 가구를 오가며 시간을 쪼개어 쓰기로 했다. 이름도 처녀 적 이름을 되찾기로 했다.

모임이 휴식에 접어들었을 때 링컨은 제임스의 손을 꼭 잡고 말했다. "한배에 오른 걸 환영해요."

관습 때문에, 그리고 어쩌면 심리적 욕구 때문에 우리는 우리 우주의 별난 사실들을 단순한 웃음거리로, 믿음 이하의 것으로 이해할 때가 너무나도 잦다. **애완용 벵골 호랑이랑 결혼한 사람.** 어떤 신문을 보건 독자의 눈은 매일같이 때론 별날 것 없는, 때론 도를 넘는 저런 헤드라인에 쏠리는데, 대체로 보통의 훌륭한 시민이라면 자기 또한 호랑이를 사랑한 사람이란 사실은 잊은 채 제 잔인한 현실이 저것보단 덜 괴이하다면서 의기양양하게 낄낄댈 것이다 — 덜하다고 누가 장담하는가? 당신? 당신의 간통 중인 배우자? — 어느 모로 보나 사람과 짐승의 결합은 웃을 일도 아니고 터무니없는 일도 아니며 아주 아주 엄숙한 것보다 가볍지도 않은 일이다.

별난 것을 인정하느냐 마느냐, 심각하게 생각해보면 그건 결국 우리와 무관한 일이다. 세상은 제 뜻대로 돌아가기 때문이다. 홀로코

스트. 어메이징 메츠.

그리하여 스푸크와 그녀의 두 남편은 저희의 찰떡같은 믿음을 가끔은 거역해가며 13년 하고도 반년을 잘 지내왔다. 의심과 질투, 심지어 노골적인 경쟁의 순간도 있었지만 두 남편 모두 스푸크 스피넬리의 분할된 관심을 얻고자 기꺼이 대가를 치렀고 기꺼이 순응을 했다. 그들은 선한 사람이었다. 그들은 그녀를 사랑했다. 그들은 그녀를 조금은 두려워했고 한쪽으론 염려도 했다. 그들은 스푸크 인격의 핵심엔 허약한 성질이 있단 걸, 즉 그녀가 정신 줄뿐 아니라 어쩌면 목숨 줄 자체도 가늘게 붙들고 있단 걸 알아보았다. 친구들이 말했듯이 그 합의는 지속될 수 없다, 근본적인 면에서 볼 때 그것은 인간 본성을 거스른다 말하기가 쉬울 것이다. 하지만 그것은 웬일로 지속되었다. 아울러 그것은 웃음거리도 아니었고 본전 생각에 하는 일도 아니었다. 삼자 간 연합은 여느 일반적인 결혼 생활의 고충이 배가된 가차 없는 현실이요, 가차 없는 일상이었다. 집안일, 식사, 코감기, 휴가, 부부 싸움, 화해, 자동차 수리. 스푸크의 입장에서 삶은 진 빠지는 것, 거의 매 순간 눈코 뜰 새 없이 바쁜 것이었지만 시간이 지나면서 그녀는 제 밑천을 아껴 쓰는 법을 배웠다. 그녀는 천성이 그걸 감당할 수 있는 여자였다. 그녀는 소녀 시절부터 제 인생에 들어온 남자들을 애태우면서도 안심시키는 기술에 자신감이 있었고 능수능란했으며 어떨 땐 교활했다. 그녀는 모험가였다. 그녀는 도전을 사랑했다.

별나든 별나지 않든 그 합의는 잘하면 무기한으로 지속될 수도 있었다.

하지만 새 밀레니엄 전야 파티에서 볼디 데블린이라는 젊은 변호사에게 홀딱 빠진 순간, 사랑의 눈금을 재는 스푸크의 천부적 재능은 상식과 충돌했다.

로스쿨을 나온 지 4년 된 볼디는 링컨 법률사무소의 신입 직원이었다. 나이는 스푸크의 절반, 장거리 달리기 주자, 똑똑이, 달변가, 대머리*와 무관한 사람. 보아하니 그 애칭은 누군가의 반어적인 아이디어였다. "우리 둘 다 곤경에 처했군," 2000년 1월 1일 이른 아침 시각에 링컨은 제임스에게 말했다. 이제는 어느 정도 짜증도 드러내는 친구 사이가 된 두 남편은 링컨의 집 거실 자연석 벽난로 근처에서 있었다. 파티가 절정으로 치닫고 리비도들이 한껏 달아오르자 스푸크와 볼디는 링컨이 고작 일주일 전에 구입한 크고 하얀 소파에서 판을 벌인 참이었다.

"그녀가 담배를 피우고 있어," 제임스는 말했다. "자네의 새 소파에서."

링컨은 험악한 표정을 지었다. "그녀가 자넬 만났을 때랑 똑같은 꼬락서니군. 그녀가 제일 먼저 하는 게 담배 피워 무는 거 아냐."

"소파에서는 안 그랬어. 나랑은."

"맞아, 내 셰비에서 그랬지," 링컨은 말했다. 그는 제임스에게 눈짓을 했다. "그게 중요한 게 아니야. 셋은 붐비고 넷은 악몽이라고."

"음," 제임스는 말했다. "우리가 개입해도 되겠는걸."

"스푸크 스피넬리한테?"

"응. 진짜로."

링컨은 쓰라린 웃음을 터뜨렸다. "저 숱 많은 머리 좀 봐. 볼디는

* 볼디(baldy)는 '대머리'라는 뜻.

무슨, 엿 먹으라 그래."

수십 년 전인 1969년, 스푸크는 베트남에서 벌어지는 전쟁을 끝내고자 졸업반이던 해 봄 촛불 평화 철야 농성에 참여해 다턴 홀 입학관리처를 점령하는 등 정력적인 캠페인을 벌였었다. 정치는 지루했지만 스푸크는 그 모든 행동, 그 연대감과 위험과 고도의 열정을 관념적으로나마 사랑했다. 대학에서 있었던 그녀의 성적인 만남 열네 번 중 열 번은 그 운동을 같이한 일원들과 엮여 있었는데 그것은 수위 한 사람과 정치적으로 혼란한 부목사 한 사람을 포함하지 않은 통계였다. 그녀는 다턴 홀 졸업 앨범에 젖가슴 노출 포즈를 취했었다. 그녀는 벙찐 여섯 명의 청년을 거느리고 졸업 무도회에 나타났었다. 스푸크는 난잡한 게 아니었다. 자선 활동 측면에서 너그러우며 육체적으로 관대한 거였다, 그랬다, 하지만 그녀의 마음은 백이면 백 사타구니와 얼추 일치해 있었다. 그녀에겐 양심이 있었다. 그녀는 그들 모두를 사랑했다. 하지만 스푸크가 아이였을 적부터 "싫어"라는 말을 못 해서 상당한 고생을 한 것도 사실이었다. 그녀는 사람들을 실망시키기가 싫었다. 그녀는 남자가 매우 좋았고 남자들이 저를 흠모한다는 걸 아는 게 즐거웠다.

역사에 비추어 볼 때, 따라서 스푸크는 볼디 데블린과 관련해 아무런 곤경도 내다볼 수 없었다. 그녀는 전에도 수없이 겪어본 터라 일이 술술 풀릴 줄 알았다.

"우리 이제 어떡하느냐면," 새해 첫날 아침 그녀는 발표했다. "그때그때 상황을 보고 풀어가기로 해."

네 사람은 링컨네 집 거실에 앉아 있었다 — 스푸크와 볼디는 새 소파, 제임스는 안락의자, 주재를 맡은 링컨은 바 스툴. 다들 잠을 못 잔 상태였다. 거실은 새 밀레니엄의 잔해와 악감정으로 아수라장이었다.

"그게 좋은 생각 같아," 스푸크는 말했다. "우리 모두 신선하고 깊고 건강한 숨을 돌리는 게. 성급해할 이유 없잖아."

"당신은 저 친구랑 밤을 보냈어," 제임스는 말했다. 그는 볼디 데블린을 고개로 툭 가리켰다. "나라면 **그걸** 성급하다고 하겠는데."

"어머나, 이런," 스푸크는 말했다. "2000년도야, 응? 어른이 되자."

"제임스는 **지금도** 어른이야," 링컨은 말했다. "그리고 화가 나 있지."

스푸크는 고개를 끄덕였다. 그녀는 이 일을 차차 원만히 해결할 셈이었다.

"그럴지도 모르지," 그녀는 말했다. "하지만 그건 저이도 남자임을 입증할 뿐이야." 그녀는 반쯤 태운 담배를 끝내고 바로 또 한 대 불을 붙였다. 그녀의 라임 같은 녹색 눈이 번득이고 있었다. "내가 역사 전문가는 아니지만, 여자들은 이런 일을 평생 견뎌야 했어. 브리검 영*이 어땠어? 성서는? 아브라함이랑 야곱이랑 다윗이랑 호색한 늙은이 솔로몬 — 계속해서 그 모양이었잖아." 그녀는 한숨을 쉬었다. "난 우리가 이 점에 깨인 줄 알았어."

"문제는 깨이고 말고가 아니야," 제임스는 말했다. "당신 마음이 문제야."

---

* Brigham Young. 종교 지도자. 모르몬교 제2대 대관장으로 일부다처제를 인정한 인물.

스푸크는 폭소를 터뜨렸다. “내 마음이라니, 그렇게 생각해?”

“응,” 제임스는 말했다. 그는 지원 요청을 하느라 링컨을 쳐다보았다. “사랑을 그렇게 멀리 — 그렇게 가늘게 — 늘이다 보면 사랑이 어디 사랑이겠어?”

“그럼 떡치기나 되는 거지,” 링컨은 말했다.

볼디 데블린은 얼굴을 붉히곤 이마를 문지르더니 신발 끈을 다시 묶는 데 전념했다. 스푸크는 그 남자의 무릎을 토닥였다.

“나도 내가 틀렸으면 좋겠어,” 그녀는 말했다. “하지만 여기엔 소유라는 자존심 문제가 걸려 있는 것 같아. 난 누군가의 교환 가능한 물건이 아니야.” 스푸크는 볼디의 무릎에 또 한 번 관심을 기울였다. 그녀는 통제 불능이었다. 그녀도 그걸 알았다. 그녀는 그럴 필요가 있었다. 위험은 그녀를 스푸크 자신으로, 세례 받은 슬픈 벙어리 캐럴라인보다 나은 무언가로 만들어주었다. 위험은 그녀를 가정(家庭)이라는 독극물로부터 떨어뜨려주었다. “우리의 새 파트너가,” 그녀는 말했다. “여기에 기회를 주고 싶어 해. 내 말은, 우리 넷에게. 안 그래, 자기?”

“넷이요?” 볼디는 말했다.

“시작한 건 끝을 봐야지,” 스푸크는 말했다.

링컨은 코웃음을 쳤다. 그는 참을성 많고 졸릴 만큼 차분한 사람이었지만 지금은 어느새 빈정거리는 데까지 가 있었다. “여성분 말씀은,” 그는 말했다. “다다익선이라 이거군.”

“케이크를 달라더니,” 제임스는 말했다. “좋은 부분만 골라 먹겠다는 거잖아.”

“그것도 케이크 세 개를,” 링컨은 말했다.

볼디 데블린이 일어섰다. "저기요," 그는 말했다. "저는 자유분방한 사람이 아니에요. 사실을 말하자면 저는 이분이 결혼한 줄 전혀 몰랐어요. 이름이 스피넬리던가요, 맞죠? 거짓말이 아니라, 제가 관계를 가진 건요 — 그 왜 — 술이 전부 바닥나고 시간도 한참 늦은 뒤라고요." 그는 제임스를, 그런 다음 링컨을 힐끗 살폈다. "저는 그냥 문으로 향할게요. 여러분끼리 잘 풀어보세요."

"바보같이 굴지 마," 스푸크가 말했다. 그녀는 웃음을 짓고 소파를 탁탁탁 두드렸다. "당장 앉아."

"저는 차라리 — "

"앉으라고."

볼디는 앉았다.

"실은 이래," 스푸크는 말했다. 그녀는 여전히 웃고 있었지만 얼음장처럼 싸늘해진 웃음이었다. "난 들들 볶이지 않을 거야, 무엇한테도. 우리가 얘기 중인 게 마음이라면 말인데, 아님 사랑이든 애정이든" — 그녀는 잠시 말을 끊고 제임스를 쏘아보았다 — "그래 좋아, 나는 당신들 하나하나를 아껴. 아울러 나는 얌전히 굴라는 엄마 아빠 같은 생각에 좌우되기 싫어." 그녀는 또다시 웃었다. "내 말 잘 이해되지?"

"잘," 제임스는 말했다. "다만 조만간 사람들은 선택을 하게 될 거야. 다 갖는 사람은 없으니까."

"그런 법을 누가 만들었는데?" 스푸크는 말했다.

"상식이야."

"바로 그거야. 난 **비상식적**이야. 그게 못마땅하면 있지, 당신들 중 누구라도 자유롭게 가버려."

"그러시다면," 볼디는 말하고서 슬슬 일어섰다.

"넌 말고," 스푸크는 말했다.

나중에 밝혀진 일이지만 볼디 데블린은 진짜로 — 재빨리 영영 — 떠나되 남성에 대한 스푸크의 오점 없는 자주권까지 들고 떠났다. 그 뒤 몇 주 동안 그녀가 볼디에게 건 전화는 응답이 없었고 그녀의 이메일도 사이버공간으로 증발해버렸다. 그녀는 잠을 설쳤다. 체육관에 다닐 기력도 차리지 못했다. 스푸크는 한때 멋들어지게 어우러졌던 매력과 자력이 저하했음을, 이날 이때껏 축복이자 타고난 권리로 알았던 여자로서의 호소력이 녹슬었음을 오십 몇 년 만에 처음으로 알게 되었다. 그녀의 엉덩이에는 작고 흉한 보조개들이 옴폭옴폭 생겼다. 그녀의 가슴도 땅바닥과 한결 가까워진 듯했다.

스푸크가 감정을 주체 못 하고 눈물을 흘린 건 한 번이 아니었다. 두 테이블에 식사가 늦어졌다. 그녀는 커내스터*에서 패하기 시작했다. 한때 탐욕스러웠던 성욕도 싹 사라졌다. 두 결혼 생활 모두 고역이었다. 이 불행은 내 자존심과 아주아주 관련이 깊지 볼디 데블린과는 거의 무관해 하고 그녀는 이해했다. 그 남자가 잘생긴 건 사실이야, 하지만 **그 정도로** 잘생긴 건 아니라서 다른 상황이었다면 벌써 "정복" 내지 "재미 봄"이라는 딱지를 붙여 치워뒀을걸. 실상은 달랐으므로 그녀는 볼디의 얼굴을 머릿속에서 내쫓지 못했다. 그녀는 영혼에 넌더리가 났다. 겁도 났다. 그녀는 제 인생에서 리튬**도 병원도 죽은 이들의 귓속말도 더는 원하지 않았다.

스푸크의 두 남편은 거의 도움이 되지 않았다. 두 남편은 스산한 1월이 다 가는 동안 저희끼리 — 골이 나서 술을 마시며 — 보내는 시간이 스푸크랑 보내는 시간보다 많았다. 2월 초 어느 오후, 링컨은 파인힐스 드라이브에 자리한 집을 나와 스프링 스트리트에 자리한 제임스의 좀 더 소박한 저택 작은 손님방에 세를 들었다. "이 일이 해결되려면," 그는 스푸크에게 말했다. "당신도 분명 혼자 지내는 시간이 필요할 거야. 제임스랑 나는, 우리는 당분간 붙어 있을게."

그녀는 고개를 끄덕였다. "그 사람은 잘 지내?"

"아마도. 남편 같은 느낌은 별로 안 드나 봐."

"아니, 볼디 말이야," 그녀는 말했다. "당신 그 사람이랑 일하잖아. 그 사람이 한 번도——"

"이봐, **작작** 해," 링컨은 말했다. 그는 제 여행 가방을 집어 들고 현관문으로 성큼성큼 걸어가더니 뒤로 돌아 그녀를 요리조리 뜯어보았다. "조언 하나 하지," 그는 말했다. "다 가지려는 사람은 하나도 못 건지고 끝나."

스푸크는 어깨를 으쓱했다. "그거 당신 학생 때 편람에 나오는 얘기야?"

"아니," 그는 그녀가 받아야 할 대접보다 점잖게 말했다.

스푸크도 낙담이란 걸 모르진 않았을 텐데. 우리 우주에서 일어나는 비범한 사건들은 더러 순전히 관습적인 것, 기이할 만큼 평범한 것으로 설명 가능한데 스푸크 스피넬리가 그런 경우였다.

그녀는 쌍둥이로 태어났고——그녀의 자매는 캐럴라인이 아니라

---

* canasta. 두 벌의 카드로 두 팀이 하는 놀이.

** 리튬은 조울증 치료제로 쓰인다.

캐럴린이었다—둘 다 금발에 라임 같은 눈, 다른 것은 콩팥뿐이었다. 캐럴린은 다섯 살에 콩팥병이라는 병에 걸렸다. 17개월 뒤 그녀가 죽자 그 이듬해까지 캐럴라인은 말을 하지 않았다. 여기서 한 마디 저기서 한 마디 점점 말수가 줄었다. 그녀는 여러 병원을 들락날락하며 아동심리학자들의 질문 공세를 받았지만 결국 그녀의 말 없음은 의도적인 것으로, 즉 질병의 산물이 아니라 내면의 어느 격렬한 고집의 산물로 보였다.

그녀의 아버지는 그녀에게 스푸크*라는 애칭을 지어주었다. 그녀가 말을 하게끔, 그 끔찍한 해를 헤쳐나가는 데 힘이 되어줄 저승의 아득한 속성을 그녀가 가벼이 여기게끔 농담을 건넨 거였다. 그녀는 이따금 여러 목소리를 들었는데 대개는 자매인 캐럴린의 것이었다. 그녀는 엄지를 빨던, 자면서 까르륵까르륵하던 때로 돌아갔다. 그녀는 유치원과 1학년 시절 대부분에서 배제되었다.

그러다 일곱 번째 생일 직후 스푸크는 돌연 언제 그랬느냐는 듯 완전한 문장으로 다시 말을 시작했고 그 뒤 5년 반 동안 보통의 쾌활한 소녀로 살았다. 그녀의 사랑스러운 녹색 눈, 그녀의 맑은 웃음, 세상에 대한 그녀의 걱정 없는 태도가 사람들의 입을 탔다. 사내아이들은 반한 티를 냈다. 선생들은 빙그레 웃었다. 천하의 바람둥이라고 그녀의 아버지는 말했다. 타고나길 매정한 여자라고.

열두 살 때, 비 내리는 8월 어느 오후 스푸크는 제집 뒷마당에 얕은 무덤을 팠다. 그녀의 어머니는 딸이 거기서 두 손을 배에 포개고 얼굴은 하늘로 향한 채 눈을 감고 비를 맞으며 흠뻑 젖는 그림같이 예쁜 모습을 보았다. 스푸크는 또다시 여덟 달 동안 말하지 않았다.

다시 병원을 전전, 이번에는 약물 치료였다.

이번에도 회복은 갑작스러웠다.

"말할 필요가 없었으니까요," 그녀는 부모님께 말하고 등을 돌리더니 그 얘긴 두 번 다시 하지 않았다.

그녀는 다정한 사람이었다. 그녀는 누구한테도 겁을 주고 싶지 않았다.

한두 번의 경우를 제외하면 스푸크의 고등학교 시절과 대학 시절은 일종의 매력 과시벽으로 봐줄 만한 일들과 함께 지나갔다. 공공장소에서 엄지 빨기, 졸업 앨범 가슴 노출, 부목사며 마르크시스트 수위며 두루두루 매우 고마웠던 또래 학생들과의 애정 행각. 그녀는 호감을 잘 샀다. 그녀는 성적도 뛰어났고 두 번의 낙태도 어깨를 으쓱하곤 떨쳐냈다.

1969년 다턴 홀을 졸업한 뒤 스푸크는 미네소타를 떠나 로스앤젤레스로 갔는데 거기서는 그녀의 미모와 자극적인 성향이 얼마 안 가 그녀를 서부극이라는 죽어가는 장르에서 들쭉날쭉한 작업으로 이름난 마흔한 살짜리 각본가의 침대로 이끌었다. 그녀는 몇 주 만에 남자 배우로 갈아탔고, 버스보이**가 그 뒤를 이었고, 적당한 때가 되자 크게 성공한 록 밴드의 건반 주자가 다시 그 뒤를 이었다. 스푸크의 미래는 유망해 보였다. 그녀의 이름은 〈버라이어티〉지에 두 번이나 올랐다. 그녀는 할리우드 볼***에서 열린 자선 행사에서 라이언 오닐과 사진을 찍었다. 하지만 결국 LA도 신물이 났는데 그것은

---

* 스푸크(spook)는 유령, 귀신, 첩자 등의 뜻이 있다.

** busboy. 식당의 종업원 보조로 흔히 그릇 치우는 일을 하는 사람.

*** Hollywood Bowl. 1922년 문을 연 원형극장.

어느 정도 그녀의 잘못이었다. 그 건반 주자는 저보다 쪼끔 더 유명하고 쪼끔 더 훤칠한 경쟁 밴드 드러머와 스푸크가 사귀는 걸 참지 못했다.

"너 같은 것들은," 그녀더러 가서 짐 싸라고 한 날 밤 건반 주자는 말했다. "내가 쓰는 가장 울적한 노래에나 나올 년들이야."

스푸크는 쌍둥이 도시로 돌아왔다. 1년도 안 되어 그녀는 링컨 하우드와 약혼했다. 14년 뒤에는 결혼을 했다 — 긴 약혼이었지만 기다릴 가치가 있는 일이었다. 링컨은 경제적으로 보장되어 있었고 그녀의 기벽을 수용했으며 자기가 록 스타 다음이라는 데 자부심이 있었다. 무엇보다도 그는 그녀를 사랑했다. 절대적이고 조건 없는 사랑, 그거야말로 스푸크 스피넬리가 필요로 하던 것이었다.

링컨이 제임스와 살러 간 지 몇 주 뒤인 2월 말, 스푸크는 제일 친한 친구 두 사람인 잔 휴브너와 에이미 로빈슨을 불러 전략 회의를 열었다. 에이미는 이혼한 지 1년 남짓, 잔은 이제 겨우 한 달로 그들은 응어리며 현실적인 면들을 조합해 테이블에다 현명한 조언을 대령했다.

그들은 파인힐스 드라이브의 저택에서 만났다. 커피가 차려졌다.

"이 볼디란 녀석이 어디서 점심을 먹는지 넌 알잖아," 에이미가 말했다. "웨이트리스로 취직해. 메뉴를 들이밀라고."

"일을 하라고?" 스푸크가 말했다.

"됐다," 에이미가 말했다.

"스푸크, 넌 여전히 미인이야, 하느님은 네가 할 일을 아셔," 잔이 말했다. "단도직입적으로 나가지 그래? 그 사람 집에 가. 야한 거 입고."

"비치는 거," 에이미가 말했다. "대학 때랑 똑같이 음흉하고 더러운 거. 이 커피 맛있다."

"코나야," 스푸크가 말했다. "그 사람은 나를 보려고도 안 할걸."

"이메일은?" 잔이 말했다.

"흥, 물 건너갔어," 스푸크가 말했다. "보낸 적 없는 거랑 같아."

그들은 잠시 생각에 잠겨 앉아 있었다.

"더 말해봐," 에이미가 말했다. "습관. 좋아하는 거. 싫어하는 거."

"약점," 잔이 말했다.

"우리가 이용해먹을 수 있는 거," 에이미가 말했다.

스푸크는 새해 전날에 있었던 대화를 최선을 다해 복기했지만 이제 그것은 암시적인 말과 부푼 기대의 불분명한 두런거림에 지나지 않았다. "음," 그녀는 말했다. "그 사람은 바이킹스 팬이야. 미식축구팀, 알지?"

"**바로** 그거야," 에이미가 말했다.

"바로 뭐?" 스푸크가 말했다.

잔 휴브너는 눈물이 핑 돌았다. 그녀의 전남편도 바이킹스의 팬이었다.

"엶 돌기," 에이미가 말했다. "치어리더, 옛날처럼 말이야, 지금은 쉰셋, 쉰넷 — 몇이더라? — 그쯤 먹긴 했지만. 색다른 행동, 그거면 그 친구도 껌뻑 죽을 거야."

"쉰셋이야," 스푸크가 시무룩하게 말했다. "그리고 내가 언제 치어리더였다고."

"아니었어?"

"아니었어," 스푸크가 말했다. 그녀는 일어서더니 버번 샷을 부어

코나를 독하게 만들었다.

"이크, 이런," 잔이 훌쩍거렸다. "네가 옷 하난 단정히 입었지. 네 그 은박지 같은 반바지."

"**은박지** 아니거든," 스푸크가 격하게 말했다.

"은박지 맞아," 에이미가 말했다. "딱 붙는 은박지."

"메탈릭이야," 스푸크가 말했다. 그녀는 기억에 젖어 웃음을 지었다. "튀었던 건 같다."

"말 나온 김에," 에이미가 말했다. "너 나한테 사과할 거 하나 있다. 빌리 맥맨. 은박지 번쩍대면서 걔 낚아채 갔잖아."

"그거 사랑이었어," 스푸크가 말했다.

"이 커피 **진짜** 끝내준다," 잔이 말했다.

에이미의 목소리가 높아졌다. "말이 되는 소릴 해. 네가 그걸 빌리랑 같이 작살낼 필욘 없었어. 내 유일한 기회였다고."

"싸우지들 마," 잔이 말했다.

"봐서," 에이미가 말했다. "사과 안 하기만 해봐라."

"그만해," 잔이 말했다. "안 그럼 울어버릴 테니까." 그녀는 콧대를 꼬집고 눈을 깜빡거려 한스러운 이혼, 한스러운 결혼 생활의 아픔을 떨쳤다. "스푸크가 할 일은 이거야. 그 남자 — 그 볼딘지 뭔지 하는 교활한 인간 — 사무실에 곧장 걸어 들어가서 벽에다 바짝 밀쳐 세우고 대답을 캐내. 너랑 잤잖아, 그치? 새해 전날에?"

"거의 그랬지."

"거의?" 에이미가 말했다.

스푸크는 제 커피를 빤히 들여다보았다. "저기, 난 그 사람이 — 그 왜 — 이 상황을 완전히 이해했는지 잘 모르겠어."

"뭐가?" 에이미가 말했다.

"관두자. 난 활기가 필요했던 거야. 결혼한 여자니까, 제기랄."

"그래그래," 잔이 말했다.

에이미 로빈슨은 스푸크의 손을 거두어 잠시 잡고 있다가 그녀의 쌍둥이 결혼반지를 톡톡 두드렸다. "넌 이게 지나치게 단순해 보이나 본데," 그녀는 살짝 오만을 떨며 말했다. "네 그 두 남편 있잖니, 그이들 좋은 사람이야. 좋은 것 이상이지. 훌륭하다고. 잔이랑 나는 있잖아, 지금 한 놈도 없어. 빈집 한번 겪어봐라. 혼자 한번 지내보라고."

"외로움 한번 겪어봐," 잔 휴브너가 말했다.

"바이브레이터 한번 겪어봐," 에이미가 말했다.

스푸크는 짜증이 나서 두 손을 펼쳤다. 그녀는 말이 하고 싶었고 스스로를 옹호하고도 싶었지만 맥 빠지는 피로가 엄습한 참이었다. 거의 매번 자포자기였고 거의 매번 용기가 안 났다. 커튼이 드리우는 듯한 무언가 슬프고 낯익은 일이 그녀의 머릿속에서 벌어지고 있었다.

이제 요점은 볼디 데블린이 아니었다. 스푸크는 요점이 있기나 한지 확신이 안 섰다. 그녀는 그 남자의 얼굴이 어땠는지, 혹은 자기를 그토록 사로잡았던 게 무엇인지, 혹은 어쩌다 자기 인생이 이 휑한 곳에 처하고 말았는지 거의 떠올릴 수 없었다. 그녀는 중년의 소름 끼치는 압박감뿐 아니라 버번과 유령들과 죄책감과 끝없이 뒤쫓기는 느낌까지 느꼈다.

스푸크가 할 수 있는 건 아무것도 없었다. 그녀는 저 자신이 몸을 빠져나가게 내버려두었다.

늦은 오후 한때 그녀는 엄지를 입에 갖다 대고 "이런, 맙소사" 하고 말했지만 아무도 그녀의 말을 듣지 못했고, 그러자 그녀는 그 뒤로 한 마디도 하지 않았다.

이번에는 한 달도 가지 않았다. 제임스와 링컨이 너그럽게 배려해가며 그녀가 이겨내도록 도왔고 심지어 볼디 데블린도 어느 날 꽃을 들고 나타나 행운을 빌어주었다. 스푸크는 햇빛이 번지고 이우는 모습을 지켜보았다. 그녀는 식사도 하고 집안일도 좀 거들고 두 남편이 하룻밤씩 번갈아 안도록 허락도 했다. 마음만 내켰다면 그녀는 훨씬 일찍 입을 열고 웃음소리와 함께 침묵에서 벗어나 또 한 번 새롭고 신나는 정사 속에 냅다 머리를 들이댈 수도 있었다. 그러는 대신 그녀는 이런 날들도 자기 것이라고 주장했다. 그녀는 스스로 사랑받을 짓을 했으며 이중의 가정생활 속에서 위안을 찾았다. 자기 처지에 만족하는, 사정을 잘 모르는 남이 보기엔 별나다 혹은 괴상하기까지 하다 했을 일은 — 모닝커피는 링컨이 따라주고 설탕은 제임스가 저어주는 일은 — 벵골 호랑이에게 날고기가 없으면 안 되듯 스푸크 스피넬리에겐 최고로 긴요한 문제였다. 거기에 거래가 없지는 않았다. 많은 거래가 있었다. 그래서 스푸크는 자기에게 주어진, 혹은 자기가 선택한 그 묘한 상황이 머잖아 비 내리는 날로, 뒷마당 무덤으로 이어질 게 거의 확실하단 걸 알았다.

침묵의 끝이 가까워진 3월 말 어느 아침, 스푸크는 잔 휴브너와 에이미 로빈슨의 방문을 받았다. 두 친구 모두 두 남편만큼 배려심도 이해심도 깊은 사람이라 왠지 전보다 과장된, 전보다 천주교 같은 고요를 존중해 목소리를 낮추었다. 그들은 최근에 있었던 저희의 승리와 말썽, 옛 친구들한테 들은 소식, 다가오는 대학 동창회 얘기로 스푸크의 기분을 마냥 띄워주었다. "7월 언제래," 에이미 로빈슨이 말했다. "그러니까 주름살 막고 몸 잘 추스르는 데 몇 달 안 남았다 이거지."

"말하자면 얘기야," 잔 휴브너가 말했다.

"가서 은박지 쇼핑 좀 해," 에이미가 말했다. "빌리도 거기 올 거야, 내가 뭐든 걸라면 건다."

"6피트 3인치(약 190센티미터)짜리 대물," 잔이 말했다.

"자빠뜨려," 에이미가 말했다.

스푸크는 꿈꾸는 듯한 웃음을 지었다. 바로 이때 그녀는 입을 열 수 있었을 것이고 실제로 입을 열 뻔했다.

그녀는 눈을 감고 엄지를 입으로 가져갔다.

그녀의 풍부한 상상 속에서는 어느새 캐럴린과 캐럴라인이 피처럼 빨간 발톱, 탈색한 머리, 청동색과 은색으로 맞춰 입은 미니스커트로 치장한 채 서로 손을 맞잡고서 다턴 홀 체육관에 사뿐히 들어서고 있었다 — 신발은 아마도 스파이크 힐*, 브라는 아마도 남들보다 앞서도록 가슴이 봉긋해지는 섹시한 브라. 어쩌면 링컨과 제임스가 동행할지 몰랐다. 어쩌면 볼디 데블린이 후보로 따라나설지 몰랐다. 아니, 어쩌면 아무도 없을지 몰랐다. 어쩌면 이번엔 혼자 가게 될지 몰랐다.

---

* spike hill. 아찔할 만큼 굽이 가늘고 높은 하이힐.

8
1969년도 졸업반

"나 유방암이래. 쉰두 살인데. 일주일 뒤면 쉰셋."

"축하해," 빌리는 말했다.

도러시 스타이어는 고개를 절레절레하더니 눈길을 돌렸다. "사람이 '나 암이었어'라곤 말 안 하잖아. '나 암이야'라고 말하지. 꼭 갈색 눈동자나 반점 같아. 그걸 품고 식료품 가게에 다니는 거야. 묘지까지 가져가는 거지."

"정말 그래," 빌리는 말했다.

둘은 반쯤 마주한 채 댄스 플로어 끄트머리에 서 있었다. 새벽 4시가 훌쩍 지난 시각이었고 체육관은 1969년도 졸업반 중 끝까지 나가떨어지지 않은 아홉 내지 열 명의 동기 외엔 휑했다.

빌리는 두 눈으로 그녀에게 상처를 주려고 애썼다.

"론은?" 그는 말했다.

"잘 있어. 부자야. 볼보가 두 대야. 철재 부위에 왁스칠도 해."

"네 그 사내애들은?"

"이젠 애가 아니야," 도러시는 말하더니 소리 나게 웃었다. "걔들 굉장해. 내일 너도 아마 만나게 될 거야."

"싫어."

"아무 문제 없을 거야."

"그래도 싫어."

"빌리, 그건 당치 않아. 한평생 전에 있었던 일 아무도 신경 안 써."

"아무도, 아무도," 그는 말했다.

"진짜 아무도란 말은 아니야."

"그 말 같은데."

"빌리, 제발. 애들 좀 만나봐."

"고마워," 그는 말했다. "내키진 않지만."

도러시는 얼굴을 찌푸렸다. "그럼 춤출래?"

"술이나 하러 갈까 봐."

"손에 들고 있는 건 뭔데?" 도러시는 말했다. "이리 와. 기분 좋게 한 곡 당기자. 너 춤추는 거 엄청 좋아했잖아."

"그랬지."

"날 증오해?"

"그것도 이유지."

그녀는 옛날같이 턱을 살살 굴렸다. 그녀의 화장은 두꺼울 뿐 감흥이 없었다. 그녀는 병들어 보였다. "난 할 만큼 했어. 맙소사, 그거 언제쯤 끝나니?"

"'그거'라니?"

"증오," 그녀는 말했다. "나한테 상처 주고 싶어 하는 거."

"진심으로 하는 말이야?" 그는 말했다.

"빌리, 춤추자."

"론하고 춰."

빌리는 등을 돌려 댄스 플로어 저편 어둠 속에 있는 테이블 중 하나로 이동했다. 그는 한동안 혼자 앉아 각자의 이름표 위에서 까닥거리는 지친 얼굴들을 바라보았다. 나중에 도러시가 그에게 다가와 말했다. "정말 이대로 가만히 있을 거야?"

"이대로가 어때서?"

"좀 앉는다?"

그녀는 그의 무릎에 앉았다.

"좀 나아?" 그녀는 말했다.

"싹 다 잊히네," 그는 말했다. "물어볼 게 있어. 네 그 두 아들. 걔들 나 같은 눈이야?"

"빌리 —"

"크고 파란 눈?"

"네 눈은," 그녀는 말했다. "안 파랗잖아."

"맞아. 파랗기는 씨발."

"너 나를 정말로 증오하는구나."

"론의 눈은," 빌리는 말했다. "론의 눈은 무슨 계열의 파란색이라고 해야 하나?"

"요점을 모르겠어."

"그럼. 알긴 뭘 알겠어."

"내가 여기 앉으면 안 됐었나 보다."

"그런가 보다."

도러시는 우아하지 않게 끙 일어서서 그를 내려다보았다. 그녀는 테이블에 있는 그의 잔을 잡았다. "나도 취할 수 있어. 누구보다 잔인해질 수 있다고."

그녀는 그의 위스키를 비웠다. 그러더니 테이블의 다른 세 잔에 남아 있던 술도 비워버렸다.

"나한테 상처 줘봐야 무슨 소용이야? 난 어렸어. 난 평범한 삶 같은 거, 그런 걸 원했는데 네가 떠났잖아."

"떠나다. 이상한 말이네."

"론은 나랑 결혼하고 싶어 했어."

"나는 떠났고 말이지."

"떠났지."

"거긴 시베리아가 아니야," 그는 말했다. "쇼핑센터도 배관도 실내에 있어."

"아이, 그렇게 느껴졌었다고, 빌리. 시베리아 같았어." 도러시는 근처 테이블에 가서 누군가의 술을 가지고 돌아왔다. "감히 덤벼?"

"어디 해봐."

그녀는 지체 없이 들이켰다. "통계가 뭐라는 줄 알아? 혹 여덟 개—5년에서 7년. 아주 사람 잡을 문장이지."

"론이면 장례 치러줄 여유 되잖아."

"제발 부탁인데, 나랑 춤 좀 춰줄래?"

"그놈의 제발," 그는 말했다.

"나 혼자 춰야겠다, 빌리. 셔츠 벗어던지고."

"용감한 여자네," 그는 말했다.

"내가 못 할 것 같아?"

"못 할 것 같아."

그녀는 어디로 가버렸다. 나중에 그는 그녀가 혼자 춤추는 모습을 보았다. 남편에 다 큰 아들이 둘이나 있는 쉰둘, 거의 쉰셋 먹은 여자가 취해서 시끄럽게 굴면 쪽팔린 게 사실이고 실제로 어느 정도 쪽팔렸지만 도러시가 지각 있는 여자라서 내내 셔츠를 걸치고 있었던 것도 엄연한 사실이었다.

9
위니펙

빌리 맥맨은 다턴 홀을 졸업한 지 여드레 만인 1969년 7월 1일에 그 나라를 떴다. 그는 용기가 되는 대로 최대한 기다린 참이었다. 그날 오전 11시 30분, 그사이 의구심을 두 번이나 고쳐먹은 빌리는 이른 오후 위니펙에 도착할 에어 캐나다 항공기에 탑승했다. 그의 인생은 소형 여행 가방 세 개에 꾸려져 있었다.

출입국 심사 때 그는 저를 관광객이라 밝히며 여권을 보여준 뒤 가방을 챙겨 1분도 안 되는 동안에 세관 신고를 마쳤다. 아무런 질문도 없었다. 경찰도 없었고 수갑을 들고 기다리는 FBI 요원도 없었다. 그는 택시를 타고 시내 호텔로 가 체크인을 하고 샤워를 하고 청바지와 티셔츠를 걸친 뒤 욕실 거울을 가만히 들여다보았다. 말총머리를 한 장신의 겁먹은 아이가 마주 보았다. "하느님, 부디," 그는 말했다. 그러고 나서 그는 미네소타 남서부에 계신 부모님께 전화를 걸었다. 빌리는 상황을 전할 효과적인 방법을 찾아 전화 통화를 골백번 연습한 참이었지만 방금 한 짓을 어머니께 설명하는 동안 어느

새 감정적인 어려움을 겪고 있었다.

그녀는 처음엔 당황하더니 이내 화를 냈다.

"네 인생이잖아," 그의 어머니는 말했다. "엄마 생각엔 그걸 망칠 권리도 너한테 있는 것 같다." 지익 하는 전파잡음이 들렸다. "아빠 바꿔줄게."

그의 아버지는 이해해주었다. 그는 돈을 부쳐주려 했다. 그는 빌리의 어머니를 야단치려 했다.

"옳은 일이에요," 빌리는 말했다.

"아무렴."

"죄송해요."

그의 아버지는 애써 소리 내어 웃었다. "저기, 얘," 그는 말했다. "옳은 일이라며. 네 입으로 그랬잖아. 돈은 어디로 보내니?"

전화를 끊은 빌리는 마음을 다잡고 세인트폴에 있는 도러시 스타이어의 번호로 다이얼을 돌렸다. 받질 않았다. 도러시는 틀림없이 겁먹은 거였다 — 전화기가, 같이 탈 비행기를 놓쳤다는 가슴 아프되 매우 지각 있는 핑계를 대기가 무서운 거였다.

빌리는 한 시간을 기다렸다가 다시 전화를 걸었고, 그러고 나서는 강 쪽으로 산책을 하러 나갔다. 안 믿어져, 그는 생각했다. 아직도 1969년 7월 1일이었다. 아직도 빌리 맥맨이었다. 그를 둘러싼 세상 모든 것이 믿기 어려울 만큼 평소 같았다. 아이스크림콘을 먹는 사람들, 길모퉁이에서 잡담하는 사람들. 빌리로선 무슨 감정인지 종잡을 수 없었다. 안도감, 그래, 하지만 죄책감과 두려움도. 어떨 때 그는 제 몸을 빠져나가 그 자리를 제 삶의 관객으로 맴도는 듯했다. 또 어떨 땐 스스로가 무법자처럼 느껴졌다.

그는 프로벤처 대로(Provencher Boulevard) 변의 중식당에서 저녁을 때우고 호텔로 돌아와 세인트폴에 있는 도러시 스타이어의 번호로 또 한 번 다이얼을 돌렸다. 그녀는 자정이 한참 지나서야 수화기를 들었다.

"내 말 좀 들어봐," 그녀는 말했다.

그는 웃음이 났다.

"다 준비됐었어, 빌리. 진짜로 택시에 올라타서 공항까지 반쯤 갔었어. 난 겁쟁인가 봐."

"그런 것 같다," 그는 말했다.

"그러지 마."

"뭘 그러지 마?"

"뭔지 **알잖아**," 그녀는 말했다. "이것 땜에 죽을 거 같아, 숨도 잘 안 쉬어져, 그러니까 그냥 들어줬으면 좋겠어. 울음을 못 그치겠어. 하루 종일, 밤새도록. 꼭—나도 잘 모르겠지만—꼭 뇌가 뒤죽박죽인 것 같아, 콘크리트믹서 안에 있는 것 같다고."

그는 식탁 앞에 앉아 있는 도러시를 떠올려보았다. 똑똑한 갈색 눈, 1년 내내 그을어 있는 모습, 점잖고 교육 잘 받은 여학생 사교 클럽 여자애다운 천 가지 해석이 가능한 웃음. 지금 그녀는 얘기를 똑바로 풀어가고자 적어둔 걸 읽고 있을 터였다.

"난 스물한 살이야, 빌리, 그러니 모든 걸 두고 달아날 수 없어. 그건 너무 꿈같은 얘기야, 너무 낭만적이라고."

"낭만적?"

"그런 뜻은 아니야."

"그런 뜻 같은데."

도러시는 울었든가 우는 척을 했다. 나중에 그녀는 말했다. "넌 이해할 마음이 없어, 안 그래? 내 말은 있지, 내 말은 그냥 그게 다 불가능하고 바보 같은 몽상이란 얘기야. 시골뜨기 옷 입는 거. 숲에서 사는 거."

"위니펙은," 빌리는 말했다. "숲이 아니야."

"무슨 말인지 알면서."

그녀는 이제 울고 있지 않았다. 그녀는 생각 중이었다. "아무튼 그래. 택시에 타니까 더는 스스로를 못 속이겠더라. 우린 서로 다른 사람이야. 난 공화당원이야, 빌리. 미국인이고. 어쩔 수가 없어."

뒤늦게 생각이 났는지 나중에 그녀는 말했다. "널 사랑하지 않는다는 건 아니야."

그러고 나서 그녀는 말했다. "언젠가 만나러 갈 수 있겠지. 얘기 나눌 날이 있을 거야."

그는 무엇이 다가오는지 알았다.

"빌리, 미안해," 그녀는 감정을 넣어서, 하지만 사과보다는 변명조로 말했다.

이상하게도 빌리는 도러시의 얼굴이 떠오르지 않았다. 그 대신 그의 눈에 선한 건 밸런타인데이에 자기가 그녀에게 준 은팔찌였다. 그녀는 그를 껴안고 눈물을 글썽였었다. 하지만 그는 그 팔찌를 두 번 다시 본 적이 없었고 그녀는 팔찌를 한 번도 언급한 적이 없었다. 그게 그녀의 방식이었다. 도러시와 있으면 한 번도 얘기된 적 없는 것들, 그러니까 삭제된 것들과 탈락한 것들에 유의해야만 했다.

예를 들어 지금 그녀는 "빌리, 나는 널 그 무엇보다 사랑해"라고 말하지 않았는데 이는 그녀가 그를 그 무엇보다 사랑하지 않기 때문이었다. 그녀는 캐시미어를 사랑했다. 그녀는 여러모로 훌륭한 사람이었지만—재치 있고 밝고 의지도 강했지만—어떨 땐 그 훌륭함이 동굴인류 같은 정치적 견해와 특권 의식에 죄다 질식해버렸다.

빌리는 울고 싶었고 전화선을 타고 넘어가고 싶었다. "비행기를 두 대나 걸렸어," 그는 말했다. "열 번을, 스무 번을 전화했고. 받질 않더라."

"무서웠어."

"무서웠단 건 빌어먹을 만큼 잘 알아."

"나한테 욕하지 마. 매정하게 그러면 끊어버릴 거야."

그는 콧방귀를 뀌었다. "매정한 건 그젯밤이 매정했지. 이불 밑에서가. 나 혼자 떠나게 될 거라고 네가 깜빡하고 말 안 해줬을 때가."

"그땐 확실하지 않았어."

"확실하게 들렸는데. 그 약속들 모두."

도러시의 머리에서 에어컨 버튼이 눌렸는지 회선에서 윙 소리가 났다. "네 말이 맞는 것 같아," 그녀는 말했지만 그녀의 말투는 네 말은 일부만 맞아, 약속은 조건부야 하는 뉘앙스였다. "내가 그렇게 단정하는 게 아니었어. 나도 그걸 시인했어. 그건 실수였어."

"결혼하기로 했던 건 뭐야?"

"빌리, 나는—"

"그 벽돌집은? 네가 원했던 아기들은?"

도러시의 말투는 언짢아졌다. "저기," 그녀는 말했다. "네가 날 경멸하는 게 딱 보인다."

"정신 나간 소리."

"그럴까? 난 항상 거만했잖아. 뭐든 틀리는 법이 없고."

예쁜 도시이긴 했지만 위니펙은 그의 머릿속을 가지고 놀았다. 도피에 관한 꿈들, 바짝 뒤쫓아 오는 닉슨, 수없이 많은 사이렌과 탐조등과 짖어대는 개. 대낮에 그냥 강을 따라 걷거나 공원에 혼자 앉아 있을 때에도 빌리는 옳으냐 그르냐의 문제로 이름 모를 당국의 감시를 받고 있는 기분이었다 — 기마경찰들, 혹은 어머니, 혹은 염화미소 짓는 부처. 어느 날 아침 그는 레스토랑에서 삶은 달걀을 먹다가 울음이 터지기 시작했다. 또 언제는 일종의 마비 증세, 정신의 폐쇄가 닥쳐 호텔 방에서 두꺼운 커튼을 치고 침대에 누워 텔레비전만 뚫어져라 쳐다보았다. 그는 그 도시에 친구가 없었다. 그는 직업도, 다음 일출 너머로 가닿는 야망도 없었다.

다턴 홀 졸업반이던 해 그는 도러시와 머리를 모아 몇 달이나 야망을 부풀려왔는데 그것이 기껏 충동이 되어버린 거였다. 소집영장이 온 건 졸업하고 8일 뒤였다. 그는 예금계좌를 정리하고 편도 비행기표 두 장을 구입한 뒤 짐을 싸서 공항에 가 더는 기다릴 수 없을 때까지 기다린 터였다.

빌리는 2주 뒤 그녀에게 다시 전화를 걸었다. 그는 모든 걸 희망적인 상태로 두려 했지만 얼마 못 가 대화는 힘이 빠졌다. 둘은 상대방의 절망을 들었다. 마침내 도러시는 말했다. "한번 가보도록 노력할게. 잘하면 한두 달 내로."

"팔찌는 어쨌어?" 그는 말했다.

"팔찌?"

빌리는 열린 창문 쪽으로 고개를 끄덕였다. 느릅나무들과 전화선들이 보였다. "아니야. 요즘 만나는 사람 있어?"

"만난다곤 못 하겠는데."

"못 하겠다고?"

"응."

도러시는 무슨 말을 덧붙였는데 그건 필시 수식어였을 테지만 빌리의 머릿속에서는 이미 그녀의 입에서 나올 만한 이름들이 귓가를 맴돌았다.

"론이야?" 그는 말했다.

"꼭 론은 아니야."

"좋아. 주로 론이야?"

"주로 그런 것 같아."

"주로가 얼마큼인데?"

"그냥 주로," 그녀는 말했다. "그만해."

빌리는 전화선들을 내다보았다.

"그럼, 만나러 와야지," 그는 말했다. "주로 론하고 같이 와."

첫 달은 꿈을 꾸는 기분이었다. 말도 안 되는 안색, 천한 차림새에 천한 말, 세상없이 불어난 소름 끼치는 몸무게.

빌리는 말총머리를 잘라버렸다.

양치질도 그만두었다.

어떨 때 그는 저를 비웃었다. 또 어떨 땐 일없는 분노가 그를 휘감았다. 도러시에 대한 분노와 조국에 대한 분노와 다른 똑똑한 이들을 죽일 이유를 마련하는 똑똑한 이들에 대한 분노. 언제나 이유가 있었다. 아틸라*도 이유는 있었다. 언젠가 이를 도러시에게 설명하려 하자 그녀는 만약 누가 자길 강간하려 하면 어쩔 거냐고 물은 적이 있었다 — 맞서 싸울 거야? 그 바퀴벌레 같은 놈을 죽여줄 거야? — 그 말에 빌리는 그럼, 베트콩 강간범이 하노이에서 날아와 다텐홀에 모습을 드러내는 그런 경우가 생기면 그 쪼그만 변태를 곧장 골로 보내줄게 하고 말했었다. 이 말은 성과가 없었다. 도러시는 애국적이고 금욕적인 생각을 하는 사람이었다. 반어법은 그녀의 레퍼토리에 없었다. "어이없는 얘기다," 그녀는 말했었고, 그러자 빌리는 씩 웃으면서 아니, 그건 누굴 죽일 훌륭한 이유 중 하나란 얘기야, 고대 그리스적인 이유 하고 말했었다.

그는 자기가 실성할까 봐 걱정이었다.

몸은 돌덩이가 된 상태였다. 몸을 침대 밖으로 들어내는 데 애를 먹기가 여러 아침이었다. 그는 TV를 보며 도러시를 큰 소리로 비난했고 자신을 방어하느라, 제 동기를 설명하느라 하느님께 장황한 논리를 설교조로 늘어놓았다.

그는 말하곤 했다. **왜 이러세요, 저는 그냥 애라고요.**

8월 초, 남은 돈이 100달러를 밑돌자 빌리는 스스로 뭐라도 하기로 했다. 그는 이틀 만에 위니펙 공공 도서관계의 한 분관에서 괜찮은 일자리를 찾았다 — 반은 사무원, 반은 수위였다. 캐나다에 남으려면 "영주 이민자 지위"라는 걸 반드시 확보해야 할 거란 얘길 들었는데 그것은 미합중국으로 다시 넘어갔다가 고용증명서를 들고 캐나다로 다시 넘어와야 한다는 뜻이었다. 그 전망에 그는 겁을 먹었다. 그는 핑계를 대가며 그 일을 일주일간 미루었지만 8월 17일에는 렌터카를 빌려 7번 국도(Highway 7)를 타고 남쪽으로 향했다. 세 시간 뒤 그는 미네소타주 소도시 외곽의 국경에서 넘어가도 좋다는 손짓을 받았다. 그 지역에서 점심을 들던 그는 도러시한테 전화를 걸까 하다가 그 반대의 결심을 하곤 미국인으로서 마지막 밤을 보낼 모텔에 체크인을 했다.

그가 잠든 건 끽해야 한 시간이었다.

1969년 8월 18일 오전 10시, 빌리 맥맨은 아담하고 소나무 향이 나는 캐나다 국경 사무소의 의자에 앉았다. 그는 고용증명서와 출생증명서를 제시했다. 이민국 공무원은 그에게 차가운 펩시콜라를 건넸다.

일은 다 해서 두 시간 남짓 걸렸다.

서류 작업 도중 빌리가 조금 눈물을 보이자 공무원은 말했다. "힘든 일이죠 — 모르면 몰라도 — 그러니까 확실하지 않으면……."

"확실한 게 뭔데요?" 빌리는 말했다.

그 남자는 고개를 절레절레하고 말했다. "모르죠."

일주일 뒤 빌리는 위니펙 세인트보니페이스(St. Boniface) 구역의 싸구려 아파트에 세를 들었다. 그와 도러시가 독립하기로 상상하곤 하던 장소였다. 참나무 바닥, 높은 층고, 거대 느릅나무들의 그늘이 드리운 큰길이 내려다보이는 커다란 퇴창.

---

* Attila. 게르만 민족의 대이동을 유발하고 로마제국을 어지럽힌 훈족, 즉 투르크계 유목 기마민족의 왕.

빌리는 카메라를 사서 아파트 사진을 찍은 다음 도러시 스타이어에게 미현상 필름을 부쳤다.

4년이 흘렀다. 도러시는 전화 한 통 없었다.

빌리의 고통은 원한으로, 그 뒤 증오에 가까운 무엇으로 굳었다.

1974년에 그는 캐나다 시민이 되었다. 1975년에는 캘거리 태생의 어느 사서와 결혼했다. 그는 철물점을 열었고 차를 샀고 여자 아기가 하나 생겼다. 하지만 괴로움은 여전히 그에게 남아 있었다. 죄책감을 잔뜩 품고, 화를 잔뜩 품고 침대 위 아내 곁에 누워서는 만약 전쟁에 나가 품위 있게 죽었다면 어땠을지 궁금해하기가 부지기수였다.

빌리가 제 판단을 의심한 건 아니었다. 그는 옳은 일 혹은 옳다고 믿는 일을 한 거였다. 하지만 도러시 없이는 옳은 일도 종종 그른 일로 느껴졌다.

빌리는 아내한테 이 일을 조금도 누설하지 않으려고 조심했다. 그는 조용히 지냈는데 이는 겉보기엔 불가피한 일이었지만 그 죄책감은 커져만 갔다. 그는 가정적인 남자가 되어 저 자신을 완전히 바치고 싶었지만 그가 할 수 있는 일은 그런 척하는 것뿐이었다. 그는 철물점을 확장했고 방 세 개짜리 수수한 주택을 샀고 저녁 식탁에서 만족감을 꾸며냈다. 그는 대체로 그 일을 잘 해냈다. 하지만 그의 아내는 어쩌다 한 번씩 하던 일을 멈추고 그를 가만히 쳐다보았다. 그때마다 그녀의 양쪽 입가는 씰룩거렸다.

"왜?" 그때마다 그는 말했다.

• • •

1985년 4월 빌리의 아내는 뺑소니 사고로 죽었다.

석 달 뒤 도러시의 전화가 걸려왔다.

"동문회보에 나오더라," 그녀는 말했다. "유감이야."

"론은 어때?" 빌리는 말하고 연결을 끊어버렸다.

20분 뒤 그녀의 전화가 다시 걸려왔다.

"그러니까 도움이 좀 돼?" 그녀는 말했다. "끊을까?"

"그냥 해본 거였어," 그는 말했다.

"상황을 돌릴 순 없어, 빌리. 내가 과거로 돌아가서 그 비행길 타진 못한다고."

"론이 어떤지 말 안 해줬어."

"론은 잘 지내. 그이도 참담하대 — 네 아내, 그 사고." 그녀는 초조하긴 하되 심하게 초조하진 않은 듯했다. "그 사람은 잡았어? 그 운전자?"

"아니. 론은 어떻다고?"

"그 소리 좀 그만해."

"엄청 잘난 인간인데. 걔가 벌써 결혼했다지?"

"그 사람 결혼한 건 너도 아주 잘 알잖아."

"그래, 들은 거 같다. 화려한 결혼식이었다고. 그래서 걔, 그 운 좋은 여자애가 누구?"

"빌리, 내가 뭐라고 말하길 원해? 전부 내 잘못이었다고 말해줄까?"

"응."

"내 잘못이야."

"한 단어 빠뜨렸어."

"전부," 그녀는 말했다.

그는 전화를 끊고서 그날 밤 내내 기다렸고, 그러고 나서는 열여덟 달을 더 기다렸다. 그녀의 전화가 다시 걸려왔을 때 빌리는 말했다. "틀림없이 개 부자야, 그렇지? 보나 마나 너 수영장 있는 집에서 살겠다. 잔디밭도 넓은. 바깥 정문에는 크고 하얀 기둥들이 서 있고. 애그뉴 동상도 있고."

그는 이 구절들을 단어 하나하나뿐 아니라 목소리에 밴 명랑함까지 오랫동안 연습해온 터였다.

"여기 위쪽 지역에 어떤 발전이 있었는지 넌 못 믿을걸," 그는 그녀에게 말했다. "수돗물. 통조림 제품."

"다 했니?"

"태닝 숍."

도러시는 기다렸다.

그의 각본이 소진되자 그녀는 말했다. "난 너한테 상처를 줬어. 내가 어떡하면 좋겠어?"

"어떡하느냐고?" 그는 말했다.

"난 네가 대화를 원할 거라고 생각했어," 그녀는 그가 여러 해 전 알아본 그 작게 바람 빠지는 목구멍소리를 냈다. 그는 그녀의 당당한 자세가 상상되었다. "딸아이가 있다며?"

"수지야," 그는 말했다.

"수지. 예쁜 이름이다."

"응."

"이제 걔가 —"

"열 살 된 지 100일," 빌리는 말했다. "아주 예뻐, 뭐든 다 잘해. 지

엄마처럼.”

“유감이야. 네가 사랑하는 사람을 잃어서.”

“새로운 일도 아닌걸.” 그는 저를 도끼눈으로 쳐다보며 서 있는 딸을 슬쩍 살피더니 등을 돌리고 말했다. “아무튼 그런 차가운 그늘이 늘 길을 막았지. 수치심이란 걸 좀 알아봐.”

“나 안 차가워.”

“네가 어떤 사람인데, 그럼?”

“그냥 도러시야. 다른 무엇이 아니라.” 그녀는 완전한 한숨은 아닌 그 바람 빠지는 소리를 또 한 번 냈다. “전화 안 할게, 빌리. 원한을 이렇게 오래 품고 있을 거면.”

빌리는 웃음을 터뜨렸다. “그 팔찌는 어쨌어?”

“어떤 팔찌?”

“이야. 어떤 팔찌라니.”

도러시의 목소리는 차가워지다 못해 거의 독살스러워졌다. “너 사람을 좀 만나는 게 좋을 것 같다. 그렇게 괴로서워야. 그건 건강하지 못해.”

“론한테 내 축축한 키스나 진하게 전해줘.”

빌리가 전화를 끊자 그의 딸이 뚫어지게 쳐다보았다. “흠,” 딸은 말했다. “이젠 **남자**랑 키스하려고?”

1991년에 이르자 빌리는 철물 체인점 네 곳에 저목장 하나와 잘 나가는 지붕 공사 업체 하나를 소유한 사람이 되어 있었다. 그는 위니펙 로터리클럽 부회장, 위니펙 예술위원회 총무이기도 했다. 재혼은 하지 않은 상태였다.

그해 10월 빌리는 제 계좌를 관리할 직원으로 젊은 여자를 고용했다. 그녀는 어느 날 어마어마하게 넘치는 자격을 들고 나타나 일을 구했다. 이름은 알렉샌드라 웬츠였다. 그는 생물학적인 것을 넘어선 어떤 매력에 곧장 끌렸다. 회청색 눈에 빨강 머리, 그녀는 큰 키에 조용한 데다 영리했고 매우 유능했으며 매우 진지했다. 몇 달 뒤 두 사람은 데이트를 하기 시작했다. 밖에서 만나는 네 번째 밤에 빌리가 키스하려고 하자 알렉샌드라는 그의 아내를 죽인 게 저라고 고백했다. "저는 열일곱이었어요," 그녀는 말했다. "제가 내내 원했던 게 있는데⋯⋯ 맙소사, 뭐였는지도 모르겠어요. 그냥 당신한테 말을 걸고 싶었어요."

빌리의 두 손은 그녀의 잘록한 등허리에서 여전히 깍지를 끼고 있었다.

"열일곱이었어요," 알렉샌드라는 말했다. "무서웠고요."

두 사람은 그녀의 집 문 앞에 서 있었다. 자정이 조금 지난 시각이었다. 반달이 떠 있었고 그들 뒤쪽 풀밭에서는 귀뚜라미 소리가 들렸다.

"그래서 차를 몰고 가버렸어요," 그녀는 말했다. "그러고 차는 커노라에서 수리했어요. 얘긴 안 했어요, 아무한테도. 아무도 몰라요." 알렉샌드라는 머리를 뒤로 쓸어 넘긴 다음 이마로 표현된 물음과 함께 그를 쳐다보았다. "가끔씩 당신 집에 전화를 걸곤 했어요. 당신이 받으면 심호흡을 한 다음 입을 떼어 무슨 일이 있었는지 설명하려 했지만 말이 안 떨어졌어요, 한 마디도요, 그래서 잠시 듣고만 있었죠. 틀림없이 100번은 그랬을 거예요."

빌리는 고개를 끄덕였다. 그는 두 손을 그녀의 허리에서 치웠다.

"저를 경찰에 넘겨도 돼요," 그녀는 말했다. "이젠 아무래도 좋아요."

그녀는 제 아파트 문을 열고 한 손을 막 젓는 이상한 동작을 한 뒤 안으로 들어갔다. 빌리는 뒤를 따랐다. 두 사람은 부엌 조리대 너머로 마주 보게끔 바 스툴에 앉았다.

창문이 닫혀 있는데도 빌리에겐 여전히 밤 귀뚜라미 소리가 들렸다.

"그 시간이 다 지나간 뒤에," 알렉샌드라는 말했다. "어느 날 저도 무언가를 해야 했어요. 신문에서 당신의 구인 광고를 봤죠. 걸어 들어갔어요. 일자릴 요구했죠. 왜냐하면—누가 알겠느냐만—결국 더는 견딜 수 없었거든요. 당신을, 아니 그 일을, 아니 뭐든 간에 직면해야 했어요." 그녀는 올려다보았다. "제발 말 좀 해봐요."

빌리는 고개를 가로저었다.

"저를 경찰에 넘겨도 돼요," 그녀는 또 한 번 말했다.

"안 넘겨."

"하지만 그래도 돼요. 그래야 해요, 제가 볼 땐."

여자는 그를 보며 가만히 앉아 있다가 일어서더니 싱크대로 가 유리컵 두 개에 물을 채워서 조리대로 들고 왔다. "힘든 얘기여도 말해야겠어요. 당신 아내는 1초쯤 연석을 밟고 있었는데, 그냥 거기 서 있었는데, 그러다가 한 손을 드는 것 같았고, 웃는 것도 같았고, 그러더니 바로 내 앞에 와 있었어요. 뛰어든 거죠. 저는 열일곱 살이었는데—그녀가 뛰어들었다고요. 제 삶을 망친 거예요."

빌리는 놀라지 않았다. 일리가 있었다.

"그게," 그는 말했다. "내가 그녀의 인생을 망쳤거든."

"무슨 짓이라도 했어요?"

"아님 안 했거나."

두 사람은 몇 분이 지나도록 말이 없었다. 알렉샌드라는 물을 단숨에 들이켜고 그를 쳐다보았다. "저랑 자고 싶어요?"

"물으나 마나지."

"사악한 일일까요?"

"아니, 그렇게 생각 안 해."

그가 아이 돌보미에게 전화하는 사이 알렉샌드라는 언 피자를 오븐에 돌렸고, 그러곤 둘이서 옷을 벗고 부엌 조리대에서 섹스를 했다. 나중에 두 사람은 침대에서 피자를 먹었다.

알렉샌드라는 그에게 자신의 어린 시절에 관해, 부재한 아버지며 딸이 응원단장이 되길 원한 어머니에 관해 들려주었다. "제정신이 아닌 불쌍한 우리 엄마는 맨 그 소리뿐이었죠," 알렉샌드라는 말했다. "맨 응원단장인지 뭔지 하는 헛소리, 그게 인생 목표나 특별한 이력이라도 되는 듯이 말이에요. 어이없는 거 있죠? 어머니도 참. 어머닌 저를 알렉샌드라가 아니라 앨리라고 불렀는데요, 어머니의 마지막 소원이 **색기** 넘치는 응원단장이 되는 거였기 때문이래요."

빌리도 이야기를 들려주었다.

그는 도러시 스타이어에 관해, 집착에 관해 이야기했다. 그는 아내가 직감 때문인지 다 알아서인지 가만히 쳐다보곤 했다고, 그리고 어리석은 원한이 결국 제 인생과 그녀의 인생 모두를 파괴했다고, 자기가 그녀를 죽인 것과 같다고, 자기가 그녀를 차 앞으로 떠민 것과 같다고 설명했다.

"당신이 한 거 아니에요," 알렉샌드라는 말했다.

• • •

빌리와 알렉샌드라는 다섯 달 동안 만났다. 두 사람은 짐짝 같은 죄책감을 나누어 진 덕에 서로 위로를 얻었지만 결국 둘 사이엔 죄책감이 너무 컸다. 어떨 땐 빌리의 아내가 그들과 함께 소파에 앉아 있거나 그들 침대 발치에 웅크리고 있는 듯했다. 게다가 도러시도 문제였다.

"아마 댈러스로 가게 될 것 같아요," 알렉샌드라는 말했다. "카우걸 되려요. 응원단장은 아니어도 비슷하긴 하네요. 어머니 행복하게 해드려야죠."

빌리는 말했다. "당신 덕분에 **나도** 행복했어."

"조금은 그랬으려나."

"많이."

"잘됐네요," 그녀는 말했다. "우리가 서로를 너무 많이 알지만 않았어도. 가끔은 모르는 게 약이니까요."

"우리 둘이 계속 노력하면 될 텐데," 빌리는 말했다.

"도러시는요?"

"도러시는 잊고."

"사랑스러운 생각이네요," 알렉샌드라는 말하더니 고개를 가로흔들었다. "하지만 누가 죽었는데 꼭 그 시체를 껴안고 사는 느낌이에요. 보나 마나 그녀는 꽤나 비범한 사람이었겠죠."

"아니. 아주 평범했어."

"저로선 매우 유감인데요. 저는 평범해지려고 노력할 거라서."

알렉샌드라는 웃음을 지었다. 그는 그녀가 매우 아름답고 매우매우 착하다는 판단이 섰고, 그러자 이제는 설상가상 남은 인생까지 잃어버렸다는 생각이 들었다.

"중요한 건 제가 당신을 사랑한단 거예요," 알렉샌드라는 말했다. "하지만 저는 저를 쳐다봐줄 수 있는 남자가 필요해요."

1992년 9월 19일 빌리의 어머니는 세상을 떴다. 그 이틀 뒤 그는 자동차 옆자리에 딸아이를 태우고 인터내셔널폴스에서 국경을 넘었다.

"아빠 눈이 이상해 보여," 수지는 말하더니 눈썹을 튕기곤 말을 이었다. "노인 같은 이상함이야."

둘은 빌리의 고향에서 치러지는 장례식에 참석하고 그의 아버지 댁에서 며칠 머문 뒤 쌍둥이 도시로 북행했다.

빌리는 세인트폴 힐턴 호텔 방에서 도러시에게 전화를 걸었다.

"술 한잔 하지," 그는 말했다. "공항에서 만나."

"당한 거 돌려주려고?"

"아니," 그는 말했다. "나타날게."

도러시는 대학 시절의 웃음처럼 끼는 부리되 아무 뜻 없는 작고 능숙한 웃음을 한 차례 웃었다. "좋아, 하지만 내가 농간에 당하기엔 너무 똑똑해서 말이야. 다른 데서 봐. 공항 말고."

그들은 호텔 커피숍에서 만났다.

실제로 놀랄 것은 없었지만 도러시는 그가 떠올려온 모습 그대로였다. 비싸게 차려입고 비싸게 살을 태운 데다 대학 시절의 그 상앗빛 금색으로 색을 입힌 짧은 머리. 그들은 구석의 둥글게 휜 소파 자리에 앉았는데 이 덕분에 눈 마주침과 감정 과잉을 피하기가 수월했다.

"여기 온 거 론이 알아?"

도러시의 눈길이 테이블로 갔다. "음, 아니," 그녀는 말했다. "아직은."

"부탁이 있는데," 빌리는 말했다. "그 친구한텐 말하지 마."

그녀는 턱을 살살 굴리는 그 동작을 하더니 냅킨을 펼쳐서 무릎에 놓곤 그걸 몇 초 동안 가지런히 정리했다. 그녀의 눈은 반짝반짝하고 영악했다.

"알았어, 좋아," 그녀는 말했다.

"좋아?"

"아무 말도 안 할게."

빌리는 고개를 끄덕였다. 그는 이 여자랑 결혼하지 않아서 다행이란 생각이 들었다.

그들은 둘이서 자주 마셨던 보드카 토닉을 주문했고, 그런 다음 그는 다턴 홀 동창들에 관한, 카길*에서 세운 론의 업적과 자신의 두 아들에 관한 도러시의 수다를 아주 길게 느껴지는 동안 들어주었다. 하지만 그 시간 내내 빌리는 집중하는 데 애를 먹었다. 이 대화를, 그녀에게 상처 줄 온갖 방법을 20년 이상 마음속에 그려왔건만 이제는 자기가 무엇을 원하는지 불분명했다. 그는 괴로움의 행방을 알 수 없었다. 도러시가 — 새벽 2시에 일어나 빵을 굽는다느니 하며 — 불면증을 의논해 왔을 때 빌리는 반들반들 윤이 나는 그녀의 코끝만 저도 모르게 빤히 쳐다보고 있었다. 마치 화장품 광고에서 많이 본 닮아빠진 여배우를 음소거된 TV로 보고 있는 것 같았다.

---

* Cargill. 미네소타주 미니애폴리스에 본사를 둔 거대 식품 회사.

그녀가 별장들에 관한 주제를 완전히 답사하고 나서 어느 시점에 빌리는 팔을 뻗어 손가락으로 그녀의 입술을 눌렀다. "뭐 좀 물어볼게," 그는 말했다. "괜찮겠어?"

그녀는 고개를 끄덕였다. 그는 손가락을 치웠다.

"내가 궁금한 건 이거야. 네 인생을 들여다본다 쳐, 그 화려한 패 전부를 말이야, 후회되는 게 — 뭐라도 — 있니? 한 가지 사안이라도? 한 가지 실수라도?"

그녀는 깜빡 공부 못 한 시험을 그가 출제한다는 양 당혹스러운 얼굴로 그를 심술궂게 쳐다보았다.

그녀는 한숨을 쉬었다. "내가 볼 땐 네가 돌이킬 수 없는 일을 얘기 중인 것 같은데."

"나도 그런 것 같아."

도러시는 다리를 꼬더니 그에게 방긋 웃어 보였다. 그녀는 이미 마음을 가라앉힌 참이었다. "론은 늘 꿈이었어, 하려는 얘기가 그거라면."

"꼭 그건 아니야."

"그럼 뭔데?"

"아무것도."

"내가 엄청난 실수를 저질렀다고 말해주길 원해? 너랑 달아났어야 했다고?" 그녀는 그가 판독할 수 없는 눈길을 보냈다. "난 그거 바라지 않아, 빌리. 나 행복해."

"헌신적인 여자라서?"

"당연하지."

"바람도 안 피우겠네, 그럼?"

"내가?"

그녀는 웃음을 터뜨렸다.

그녀는 거짓말하고 있었다.

이제는 중요하지 않았다.

빌리는 끔찍스러울 만큼 눈부시고 끝내주는 두 아들에게로 화제를 되돌리는 그녀의 술책을 내버려두었다.

10분 뒤 그는 이만 가봐야겠다고 말했다.

둘이서 로비를 지날 때 도러시는 초대를 기대해서인지 그를 올려다보고 웃으면서, 끼를 부리면서 그에게 팔짱을 꼈다. 이건 유혹의 뜻이 아님을 빌리는 잘 알았다. 이건 도러시가 예의를 차리는 방법이었다. 그의 딸이 위층에 있는지 그녀가 묻자 빌리는 아니, 수지는 영화 보러 갔어 하고 말했고, 그러자 도러시는 향수에도 젖고 제 인생에 대한 만족감도 완벽히 채울 기회를 노려 또 한 번 의미심장한 뜸을 들였다.

"빌리, 다시 도시에 오면——"

"꼭 그럴게," 그는 말했다.

"저녁 먹으러 와. 진심이야. 론이 너 좋아해."

"론이라면 그럴 테지."

그는 그녀를 밖까지 배웅한 뒤 방에 올라가 샤워를 하고 누워 낭비된 그 모든 세월을 생각했다.

그의 딸은 한 시간 뒤에야 영화관에서 돌아왔다.

"그래서 어땠어?" 수지가 물었다.

괜찮았다고 빌리는 말했다.

"아빠를 꼬시려고 그랬지, 맞지?"

"으흠."

"'으흠'이 무슨 뜻이야?"

"아니란 뜻이지. 그 아줌만 테니스 짝꿍 구하더라."

빌리는 몇 초 동안 만화인지 뭔지 텔레비전을 가만히 들여다보다가 낄낄거리더니 딸에게 장거리 자동차 여행이 하고 싶은지, 혹시 아빠네 나라의 특별한 면모가 보고 싶은지 물었다. 어쩌면 그랜드캐니언. 어쩌면 텍사스.

"아빤 캐나다 사람이잖아," 수지는 말했다.

"그야 그렇지."

"근데 왜?"

"딱히 이유는 없어," 빌리는 말했다. "한때 여기서 살았었거든."

10
1969년도 졸업반

2000년 7월 8일 토요일 오전 8시, 1969년도 졸업반 중 몇 안 되는 열여덟 명만이 뷔페 조식을 먹으러 다턴 홀 학생회관에 모였다. 빠진 사람으로는 스푸크 스피넬리, 도러시 스타이어, 빌리 맥맨, 마브 버텔, 에이미 로빈슨, 잔 휴브너, 저명한 내과의, 세 아이의 어머니, 그리고 이날 조찬 연설자인 미네소타주 부지사가 있었다.

폴렛 하슬로는 초췌한 꼴로 후회를 하며 뒤늦게 도착했다. 그녀는 엘리 애벗과 말라 뎀프시 테이블에 앉았다. 말라만 식욕이 있었다.

"어제 일은," 폴렛은 말했다. "정말 미안해. 멍청이가 따로 없지."

"미안하긴 뭐가?" 말라는 말했다.

"맙소사, 그조차 모르겠다니까. 그래서 사과를 하는 거야."

그들은 물 탄 커피를 홀짝이면서 이 주제 저 주제로 위험한 얘긴 피해 수다를 떨었다. 20분 뒤 데이비드 토드가 유리잔 속에다 스푼을 짤랑거렸다. 그는 일어나서 몸을 가누고 예정 연설자의 대리인으로서 짤막한 말을, 주로 우스갯소리를 전달했다. 그는 3학년 지나서 다턴 홀을 중퇴한 게 후회는 되지만 그땐 이겨야 할 전쟁이 있었으므로 베트콩 대대를 제 놀라운 오른쪽 다리로 죽도록 패줘야 할 의무감을 느꼈다고 말했다. "어쨌든 여러분 모두 알다시피," 데이비드는 말했다. "이곳 다턴 홀에 있을 때랑 그 뒤 10년 가까운 시간 동안 제 전공은 말라였습니다. 대부분 D 학점을 받아서 조심스럽지만 — 결국엔 대놓고 F를 받긴 했지만 — 저는 그녀를 영원히 사랑할 거예요."

사람들은 박수갈채를 보냈다. 그가 자리에 앉자 말라는 양해를 구하고 데이비드의 테이블로 건너갔다.

"안됐어," 폴렛은 말했다. "요즘 **행복**할 일이 뭐가 있겠니?"

"행복?"

두 여자는 눈빛을 교환했다. 둘 다 별로 못 잔 상태였다.

"들어봐," 엘리는 말했다. "너는 목사야, 맞지?"

"어떤 면에서는. 현재 실직 상태지만."

엘리는 몇 초 뜸을 들이다가 숨을 고르고 말했다. "산책 좀 할까?"

스푸크 스피넬리는 오전 9시 막 지나서 플레어티 홀 꼭대기 층 콘크리트 벽으로 된 작은 기숙사 방에서 일어났다. 빌리 맥맨이 그녀 옆에 누워 자고 있었다. 스푸크는 그를 몇 초 지켜보았다. 그녀는 약간의 후회와 가벼운 부끄러움 그리고 낯선 슬픔을 안구 바로 안쪽으로 느꼈다. 딱하군, 그녀는 생각했다. 소중한 빌리조차 — 그의 마음씨에, 그의 아랫도리에 축복 있기를 — 이렇게 다정하고 멋진 사내조차 내 마음속의 압박감을 덜어주지 못하다니. 섬뜩한 환각들이 몇 년간 들었다 났다 한 터였다. 지금은 그것들이 쭉 지속되었다.

스푸크는 빌리의 이마에 키스했다. 그녀는 옷을 걸친 다음 엘리베이터를 타고 1층으로 내려가 제 방이 있는 기숙사까지 캠퍼스를 가로질렀다. 쉰 몇 살이라니, 그녀는 생각했다. 선택지가 바닥나고 있었다. 옅은 아침 햇살 속에서 그녀는 스산하고 불쾌한, 조금은 엉터리 같은 기분을 느꼈다. 그녀는 지난밤의 메탈릭 스커트와 스파이크 힐과 속이 비치는 빨간 블라우스 차림이었다. 머리가 아팠다. 그녀는 두 남편이 전화를 했을지, 오늘 밤 같이 잘 새로운 사람을 찾게 될지, 스스로를 그만 망가뜨리려면 뭘 어떡해야 할지 궁금했다.

한여름의 무더운, 매우 고요한 아침이었고 캠퍼스는 모든 시계가 멈춘 듯 활기 없이 부유하는 분위기였다.

폴렛과 엘리는 체육관을 지나고 새로 지은 과학동을 지난 다음 방향을 틀어 학교 저 위쪽의 작은 수목 공원으로 굽이져 들어가는 자갈길에 들어섰다. 그들은 오래전 바로 이 도심 숲속에서 모닥불을 피우고 평화를 꾀한 적이 있었지만 시간은 그 모든 걸 없던 일로 만든 터였다. 이제 그들의 꿈은 중년의 꿈이었고 그들의 정치는 개인적이었다. 두 여자 모두 별로 말을 하지 않았다. 그들은 그 길을 뒤로하고 방향을 틀어 나무들 있는 데로 올라간 다음 언젠가 엘리와 하먼 오스터버그가 순결과 욕망의 문제로 씨름했던 작은 공터에서 멈추었다. 폴렛이 느닷없이 말했다. "말해봐, 들어줄게."

"나 안 되겠어," 엘리는 말했다.

폴렛은 엘리의 손을 잡았다. "어서, 다 토해내."

"못 해."

"할 수 있어. 한 마디씩 차근차근."

"1분만 있어보자. 너무 무섭다."

학생회관에서는 데이비드 토드와 말라 뎀프시가 커피를 들며 한참을 꾸물거렸다. 그들은 1980년에 이혼한 사이였지만 저희의 그 역사에도 불구하고 여전히 서로를 사랑했다. 데이비드의 사랑은 격한 데다 과했고 말라의 사랑은 감정에 치우치지 않았는데 이것이 그녀 발언의 주제였다. "내가 혹시 동성애자 같은 건 아닐까 궁금해하곤 했어. 왜, 나는 뜨거운 물이 안 나오는 것 같았으니까." 그녀는 그를 쳐다보았다. "당신도 궁금했어?"

"가끔은," 데이비드는 말했다.

"나 아니야."

"아니라니?"

"방금 말한 거. 여자애들을 봐도 감흥이 없다고."

"굉장한데," 그는 말했다. "중요한 걸 알게 됐네." 데이비드는 앉은 채로 몸을 젖히고 그녀를 관찰했다. "말하다 보니."

"응?"

"얘기가 개인적이라고."

"너무 개인적인가?"

"그냥저냥. 중간 정도."

"그래, 그래서 우리가 이렇게 앉아 있는 거겠지. 개인적이려고."

데이비드는 고개를 끄덕였다. "그래서지."

"물어볼 거 있음 물어봐."

"이건 가정인데," 그는 말했다. "내가 당신한테 애원을 하려면——

목을 매거나 지붕에서 뛰어내리겠다고 말하려면—당신이 나랑 재결합할 의사가 있는지부터 알 필요가 있어."

"**생사**가 걸렸다는 거야?"

"아니."

그녀는 어깨를 으쓱하더니 그에게 웃음을 지었다. "그럼 답은 예스야. 당신이랑 재결합하겠어. 하지만 생사가 걸렸다. 그럼 예스가 아닐 것 같은데."

"뜨겁게 재결합할 거야?"

"당연히 뜨겁게지. 화끈한 말라잖아."

"다른 질문 좀 해도 될까?"

"뭔지 봐서."

"그게, 스케줄이 있어," 데이비드는 말했다. "오늘 밤에. 당신 다리 사이에 발사대를 세울 계획이야, 로켓 발사, 목성까지 날아가는, 가서 당신 난소랑 구르는 거지."

"그건," 말라는 말했다. "질문이 아니잖아."

"이제 괜찮아," 폴렛은 말했다.

"하나도 안 괜찮아," 엘리 애벗은 말했다. 그녀의 들숨은 가빠졌고 날숨은 엉망이었다. "맙소사, 더는 1초도 못 견디겠어. 멈추질 않아. 밤낮없이."

"뭐가?"

"자는 것도 무섭고 깨어 있는 것도 무서워. 절대로, 평생 안 멈출 거야."

"뭔데?"

• • •

마브 버텔이 면도를 끝낸 건 오전 10시 30분이었다. 플레어티 홀은 에어컨이 없었고 아침은 벌써부터 끈적끈적하게 찌고 있었다. 마브는 거울 속의 자신을 점검하면서 스푸크를 떠올리곤 샤워를 다시 해야 하나 싶었지만 그러는 대신 냄새 제거제를 조금 뿌리고 조그만 심장약 세 알을 복용한 뒤 발을 질질 끌며 방으로 돌아갔다. 스푸크의 얼굴이 거기서 그를 기다리고 있었다. 벽장 안, 베개 밑. 오늘 밤이야, 그는 생각했다.

“자, 난 싱글이야,” 폴렛 하슬로는 말했다. “결혼도 못 해봤어, 그럴 뻔했던 적도 없어, 하지만 날 한번 믿어본다면 내가 확실히 공감해줄 수 있어. 나 시간 무지 많아, 얘.”

엘리는 고개를 가로저었다. “나 그냥 못 하겠어 — 엄두가 안 나. 그러니까 이렇게 끔찍하지. 넌 비밀 지켜야 했던 적 한 번이라도 있니? 진짜로 **지켜야 했던** 적?”

“아마도,” 폴렛은 말했다. “모르겠다.”

“난 그게 **항상** 따라다녀. 전화가 울려도, 차가 지나가도. 절대로 떨어지질 않아.”

“남자 문제니?” 폴렛은 말했다.

“그것보다 안 좋은 거야.”

폴렛은 지상에 대한 경계를 게을리하지 않는 7월의 하늘을 올려다보았다. 그녀는 방금 저가 품고 있는 비밀이 생각난 참이었다. “이런, 안 좋은 일이군,” 그녀는 말했다. “나 듣고 있다. 납득이 가게 얘기해봐.”

"정말로 못 하겠어," 엘리는 말했다. "그러니까 **비밀**이지."

도러시 스타이어는 다턴 홀 캠퍼스로부터 남쪽으로 반 마일 거리인 세인트폴 부촌에서 남편 및 두 아들과 살았다. 도러시는 해 뜨기 직전 집에 도착한 터였다. 그녀는 끽해야 두 시간 선잠을 자놓고도 아침 8시에 일어나 제군들을 위해 아침 식사를 준비하더니 맨 똑같은 얼굴들에 뻔한 불평불만과 농담과 허풍이 얼마나 지겨웠는지 모른다며 남편에게 동창회에 관한 거짓말을 즐겁게 늘어놓았다. 그녀는 빌리 맥맨에 관해서나 지난밤 셔츠를 벗겠다던 자신의 으름장에 관해서는 말을 꺼내지 않았다. 현실적인 면을 봤을 때 도러시는 자신이 오래전 옳은 결정을 했다는 데 의심이 없었다. 론은 사려 깊고 착한 사람에 끝내주는 가장이며 아이들에게도 잘했고, 그래서 도러시는 자신이 만족할 수 있는 유일한 삶을 선택했단 걸 뼛속 깊이 알았다. 그녀는 안락함을 필요로 했다. 그게 뭐 어때서? 그녀는 아들들을 좋은 학교에 보내는 걸 두고 사과할 생각이 없었다. 빌리가—그녀 욕을 하든 못된 지적을 하든—하고 싶은 말을 할 순 있어도 그렇다고 좋은 가정, 좋은 소득, 런던이나 베니스나 나소로 여름 나들이를 가는 일이 나쁘거나 타락한 건 아니었다. 송로버섯은 부도덕할 게 없었다. 게다가 위니펙이었다면 도러시는 썩어 문드러졌을 터였다. 그녀는 조국을 사랑했다. 그녀는 밥 돌* 유세차 이웃을 돌아다닌 적이 있었다. "내가 화나는 건," 그녀는 토스트와 탈지유 너머로 론에게 말했다. "걔들이 멍청했던 60년대를 두고 아직도

---

* Bob Dole. 미국 공화당 정치인.

하나같이 옛날이 아름다웠네, 옛날이 순수하고 완벽했네 하는 헛소리를 늘어놓고 있다는 거야. 걔들 있지 — 스푸크, 에이미, 폴렛, 잔 — 걔들 다 어두운 시절로 돌아가 있어. 내 말은, 다들 잘 살고 있거든, 돈도 있고 — 하느님은 우리의 리틀 호찌민 에이미가 어떻게 사는지 아실걸 — 그런데 다들 거기에 죄책감을 느끼는 것 같아, 행복하길 거부하는 것 같고 성장하길 거부하는 것 같다고. 솔직히 **지금이야** 그렇게 끔찍할 게 뭐가 있어? 우린 성인이잖아. 안락해도 되는 나이야."

론은 그녀를 사려 깊게 쳐다보았다. "빌리도 왔었어?"

스푸크 스피넬리는 스커트를 벗고 크고 파란 타월로 몸을 감쌌다가 생각을 고쳐먹곤 타월을 벗어 던지더니 한 발 한 발 힐을 신었고, 그런 다음 눅눅한 복도를 지나 콜린스 홀 2층 여자 세면장으로 갔다. 평소였다면 사람 없는 욕실에 약간의 실망감이 들었을 것이다 — 부러움의 눈길도, 관리 잘된 엉덩이를 칭찬하는 쑥덕거림도 없었다. 그 대신 그녀가 느낀 건 욕지기와 무서움이었다. 그녀는 힐을 털어내고 샤워 칸에 들어섰다. 욕지기는 평소처럼 씻어낼 수 있었지만 무서움은 비누와 물의 영역이 아니었다. 그것은 소녀 시절부터 쭉 내장되어 있었다. 혼자라는 무서움, 혼자가 아니라는 무서움.

빌리 맥맨을 닦아내는 동안 스푸크는 한때 저쪽 LA에서 전 건반주자에게 현찰을 한 트럭 안겨주었던 곡을 흥얼거렸다. 그녀는 그 사람한테 전화를 해볼까 싶었지만 낄낄 웃음만 났고, 그러다 복도 끝에 있는 빨간 소화기를 떠올렸다. 분출구를 목구멍에 쑥 집어넣어, 그러고 은색 방아쇠를 당겨.

• • •

더위가 에이미 로빈슨과 잔 휴브너를 끝끝내 깨운 건 정오가 다 되어서였다. 잔은 에이미의 침대에서 기절한 터였는데 지금은 둘이서 나란히 누워 다시 룸메이트로 돌아가 있었다. 잔은 몇 달 전 폐경이 왔다고 고백 중이었다. "페이커스강*처럼 말라버렸지 뭐야," 그녀는 말했다. "그 꼴도 보기 싫은 리처드가 있잖니, 그 인간이 나를 한 번 보더니 덜 마른 강을 찾아 떠나더라고. 유유히 가버리더라."

"아유, 그만해라, 그만," 에이미는 말했다.

"네 말이 맞아, 내가 엉뚱한 짓을 하고 있어." 잔은 한탄을 하고 일어섰다. 그녀의 번진 미드나이트 플럼 립스틱이 눈 밑의 부기와 어울렸다. "중요한 질문. 페이커스강이 말랐던가?"

"깜빡 넘어갔다, 얘."

"사하라는, 그건 어때?"

"좀 낫네. 그게 강이라고 믿진 마라."

"강이 아니야?"

"아닐걸."

"이런 망할." 잔은 고개를 흔들었다. "어쨌든 내가 마지막 방울까지 다 떨어졌단 거야. 바싹 말랐다고. 메말라버렸어."

"있지, 자기야," 에이미는 지긋지긋한 듯이 말했다. "엄청난 부탁이 하나 있다. 머리는 아파 죽겠지, 어젯밤엔 남자랑 자는 데 근처도 못 가봤지, 게다가 — 이게 중요한 건데 — 이혼 얘길 하기엔 너무

---

* Pecos River. 뉴멕시코주와 텍사스주에 걸쳐 있으며 리오그란데강으로 흘러드는 강.

일러. 우는소리 그만한다고 약속 좀 해라."

"거래 성립," 잔은 말했다. "안 울게. 하지만 술은 해야겠어."

"너 방금 일어났어."

"그런데?"

에이미는 고개를 끄덕였다. 그녀는 일어나서 터덜터덜 화장대로 건너가 보드카병을 꺼내 들고 침대로 돌아왔다.

"위하여," 그녀는 말했다.

"위하여," 잔은 말했다. "우리가 너무 마시나?"

"의심의 여지가 없지. 지금 당장 끊자."

"에그," 잔은 말했다. "죄다 울 일뿐인걸."

"맞아," 에이미는 말했다.

"너나 나나 울고 싶진 않잖아?"

"확실히 그렇지."

"긍정하는 거지?"

"그래. 마시자."

잔은 손을 뻗어 병을 잡고 한 모금 넘긴 뒤 침대에 도로 누웠다. 그녀는 한동안 천장을 관찰했다. "너 그거 알아?"

"이런, 또 시작이다."

"나 늙었어. 외로워."

"그만 좀 해."

"아니, **정말로** 외롭다고."

"부탁이야, 제발 울지 마," 에이미는 말했다.

같은 기숙사 세 층 밑에서는 널리 알려진 내과의가 전 인기 농구 선수였던 세 아이 어머니의 헝클어진 백발을 쓸며 서 있었다. 그들은 스넬링 애버뉴의 어느 배달점에서 샴페인을 주문해둔 참이었다. 세 아이의 어머니는 그 내과의의 환자 대하는 태도를 두고 방금 자기가 한 말 때문에 키득거리는 중이었다.

내과의는 고개를 끄덕였다. "기분 좋은 말인걸," 그는 말했다. "300달러짜린 되겠어."

두 사람 다 지금 느끼는 기적 같은 행복을, 혹은 미래를 헤아려본 적은 없었다.

"사실대로 말해봐," 세 아이의 어머니는 말했다. "나 추가 수술 필요하지?"

"그런 것 같은데," 내과의는 말했다.

두 방 건너에서는 갓 결혼한 미네소타주 부지사가 자명한 사실들을 아직 터득하지 못한 전 약혼자에게 정치 현실의 대강을 설명해주고 있었다.

캠퍼스 반 마일 거리에서는 도러시 스타이어가 말했다. "개도 **확실히** 왔었던 것 같아."

방으로 돌아온 스푸크는 마브 버텔이 침대에서 기다리고 있는 걸 보았다. 그는 파란 정장, 밤색 넥타이, 광을 낸 검정 구두 차림이었다.

"알몸으로 보이는데," 그는 말했다.

"고마워," 스푸크는 말했다. 그녀는 타월로 몸을 가리고 모델처럼

한 바퀴 돌았다. "힐은 어때?"

"힐 때문에," 그는 근엄하게 말했다. "차원이 다르네."

"타월은?"

마브는 어깨를 으쓱했다. "솔직히 말할게. 난 타월 같은 건 신경 안 써."

"나 녹초야, 마브."

"걱정 마," 그는 말했다. "난 뚱뚱하니까."

스푸크는 타월을 걷고 청바지와 흰 셔츠를 걸친 뒤 침대 그의 옆에 앉았다. "네 말이 맞더라. 빌리 맥맨은…… 대실수였어, 내가 저지른 걸작 중 하나. 너무 미안."

"오, 뭐, 내가 뚱뚱해도 현명은 해," 마브는 말했다. "참을성도 우라질 빙하만 하고."

"넌 참을성이 많지," 그녀는 말했다. "너 참 대단해. 대걸레도 만들고."

"만들기야 제대로 만들지. 아주 완벽에 가까운 대걸레야."

그녀는 그의 어깨에 머리를 기댔다. "우린 좋은 친구야, 그치?"

"응, 그럼," 그는 말했다.

"그럼 내가 조는 동안 너더러 여기에 있어달라고 하면―?"

"있어줘야지," 그는 말했다.

말라 뎀프시와 데이비드 토드는 오후 12시 30분에 학생회관을 나와 스넬링 애버뉴에 위치한 꽃집까지 걸었다. 그들은 줄기가 긴 백장미 두 송이를 샀는데 하나는 캐런 번스, 하나는 하먼 오스터버그를 위한 거였다. 오후 중에 추도식이 예정되어 있었다. 캠퍼스로 돌아가는 길에 데이비드는 말라의 엉덩이에 손을 얹더니 "나 장애인이야, 천천히" 하고 말했고, 그러자 말라는 그의 손을 찰싹 때려 물리곤 말했다. "당신이나 천천히 해."

학교 위쪽 수목 공원에서는 폴렛 하슬로와 엘리 애벗이 일을 어떻게 속행할지 합의에 도달한 참이었다. 누가 와서 명예를 걸고 절대 누설하지 않겠다고 맹세하는 한이 있어도 둘은 무조건 비밀에 부치기로 했다.

"너 먼저 말해봐," 엘리는 말했다.

11
청력

밤 11시가 막 넘은 시각, 미니애폴리스 서쪽 근교에서는 재니스 케치 부인이 레노 쇼 방송을 끄고 보청기를 뺀 다음 루디의 베개를 침대에서 내던지고 이불을 끌어올린 뒤 전등을 끄고는 여름밤 어둠 속에 누워 혼잣말을 중얼거렸다. 재니스는 격노한 상태였다. 정말이지 너무 화가 나서 속이 부글부글 끓었다. 그녀는 루디더러 스테이크와 위스키 좀 끊으라고, 주말마다 그 지루하고 허풍만 떠는 재향군인회(American Legion) 전우들하고 그만 좀 싸돌아다니라고 백만 번을—아마 천만 번을—당부한 터였다.

그는 이제 죽었고 재니스는 혼자였다. 막막하네, 그녀는 속으로 말했다. 예순세 살, 주로 귀머거리, 잔일 봐줄 사람이 없는, 저녁에 차를 내오거나 잔디를 깎아주거나 뒷문의 저 망가진 자물쇠를 고쳐 줄 남편이 없는 과부.

바보 천치, 그녀는 생각했다.

그러더니 그녀는 그 말을 루디의 밀랍 같은, 죽은, 무책임한 얼굴에다 큰 소리로 매섭게 내질렀다. 그가 무덤으로 간 지 일주일 가까이 되었지만 재니스가 생각하기에 그녀는 지금도 밤이나 낮이나 그의 얼뜨기 같은 함박웃음, 그러니까 그가 어떤 바보 같은 생각에 젖어 틀니가 흔들리도록 낄낄거리다 제 우둔함이 머무는 먼지 낀 무인지대를 멍하니 들여다보던 그 모습의 인질로 남아 있었다.

"등신!" 그녀는 으르렁거렸다.

재니스는 눈을 감고 그를 야단치다가 부옇게 열어진 징글징글함 속에서 마침내 잠이 들었다.

한동안 잠이 들었는지 안 들었는지 모를 일이었다. 하지만 곧이어, 그러니까 단 몇 분 같은 시간 만에 그녀는 집 뒤쪽에서 들려오는 소리에 놀라 침대에서 저도 몰래 몸을 친친 감았다 — 금속끼리 부딪치는 소리였다. 그녀는 누워서 침실 문 쪽으로 귀를 쫑긋 세웠지만 그녀가 판별할 수 있는 건 저 자신의 귀먹은 소리, 머리 중심에서 액체가 솨 하고 흐르는 소리가 전부였다. 그녀는 여러 생각이 동시에 들었다. 이곳은 근교야. 누가 자다가 살해당할 일은 없어. 36인치 텔레비전 수상기도 얼마 전에야 새로 샀다고.

재니스는 슬그머니 침대에서 나와 어둠 속에서 더듬더듬 가운과 슬리퍼를 찾은 뒤 머리를 매만지고 침실 문 쪽으로 이동했다. 그녀는 뭐가 들리나 보려고 또 한 번 안간힘을 썼지만 귀에 들어오는 건 물속 같은 그 솨 소리뿐이었다.

말도 안 되지, 그녀는 속으로 말했다. 이 집에서 38년을 살아오는 동안 그녀는 아무런 문제가 없었고, 다만 둘도 없는 예외라면 보행로의 기능을 이해할 능력이 없어 보이는 옆집 케플러 쌍둥이, 그 신흥 도끼 살인마 한 쌍이 문제였다. 루디가 그런 버릇없는 녀석들을 무슨 이유로 참아주었는지 그녀는 결코 모를 터였다 — 내 새끼 같아서라는 가련한 이유.

재니스는 끙끙거렸다. 토미 케플러와 에디 케플러. 이 일의 배후엔 분명 그 두 주근깨쟁이 흉악범이 있었다.

분노의 한숨과 함께 마음을 대담하게 먹은 재니스는 문을 툭 밀어 열고 거실로 발을 내디뎠다. 그녀는 허리와 허벅지가 굵은 비만 여성이라 늦은 밤의 이 고생에 숨이 쌕쌕 가빠왔다.

이제 됐어, 그녀는 생각했다. 더할 나위 없이 이상 없어.

하지만 바로 다음 순간 재니스는 장신의 마른 실루엣이 루디의 낡은 호두나무 책상 앞에서 손전등 불빛을 받고 서 있음을 안경 없이도 알아보았다. 그녀는 그 침입자가 자신의 목사 폴렛 하슬로임을 거의 단번에 알아차렸다. 그 여자는 검정색 자전거 반바지, 하얀 스니커즈, 꼭 끼는 흰색 홀터* 차림이었다. 재니스는 심장이 죄는 느낌이었다. 루디의 무덤가에서 장례를 엉망으로 이끈 — 실은 적극적으로 망친 — 폴렛 하슬로였다. 간단한 매장을 눈물 한 바가지와 감정 과시 없이는 거행할 수 없었던 폴렛이었다. 그리고 노골적으로 비싼 루디의 장례식을 치르면서 주 예수그리스도라든가 하다못해 성인(聖人) 한두 사람조차 언급할 능력이 안 되던 성직자, 열의도 과잉에 보수도 과잉인 여자 폴렛 하슬로였다. 급진적 자유주의와 불신앙은 피차 다른 문제였다. 하지만 이건 주거침입이었다. 재니스의 공포는 옅은 분노로 차츰 녹아들었다.

"이런, 지금," 그녀는 날카롭게 말했다. "야간 부업 중이신가요?"

폴렛 하슬로는 고개를 숙이다 손전등의 빨갛고 노란 빛줄기를 얼굴에 받았다. 몇 초가 지나서야 목사는 말했다. "아, 재니스군요."

"네, 그래요. 이 집에 사는 사람이죠. 당신은 여기서 안 산다는 확신이 강하게 드는데요."

"네."

"목소리 키워요," 재니스가 쏘는 소리로 말했다. "이건 당신의 주일 설교가 아니니까."

"맞아요," 폴렛은 말했다. "저는 여기 사는 사람이 아니죠."

"아주 좋아요. 그럼 얘긴 끝이군요." 재니스는 고개를 끄덕끄덕하고 거실을 가로질렀다. 신나게 치솟는 힘이 그녀의 혈관을 가득 메웠다. 그녀는 루디가 죽은 날 이후로 세상에 대해 이만한 지배력을 느껴본 적이 없었다. "괜찮다면," 그녀는 말했다. "불 좀 켜고 둘이서 편안하게 경찰 상담 좀 받아볼까 하는데." 그녀는 잠시 말을 끊고 노려보았다. "부끄러운 줄 알아요."

"아유, 그럼요," 폴렛은 말했다.

"더 크게. 발음 좀 또박또박 해봐요."

"그럼요. 부끄러워요. 아주 많이요."

목사의 목소리는 자음이 스펀지처럼 먹어들어 알아듣기 어려웠다. 재니스는 킁킁 공기 냄새를 맡았다. 버번이라고 그녀는 판단했다—루디를 무덤으로 일찌감치 보내버린 그 독약.

"자," 재니스는 말했다.

그녀는 천장등을 켰다. 두 사람은 몇 초간 마주 서서 속으로 계산을 하고 조정을 하고 했다. 폴렛이 세인트 마크스에서 2년을 보내는

* halter. 어깨와 등이 드러나며 목이나 등에서 끈을 묶게 되어 있는 여성용 민소매.

동안 둘은 교리며 성격 차이로 어쩌다 한 번씩 공공연히 적개심을 드러내는 등 상당한 마찰을 겪어온 터였다. 재니스가 잘못을 조금이라도 인정했다는 얘긴 아니다. 그녀는 스스로를 누구 못지않게 마음 넓은, 실수에 관대한 사람으로 여기면서도 자신의 목사라면 하느님을 철석같이 믿어야 한다거나, 주일 설교는 민주주의적 자유사상을 담은 주장 이상이어야 한다거나, 기독교적인 자비가 나태한 자들, 도착증자들, 혹은 그냥 보기에도 역겨운 자들을 무턱대고 감싸선 안 된다는 요구를 무리하다고 보지 않았다. 목사의 으뜸가는 자질은 영적인 강인함, 즉 타협을 모르는 도덕적 스태미나여야 한다는 게 재니스의 신념이었다. 점잖음도 신념이었다. 얼마간의 극기도. 비판이란 걸 아는 폴렛 하슬로의 일거수일투족은 뭐든 급진적인 것이 되었다.

이제 재니스가 기회를 잡으면서 앙갚음에 관한 생각이 형성되기 시작했다. 벌써부터 그녀는 이 사건을 집사회에 어떻게 보고해야겠다, 무슨 복장으로 가야겠다, 그때를 위해 새로 흰 장갑을 사야겠다 상상하고 있었다. 그녀는 속으로 잠시 들뜨는 기쁨을 누리다가 이마에 주름이 한 줄 잡혔다. 목사는 거의 잊힌 상태였다.

"내 생각엔," 재니스는 말했다. "당신이 스스로 설명해주진 않을 것 같은데요? 물론 나를 묶고서 재갈을 물릴 계획이 아니라면 말이죠. 내 목을 벨 건가? 내 뼈를 토막 내서 수프를 한 냄비 맛나게 끓일 거예요? 그럴 생각이에요?"

"그럴 리가요, 그런 일은 생각도 안 해봤어요," 목사는 말했다. 그녀는—과하다 싶을 만큼—침착해 보였고 억제하지 않은 확고부동한 눈길로 재니스를 쳐다보았다. "둘이서 대화를 좀 해야 할 것 같아요."

"대화? 당신 말은 **들리지도** 않아요."

"제가 뭐랬느냐면요—"

"당신이 뭐라고 했는진 정확히 알아요, 나도 장애인은 아니니까. 게다가 공상에 젖은 리버럴 박애주의 무식쟁이도 아니고." 재니스는 혀로 딱딱 퉁명스러운 소리를 냈다. 새로 얻은 힘은 감격적이었다. "해야 할 대화가 있다면 경찰 앞에서 하게 될 거예요. 까놓고 말해서 스스로를 봐요. 손전등이라니, 맙소사. 한밤중에 말이야, 사람들 집에 몰래 숨어들기나 하고. **홀터**도 그래요, 더군다나. 하느님을 섬긴다는 여자가." 재니스는 잠시 말을 끊어 이 순간에다 방점을 찍었다. "솔직해집시다. 술 마셨죠?"

목사는 어깨를 으쓱했다. "조금요, 네. 용기가 더 나게요."

"용기?"

"제가 절박했거든요, 재니스."

"오, 딱 봐도 그래 보이네."

재니스는 자기 말투가 조금 독선적임을 알았지만 자기 입장에서는 강직한 게 기분 좋았다. 여기서는 도덕이 끝내 위기에 몰린 탓에 신학적으로 애매한 말은 들어설 공간이 없었다. 바른 예의범절로 우위를 점하고자 재니스는 가느다란 웃음을 베풀었다.

"곧 돌아오죠," 그녀는 말했다. "당신이 암기는 하고 있는지 모르지만, 주기도문을 외우기에 지금만 한 때도 없는 것 같군요."

그러더니 그녀는 전화기가 있는 쪽으로 거실을 당당히 가로질렀다.

"재니스, 부탁이에요."

"부탁을 하기엔 너무 늦었어요. 헤아릴 거면 진작—"

"전화기 내려놓으세요. **당장**요. 진심이에요."

목사의 목소리가 돌연 아주 또랑또랑해졌다. 재니스는 전화기에서 손을 뗐다.

"당신한테 원하는 건요," 폴렛은 말했다. "가서 보청기를 찾아오세요. 끙끙거리지 마시고요. 그냥 그렇게 하세요. 그런 다음에 앉아서 제 말 좀 들어주셨으면 좋겠어요—귀는 열고 입은 닫고. 아셨죠?"

"흠, 악마의 말이 아니라면야." 재니스는 눈을 깜빡거리고 이마에 주름을 잡았다. 그녀는 꼬리 물고 이어지던 생각을 놓친 참이었다.

"보청기는 어디 있죠?" 폴렛은 말했다.

"침실에요. 내 침실 탁자에."

"서두르세요."

재니스는 여자를 쏘아보았다. "이거 이봐요, 홀터 윗도리 아가씨, 당신이 나한테 이래라저래라 할 순 없을…… 맙소사, 당신 진짜로 나를 살해할 셈이군요, 그렇죠?"

"곧 알게 되겠죠," 폴렛은 말했다.

"**뭐요**?"

"당신은 장로교 신자잖아요, 재니스. 선행, 미덕. 다 거기에 달렸어요." 여자는 위험해 보이는 웃음을 지었다. "가서 보청기나 들고 오세요."

재니스는 천천히 물러났다. 그녀는 이제 제 인생이 진심으로 두려웠다. 침실에서 그녀는 시간을 벌고자 보청기를 서서 만지작거렸다. 지난 한두 해 동안 죽은 신도가 최소 다섯은 된다는 생각이 그녀에게 스쳤다. 거기다 이젠 루디도. 일순 무서운 생각들이 피어오르더니 이리저리 짜 맞추어졌다. 지난달 남편의 상태가 악화되었을 때 재니스는 남편 침대맡에 목사가 혼자 앉아 있는 걸 두 차례나 발견했었다. 간호사들도 의사도 보이지 않고 그저 인공호흡기의 허약한 잡음뿐이었다. 그 여자는 두 차례 다 안절부절못하고 냉큼 일어나 냉큼 떠나는 기색이었다. 그러다 마침내 루디의 사망 소식을 전화로 알린 것도 폴렛 그녀였다.

사실관계가 명확해 보였다. 재니스는 자전거 반바지를 입은 냉혹한 설교자, 즉 연쇄살인범의 손안에 든 거였다.

그 깨달음에 재니스는 침대 위쪽에 난 창문을 힐끔거리지 않을 수 없었다. 그녀는 재빨리 계산을 했다. 잔디까지 낙하 높이는 족히 5피트(약 1.5미터). 나이는 예순셋. 몸무게는 182파운드(약 82.5킬로그램). 못마땅한 조건이지만 팔다리가 절단되는 것보다야 나으니까.

재니스는 침대를 밟고 올라가 빗장을 풀고 창문을 당겨 연 다음 가운을 꽉 여미곤 곤두박질칠 마음의 준비를 했다.

폴렛 하슬로가 그녀의 하반신을 점잖게 때리자 덜컥 쇼크가 따랐다.

"재니스, 재니스," 목사는 말했다.

"날 도살하지 마요! 이런 대접은 나한테 **과분**하다고!"

"재니스. 그만하세요."

폴렛은 그녀가 침대에서 내려오도록 거든 뒤 그녀의 팔을 꽉 잡고 다시 거실로 인도했다.

재니스는 소파, 폴렛은 루디의 가죽 안락의자에 앉아 서로를 마주보았다. 재니스는 기운이 없었다. 작게는 창문을 열려고 씨름한 탓에 맥이 빠진 거였다. 그러나 크게는 마음의 수도꼭지가 열린 탓에 한땐 동네방네 자자했던 그녀의 기력이 마지막 한 방울까지 새나간 듯했다. 절망, 그런 모습이었다. 그녀는 목사가 안락의자에 푹 기대더니 홀터 윗도리 끈을 홱 잡아 빼고는 면도 상태가 형편없는, 거의 전체가 드러난 긴 맨다리를 꼬는 걸 지켜보았다. 재니스가 성직자의 복장 문제를 두고 적절한 게 뭐고 부적절한 게 뭔지 톡 쏘는 말을 내뱉던 20분 전만 해도 시간이 있었다. 이제 그녀는 벙어리로 앉아 있었다. 혀까지 제 구실을 못 했다.

폴렛은 한숨을 쉬었다. "저기, 죄송해요, 재니스. 이럴 계획은 아니었어요."

"계획?"

"오늘 밤 말이에요. 들어왔다 나갈 생각이었어요."

"들어왔다 나간다. 배려가 아주 넘치시는군." 재니스는 두 손을 무릎 위에 포개었다. 그녀의 기분은 벌써 한결 나아져 있었다. "그럼 진짜로 그냥 나갈 생각이었어요?"

"누가 알겠어요?" 폴렛은 말했다. "불이 다 꺼져 있는데요. 당신은 귀가 어둡고요. 말씀드렸잖아요. 절박했어요."

"그럼 어떻게 뚫고 들어왔어요? 사람들은 그런 걸 갖다가 **법질서**에 호소하는 걸로 아는데."

폴렛은 축 늘어지는 어깻짓을 했다. "별거 아니죠. 망가진 자물쇠인데. 루디가 얘기했었어요."

"루디가?"

"종종 얘길 나눴거든요."

"축새 같은 인간," 재니스는 투덜거렸다. "그 인간이 이젠 나까지 죽이려는군.”

목사는 그녀를 탐색의 눈으로 보았다. “아, 근데,” 그녀는 말했다.

“아 근데 뭐요?”

“아니에요. 그대로 계세요, 재니스. 꼼짝 마시고요.”

폴렛은 일어나서 거실을 가로질러 루디의 책상으로 가더니 서랍들을 여닫기 시작했다. 여자는 중요한 열쇠 꾸러미를 어디 잘못 둔 사람처럼 불안한, 거의 공황이 온 듯한 모습이었다. 폴렛이 무엇을 찾고 있는지는 알 수 없지만 은은 다용도 벽장 구석에 안전히 처박아두었고 보석류는 부엌 조리대 위 밀가루 통에 넣어두었단 걸 아는 데서 재니스는 만족감을 느꼈다.

재니스는 제 영리함에 웃음이 지어졌다.

“조언 한마디 하자면,” 그녀는 말했다. “부자가 될 생각이라면 당신이 안 믿는 그 성서 속의 기적을 바라는 게 최선일 거예요. 예를 들면 부활. 그건 비유적 표현이다, 당신이 그렇게 말했던 걸로 아는데.” 재니스는 눈을 치켜떴다. “날 믿어요, 땡전 한 푼 못 찾을 거예요. 그 돼지우리 같은 책상에서는. 내가 그 인간더러 치우라고 치우라고 애쓴 걸 주님은 아시지 — 내가 그 얘길 한두 번 꺼내고 말았단 생각은 마요 — 그런데도 그 인간은 마냥 틀니나 흔들면서 한다는 말이…… 저기요! 거기서 뭐 하는 거예요?”

재니스는 소파에 앉은 채로 몸을 내밀었다. 안경이 없어서 확신하긴 어렵지만 폴렛이 제 자전거 반바지에 서류 한 뭉치를 채워 넣는 것 같았다.

“저, 이봐요,” 재니스는 말했다. “그 종이들 돌려놔요. 지금 당장.”

목사는 서랍을 쾅 닫고 서류함을 당겨 연 뒤 다른 무언가를 제 반바지에 욱여넣었다.

"이런, 내 이럴 줄 알았지," 재니스는 말했다. "그들이 당신을 고용하던 날에 — 여자 목사라니, 세상에 — 덴마크란 게 뭔가 수상하다고 내가 그날 바로 얘기했었지. '덴마크란 게 수상하다', 이 표현 그대로."*

폴렛 하슬로는 힐끗도 하지 않았다. 여자는 한 손은 엉덩이 한 손은 노란 편지지를 꼭 쥐고 무언가를 읽고 있었다.

"실례 좀 합시다!" 재니스는 고함을 질렀다. "귀먹었어요?"

목사는 뒤로 돌아 그녀를 빤히 살펴보았다. "예쁜 생각을 하셨으면," 그녀는 말했다. "제 일이 훨씬 수월했을 텐데요."

"수월?" 재니스는 말했다. "당신은 일주일에 하루 일하잖아요 — 많아야 두 시간 — 그게 당신의 터무니없는 봉급을 정당화해주진 못해요. 그래서 당신이 맨 홀터며 토끼 꼬리를 걸치는 거라고 합시다. 그건 다른 문제죠. 마타 하리같이 활보하고 다니는 건 말이에요. 당신은 영계가 아니에요, 폴렛. 틀림없이 당신도 마흔다섯은 되잖우, 적어도."

"오십 넘었어요," 폴렛은 말했다.

"하. 그럼 그렇지."

재니스의 눈에 목사는 왕가슴, 두 쪽을 놓고 보면 비대칭인 여자였고 그 때문에 일부 남자 신도들이 불룩 튀어나온 예복에서 눈을 떼지 못하는 걸 보면 어이가 없었다. 애초부터 이교도인 늙은 루디조차 그 여자가 끝없이 긴 주일 설교를 하는 동안 꼼짝없이 앉아 있곤 했었다.

역겨워, 재니스는 생각했다.

그녀는 잠시 목사를 쳐다보았다. “저기,” 그녀는 말하고서 목을 가다듬는 내색을 했다. “나이가 몇이건 간에, 밤도둑 목사님, 그 서류 돌려놓길 권해요. 지금이 이상적인 때일 거예요.”

“죄송해요,” 폴렛은 말했다. “이건 제 거예요.”

“그건 당신 게 **아니에요**. 그 책상은 루디 것이고, 그 너저분한 물품들도 전부—”

“진정하세요, 재니스. 더 나은 일이라 이러는 거예요.”

“그게 어째서 그런지—”

“우리 모두한테 더 나은 일이라고요. 루디한테도요.” 목사는 그 편지지를 갖고 지쳤다는 몸짓을 했다. “이제 편히 앉아 계세요. 1분 내로 여기서 나가요.”

“반드시 그래야 될걸요,” 재니스는 말했다. “그리고 반드시…… 아이고, 현기증이야. 얼음물 좀 한 컵 갖다 줘요, 너무 번거롭지 않으면요. 당신이 날 도살할 때 반쯤은 깨어 있고 싶으니까.”

목사는 망설이다가 편지지를 내려놓고 부엌으로 자리를 떴다.

재니스는 냉큼 자리를 박차고 일어섰다. 그녀는 겁나서라기보다는 걱정돼서 잠시 마음을 정하지 못한 채 서 있었고, 그러다 이내 혀를 차더니 루디의 책상으로 당차게 건너갔다. 부엌에서 수돗물 소리가 들려왔다. 재니스는 몸을 숙여 그 종잇장을 눈을 찡그리고 들여다보았다. 돋보기안경 없이도 찔끔찔끔 알아는 보였다. “귀염둥이”라는 단어가 그녀의 눈을 붙들었다. “자기”라는 단어도 그랬다.

이 노골적인 외설물의 작가가 누구인지 몰라도 글씨 쓰기를 배운

---

* 하슬로(Haslo)는 덴마크에서 유래한 성씨다.

적은 없는 게 분명하다고 재니스는 생각했다. 편지는 뿌예서 거의 읽을 수가 없었다. 그럼에도 루디가 이런 쓰레기의 수취인일 수 있다는 사실은 말도 안 되는 것 같았다. 그 인간은 거의 읽을 줄을 몰랐다. 게다가 그에겐 귀여운 구석이 조금도 없었다. 결혼식 날에도 루디는 기껏 꾸며봐야 꾀죄죄한 것이 구레나룻도 턱까지 듬성듬성 제멋대로 나서, 까불까불 말도 안 듣고 행진로를 어기적어기적 기어가는 커다란 서커스 물개 같았었다. 수십 년이 지났어도 그녀는 그가 식장에서 썼던 그 우스꽝스러운 회색 실크해트가 눈에 선했는데, 그가 고개를 젖히며 "네"* 하고 우렁차게 대답하던 모습, 그러고 그날 밤 마치 입학 첫날인 사람처럼 올백 머리를 해서는 지독한 오드콜로뉴 냄새를 풍기며 그녀가 있는 침대로 기어들던 모습이란. 세월이 하는 일은 놀랍다고 그녀는 생각했다. 그때만 해도 그는 매우 영리하고 익살맞은, 심지어 매력적으로 보이는 사람이었다. 하지만 세월이 지나자, 특히 그녀가 둘째 아이마저 잃자 루디는 내리 며칠씩 완전한 문장을 입 밖에 내질 않는, 남편보다는 유령에 가까운 존재가 되었다. 늘 차고에서 빈둥빈둥. 늘 그 한심한 오리 조각. 실제로 그의 침묵이 그녀를 정신병자로 만들려는 39년짜리 교활한 계획처럼 보일 때가 부지기수였다.

재니스는 노란 편지지를 다시 한 번 들여다보았다. 폴렛이 등 뒤로 다가왔을 때 그녀는 "자기"라는 단어에 골몰해 있었다.

"여기 물이요," 목사는 말했다. 그녀는 루디의 책상에 안경을 내려놓고서 팔을 뻗어 손가락으로 편지지를 가로질렀다. "그건 못 보셨어야 할 텐데."

"그 말인즉 이 추잡한 것에 대한 책임이 당신한테 있다는 얘기 같네요?"

목사는 고개를 내렸다. 그녀는 화가 났든가 눈물이 나려는 모양이었다.

"자, 설명이 필요하겠군요," 재니스는 말했다. "뭔가 수상한 것이." 그녀는 말을 끊었다. 폴렛의 어깨가 들썩거리고 있었다. "솔직히 말해서 난 당신이 당혹스러워요. 그는 아픈 늙은이였다고요, 맙소사, 반미치광이인 건 말할 것도 없고."

"아니에요," 목사는 웅얼거렸다. "그는 총명했어요."

"총명? 당신한테 상기시켜드리자면, 내가 그 천치랑 39년을, 40년 가까이를 살았는데 '총명'이랑은 안 어울리는 사람이란 걸 내 이 자리에서 말씀드리죠. 둔탱이라면 모를까. 바보라면 모를까. 그리고 하나 더. 당신이 마음을 좀 가라앉혔으면 해요 — 지금 피해자는 **나**니까." 그녀는 무수한 주일예배를 통해 단련한 대로 눈썹을 아치형으로 치켜들었다. "이제 이 펜팔인가 뭔가 하는 장난질은 어쩔 거예요?"

폴렛 하슬로는 폐 한쪽이 고장 난 듯이 짧게 바람 빠지는 소리를 냈다. 그녀는 10초에서 15초가량 재니스를 똑바로 쳐다보았다. "좋아요," 그녀는 말했다. "하지만 제 말 좀 들어보세요. 그건 불륜이 아니었어요."

"뭐요?"

"루디랑 저요, 우린 전화 통화를 하고 가끔 편지를 썼어요. 서로를 좋아했죠. 그뿐이에요."

---

* 신부를 평생 사랑하겠느냐는 주례의 물음에 대한 답.

재니스는 눈을 깜빡거렸다. "불륜," 그녀는 말했다. "당연히 불륜은 아니었겠지. 그 사람은 칠백 살은 먹은 사람 같았으니까."

"예순넷이었어요."

"그 사람 나이는 나도 알아요."

"재니스, 당신의 비참한 인생 중 한 번이라도 그 보청기 소리 좀 키우시라고요. 그는 좋은 사람이었고 우린 공통점이 있었어요. 가끔 가다 토요일 밤엔 데이트도 했죠. 술을 마셨어요. 얘기하고. 웃고. 바보 같긴 하지만, 제 생각엔 여기 몰래 들어와서 그 편지들만 가지고 나가면…… 당신한테 발견되지만 않으면 걱정할 게 없을 거라고 생각했어요." 폴렛은 고개를 절레절레했다. "인정해요, 저 자신을 지키고도 싶었어요. 당신을 아니까요, 재니스—얼마나 앙심을 품을지, 어떤 속단을 내릴지. 저로선 어쩔 수가 없어서 그냥 질러버렸어요. 그래서 빌어먹을 멍청이가 됐죠."

"당신은," 재니스는 말했다. "입이 상스러운 미치광이야. 게다가 토요일은 그 사람 재향군인회가 밤에 모이는 날이라고."

"맞아요," 폴렛은 말했다.

목사의 눈길이 이동했다. 그녀의 목소리에서 은밀한 기색이 묻어나 재니스는 힐끗 올려다보았다.

"지금 내 말이 틀렸다는 건가요?"

폴렛은 멈칫했다. "그는 친구들하고 한 시간쯤 보냈어요, 어쩌면 두 시간, 그 뒤에 저랑 다른 데서 만나곤 했죠. 보통은 홀리데이 인에서요. 어떨 땐—"

"홀리데이 인?"

"호텔 바 말이에요, 재니스."

"그렇군. 그럼 짐작건대 주류까지 개입되었다?"

"오, 그러지 마세요."

재니스는 날쌔고 성난 손놀림으로 허공을 때렸다. "당장 한마디만 하죠," 그녀는 말했다. "세인트 마크스에서의 당신 날들은 얼마 안 남았어요. 펑, 여기서 나가는 거죠. 성직 박탈, 파문, 뭐라 부르건 간에요. 당신이 어느 교회에서든 다시 일을 할 수 있을지 모르겠군요."

"그건 저도 알아요," 폴렛은 순순히 말했다. "확실히."

"당신은 그래도 **싸요**," 재니스는 말했다. "정말이에요, 앞날이 훤했다니까. 당신이 처음 면접 보던 날 그 차림새부터가. 부츠에 청바지, 스팽글 장식 블라우스. 차라리 색욕 넘치는 목장 근로자를 고용해도 나쁘지 않았겠지." 재니스는 으르렁으르렁 제멋대로 빈정댔다. "아무튼 쓸데없는 소린 그만하죠. 홀리데이 인이라니, 기가 막혀서. 루디라면 나한테 털어놨을 거예요."

"분명 그러려고 했을 거예요," 폴렛은 말했다.

재니스는 목 안쪽까지 혀를 차 경멸의 소리를 냈다. 하지만 그녀는 폐허같이 어수선한 기억 속에서 단서들을 찾느라 지난 여러 달을 진작부터 곱씹고 있었다. 일관성이라곤 없는 몇몇 누더기 같은 이미지가 그녀에게 떠올랐다. 미끼를 색칠하는 루디. 교회 소풍 때 밀짚모자와 버뮤다 반바지 차림으로 누구네 독일 셰퍼드랑 춤을 추는 루디. 케플러 쌍둥이랑 사방치기 놀이 중인 루디. 비쩍 마른 몸에 면도도 안 하고 대머리인 주제에 란제리 카탈로그를 훑어보면서 목젖은 씰룩거리는, 병상에 누워 있는 루디. 인공호흡기를 단 루디. 관 속에 있는 루디.

아무리 좋게 봐줘도 이상한 피조물이었다. 하지만 재니스에게 루디의 이미지 중 가장 별난 것은 그가 폴렛 하슬로와 홀리데이 인 호텔에서 시간을 보내는 이미지였다. 그는 교회와 관계된 것, 특히 목사들과 관계된 것을 평생토록, 적어도 재니스와 연을 맺는 동안에는 명백히 비웃어온 사람이었다.

"흠," 재니스는 중얼거렸다. "당신 꿍꿍이가 뭔진 모르겠지만 난 그걸 한 마디도 믿지 않아요. 호텔. 연애편지."

"그건 연애편지가 아니었어요," 폴렛은 말했다.

"그럼 뭔데요?"

"애정의 편지요. 그에겐 친구가 필요했어요. 귀를 열어줄 친구."

재니스는 가운 끈을 꽉 조였다. 이해할 수 없는 일이지만 그녀는 루디를 향한 보호 본능, 즉 주인 의식이 와락 들었다. "다시 말해," 그녀는 말했다. "당신은 단순 도둑이 아니다, 가정파괴범이다? 남편 도둑이다?"

"아니에요," 폴렛은 말했다. "이미 말했잖아요, 육체적인 것, 로맨틱한 것은 없었어요, 그 비슷한 것도요. 하지만 다른 걸 들려드리죠 — 하느님께 맹세컨대 **그런 관계**였다면 좋았겠다는 거요. 그가 노년에 접어들고는 있었죠, 맞아요, 하지만 죽은 사람은 아니었잖아요." 목사의 목소리는 무덤에 기어드는 듯한 음역까지 떨어졌다. "당신 말이 맞아요, 저는 해고된 거나 다름없어요, 그럴 거 뭐 하러 진실을 감추겠어요? 그 사람도 인간이었어요. 열기 말인가요, 네? 열정이요? 저도 사연 들었어요, 재니스. 비어 있는 아기 침대들, 낙담. 하지만 그건 루디의 잘못이 아니었어요. 당신 잘못도 아니었고요. 누구의 잘못도 아니었죠."

재니스는 소파에서 벌떡 몸을 뗐다.

그녀는 자기가 생각해도 불가능하다 싶은 속도로 세 걸음 만에 루디의 책상에 가 멈춰서는 모로 돌아 목사에게 물컵을 던졌다. 제 사격술에 그녀는 놀랐다. 컵은 일순 정자세로 반짝반짝 공중에 걸려 있는 듯하더니 곧이어 폴렛 하슬로의 오른쪽 귀 바로 밑을 때렸다.

재니스는 빙글 돌아 뜀박질을 했다. 잠시 후 그녀는 뒷문 밖이었다. 그녀는 뒤뜰을 가로질러 차고 옆 향나무 산울타리로 쑥 들어가더니 두 손 두 무릎으로 땅을 짚고서 고대로 어둠 속에 웅크렸다. 모기들이 곧장 그녀를 노렸다. 그녀는 가운을 여몄고 그놈들을 애써 쫓지 않았다. 주변 어디를 보나 밤은 격렬하리만치 일상적이었다. 개구리, 별, 차고 위에 걸린 흐린 상현달. 어이가 없네, 재니스는 생각했다. 하늘에 모닥불들이 있어야 했고 토끼들이 비처럼 쏟아지고 있어야 했다. 그녀는 기도를 해야 하나 1, 2초쯤 고민했지만 세상은 이미 뒤집어진 참이었고 하느님이라는 개념도 엉뚱하고 생소하게 다가왔다.

조금 뒤 폴렛이 뒷문으로 나왔다. 그녀는 뒤뜰 한가운데 서서 잔디를 훑어보았다. 이 여자가 말을 하는 중인지 재니스는 들리지 않았다.

몇 분 뒤 폴렛은 몸을 돌려 다시 실내로 들어갔지만 그때조차 재니스는 산울타리의 안전함에서 벗어날 마음이 없었다. 가운을 밑에 처박아둔 채 그녀는 울고 싶은 절박한 욕구에 저항했다. 그녀는 이유를 알 수 없었다. 물론 공포 때문이었다. 그 모든 충격. 하지만 그녀 안에는 어떤 흐릿한 것, 이젠 자기가 자기 삶을 모른다는 느낌, 즉 인지 혼란도 있었다. 집. 별. 뒤뜰 전부 ― 나무들과 정원과 말뚝 울타리 ── 모두 아예 처음인 양 낯선 풍경이었다. 지금 이 산울타리도. 그녀는 이 산울타리를 수천 번, 아니 수만 번 지나다니면서도 한 번을 눈여겨본 적이 없었는데 지금은 그 안에 들어가 뒤섞여서는 그 흙먼지와 엽록소를 숨 쉬고 있었다. 그래, 루디도 마찬가지였다, 그녀가 그 사람을 남편이라 부른 건 너무나도 잘못된 일이었다. 그는 누구였을까? 혹은 어떤 사람이었을까? 일분일초 그 모든 세월이 흐르는 동안 그의 얼굴도 소실되어 이젠 뿌연 형체에 지나지 않았다. 40년짜리 기차 여행길에 동승해 객실을 같이 쓰고 지나는 길들을 같이 구경하면서도 말 한 마디 안 나눈 사이 같았다. 결국엔 자기 짐을 챙긴 다음 고개를 끄덕여 작별한 뒤 각자 갈 길을 가는 사이. 생판 남, 재니스는 그렇게 받아들였다. 그 사람 본연의 정체성은 영영 더없이 순수한 짐작으로 남을 터였다. 실수쟁이, 철부지, 사기꾼, 사방치기 선수, 평생 오리를 깎은 사람.

재니스는 가슴 한쪽이 끊어지는 기분이었다. 그녀는 울지 않으려고 애를 썼지만 처음 겪는 것처럼 숨을 헐떡이며 이미 울고 있었다.

조금 있자 폴렛 하슬로가 뒷문에서 나와 뜰 너머의 풀밭에 들어섰다.

"재니스, 저 이제 가요," 그녀는 어둠에 대고 말했다. 여자의 목소리가 허스키하고 억지스럽고 너무나도 불명확해서 재니스는 그녀가 혹시 루디의 술장 열쇠를 발견했는지 궁금했다. 폴렛은 밤하늘을 올려다보았다. 그녀는 적어도 1분 이상 말이 없었다. "있죠, 이상한 일이긴 한데요, 재니스, 제가 대여섯 먹은 아이였을 때부터 쭉 바랐던 게 목사가 되는 거였어요. 아버지의 목욕 가운을 걸치고 설교하는 흉내를 내곤 했죠. 기부금도 받고. 웨이퍼랑 포도 맛 쿨에이드도 나눠 주고*. 제 말은, 여자 목사들이 있기 전부터 그랬다고요—많진 않았어요, 아무튼—하지만 제게는 그 정도로 자연스럽고 완벽한 폴렛만의 꿈이었죠. 다른 여자애들은 간호사나 발레리나 아니면 뭔지 모를 인물이 되길 원했어요. 저는 아니었어요. 저는 평생 다른 걸 한 번도 고민해본 적이 없었는데, 그랬던 게 이젠 다 끝이네요. 사직서 써놨어요, 안에 책상 위에 있어요. 하느님은 제가 스스로를 어떡할지 아시겠죠. 어쩌면 그냥……. 저기, 죄송해요, 재니스. 당신 말이 맞아요, 제가 일을 다 망쳐놨어요. 목사 노릇을 한답시고."

폴렛은 어둠 속에서 잠시 꼼짝없이 서 있었다. "재니스, 그는 당신을 그리워했어요," 그녀는 말했다. "당신이 어디로 사라졌는지 궁금해했어요."

그러고 나서 그녀는 뒤로 돌아 잔디밭을 건넌 다음 차고 너머 그늘 속으로 자취를 감추었다. 자동차에 시동 거는 소리가 났다.

재니스는 10분을 기다린 뒤에야 산울타리에서 기어 나왔다. 그녀는 일어서서 몸을 턴 다음 제 침실 창문으로 흘러나오는 노랗고 슬픈 빛을 쳐다보았다.

그녀는 안으로 서둘러 들어갈 필요를 못 느꼈다. 아침이 되면 두말할 것 없이 숱하게 전화를 돌리겠지만 당장은 현실이 버거웠다. 보청기가 그녀의 귓속에서 지글지글하는 소리를 냈다. 그녀는 고개를 흔들어 그 소릴 무시하려 했지만 루디의 피리 같은 가느다란 목소리가 영 터무니없는 지난 세월의 수다로 그녀의 머릿속을 채웠다.

---

* 웨이퍼(wafer)는 웨하스 과자, 쿨에이드(Kool-aid)는 물에 타 먹는 분말 음료 상표.

"어이, 가윗날," 그는 말하고 있었다 — 징글맞게 듣기 싫어서 그녀가 끝내 그의 어휘집에서 도려낸 별명이었다. "어이, 가윗날, 오늘밤엔 유난히 여성스러워 보이는데."

하여간 스트레스였어, 재니스는 생각했다.

그녀는 뜰로 가 접이식 의자에 앉은 다음 보청기를 뺐다. 하지만 귀에서는 여전히 지글지글하는, 우리은하 깊은 곳의 송신기가 보내는 듯한 전기잡음이 들렸다. "가윗날!" 루디가 소리쳤다. 영문도 모르게 일순 재니스는 두 번째 유산을 겪은 그때로 살며시 돌아가 있었다. 1964년 8월이었고 그녀는 루디에게 그동안 할 만큼 했으니 더는 침실에서 야단법석 떠는 일 없을 거라고, 당신도 시간 보낼 일 새로 찾아야 할 거라고 말하고 있었다. 여름날 어둠 속에서 그녀는 루디가 그 말을 곱씹는 모습을, 그러니까 그의 눈이 한순간 날카로워졌다 그 뒤론 영구히 물러지는 모습이며 잠시 후 그가 낄낄거리더니 "오리로 하면 되겠군" 하고 말하는 모습을 지켜보았다. 그는 그 일을 다시는 언급하지 않았다. 그는 사방치기 선수, 어릿광대, 셀프 목수, 독일 셰퍼드랑 춤추는 사람이 되었다. "가윗날!" 그가 계속해서 소리치고 있었다. 그는 그만두지 않을 터였다. 그때도 지금도. 재니스는 일어섰다. 웃기지도 않아, 그녀는 생각하고 실내로 들어가려 했지만 귓속의 지글지글 소리가 붙잡는 바람에 40년 전의 또 다른 비단 같은 여름밤으로 돌아갔다. 독립기념일, 놀이공원, 그녀는 루디가 롤러코스터 앞에서 크고 바보 같은 함박웃음을 띤 채 무릎 꿇고 있는 모습을 바라보고 있었고 — "끝내주게 여성스럽다고, 말귀 알아먹게 말하자면" — 곧이어 그는 그녀의 손가락에 반지를 끼워주면서 사랑에 빠진 청년 같은 웃음을 지었다. "가윗날!" 그는 자꾸만 소리쳤는데, 왜냐하면 그날 밤 그녀는 등이 파인 드레스를 입고 있었고 그는 그 부드럽고 우아한 어깨선에 넋을 잃었기 때문이었다.

재니스는 안으로 들어갔다. 그녀는 세수를 하고 깨끗한 잠옷으로 갈아입은 뒤 침대에 들어가 불을 껐다. 아직도 그 지글지글하는 먼 소리, 기억의 목소리가 들렸지만 재니스는 귀를 기울일 마음이 없었다. 그녀는 눈을 감았고, 귀를 닫았고, 그런 다음 흰 장갑도 새로 사고 앙갚음도 할 오전 활동을 계획하기 시작했다. 슬슬 잠이 들려는 순간 그녀는 짧은 기도라도 해야 하는데 하는 생각이 들었지만 기도는 오래전에 그만둔 터였다. 등신 남편, 태어나지 못한 두 아기.

12
1969년도 졸업반

"슬프다," 엘리 애벗은 말했다. "하지만 이해가 잘 안 돼. 네가 한 일이라곤 그 바가지 긁히는 아저씨랑 술 마시고 관심 좀 나눈 게 다잖아." 엘리는 머뭇거렸다. "솔직히 말하면, 네가 그날 밤 왜 침입했는지 난 잘 모르겠어. 그래, 왜 그랬던 거니?"

폴렛 하슬로는 눈가를 훔쳤다. "선택의 여지가 없어 보였거든. 직업을 잃을 거라고 생각했어. 인생 전부를."

"근데 직업을 진짜로 잃었구나."

"응, 맞아."

"끔찍했겠다."

"그랬어. 끔찍했어."

폴렛은 7월의 하늘을 올려다보았다. 그녀는 장신에 균형미가 있는, 거의 근육질인 여자였다—수영과 자전거에 선수였다. 새치는 드문드문한 정도였고 엉덩이와 복부엔 지방이 하나도 없었다. 폴렛은 그들 중 누구보다도 젊은 시절을 꼭 붙들고 있었다. 잠시 후 그녀는 저 혼자 웃음을 터뜨리곤 무슨 말을 하려다 멈추더니 혀로 이를 쓸었다. "있지, 나 그 사람 진짜로 사랑했어."

"사랑?"

"루디를. 연애는 아니야, 그런 건 절대 아닌데, 그래도 그는 뭐랄까 그…… 좋은 사람이었어. 아무런 가식이 없는. 꿍꿍이도 없고 잔머리도 없었어. 그를 많이 사랑했어."

"내 생각엔 그 사람——"

"늙었다고?"

"그런 것 같은데."

폴렛은 웃음을 지었다. "예순네 살. 옛날이었으면 나도 고대인 보듯 했겠지. 이젠 안 그래." 그녀는 다시 웃음을 지었다. 그녀는 부끄러운 듯했다. "나 평생 싱글이었어, 엘리야. 30년 동안 사귄 남자애가 둘, 각각 여섯 달씩. 정말이야, 목사인지 뭔지 때문에 남자들이 무서워서 떨어져 나간다니까. 사람을 여자로 보는 게 아니라 왜 그, 경건하게 무릎이나 꿇는 별 볼일 없는 인간으로 보는 거야. 루디는 달랐어. 특이한 남자였지, 그건 의심의 여지가 없어, 하지만 그는 폴렛이라는 부분을 먼저 봐줬고 목사니 뭐니 하는 건 그다음이었어. 나를 웃겨줬고 나를 여자처럼 느끼게 해줬어. 가끔은 아름다울 정도였다고."

"넌 그렇게 느껴야 마땅해," 엘리는 말했다. "예쁜 얼굴에 예쁜 몸에. 맙소사, 네 가슴 좀 봐라. 여자들은 그런 젖가슴에 재산을 갖다 바친다고."

폴렛은 눈을 치켜떴다. "예전 같진 않아. 그래도 루디는 좋아했지."

"너 조금 전에 말하기론—"

"그래, 알아. 그런데 우리 안 했어." 폴렛은 별이 쨍한 캠퍼스를 가만히 내려다보다가 이내 혼자 낄낄거리곤 행복한 함박웃음을 띠고 엘리를 올려다보았다. "사연이 있긴 한데 관심이 있을까 모르겠다."

"관심이 있지."

"후딱 끝낼게," 폴렛은 말했다. "2, 3년 전에 루디랑 나랑 저기 그 휴양지에 같이 갔었어, 저기 북쪽 거기, 멀리 떨어진 오래된 관광 야영지에. 내 아이디어였지. 그에게 도움이 될 것 같았거든. 재니스가 어디 있었는지 하느님은 아실 거야—고약한 성질머리 때문인지 몸져누워 있었지. 아무튼 그 휴양지는 래리 테이버라는 은둔 중인 히피가 운영하는 거였는데 그 사람 완전 괴짜였어. 래리 테이버의 정신병원, 루디도 결국 그렇게 부르더라. 중요한 건 뭐냐면, 우리 둘 다 거기 가본 적이 없어서 별다른 생각이 없었는데 막상 가보니까 신흥종교적인 게 아주 아방가르드하더라고. 첫날 아침 먹기 전에, 한 50명쯤이었나, 저기 그 커다란 목초지로 다 같이 무리를 지어 갔는데 거기서 다들 요가를 시작하지 뭐야. 루디까지 했어. 그 사람 소질 있더라. 예순 몇 살에다 요가를 할 사람도 아닌데 투지가 넘쳐서는 바로 뛰어드는 거 있지. 그래서 몇 분 뒤에는 사람들이 스웨트셔츠를 벗기 시작하더라고. 나는 뭐가 대수냐 싶었지. 더웠으니까. 그런데 다들 티셔츠를 벗더니 바지까지 훌렁훌렁 벗어, 그렇게 불식간에 맨몸이 되더라니까, 실오라기 하나 없이. 신선한 공기랑 대자연. **요가** 수련. 루디가 나를 쳐다보던걸—그 왜—좀 난처한 듯이. 창피하게도 내가 생각이 없었지, 하지만 그 사람은 내가 이걸 다 알고 있었다고 판단하더라, 내가 그 알몸 요가인지 뭔지에 푹 빠졌나 보다고. 그래서 그 사람이 어깨를 으쓱하더라고. 옷도 훌러덩 벗고. 나도 사면초가지. 그다음은 너도 알겠지만, 알몸으로 바람 불어오는 쪽을 보고 가부좌도 틀고 물구나무도 서고. 너 나 **알잖아**, 엘리. 난 샤워도 알몸으로 안 해. 거기다 래리 테이버는 자기가 치어리더라도 된 듯이 내내 정신없이 앞에 서서는 우리한테 온갖 구호며 주문을 고래고래 시키는 거야. '어서요, 여러분, 다들 자연과 어울려 방방 뛥시다.' 방방? 난 목사야, 그렇잖아? 한데 거기서 빠져나올 길이 없더라고. 에라 모르겠다 하고 방방 뛰었어, 젖가슴을 잡고서 들판을 이리저리 활보하기 시작했지 뭐. 나중에 아침 먹으려고 같이 앉았더니 루디가 나더러 끊임없이 말하더라, 당신이 얼마나 우아했는지 모른다, 종교란 게 이렇게 재밌는 줄 미처 몰랐다. 그러고 함박 웃는 거지. 나를 똑바로 쳐다보고 함박. 그렇게 한순간에…… 다른 사람이 돼 있더라. 서른 살 먹은 남자가. 바보도 아니고 익살꾼도 아니었어. 그 사람 눈에서 어떤 대단한 전류가 흐르고 웬 빛이 나는데 꼭 그 사람한테 내 속이 세세한 것까지 들여다보이는 것 같았어, 나를 이루는 모든 것, 내가 해온 모든 일이. 그처럼 완전무결하게 타오르는 생기라니. 그래서 말할 게 있어. 그 직후에 나 그 늙다리랑 결혼하려고 했어. 그를 영원히 사랑하려고 했다고."

엘리는 웃음을 터뜨렸다. "꿈속의 남자니?"

"오, 그럼. 내 왕자님이지." 폴렛은 코를 문지르고 웃음을 지었다. "지금은 죽은 사람이고. 네 차례야, 엘리."

13
아비곶

1999년 여름, 남편에게 거짓말을 하고 미니애폴리스의 하먼을 만나러 날아가던 엘리 애벗은 어떤 죄책감과 혼란 그리고 상당한 두려움을 느꼈지만 후회는 극히 적었다. 그녀는 되돌릴 생각은 하지 않았다. 그녀가 원하는 건 무사히 넘어가는 게 전부였다. 오헤어 공항에서 환승기에 오르기 전 엘리는 보스턴 외곽의 자기 집에 전화를 걸어 자동 응답기에 음성을 남겼다. “마크,” 그녀는 말했다. “보고 싶어.” 그러더니 그녀는 제 목소리에 실렸을 동요, 배신이 떠올라 녹음을 멈추고 들어보았다. 곧이어 그녀는 “어이, 젊은이, 내가 너무너무 사랑해” 하고 말했는데 그건 진심이었다.

엘리는 쉰두 살이었다. 그것은 그녀의 두 번째 불륜이었다. 서약에 대한 그녀의 감수성은 마냥 희미했다.

“키스를 보내,” 그녀는 응답기에다 말했다.

하먼은 쌍둥이 도시 공항에서 그녀를 태워 북으로 몇 시간을 달린 끝에 아비곶*이라는 리조트에 도달했는데 그곳에서 그들은 나흘 밤

닷새 낮을 보냈다. 호화 리조트는 아니었지만 새로 도색한 오두막은 아늑했고 커다란 소나무 군락과 자작나무 군락이 물가 쪽으로 무성히 들이대는 호수와 아홉 홀짜리 골프 코스도 있었다. 그들은 주로 좋은 시간을 보냈다. 그들은 강꼬치고기도 낚고 골프도 치고 호숫가 자갈밭에서 일광욕도 하면서 둘이서 아예 같이 살지 그리고 어떡해야 그 일이 실현될지 애매모호한 태도로 대화를 나누었다. 둘 사이에 진짜 연애 감정, 격정은 없었지만 애정과 유쾌함과 공모자로서의 신뢰는 있었다. 게다가 함께 나눈 역사도 있었다—1969년도의 끈적끈적한 이상과 망상. 졸업 후 하먼은 치과의가 되는 길을 밟았다. 엘리는 웨이트리스, 그 뒤엔 댄스 강사, 그 뒤엔 마크 애벗의 아내가 되는 길을 밟았다.

지금 그녀는 자기가 어떤 사람인지 확신이 안 섰다.

간통녀인 건 확실했다. 거짓말쟁이, 사기꾼.

하지만 무엇보다도 그녀는 저답지 않은 많은 것이 뒤섞인 사람이었다. 만족을 모르는 사람, 희망이 없는 사람, 어느 도덕적 운명에 매여 있지 않은 사람, 1969년에 상상하던 미래의 자기가 아닌 사람.

저 북쪽에서 맞은 닷샛날, 하먼은 아침 식사를 마친 뒤 아비곶 저쪽 물속에 가라앉았다. 엘리는 해변용 안락의자에서 그 장면을 목격했다. 하먼은 두 팔을 위로 번쩍 쳐들었고 아침 햇살은 그 주변으로 모여들었으며 그의 두 손은 주먹으로 말렸다. 그는 한 차례 하늘을 보았다. 그는 잠겼다 떠올랐다 하다가 사라져버렸다. 거기에 극적인

* Loon Point. 아비(loon)는 물속에 잠수해 먹이를 잡는 새다.

것은 없었다. 엘리는 그를 파도 속에서 놓쳤다는 생각으로 10분을 기다렸다.

하먼이 보트에 실려 호숫가로 나온 건 두 시간이 다 지나서였다. 그의 눈꺼풀은 반쯤 열려 있었고 동공은 얇은 석영막 같았다. 팔다리는 육중한 가슴과 복부랑 안 어울리게 이상할 만큼 쪼그라져 보였고 얼굴은 거의 성가셔서 못 견디겠다는 듯한 표정이었는데 그건 꼭 운 없는 여섯 살짜리의 치아를 치료 중인 모습 같았다. 그는 빼어나게 잘생긴 이목구비를 잃은 상태였다. 구급대원들이 그를 굽어보는 동안 엘리는 자기가 어쩌다가 저런 남자를, 그러니까 수영복은 무릎 밑으로 내려가 있고 흐물흐물 주름져 보이는 궁둥이는 환한 아침 햇살 속에 하얗게 드러난 저 흠뻑 젖은 죽은 사람을 신경 쓰게 되었는지 의문이었다. 물론 그녀의 잘못이었다. 순전히 그녀의 어리석음 탓이었다. 그녀도 그걸 잘 알았다. 하지만 자신의 잘못을 떠나 엘리는 계속되는 노여운 감정을 떨쳐내지 못했다. 배신당한 기분이었다. 구급대원들이 하먼을 들것에다 조심조심 옮기는 동안 그녀는 수정 사항들을 진실에 끼워 넣고 이런저런 가능성을 검토하는 등 마크에게 내놓을 해명을 힘겹게 떠올렸지만 결국엔 아무것도 설득력 있게 와닿지 않았다. 그녀는 발목 잡힌 기분이었다. 확 낚인 기분이었다. 모든 게 너무 급진적인 데다 너무나 부당하고 부질없어 보였고, 그래서 구급대원들이 하먼을 반짝반짝하는 하얀 구급차에 싣는 동안 엘리는 혼이라도 내주게 그의 목숨이 어느 정도 붙어 있었으면 했다.

나중에 그녀는 울먹울먹했다. 누군가 그녀에게 클리넥스를 건네주었다. 호수에는 보트들과 많은 물새가 있었고 아침은 쾌적하고 따뜻했다.

구급차가 하먼을 데리고 떠나자 젊은 경찰관 하나가 엘리의 비치 타월을 개더니 그녀의 팔꿈치를 잡고 저 위 오두막으로 인도했다. 남자의 손길은 무심할 정도로 감정이 없었는데 엘리는 그가 있어주는 것만으로도 마음이 진정되었다. 그는 비극에 아무렇지 않아 보였다. 현관에 다다르자 경찰관은 그녀에게 비치 타월을 건넸다. "신경 쓰이는 일들이 있을 겁니다," 그는 말했다. "여기서 기다렸다가 시내까지 태워다 드리죠."

이상하게도 바로 그 순간 그가 윙크를 했다. 어쩌면 아닐 수도 있었다. 엘리는 확신이 안 섰다.

"서두르실 건 없습니다," 경찰관은 말했다. "천천히 하세요."

엘리는 샤워를 하고 스커트와 블라우스로 갈아입었다. 아직 정오 전이었다. 하먼의 헤어드라이어를 사용하면서 엘리는 마크한테 전화를 걸어 사실을 불쑥 털어놓을지, 이름이며 데이트며 장소며 완전히 자백을 할지 심사숙고했다. 그 생각이 유혹을 했지만 엘리는 한숨을 쉬더니 고개를 절레절레했다. 그녀는 집 전화번호로 다이얼을 돌리고 목구멍을 좁히더니 비행기가 결항되었다고, 하루이틀 늦을 거라고 자동 응답기에다 알렸다. 전화가 조금은 도움이 되었다. 그녀는 이쪽저쪽 샌들을 신고 립스틱과 거울에 잠시 공을 들였다.

밖에서는 경찰관이 불붙이지 않은 담배를 손가락으로 만지작거리며 서 있었다. 그는 사과하듯 웃음을 짓더니 담배를 도로 담뱃갑에 넣었다.

시내로 달리는 길에 엘리는 창문을 돌려 열었다. "하던 거 하세요," 그녀는 말했다. "담배요."

남자는 고개를 가로저었다. 그는 두 손을 핸들에 두고 바짝 경계

하는 조심스러운 운전자였다. 엘리는 스치는 나무들과 탁 트인 호수의 깨알 같은 반짝임을 몇 마일이나 구경하다가 머리를 젖히곤 자포자기의 한숨을 내뱉었다.

"해명을 해야 돼요," 그녀는 말했다. "결혼한 사이가 아니었거든요. 하먼이랑 저요. 둘이서는 아니었죠."

"아, 그렇습니까?" 경찰관은 말했다.

"이해하세요?"

그는 겨우 티가 나게 고개를 끄덕였다. "비극이죠. 슬픈 세상입니다."

"제 말씀은," 엘리는 말했다. "그러니까 — 이게 요점인데요 — 이 일이 기밀에 부쳐졌으면 한다는 거예요."

"기밀이요?"

"아시면서."

경찰관은 곰곰이 생각하는 듯했다. 그는 유쾌한 투로 눈을 찡그려 아침 햇살을 대했다. "음, 그건 선생님이 뭘 요구하고 있는지에 따라 다를 것 같은데요." 그의 목소리는 낮고 미끈하며 미네소타를 잘못 만났다 할 만큼 느릿느릿했다. "남자분이 익사를 하셨어요, 틀림없이요."

"네, 그래요."

"그게 문제예요. 우리가 시체를 자주 숨기진 않거든요."

엘리는 똑바로 일어앉았다. "그런 제안을 한 건 아니에요. 상식선에서 말이에요. 평소 재량이요. 그건 불법적이거나 한 게 아니잖아요."

"아마도요."

"기본적인 체면이 있잖아요," 엘리는 말했다. "왜 제삼자가 상처받아야 하는지 모르겠어요."

"그 말씀은—"

"제 남편을 말하는 거예요."

경찰관은 등이 성가신지 살짝 경직되더니 이내 선글라스를 꼈다. "위험이 따릅니다," 그는 말했다. "그렇게들 장난을 치니까 상처받는 사람이 나오죠."

"그건 장난 같은 게 아니었어요," 엘리는 말했다.

"그런가요?"

엘리는 남자가 자길 조롱 중이거나 더 심한 짓을 하고 있다고 느껴 남은 거리 내내 일부러 그를 외면했다. 그녀는 숨쉬기도 주의했다. 법원 앞에서 경찰관이 모자를 살짝 들어 인사하자 엘리는 못 본 척 침묵으로 응수했다. 그녀가 법원 계단을 오르자 남자는 그녀를 큰 소리로 불렀다.

"행운을 빕니다," 그는 말했다.

카운티 검시관 및 보안관과의 면담, 즉 두 건의 형식적인 진술이 있어서 그녀는 몇 시간을 갑갑한 대기실에 혼자 앉아 커피를 마시며 기다렸다. 이따금 엘리는 긴장으로 인한 메스꺼움 같은 걸 느꼈다. 세상이 단결해 그녀의 적으로 쭉 늘어서 있는 것 같았다. 그녀는 하먼의 얼굴, 그 뒤엔 마크의 얼굴을 일부러 떠올려보았지만 그러면 배가 즉시 경련을 했다. 그녀는 출구를 알 수 없었다. 당연히 어떤 슬픔이 들기도 했지만 그녀에게 주로 든 건 이 상황에 혹사를 당한다는 느낌이었다. 그녀는 호수와 하먼과 울음소리가 거슬리는 물새를 탓했다. 그것은 자연의 음모로 보였고, 따라서 도덕의식이 개입되고 말고 할 게 없었다. 불륜 자체가 우연에 가깝게 시작되었던 것이다—크리스마스카드 교환, 별 뜻 없는 몇 통의 편지. 그러고 일곱 달이 지난 지금은 선택 내지 자유의지와는 무관하게 뻔한 끝을 보고 말았는데 그녀로선 마치 제 인생의 저 구석 자리에 꽁꽁 묶여 있는 것 같았다. 그 소중하고 딱한 하먼이 한땐 너무나 안전해 보였다니 이상해, 엘리는 생각했다. 유부남. 요구가 없는 사람. 미니애폴리스 외곽에 크고 현대적인 집과 다 큰 딸이 있는 포동포동하고 야무진, 움직임이 느린 치과의. 그들은 내내 분별력을 지켜온 터였다. 온갖 예방책, 온갖 안전장치, 모든 게 너무나도 논리적이고 확실한 줄 알았다.

손목시계를 힐끗 중인 지금 엘리는 지구상의 모든 게 제 어리석음의 증거로 변할 수 있다는 의심에 어느새 빠져 있었다. 하먼은 건물 어딘가 바퀴 달린 차가운 철제 침상에서 사지를 쭉 뻗고 누워 있었는데 온갖 훌륭한 논리와 안전장치로도 그의 폐에서 호숫물을 빼낼 수는 없었다.

그녀는 또 한 번 마크에게 전화를 걸고 싶은 충동이 들었다. 그녀는 그를 사랑했고 그를 사랑하는 이유를 기억해낼 수 있었으면 싶었다.

세월이 한참 지난 것 같은 늦은 오후, 검시관이 들러 하먼에게 심장병 이력이 있었는지 물었다. 엘리는 고개를 가로저었다. 그녀는 모르는 얘기였다. 검시관이 그녀의 다리를 눈여겨보는 사이 짧은 침묵이 돌았다. 남자는 눈을 한 번 깜빡인 뒤 고개를 힘차게 끄덕이고는 자기가 직계가족과 상의해보는 게 낫겠다고 말했다.

"그러셔야죠," 엘리는 말했다. "그분들은 알 거예요."

그 경찰관이 그녀를 다시 아비곶에 데려다준 건 어둑어둑할 무렵이었다. 작은 빗방울들이 앞 유리를 점으로 채웠다. 차가 흔들릴 정도로 바람이 불었고 하늘은 자줏빛으로 빵빵하게 부풀어 있었다. 이따금 서쪽 멀리 떨어지는 벼락에 대해서 한마디씩 하는 것 말고는 두 사람 다 말이 없었다.

그녀의 오두막 현관문 앞에서 경찰관은 모호한 웃음을 지어 보였다. "모든 걸 고려해보건대," 그는 말했다. "얼른 짐을 싸고 싶으시겠군요. 내일 아침이면 남자분의 따님과 아내분이 오니까요. 그 때문에 여기 계실 필요는 아마 없으실 겁니다."

"아마 그렇겠죠," 엘리는 말했다.

"일찍 오는 버스가 있어요. 6시 15분이던가."

"고마워요. 안녕히 가세요, 그럼."

"안녕히," 젊은 남자는 말했다. 그는 호수 저편의 폭풍우를 지긋이 내다보았다. "저기, 뭐든 필요하시면—단돈 몇 달러라도—말씀만 하세요. 정부 지원이 있거든요."

"저 매춘부 아니에요."

남자의 눈에 주름이 잡혔다. "이런, 좋아요, 거 상당히 가치 있는 정보네요. 서로 한결 편해졌어요."

"더 하실 말씀은?"

"없을 것 같군요." 그는 달래듯이 작은 손동작을 했다. "짐 싸는 걸 도와드릴 수 있다는 것만 빼고요. 커피 좀 내려주시죠. 사람이 혼자가 될 필요는 없지요."

"제 경우," 엘리는 말했다. "필요한 건 그게 다예요."

"얘긴 나눌 수 있잖아요."

"무엇에 관해서요?"

"뭐든지요," 그는 말했다. "주제야 부족하지 않죠."

그는 여전히 웃음을 짓고 있었다. 바람이 다시 불어들자 그의 상체가 그녀 쪽으로 휘는 듯했다.

"아침에 차 안에서요," 엘리는 말했다. "당신이 날 놀린다는 생각이 들던걸요. 못마땅했어요."

"그럴 리가요."

"그렇게 느껴졌다고요."

"전혀요, 부인. 세상모르는 일이에요. 한 가지는 확실히 알죠. 마땅한가 못마땅한가, 그런 건 아무 의미 없다는 거." 그는 빙글 돌아 그녀를 마주했다. "그래서 커피는?"

커피는 없었지만 엘리는 뜨거운 차를 끓였고, 그리하여 두 사람은 현관에 나가 고리버들 소파에 앉아서 폭풍우가 호수를 건너 저희 쪽으로 다가오는 모습을 지켜보았다. 남자는 내내 모자를 벗지 않았다. 20대 중반쯤 됐겠네, 엘리는 생각했는데 그의 젊음에 깃든 무엇은 그녀의 나약해진 영혼, 그녀의 애수, 그녀가 공허한 사람이 되었다는 사실을 그녀 자신에게 일러주었다. 그녀는 흠뻑 젖어 죽어 있는 하먼을, 그 살덩이를 전부 떠올려보았다. 그 꼴에 그녀는 겁이 났다. 그것에 그녀는 괴로움을 느꼈다.

"난 정말로 그를 아꼈어요," 엘리는 이 말이 완전한 진실은 아님을 의식해 얼른 말했다. "그 왜, 하먼이요. 옛날부터 알던 사이예요, 대학 시절부터. 끝내주는 남자였죠, 엄청 재미있고, 늘 웃고, 그래서 예전에 둘이 —" 그녀는 스스로를 말리고 싶었다. "바람은 아니었어요, 나랑 결혼할 뻔했거든요. 물론 하나 마나 한 얘기죠, 그냥 불가능한 일이니까, 하지만 무슨 이유에선지 그걸 속 시원히 얘기할 수도 인정할 수도 없더라고요. 나 자신한테도. 아마 그래서 환상이 깨졌던가 봐요."

"어떤 환상이요?"

"진부한 환상이요. 같이 도망치는 거. 얼마나 이상하고 어이없는 생각인지."

"그래서 그를 속였어요?"

"아마도요. 아님 나 자신을 속였거나."

경찰관은 담배 한 대를 흔들어 꺼내더니 엄지와 검지에 놓고 핑그르르 돌렸다. "그럼 남편분은요?" 그는 말했다. "그는 의심 안 해요?"

"네," 엘리는 말했다. "전혀 몰라요."

"그럼 당신은 그를 사랑해요?"

"마크요?"

"마크. 네."

엘리는 눈을 감더니 무슨 말을 하려다가 이내 멈추었는데, 왜냐하면 그녀가 말할 수 있는 완전한 진실은 없었기 때문이다. 바깥의 어둠 속에서는 자잘하게 시작된 빗방울들이 나무에 부딪쳐 후드득후드득 부드럽고 대중없는 소리를 냈는데 그것은 그녀의 젊은 시절에서 들려오는 소리 같았다. 이젠 견디기 힘든 적막감이 돌았다. 쉰두 살. 하먼은 죽었고 마크는 저만의 행성에 있어서 그녀 자신을 위한 미래는 상상하기가 어려웠다. 엘리는 특별한 것을 원했지만 — 아주 몹시 원했지만 — 그게 무엇인지는 몰랐다.

그녀는 차를 마저 비우고 일어섰다. "진실은," 그녀는 말했다. "내 남편이 굉장한 사람이라는 거예요. 굉장한 것 이상이죠." 그녀는 억지로 웃음을 지었다. "그를 이 일에서 빼줬으면 좋겠어요."

젊은 경찰관은 어둠을 관찰했다. 그는 저 혼자 흥얼거리는 듯했지만 소리는 들리지 않았다. "제가 무슨 생각 하는지 알아요?" 그는 마침내 말했다. "오해하진 않으셨으면 하는데, 제 생각엔 당신이 저랑 곧 자게 될 것 같아요. 저급하고 더럽게."

엘리는 몇 초간 아무 말도 하지 않았다. 충격을 받기는커녕 놀라지도 않았다.

"꺼져요," 그녀는 말했다.

"에이, 곧이라니까요." 그는 고리버들 소파에 등을 편히 묻었다. 그에게는 호수며 나무며 바위며 익사체가 있는 세상과는 어딘가 동떨어진 허상 같은 면이 있었다. "당장은," 그는 말했다. "그럴 꿈도 꾸지 않으시겠죠. 섹스요, 다시 말해서. 왜냐하면 제가 그 얘길 대놓고 꺼냈으니까요. 지금은 못 하죠. 하지만 제가 만약 은밀히 말을 꺼냈다면……" 그는 짐승같이 그녀를 쳐다보았다. "우리 둘 다 모를 일 같은데요, 안 그래요?"

"그럴 일 없어요," 그녀는 말했다. "가세요."

"나쁜 뜻으로 한 말은 아니었어요."

"뭔데요, 그럼?"

"음, 당신 같은 입장에 있는 사람들 대다수는요, 배신을 숨기려고 하죠. 당신은 달라요. 당신은 망할 놈의 진짜 시체를 숨기고 싶어 하잖아요. 자, 그게 압박감이 되고 깨어 있는 악몽이 되는데, 제가 볼 때 당신은 그게 다 진짜라는 확신이 필요한 것 같아요. **당신이** 진짜라는 확신이요."

"나는 충분히 진짜예요," 엘리는 말했다. "증거 따윈 필요 없어요."

"그럼 사과드리죠."

하지만 그의 목소리는 사과하는 투가 아니었다. 씁쓸함이 묻어나는 단조로운 목소리였다. 어떻게 보면 이 남자는 나한테 얘기 중인 게 아니라 스스로한테, 아니면 내 뒤 어둠 속의 누구한테 얘기 중인 것 같아, 그녀는 생각했다.

그는 일어서더니 제 경찰모를 만졌다.

"비밀이 새지 않도록 할 수 있는 건 할게요," 그는 말했다. "하지만 당신을 위해서는 아니에요. 실은 저를 위해서죠. 다시 말해 당신이 뜬눈으로 밤을 새우면서 그 귀부인 같은 화려한 손톱을 물어뜯고 있단 걸 제가 확실히 알게 될 거란 얘기예요." 그는 웃음을 지었다. "당신이 양심을 내주고 얻은 게 저라는 거죠."

"그냥 좀 썩——"

"운이 없으신 것 같군요. 나쁜 경찰 만나셨네."

"저기요," 엘리는 말했다. "나 못된 사람 아니에요."

"아니다마다요, 부인. 당신은 그냥 지독하게, 너무너무 지독하게 불행할 뿐인걸요." 그의 웃음은 정중하다 못해 염려하는 기색이었다. "이런 얘깁니다. 제가 한때 어떤 숙녀를 알았어요, 그녀를 많이 많이 엄청나게 사랑했죠. 당신이랑 느낌이 비슷해요, 어느 정도는. 진짜 불행한 관계였어요. 정신적 위기야, 그녀는 그렇게 말하더니 헤어 롤을 홱 낚아채서 문을 후닥닥 나서더군요. 일주일 뒤에——젠장, 일주일도 안 됐어요——이틀인가 사흘 뒤에 그녀가 다른 놈, 웬

멍청한 스파르타 사람 같은 놈이랑 멀리 가버리는 통에 나도 내 정신적 위기에 처했다는 얘기죠. 잊어본 적도 용서해본 적도 없어요."

"스파르타 사람?" 엘리는 말했다.

"네, 부인."

"이해를 못 하겠네요."

경찰관은 포식동물 같은 사나운 소리를 냈다. "이해할 것 없어요. 빌어먹을 스파르타 새끼들."

"당신 누구예요?"

"저요?"

"경찰은 경찰이고 이름은요?"

경찰관은 낄낄거리더니 현관에서 내려가 빗속에 섰다. 그의 얼굴은 얼룩에 지나지 않았다.

"연락드리죠," 그는 말했다. "양심이며 기타 등등으로."

엘리는 미니애폴리스로 가는 이른 버스를 탔고, 그런 다음 반은 빈자리인 보스턴행 제트기, 그런 다음 셰필드 농장(Sheffield Farms)까지 나가는 4시 5분발 통근 열차에 올랐다. 그녀는 제 자동차가 일주일 전 주차한 그대로 있는 데 놀랐다. 기차역 뒤쪽 주차장이었다. 그녀는 세상의 지극히 평범한 디테일들이 어떻게든 재배치되어 있으리라 예상한 터였다. 하지만 차는 이런저런 사건들에도 아랑곳없이 그대로 있었고 그녀의 집으로 가는 도로도, 집 앞의 환한 녹색 우편함도, 거대한 참나무도, 차고로 올라가는 자갈 진입로도 마찬가지였다.

5시가 조금 지난 시각이었다. 집도 변함없이 현실에 안주 중인 듯

보였다. 가구가 땀을 흘리는지 공기에서 숲 향기가 나는 가운데 부엌의 파란 유리병에 정원에서 꺾은 꽃이 가득 담겨 있는 걸 그녀는 발견했다. 엘리는 여행 가방을 내려놓았다. 그녀는 주위가 고요해지도록 잠시 가만히 서 있다가 서재로 가서 자동 응답기를 재생했다. 끽 소리가 난 뒤에야 자신의 목소리가 들렸다. "키스를 보내." 나중에 그녀의 목소리는 말했다. "낭패야, 마크. 멍청한 비행기가 죄다 결항됐어. 뭘 어떡할 수가 없네. 너무 보고 싶다."

그녀는 그 거짓말을 듣고자 테이프를 한 번 더 재생했는데 그녀의 목소리는 이 집처럼 튼튼하고 탁 트인 느낌이었다.

엘리는 술 한 잔을 챙겨 위층에 올라가서는 욕조에 물을 받고 들어가 몸을 담갔다. 그녀는 지금 무엇보다도 잠이 간절했다. 자고 일어나면 모든 것이 해결되어 있는 넉 달짜리 졸음. 그녀는 현실적인 것들에 집중할 수 없었다. 때가 되면 이 일 저 일 말해야 할 테지만 그 논리가 너무나도 복잡하게 느껴졌다. 하먼을 떠올려도 추상적으로나 떠올라 기하학 문제랑 다를 게 없었다. 지난 열정들도 아득하고 이질적인 인상이었다. 그녀는 어쩌다 저희가 어느 날 밤 아비곶에 춤을 추러 갔었는지, 그게 얼마나 모험 같았는지, 음악과 별빛과 위험, 그 아찔한 즐거움에 들떠 그가 얼마나 가깝게 느껴졌는지, 품에 안았던 게 실은 하먼이 아니라 행복이라는 관념, 그 가능성, 그 유혹이요, 어느 멋진 미래와의 느리고 감질나는 춤이어서 얼마나 이상했는지 떠올렸다.

엘리는 욕조에 등을 대고 미끄러져 입술만 수면 위로 간당간당하게 내놓았다. 그녀는 몇 초 동안 비몽사몽 의식이 나간 채로 오리며 거위며 아비 같은 수천의 야생 물새가 내는 시끌시끌 안하무인인 소음에 귀를 기울였다.

6시에 그녀는 아래층으로 내려가 저녁을 차리기 시작했다. 반 시간이 지나자 차고 문이 덜덜덜덜 열렸다.

마크가 부엌으로 걸어 들어오자 엘리는 입술을 격렬하다 싶을 만큼 가정적인 표정으로 고정했다. 그녀는 전기 프라이팬 온도를 조절하고 주걱으로 햄버거 세 개를 떨어뜨렸다.

마크가 그녀 뒤로 다가왔다. 그는 "세계 여행가" 하고 말하고는 그녀의 늘어진 허리 살을 손가락으로 한두 인치 꼬집으며 그녀의 목에다 키스했다. 이것은 엘리가 싫어하는 버릇이었지만 — 이럴 때면 뚱뚱하다고 느껴졌다 — 지금 그녀는 그의 손안으로 마음껏 등을 젖혔다. 그녀는 세차게 밀려드는 고마움을 느꼈다. 그가 전혀 눈치 못 챘음을 그녀는 그의 아귀힘으로 즉각 알았다.

"당신 늦었네," 그녀는 말했다. "또."

"와, 시간이 벌써 — "

"한 시간 넘었어," 엘리는 말했다. "한 시간도 더 됐네." 이 말은 사실과 조금 달랐지만 해명의 부담감을 안겨주었다.

마크는 넥타이를 끄르고 그녀 옆의 스툴에 앉았다. 시계는 보지 않았다.

"평소처럼 말도 안 되는 일이었어," 그는 진 빠진다는 듯이 말했다. "낸시가 그 계약서를 뭉텅이로 가져오더라고, 에어하트사(社) 거래 건, 그런데 주소가 죄다 뒤죽박죽이지 뭐야. 빌어먹을 일로는 일등급이지. 맙소사, 내가 모르고 지나갔어봐 — " 그는 식겁함을 전달할 때 내는 소리를 냈다. 실은 그가 스스로를 뿌듯해하고 있단 걸 엘리는 알았다. "어쨌든 내가 바로잡긴 했는데 그때가 벌써 5시야,

그러니 망할 계약서를 싣고서 도시를 가로질러야지 뭐. 우체부가 따로 없다니까. 여섯 자리 연봉을 받는 배달원이 나야."

엘리는 햄버거를 뒤집었다. "하지만 해결은 했다는 거지?"

"에어하트 건? 서명하고 밀봉해서 전문가답게 잘 배송했지."

"대견한 우리 전사님."

"물론이지, 여보. 톤토*라고 불러." 마크는 씩 웃고 일어섰다. 그는 석간신문을 힐끗했다. "여행은 어땠어?"

"좋았어," 엘리는 말했다.

"그래, 잘됐네. 저녁 먹을 때 행복한 소식 좀 한 아름 나눠줘."

그들은 목욕 가운을 입은 채로 TV 앞에서 식사를 했다. 저녁 뉴스는 경제가 화두였고 — 수출 둔화, 신규 보복관세 계획 — 작고 화사한 한국산 자동차들이 시애틀 부두에 내리는 장면을 시청하는 마크의 자세는 딱딱해졌다. 어느 시점에 그는 중얼거렸다. "역겨워." 조금 뒤에는 이렇게 말했다. "범죄야." 광고가 나오는 동안 그는 엘리가 듣기에 품위 있게 힘을 준 말투로 그녀의 여행에 관해 이것저것 물었다. 그는 기내식, 날씨, 쌍둥이 도시에서 그녀가 만난 친구들에 흥미가 있었다. 엘리는 내내 답변이 짧았다. 친구들은 지루했다고 그녀는 말했다. 날씨는 더웠다, 기내식은 먹을 게 못 되더라.

마크는 TV 화면에 대고 고개를 끄덕였다. 그의 눈은 아득한 곳의 광채를 띠었다. 지난 6개월간의 잦은 비행으로 그녀가 상당한 마일리지를 쌓았다는 사실이 그에게 떠오르지 않은 건 분명했다. 그녀는 마크의 잘못이 아님을 — 자신의 잘못임을 — 잘 알면서도 어느새

* Tonto. 용맹한 아파치계 인디언 부족.

쏜살같은 짜증의 파도에 몸을 싣고 있었다.

"저기, 그 혼란은 미안해," 그녀는 말했다. "어떡할 수가 없었다고."

마크는 리모컨으로 채널을 돌리는 중이었다. "혼란?" 그는 말했다.

"결항 말이야."

"진짜지?"

엘리는 그를 힐끗 보았다. "마크, 나 어제 오기로 되어 있었어. 어떡할 수 없었다고 내가 설명…… 메시지 못 들었어?"

"아차차," 그는 말하고 그녀에게 얼굴을 찌푸렸다. "응답기를 확인 안 했다."

엘리는 제 접시를 빤히 쳐다보았다. 햄버거가 입안에 역한 고기 맛을 남긴 터였다. 어리석게도 그녀는 다짜고짜 반격하고픈 욕구에 사로잡혔다. 애인이 아비곶 저쪽 물속에 가라앉았단 메시지를 남겼어야 했는데 하고 그녀는 생각했다. 하나하나 상세하게. 하면의 젖은 시체에 관한 얘기를 했어야 했어, 나도 흠뻑 젖어 있는 느낌이라고, 어리석고 보잘것없는 사람으로 늙어가는 공포에 무감각해졌다고. 그녀는 잘하면 당장이라도 속내를 털어놓을 수 있었다. 방송에 끼어들어 개인 뉴스를 전할 수 있었다.

그러는 대신 엘리는 제 쟁반을 들고 부엌으로 가 접시들을 헹구곤 뒤뜰로 나갔다. 저녁은 습하고 고요했다. 납빛의 황혼 속에서 그녀는 누워서 자고 싶은, 그냥 무너져버리고 싶은 욕망을 또 한 번 느꼈는데, 스스로를 추스르는 데에는 냉정한 의지력이 필요했다. 저기 참나무 너머에서 부웅부웅 누군가의 낙엽 청소기가 내는 멍청한 소리가 들려왔다.

엘리는 목욕 가운 끈을 느슨하게 풀었다. 햄버거가 잘 받지 않았다.

맨발을 하고 새로운 경계심, 새로운 인식을 갖춘 그녀는 봄부터 직접 가꿔온 화단으로 나갔다. 엘리는 황혼이 저물기까지의 몇 분을 거기서 보내며 제 노루오줌과 풀협죽도에 감탄도 하고 근교의 이 조그만 땅뙈기에 의례적으로, 무의식적으로 바친 숱한 시간을 더듬어 보기도 했다. 사물이 자라는 모습에 한때는 그만한 기쁨을 느꼈다니 언뜻 별나기도 하고 호기롭기도 했다. 행복한 농부라고 마크는 늘 말했다. 그 말은 사실이었다. 그녀는 **행복했었다**, 즐거움 없는 행복도 행복이라면. 그녀가 관찰하기에 그녀의 삶은 욕망에 얽매이지 않는 금련화의 순환과정 속에 빠져들어 있었다. 그녀가 마크를 사랑하는 것도 맞고 향수에 젖듯 어렴풋이 하먼을 사랑했던 것도 맞지만 사랑의 실상은 그녀가 한때 상상했던 것과 달랐다.

엘리는 밑으로 손을 뻗어 잡초를 뽑았다. 그러다 그녀는 멈추었다. 무서운 무엇, 슬픔에 다가선 무엇이 그녀의 배 속에서 느닷없이 흘러넘쳤다. 저녁 공기 속에서 ── 다음은 뭘까? 하는 ── 오싹한 질문이 공테이프 돌아가듯 윙윙거렸는데 그 소리는 불완전한, 영원히 근사치인 이 대답 소리로 짙어졌다. 누가 알겠어?

그녀는 아비곶의 댄스 플로어에 있는 하먼을 떠올렸다. 그녀는 프릴로 장식된 파란 드레스에 흰 구두를 신은 어릴 적의 자신을 떠올렸다.

그러다 다른 이미지 하나가 떠올랐다. 결혼을 몇 달 앞둔 18년 전 연말, 마크는 그녀에게 커다란 코르사주를 선물했고 이어 두 사람은 택시를 타고 심야 파티에 가 거기서 춤도 추고 이국적인 술도 시음하면서 사랑이 싹트고 있다는 이해 속에 서로를 바라보았었다. 자정이 훌쩍 넘은 어느 시각에 마크는 그녀를 밖으로 데려갔었다. 그는 그녀의 어깨에 두 손을 올렸었다. "제발 부탁이야, 나를 영원히 사랑해줘," 그는 말했었다. "그냥 날 끊임없이 사랑해줘, 늘 항상 언제나, 부탁이야, 그렇게 절대로 한순간도 멈추지 마, 절대로." 그러고 엘리가 고개를 까닥이자, 그녀가 울먹울먹하자 마크 애벗은 그답게, 단순하고 로맨틱하고 용감한—너무나도 선하고 대책 없이 순진한—사내답게 함박웃음을 짓더니 그녀의 입술, 그녀의 목젖에 키스를 하곤 밑으로 내려가 그녀 가슴에 단 코르사주를 떼어 먹어버렸었다.

엘리는 정원 쪽으로 가운을 열어젖히고 습한 밤공기가 몸을 적시게 내버려두었다.

그녀는 말하지 않을 셈이었다.

그녀는 마음을 굳게 먹을 셈이었다. 그녀는 발각되리란 공포를 견딜 셈이었다. 그녀는 전화벨이 한 번 두 번 울릴 때마다, 우체부가 올 때마다, 누가 문을 두드릴 때마다 움찔움찔할 셈이었다. 남은 결혼 생활 내내, 어쩌면 그 뒤에도 그녀는 물속에 가라앉는 어느 남자의 무게에 짓눌려 깊숙한 곳으로 들어갈 셈이었다. 지금도 이웃집 잔디 맞은편 도로에 자동차 한 대가 막 정차한 참이었다. 단정한 차림새의 날씬하고 젊은 남자가 차에서 내려 문을 잠그더니 얼핏 망설이는 듯하다가 그늘 속으로 사라졌다.

그 경찰관은 아니었다. 아마 아닐 터였다. 하지만 언젠간 틀림없이 그일 것임을 엘리는 알았다.

조금 뒤 마크가 그녀 뒤로 다가왔다.

"어이, 매력쟁이," 그는 말했다. "작황은 어때?"

엘리는 가운을 꼭 여몄다. "좋아," 그녀는 말했다.

14
1969년도 졸업반

"그래서 네가 겁나는 게," 폴렛은 말했다. "협박을 받는 게 겁난다는 거야? 그 경찰관한테?"

"조금은," 엘리는 말했다. "많이는 아니고."

"양심이니, 그럼?"

"아마도. 나한테 양심이 있다면."

엘리 애벗은 날아가는 여객기를 올려다보았다. 덥고 답답한, 매우 고요한 오전이었지만 지금은 여전히 먼, 여전히 몇 시간 거리인 두 다코타주 상공에 뚜껑 같은 구름이 쌓이기 시작한 참이었다. 비가 다가오는 냄새가 났다.

"어떤 느낌인지 말하자면," 엘리는 말했다. "속에 어떤 무거운 게 들어앉은 것 같아. 기밀이. 1톤짜리 무게가. 그걸 안고 일어나서 온종일 그걸 품고 다니는 거야. 한순간도 편할 때가 없어. TV를 봐, 저녁을 먹어, 그러다 펑, 그럼 저녁은 다된 거야, 하면이거든, 그가 가라앉고 있는 거지. 그 크고 하얀 시체를 무슨 수로 숨기니?"

"못 숨기지," 폴렛은 말했다. "숨길 것도 없고. **나한테** 말했잖니, 엘리. 남편한테도 말해."

"그이가 돌아서기라도 하면—"

"오, 맞아," 폴렛은 조용히 말했다. "문제는, 말을 **안** 하면 어떻게 되는데?"

엘리는 티도 안 나게 고개를 끄덕였다. 그녀는 제 손목시계를 들여다본 뒤 억지웃음을 지었다. "우리 돌아가야겠다. 식이 3시에 시작이잖아, 가서 꽃 찾고 옷 갈아입고 일부러라도 스스로를 좀—"

"하먼은 죽었어," 폴렛은 말했다. "캐런도 그렇고. 넌 아니야."

"맙소사. 좋아, 그럼. 노력해볼게."

"노력이란 말은 됐어, 얘. 나랑 약속을 해."

"오케이," 엘리는 말했다.

"그거 약속이니?"

"모르겠어."

그들은 방향을 돌려 캠퍼스 쪽을 향했다. 둘 다 한동안 말이 없었다. 그러다 엘리가 말했다. "내가 아비 새 얘기 했던가?"

"했어."

"음, 잘됐다. 1분만 멈춰서 울다 가도 괜찮아?"

"같이 그러자," 폴렛은 말했다.

오후 2시 15분, 스푸크 스피넬리의 자명종이 울렸다. 그녀는 옆에서 천장을 보고 누워 있는 마브를 팔꿈치로 콕 찔렀다. 그의 넥타이가 풀어졌다는 것 외에 다른 일은 없었다.

"여, 안녕," 그는 졸린 듯이 말했다. "우리가 그걸 했던가?"

• • •

말라 뎀프시와 데이비드 토드는 다턴 홀 예배당에 꽃을 내려놓았다. 예배당은 벽돌과 유리로 된 원형 건물로 30년 전 그들의 결혼식장이었지만 두 사람 다 그 얘긴 꺼낼 엄두가 안 났다.

"옷 갈아입으러 갈 거야," 말라는 말했다. 그녀는 그의 볼에 가볍게 키스했다. "괜찮겠어?"

"매우 괜찮아."

"긍정적이다?"

"응."

"원하면 같이 있을게."

"꼭 그럴 거 없어," 그는 말했다. "갈아입어."

그녀가 자릴 뜨자 데이비드는 앞쪽 신도석에 앉았다. 예배당엔 낱장 악보를 늘어놓는 10대 오르간 연주자 외에 인적이 없었다.

바깥은 기온이 화씨 94도(섭씨 약 34.4도)에 육박해 있었다. 실내는 그보다도 후끈한 듯했다.

다르본* 두 알, 데메롤 한 알을 복용한 뒤 합장을 하고 뒤로 기댄 데이비드는 가망 없는 짓이나 한다고 조니 에버가 꾸짖는 소리에 귀를 기울였다. "까마득히 오래된 얘기야," 조니는 말하고 있었다. "양성자만큼 오래된 얘기. 척 보면 열을 안다고. 우린 지금 거대한 환상을 얘기 중이야. 동화 말이야. 좆같은 〈헤어〉**. 약에 찌든 너희 세대는 있지, 야, 죄다 그놈의 **뚜비 우비 왈라 스타샤인*****인지 뭔지 때문에 회까닥 돌아버렸어. 내 말은, 아주아주 솔직하게 노골적으로 말하면, 씨발 뭐 하자는 거야? 어디 한번 횡설수설해봐, 데이비, 횡설수설이라면 내가 **잘** 아니까." 조니는 한숨을 쉬었다. "내 물러터진 친구, 그건 건강에 제일 적신호라고. 로맨틱한 환상, 그게 네 HMO**** 보험에 적용돼야 할 텐데 말이야. 포기해, 파트너. 말라에 관한 그 글러먹은 꿈 전부 다."

반 마일 떨어진 세인트폴 부촌에서는 도러시 스타이어가 안방 거울 앞에 서 있었다. 그녀는 빌리 맥맨을 의식해 옷을 입고 있었다. 또한 그녀는—다행히 혹이 여덟 개라—암도 거의 이겨냈지, 거기다 두 아들은 세상없이 잘난 자식이요, 론도 매우 천주교적인, 이상적인 동반자라 철저히 헌식적인 마음으로 챙겨주는 데다 부양도 잘하고 시간도 잘 지키고 공기 정화랑 차량 정비에 놀라운 아이디어도 굉장히 많은 사람이라고, 나는 행복에 겨웠다고 스스로에게 설명 중이었다.

도러시는 과시하지 않기로 마음먹었다. 그녀는 제 보형물 위에 심플한 파란색 블라우스를 걸칠 생각이었다. 진주는 금물. 유리 귀고리. 향수는 빌리가 좋아하던 그 싸구려.

"그래서?" 마브는 말했다.

"비밀이긴 한데," 스푸크는 말했다. "이건 말해줄게. 넌 **둔탱이**야."

"고맙네, 고마워," 마브는 말했다. "그 탱이 어쩌고 하는 것뿐 아니라 멋들어진 말들 다." 그는 그녀를 쳐다보았다. "날 이용해먹은 거

---

* Darvon. 진통제 상표명.
** Hair. 1967년 초연된 뮤지컬로 입대를 앞둔 청년과 히피들의 우정을 다룬 작품.
*** 뮤지컬 〈헤어〉의 주제곡 〈Good Morning Starshine〉의 가사.
**** Health Maintenance Organization. 미국의 대표적인 사설 보험.

네, 그럼?"

스푸크는 말했다. "꿈속에서."

마브는 말했다. "잘하면 오늘 밤? 잘하면이라고 말해."

"잘하면," 스푸크는 말했다. "넥타이에다 힘줘, 꿀꿀이는 힘 빼고, 장례식에 가야 돼."

"꿀꿀이?" 마브는 말했다.

"네 바지 안에 있는 개."

"이 토실토실한 애 말이지?"

"바로 개," 스푸크는 말했다.

"잘하면이라고 다시 말해봐."

스푸크는 웃음을 터뜨리고 말했다. "강요하지 마."

잔 휴브너는 짧게 깎은 탈색 머리를 부풀려 세우고 미드나이트 플럼 립스틱을 바르고 짙은 남색으로 눈썹을 그린 뒤 에이미 로빈슨에게 말했다. "교회만큼 행운을 가져다주는 데가 또 없지. 나 어떠니?"

"겁나게 무섭다," 에이미는 말했다.

미네소타주 부지사의 스물여섯 살 연하인 새색시는 서밋 애버뉴의 크고 오래된 집들이 지나가는 모습을 구경했다. 그녀는 동창회에 흥미가 없었다. 장례식에도 흥미가 없었다. 그리고 배가 불룩 나온, 우리가 어쩌다 이 꼴이 된 거야 하는 그 늙은이들 무리한테는 더더욱 유난히 더더욱 분명히 흥미가 없었다. 그녀는 전날 진탕 마신 터였다. 머리가 아프다는 핑계로 간밤에 춤추다 말고 빠져나온 터였다. 바리케이드와 피해망상에 관한 쓰레기 같은 노래들이 흘러나왔었다.

그녀는 운전 중인 남편을 건너다보았다.

"누구 영결식이에요?"

"추도식이야. 옛 친구 둘."

"누군데요?"

"캐런 어쩌고랑 하먼 어쩌고."

"많이 아끼던 친구예요?"

"성이 뭐더라," 그는 말했다. "나도 늙나 봐."

"늙었죠," 그의 새색시는 말했다. 그녀는 앉아서 한동안 가만있질 못했다. "당신의 그 약혼자요, 그 여자도 와요?"

"전 약혼자," 그는 말했다.

"그래서 와요?"

"아마도."

"때가 되면," 조니 에버는 말했다. "넌 입에 총알을 물게 될 거야. 그렇게 약을 하잖아, 그럼 최악을 기대해. 내 생각을 묻는다면 말인데, 데이브, 그 아일랜드 친구들 생각이 옳았어. 세상이 네 마음을 찢어놓을 테니 기대하라고. 누가 병 주고 약 주고 하네, 티퍼레리는 화창한데."*

---

* 티퍼레리(Tipperary)는 아일랜드의 주. 제1차 세계대전 때 아일랜드 연대가 불러 여러 나라로 퍼진 〈티퍼레리까지는 길이 멀구나It's a long way to Tipperary〉라는 군가가 있는데 이 노래는 런던으로 상경한 아일랜드 시골 청년이 고향과 지난날을 그리워하는 내용이다. 즉 여기서 티퍼레리는 일종의 이상향.

데이비드 토드는 눈을 감고 마약이 저를 실어 가게 내버려두었다. 조용하다, 그는 생각했다. 이게 교회구나.

조니는 낄낄거렸다.

"네 사랑스러운 영혼을 걸고 말하는데, 교회 맞아. 그러니까 잘 들어, 너한테 낼 수수께끼가 있으니까. 닭이랑 달걀 중에 뭐가 먼저일까? 답은 노인네 재채기하는 소리 하지 마라. 같은 문제를 예전에 로베스피에르*한테도 내봤는데 그 친구는 나를 보고 눈만 껌뻑껌뻑하던걸. 하지만 넌 요점을 알 거야. 요점은 없어. 로어노크의 그 잃어버린 식민지처럼 말이야, 왜 어디로 흔적도 없이 사라진 그거 있잖아.** 다시 60년대로 돌아가서, 세상을 바꾸자는 몽상가들 부류는 있잖아, 하나같이 침하고 심술만 가득해. '이봐요, 생활공동체를 꾸립시다!' 다음 일은 너도 알잖아, 펑, 다들 잃어버린 세대가 되는 거. 생각나지? 그러니까 내 말은, 자, 좋은 면을 보도록 하자. 새삥한 밀레니엄이잖아. 이제 너한텐 케이블방송이 있어. 24시간 잡담, 그 절망의 채널, 조이스 브러더스***의 모든 걸 소화할 수 있다고. 신세계다, 그치? 소라진****은 또 어떻고? 예전엔 존재하지도 않았어. 채팅방도. **1-800-안식일** 말이야. 나만의 포르노도 녹화들을 한다고. 영혼을 진정시켜주는 달달한 신제품 약도 넘쳐나서 야심한 시각의 원기를 물리치는 데 도움이 돼. 진보다, 그치? 진보고말고! 잃어버린 사랑이니 뭐니 하는 그 뻘소리는 곱씹을 필요가 없다니까. 그녀는 한물갔어, 데이브. 케케묵은 사람이야." 조니의 목소리가 조금 누그러졌다. "날 믿어, 친구. 난 천사라고."

도러시 스타이어는 캠퍼스까지 반 마일을 운전해 그랜드 애버뉴에 주차를 하곤 빌리가 좋아하던 향수를 찾아 인근 드러그스토어로 부랴부랴 들어갔다. 상표명은 기억나지 않았다. 흠모(Adoration), 사랑(Amour). 천할 만큼 싼 것. 그녀는 몇 분간 이 병 저 병 꼼꼼히 살피며 제품들의 향을 킁킁거렸고, 그러다 대머리에 말쑥해 보이는 약사에게 혹시 아는 바 없느냐고 물었다. "A로 시작하는 거예요," 그녀는 말했다.

"매력(Allure)?" 남자는 말했다.

"아니에요. 그건 너무 오래됐고. 흠모 같은데."

"흠모요?" 그는 딱딱 혓소리를 냈다. "못 들어봤는데요. 매력은 있어요. 아나이스 아나이스(Anaïs Anaïs)라는 쓰레기도 있죠, 우리 형 냄새 나는 거."

"아마 사랑일 거예요," 도러시는 말했다.

"그건 전혀 못 들어봤어요." 약사는 작은, 완벽할 정도로 둥근 대머리 위로 안경을 올려 썼다. "원하시면 제가 들어가서 한번 보고 올게요. A로 시작한다고 하셨죠?"

남자는 후닥닥 몸을 돌려 문을 통과했다. 도러시는 제 시계를 보

---

* Maximilien François Marie Isidore de Robespierre. 프랑스혁명기 정치가로 왕정을 폐지하고 국민공회 정부를 세웠으나 스스로 공포정치를 행하여 결국 사형된, 단두대로 흥해 단두대로 망한 인물.

** 로어노크 식민지(Roanoke Colony)는 16세기 말 영국이 개척하려던 식민지로 현재의 노스캐롤라이나 데어 카운티(Dare County) 지역. 영국이 이곳을 개척하려고 누차 공을 들이다 몇 년 후 와보니 100여 명의 주민이 흔적도 없이 사라져 식민지 계획 자체가 붕 떠버린 일이 있다. 이를 두고 '잃어버린 식민지(The Lost Colony at Roanoke)'라 부른다.

*** Joyce Brothers. 대중 강연, 방송 상담으로 유명한 미국 심리학자.

**** Thorazine. 1950년대에 처음 나온 조현병 및 우울증 치료제 상표.

았다. 3시까진 6분 전이었다. 바보 같은 생각이야, 그녀는 생각했다. 향수라니, 세상에. 그러다 그녀는 고개를 흔들고 계산대 뒤의 커다란 흑백 포스터를 올려다보았다. **유방암을 예방하는 열 가지 방법.**

시간이 꽤 지난 뒤에야 약사는 돌아왔다.

"운이 없네요," 남자는 말했다. "매력, 아나이스 아나이스, 그게 다예요. 제 충고 들으세요, 아나이스 아나이스는 가까이 둘 게 아니에요. 매력은 상관없고요."

"그럼 됐어요," 도러시는 말했다. "다음에 올게요."

"좋은 선택이세요."

남자는 수심에 잠긴 듯 그녀를 뚫어져라 관찰했고, 그러더니 입술도 안 움직이고 웃는 듯한 표정이 되었다.

"어쨌든," 그는 말했다. "향수로는 안 될 거예요."

15
반쪽

1997년 한여름의 온화하고 볕 좋은 어느 토요일 오후, 수술 후 아홉 달 반이 지난 도러시 스타이어는 셔츠를 벗고 브래지어를 끄르고 가발을 바로잡고 양쪽 샌들을 착착 신은 뒤 레모네이드를 마저 끝내고 상소리를 내뱉은 다음 혼잣말을 중얼거리더니 ―― "**이러는 거 지긋지긋해!**" ―― 뒷문을 활짝 열고 그 문을 지나 뒤뜰을 가로지르곤 집 옆에 난 자동차 진입로로 이어지는 슬레이트 계단을 내려갔는데 거기선 카길사 수석 부사장인 남편 론이 저가 소중히 여기는 두 대의 볼보에 세차와 왁스칠을 막 끝낸 참이었다. 쌍둥이, 그는 차들을 그렇게 불렀다. 의미 없긴, 그녀는 생각했다. 한 대는 녹청색 스테이션왜건, 한 대는 훨씬 정교하고 각진 특대형 은색 세단. 몇 주 전 "헐값 싹쓸이"라고 아주 똘똘하게 이름 붙인 거래에서 차량을 인수한 뒤 론은 시간과 노동력과 내리사랑이 어처구니없이 혼합된 무엇을 새 자동차들한테 아낌없이 쏟은 터였다. 도러시에게 그것은 도착적으로 보였다. 그 남자는 이미 끝내주는 두 아들의 아버지였다. 쌍둥이는 아니지만 반짝반짝 광이 나고 기계처럼 건장한 아이들. 아울러 그에겐 아내가 있었다. 훌륭한 아내였다. 아내, 그 점에서라면 그녀도 한때 욕 나올 만큼 끝내주는 스포츠카요, 죽이게 잘빠졌던 사람으로, 이를테면 실용적인 SUV 주부 군단 사이에 끼어 있는 빈티지 벤틀리였다.

도러시는 화가 났다. 실은 화난 것 이상이었다. 그녀는 떠날 생각을 진지하게 해오던 참이었다. "어디로"인지는 문제가 아니었다. 홍콩이든 덜루스*든 하다못해 위니펙의 춥디추운 거리든. 상관없었다. 1997년 7월 19일 오후 2시 직후 교외의 하늘 밑에 적을 둔 이 특정한 순간 — 현시점 술김에 허리까지 알몸을 한, 현시점 열성적인, 현시점 눈부신 현재에 붙박인 도러시 스타이어가 시멘트 진입로를 큰 걸음으로 열두 걸음 걸어 내려가는 모습이 정원사 지미의 당황한 눈에 포착된 순간 — 이 찬란하고 기똥차며 조금은 숭고한 순간 도러시 스타이어는 속을 게워내면 어쩌나 하는 그게 걱정이었다. 배가 꿀렁거렸다. 그녀는 보드카 레모네이드 네댓 잔의 추진력을 받아 진입로를 나아갔다. 완전히 취하진 않았지만 그러려고 최선을 다한 터였다. 몸을 가눈 도러시는 여름 공기를 붙잡으려는 듯 한 손을 들어 올렸다. 그녀는 지미에게 씩씩하게 고개인사를 했는데, 그러자 지미는 전지가위를 내려다보면서 그것만 이리저리 살피다가 그녀를 다시 돌아보았다. 남자는 씩 웃음을 지었지만 말은 없었다. 그러기는 반짝반짝하는 휠 캡에 정신이 팔려 있는 론도 마찬가지였다.

하지만 새로 페인트칠된 낮은 말뚝 울타리 뒤쪽의 인접한 잔디밭에 있던 옆집 이웃 겸 소중한 친구, 퇴역한 해병 대령 프레드 엥겔만은 제대로 알아본 게 틀림없었다. 조금 전 인사차 정원용 호스를 들어 올렸던 것이다. 프레드는 무슨 말인가 하려다가, 손을 막 흔들려다가 호기심 많은 웃음을 채 짓지도 못하고 턱이 얼어붙은 참이었다. 그의 손에서 호스가 찔찔거렸다. 그는 콜리가 사는 개집에 물을 주고 있었다.

"프레디, 자기!" 도러시는 소리쳤다.

그녀는 허공으로 손을 날려 남자를 향해 다섯 손가락을 쥐었다 폈다 했다. 그는 사려 깊은 이웃, 절친, 전 암살자, 가정사 조언자였다. 도러시는 과장된, 혀가 좀 꼬부라진 부적절한 목소리로 즐겁게 외쳤다. "아주 멋진 날이야!"

"확인(Roger that)," 프레디는 말했다.

"개집이 젖었어!"

"재차 동의(Affirmative again)," 그는 말하고서 호스 방향을 돌렸다. 남자의 눈가에 주름이 지어졌다. 그는 이걸 유머로 써먹어야겠다고 마음먹은 게 분명했다. "살 태우나 봐?"

"태우지!" 도러시는 말했다.

"잘됐네, 그럼. 날씨가 딱이네."

"딱이지! 1초만, 곧 넘어갈게."

"꼭 넘어와," 프레드는 말했다.

이 모든 게 7월 19일 토요일 불과 몇 초 만에 일어난 일이었다. 론은 아직 제 미래를 맞닥뜨릴 상태가 아니었다. 그는 녹청색 스테이션왜건 옆에 무릎을 꿇고서 흠집 난 흙받기를 걱정하느라 이마에 주름을 잡고 있었다. 도러시는 큰 걸음으로 여섯 걸음 밖, 빠르게 접근

---

* Duluth. 미국 미네소타주 북동부 항만도시.

중이었다. 주기가 길어진 심장박동이 두세 차례 흘렀다. 가지치기하는 지미, 물 주는 프레드, 윙윙거리는 잔디깎이, 꺄 소리치는 아이, 바그너를 연주하는 라디오, 여름의 선명한 태양 아래 보석처럼 빛나는 두 대의 왁스칠된 볼보.

론은 한쪽 무릎을 축으로 빙글 돌았다.

그는 막 일어서려다 멈추어 도러시를 가는눈으로 올려다보았다. "이게 뭐야?" 그는 말했다.

"아내," 도러시는 말했다. 이제 그녀는 큰 걸음으로 두 걸음 밖, 가속 중이었다.

"하느님 맙소사."

"날 봐," 도러시는 말했다.

그는 그녀의 정강이를 힐끗 보았다.

"더 높이," 그녀는 말했다. "나를 볼보라고 생각하고."

그녀는 그의 코앞 고작 7, 8인치 거리에서 브레이크를 걸었다. 그녀의 웃음은 진심이었고 7월의 햇살 아래 눈부시기까지 했지만 무모하고 호전적이며 도발적이기도 했다.

"꾹 참고 봐," 그녀는 말했다. "한 번만."

"여보," 론은 말했다. 그는 자리를 털고 일어나 그녀를 한 팔로 감쌌다. "이리 와. 안으로."

"한 번만. 그냥 한 번. 겁내지 말고."

"왜 이러는 거야?" 론은 말했다. "고다이바 부인이야? 변태 누드쇼야 뭐야?"

"변태?"

"그런 변태 말고."

"변태라며. 똑똑히 그랬잖아. 변태."

"도스, 당신 취했어."

그녀는 빙글 돌아 그의 팔을 빠져나가더니 잘 보이도록 뒤로 물러섰다. 론의 눈길은 세상을 더 편한 각도로 보려는 듯 여름날의 먼 경치로 이동했다가 후 하는 실망과 함께 그녀를 다소 똑바로 향했다.

"지독해?" 그녀는 말했다.

"아니," 그는 말했다. "보면 울고 싶어져."

"날 만져봐."

"여기 지금 진입로야, 여보. 대낮이라고."

"얼른. 만져."

"이러지 마," 그는 말했다. 그는 음량이 본질적인 문제라는 양 거의 속삭이는 소리로 조용조용 말했다. "내가 착하게 부탁하잖아, 도스. 제발 들어가자. 프레드랑 지미가 다 보고 있어."

"반만 보고 있지," 도러시는 말했다.

"반만. 한 방 먹었네. 이제 들어가도 될까?"

"당신 아직 안 봤잖아."

"대체 내가 지금 뭘 하고 있는 건데?"

"보는 척," 도러시는 말했다.

"척은 무슨 척."

"오, 척하고 있잖아, 그러고 있잖아," 그녀는 말하더니 발레리나처럼 발끝을 딛고 올라 두 팔을 쭉 뻗고는 진입로에서 빙그르르 도는 동작을 했다. 그녀는 또 한 번 배가 꿀렁거렸다. 그녀는 녹청색 스테이션왜건에서 라디오 음악이 나오고 있다는 데 생각이 미쳤다. 론이 바그너를 좋아하는 줄 그녀는 모르고 있었다. 사실 그녀는 그가 음악을 좋아하는 줄도 모르고 있었다.

"거기 그거," 론은 말했다. "다 봤어."

"보긴 뭘 봐. 게다가 만지지도 않았잖아. 그런 지 4개월은 됐지. 유방암이야, 론. 독감이 아니야, 당신은 **걸리지도** 못해."

"나도 알아."

"안 보면 성교도 못 해."

"그만," 그는 말했다. "나도 안다니까."

도러시는 욕지기가 울컥 치밀었다. 그녀는 바보같이 피식하고 웃었다. 그녀는 두 손을 둥글게 오므려 말뚝 울타리 너머로 소리쳤다. "1초만, 프레디!"

"맙소사," 론은 말했다.

프레디가 손을 흔들었다. 마음씨 좋게도 그 남자는 그들을 등진 채 왕해바라기밭에 호스를 조준했다.

"좋은 친구야," 도러시는 말했다.

"말하나 마나지. 이걸로 끝이야?"

"그런 것 같아." 그녀는 안기고 싶고 사랑받고 싶고 받은 만큼 베풀고도 싶었지만 상처를 따내고도 싶었다. 그녀는 반짝이는 볼보들 쪽으로 고갯짓을 했다. "쌍둥이는 어때?"

"잘 있지."

"하느님께 찬양을. 내 마음이 아주 홀가분하네."

"차를 질투하는 거야?"

"아이코, 질투가 뭔지도 모르거든," 도러시는 말했다. "내가 질투를? 내가? 그렇다고 보긴 매우 어렵지. 섹시한 차들인 건 분명해."

론은 집 쪽으로 한 발짝 옮겼다. "더는 못 참아. 마음 떴어. 여기서.”

“안녕, 그럼.”

“그래, 안녕,” 그는 말했다. “애원은 안 할 거야.”

하지만 그는 꼼짝하지 않았다.

도러시는 스테이션왜건에 등을 기대고 고개를 젖혀 별을 정면으로 받았다. 그녀는 마흔아홉 살이었다. 그녀는 레이건 계열의 공화당원이요, 두 자식의 어머니요, 화학요법을 받는 매력녀요, 왼쪽 유방을 잃은 환자요, 상태가 안 좋은, 겁먹은, 배도 아프고 머리도 아픈 사람이자 프레드 엥겔만과 하일랜드파크 방범위원회 공동위원장을 맡고 있는 사람이었다. 또한 그녀는 이 순간 재정의가 필요한 여자이기도 했다.

그녀는 남편을 쳐다보았다. 화는 이제 거의 사그라져 훨씬 소름끼치고 강력한 지긋지긋함으로 대체된 상태였다. “걱정 마,” 그녀는 말했다. “가서 공놀이나 봐. 난 여기 있는 게 좋으니까.”

“도스, 이건 정당하지 않아.”

“그냥 가. 시간을 줘.”

론은 좌절감 어린 소리를 들릴락 말락 하게 냈다. 그는 빙글 돌아 진입로를 성큼성큼 오르더니 뒤뜰을 가로질러 집으로 들어갔다.

슬픈 일이야, 도러시는 생각했다.

그녀는 그를 쫓아갈까 잠시 고민했다. 셔츠를 입을까. 레모네이드를 탓할까. 어쨌거나 그는 남편으로선 기적 같은 사람이었다. 끝내주는 아버지, 끝내주는 동반자. 볼보만큼 믿음직한 사람. 성격적인 면에서 뻣뻣할 때가 있는 건 사실이지만—“깐깐이 앤디”라고 두 아들은 불렀다—마음은, 영혼과 정신은 덕스럽고 고결하며 모자람 없이 실한 사람이었다. 암이라는 악몽을 겪는 내내 그는 그녀에게 생존 통계치를 인용해주고 약물 치료의 최근 발달 상황에 대한 관심을 환기하는 등 용기와 믿음을 불어넣어준 터였다. 할 수 있다 하는 사정없는 그의 배려 때문에 사실 그녀는 죽을 지경이었다. 매 순간 치어리더가 따로 없었다. 화학요법의 독성을 토해내고 있는 환자 옆에서 종양학자 격려, 완쾌 격려, 박수 치면서 "장하다 장하다" 입발림.

저 사람을 탓하긴 그래, 도러시는 생각했다. 유방에 관한 웃긴 얘기가 떠올랐다. 두 개의 유방에 집착하는 건 남편들이라는 거. "변태"란 그런 그들을 가리키는 말이라는 거. 더구나 솔직히 도러시 자신은 거울이나 네글리제에 그만큼 환장하는 사람이 아니었다. 수영장 파티에 환장하는 사람도 아니었다. 그래도 죽이는 유방과 더불어 남편이며 괜찮은 성생활을 빼앗긴 건 애석한 일 같았다.

도러시는 스테이션왜건을 탁 때리고 라디오를 끈 뒤 해바라기밭에 있는 프레드 엥겔만에게 가 합류했다. "프레디, 프레디," 그녀는 말하고서 제 이웃의 가죽 같은 뺨에 키스를 건넸다. "내가 한두 잔, 아니 대략 일고여덟 잔은 마셨으니까 좀 봐줘." 그녀는 두 손을 제 엉덩이에 두었다. 그녀는 아무것도 감추지 않았다. "꽃 굉장하다. 앨리스는 잘 있지? 내가 셔츠를 안 걸쳤네."

프레드는 낄낄거리고 말했다. "안 걸친 것 같군."

"진짜로 안 걸쳤네," 도러시는 말했다. "거듭 미안."

"그게 뭐라고," 프레드는 말했다. "상황 종료, 교신 끝."

"가서 셔츠 좀 입어야겠다."

"꼭 그럴 필욘 없어."

프레드는 호스를 잠근 뒤 그녀의 팔꿈치를 단단하고 정중하게 잡고서 강철로 된 장미 지지대 그늘로 데리고 들어갔다. 그들은 잔디밭에 앉았다. 그녀와 프레드 엥겔만이 제일 친한 친구가 되어 소문도 교환하고 클린턴에 관한 농담도 교환하고 '리버럴들에게 핵폭탄을'이라 적힌 범퍼 스티커 공동 조달책으로 뛰기도 한 지가 10년, 거의 11년이었다. 그들은 엄청 웃었다. 그들은 서로를 재미있어했다. 무엇보다도 프레드는 도러시를 가장 맞춤형으로 이해해주는 사람 같았다. 어떨 땐, 특히 뒷마당에서 칵테일을 몇 잔 했을 땐 마치 그 남자가 그녀 개인사의 암호를 풀어 그녀의 꿈에 관한 기록 일체를 발전시키는 듯한 때도 있었다. 어떤 후회와 갈망 들. 갈림길들. 놓친 기회들. 오래전 해병대로 베트남에 갔던 프레드는 수수께끼 같은 방식으로 피닉스 프로그램*과 연을 맺었었는데 그 프로그램은 그가 대충 설명한 대로라면 최종 해법과 관련되어 있었다. "놈들을 찾아서 튀겨라," 그는 그렇게 말하곤 반짝반짝하는 눈으로 그녀를 빤히 쳐다보다 — 그녀를 꿰뚫어 보다 — 윙크를 한 뒤 말하곤 했다. "귀신 같은 일이야. 당신도 한 번만 해보면 할 수 있을 만큼 굉장히 단순한 일."

그녀는 그에게 보챈 적이 없었다. 하지만 어떨 땐 무시무시했다. 분명한 것, 확실한 것 없이 그의 그 윙크만으로도. 그녀가 과장을 하거나 거짓말을 하거나 세상에 대해 조금이라도 자기광고 같은 견해

---

* Phoenix Program. 베트남전쟁 중이던 1967년부터 1972년까지 미국 CIA의 고안 및 지시로 실행된 공작. 베트콩을 파괴할 목적으로 감금, 고문, 보복성 테러 등을 허용한 무차별 폭력 계획.

를 내놓을 때면 그는 빤히 쳐다보곤 했다.

예를 들어 지금.

그녀가 그의 잔디밭에 등을 대고 누워 있는 지금. 그녀가 샌들을 흔들어 벗고 이렇게 말하는 지금. "별일 아니야, 프레디. 여자만의 문제야."

도러시는 남자의 눈이 자길 관찰하는 걸 느꼈다.

"중년 시트콤이 따로 없다니까," 그녀는 얼른 잽싸게 말했다. "요 가슴 노출 사태 말이야."

프레드는 웃음을 짓고 목을 가다듬더니 웃는 그대로 말없이 기다려 그녀에게 수정자 및 수식어를 고민할 시간을 주었다.

"나 저 사람 떠나려고," 그녀는 말했다.

"그거였군. 론이 말씽이야?"

도러시는 그를 흘겨보았다. "몰랐던 것처럼 굴지 마."

"오케이, 나도 말려들었군." 웃음은 변함없었다. 그의 눈은 물 같았다. "어쩌면 나도 몇 장면 목격했던 것 같아. 1 더하기 1. 계산을 해보니 아주 조금은 이해되네."

"어쩌면도 아니고 아주 조금도 아니야," 도러시는 말했다. "당신도 다 봤잖아. 근데 내가 암만 원해도, 물론 공식적으론 절대 원하지 않는데—용서해, 프레디, 나한테서 술 냄새가 풀풀 나네, 레모네이드에 푹 절어서 그냥, 정신병 걸린 똥멍청이가 따로 없다. 아무튼, 정말이지 내가 암만 붙어 있겠다고 결심해도, 까놓고 말해보자고, 내가 어떻게 **그럴 수** 있겠어? 이 꼴로." 그녀는 제 가슴을 가리켰다. "젖가슴 하나짜리 요정을 하느님이시여 보살피소서. 여왕이 폐위되나니. 여기 하일랜드파크 군중은—나도 포함하고 당신도 포함해서 — 다들 천박한 걸 안 좋아하잖아. 지금 있지, 내가 장담하는데 수백 대의 전화기가 울리고 있을걸. 나체 부인 감시 명단에 내가 틀림없이 올라 있겠지."

"내 명단엔 올라 있어," 프레드는 말했다.

"그래, 고마워. 앨리스는?"

프레드는 또 한 번 웃음을 지었다. "이렇게 말할게, 그녀는 창밖을 훔쳐보다 진입로에 있는 당신을 발견하곤 아마 침대에 몸져누웠을 거라고."

남자는 차갑지 않게, 무관심하지 않게, 하지만 얽히고설킨 체스 막판에 집중하듯이 그녀의 가슴을 관찰했다. 그러다 그는 한숨을 쉬고 말했다. "준비 완료. 우리 프레드는 이 얘길 마저 듣고 싶어 죽겠는걸."

"진짜로 가서 뭘 좀 걸쳐야겠다."

"거부(Negative), 계속하라. 얘기해."

도러시는 딱히 할 말이 떠오르지 않았다. 말은 쏟아졌지만 — 기괴해, 죽는 게 나아, 어떻게 이런 일이 생길 수 있어? — 하나같이 너무나 진부하고 터무니없이 인간적이어서 그녀는 뜻 모를 몇 문장 만에 말을 멈추곤 창창한 여름 하늘을 가만히 올려다보았다. "론의 잘못만은 아니지. 나도 날 만지기가 싫어. 샤워도 싫어. 잠자리도 싫어."

"오, 그래?"

"정말 진심이야. 싫어. 근데 이 쓸모없는 것 때문에 요 모양 요 꼴이란 뜻은 아니야. 유방 때문만은 아니라고."

"그래," 프레드는 말했다. "그 뜻은 아니겠지."

도러시는 고개를 끄덕였다. “더 안 좋아. 내 인생 전부가 암에 걸린 것 같아.”

“맞아.”

“그리고 나는 절대 ― ” 그녀는 숨을 토했다. “방금 **그 말** 대체 뭐야, 프레드?”

“뭐라니 뭐가, 자기?”

“그 말 말이야. ‘맞아’라며.”

“내가 그랬어?”

“그랬어. 이 우그러진 인생은 **내 거**야 ― 당신이 어떻게 알아?”

프레드는 이웃답지 않은 저 물음에 가해를 당한 듯 상처받은 눈빛을 그녀에게 보냈다. “한두 살 먹은 건 아니니까.” 그는 툴툴거리며 이 점을 인정했다. “내가 바지를 벗는들 신경이나 쓰여? 나 그만큼 늙은 놈이야. 위협도 안 되는.”

“당신 안 늙었어, 프레디.”

“암, 그럼, 당신 생각보단 늙었지. 전직 개병대(leatherneck), 전직 과부 제조기. 젠장, 우리 다 늙어버렸군.”

그는 바지를 벗어 내던지더니 말뚝 울타리를 넘어다보며 손을 흔들고 경례했다. 론이 뒤뜰에 서서 지켜보고 있었다. 그는 화가 나 이성을 잃은 듯했다. 그는 경례를 받지 않았다. 몇 초 뒤 그는 등을 돌려 안으로 들어갔다.

“남편 뒤집어졌다,” 프레드는 온화하게 말했다.

“누군 안 그렇대?”

“좋은 지적이야. 하지만 내가 만약 나체 부인 입장이었다면 얼른 제도판으로 돌아가 전술을 다시 짰을 거야. 그리 늦지 않았어. 다만 말인데, 우리가 당면한 이 문제 말이야, 이건 당연히 론에 관한 것만은 아니야, 그렇지?" 그는 그녀에게 윙크했다. "뭐 좀 물어봐도 돼?"

"돼."

"그래. 돼야지. 민주당에 투표해본 적 있어?"

도러시는 힐끗 올려다보았다. 예상치 못한 질문이었다. "민주당에 투표?" 그녀는 말했다. "어쩌면 한 번. 어쩌면."

"내가 맞혀봐도 돼?"

"되지, 물론," 도러시는 말했다. "근데 그 일에 당신보다 내가 더 낯선 기분인걸."

"육팔 년 예비선거. 진 매카시*."

"프레디, 그걸 다 어떻게 **알아**?"

"정보원. 내 전 주특기야."

"프레드!"

"비결은, 당신은 내 최고로 친한 친구잖아, 내 이웃이고," 그는 말했다. "그래서 뭐가 뭔지 알아내기가 좋지. 질문 하나 더. 론한테 말한 적 있어? 있잖아 — 왜 그 — 실추된 위신에 관해서랄까? 좌파 빨갱이의 실수?"

"모르겠어, 프레디. 했던가?"

남자의 눈이 장난꾸러기처럼 초롱초롱해졌다. "아니, 자기야, 자기는 아마 없을걸. 그래도 출발이 나쁘진 않아. 잘하면 양동이 가득한 골칫거릴 전부 개선할 수 있겠어. 돌아선 마음. 암 같은 인생." 프

---

* 유진 매카시(Eugene McCarthy). 베트남전쟁 비판을 주도했던 민주당 정치인으로 반전운동가들과 학생들의 지지를 주로 받았다.

레드는 잔디밭에 등을 대고 누워 눈에 내리던 볕을 그늘로 덮었다. 그는 통 넓은 검정 사각팬티, 검정 양말, 검정 테니스화를 걸치고 있었다. 정강이 살과 허벅지 살은 미라 같았다. “도움이 좀 될까 모르지만…… 나 있잖아, 나도 케네디 지지자였어. RFK. 전쟁을 종식하자, 내장을 지키자.”

도러시는 등을 구부정히 말고 두 팔로 가슴을 가로지른 채 흔들흔들했다. 이제 그녀는 알몸에 대한 부담감이 무겁게 들었다. “항복,” 그녀는 말했다. “요점이 뭐야?”

“요점이란 게,” 프레드는 대수롭지 않게 말했다. “굉장히 과대평가됐단 거. 그건 그렇고 론 다시 나왔다. 뒤뜰. 쌍안경.”

“나 안 보일걸.”

“당신 하기 나름이지. 아무튼 ‘정직한 진’*이라는 그 말도 안 되는 장사 있잖아, 난 그거 들춰내지 않겠어. 당신만의 이유가 있었겠지. 당신이 같이 도망갈 뻔했던 그 대학 시절 애송이라든가. 론 전에 만났던 친구. 그 친구 이름이 뭐더라?”

“빌리.”

“그래, 맞아. 빌리. 그를 버려뒀지, 아마. 그 차디찬 위니펙에. 징병 기피자였어, 맞아, 난 그딴 놈 상대도 안 하는데, 그래도 제일 친한 친구 때문에 차이면 힘들긴 하겠다. 둘이 좋은 친구였잖아, 응? 론하고 빌리가? 재미없군. 당신을 초조하게 만드는 것 같아, 당신이 중간에 말을 갈아탔던 그 일이. 그 캐나다행 비행기를 놓쳤지. 잘생긴 사람, 보수적인 사람한테 갔고. 안전빵 결혼이었어, 말하자면. 그러다 이만큼 세월이 흐르니, 이크, 암이 웬 말이야, 혹 여덟 개가, 애였던 사람이 중년의 초조함을 느끼기에 충분한 양이잖아. 만약에,

라는 생각들이 튀어나오지. 가지 않은 길 말이야. 다른 초원이 더 푸르렀으리라."

"몇 십 년 전 일이야," 도러시는 말했다.

"물론 그렇겠지," 그는 말했다. "어제 일 같지, 어?"

도러시는 입술을 앙다물고 몸을 곧게 폈다. "뭘 걸쳐야겠다. 당장."

"얼쑤."

"그 바지 좀 줘, 프레드. 그렇게 염탐하는 건 안 고맙거든." 그녀는 얼룩덜룩한 면바지의 두 다리를 목 뒤로 묶어 몸을 가렸다. "재미없어, 농담 같지도 않아. 당신이 날 취조하는 것 같잖아. 뒤를 따른다고 하나 밟는다고 하나⋯⋯ 뭐라더라?"

"꼬리를 문다," 그는 말했다.

"바로 그거야. 더욱이 우린 친구였는데."

"그래, 지금도 친구야, 자기. 이보다 어떻게 친해. 진상 조사, 아마 그 표현이 더 맞겠다. 탐구라고 할 수도 있고."

"뭐가 됐든," 도러시는 말했다. "부끄러운 줄 알아."

그녀는 힘껏 일어서려 했지만 뼛속부터 근육이 풀린 것 같았다. 과한 레모네이드나 과한 스트레스 탓이라고 그녀는 판단했지만 어느 쪽이든 프레드 엥겔만의 물처럼 맑은 눈길로 잔디밭에 단단히 묶인 기분이었다.

이제 1997년 7월 19일 토요일 오후 2시 43분이었다. 아직도 덥고

---

* Clean Gene. 1968년 민주당 대통령 후보 경선에서 떨어진 유진 매카시의 슬로건 중 일부 단어로 정식 슬로건은 "Get Clean for Gene(정직하게 진으로)".

쨍했다. 실바람이 불었다. 두 볼보는 진입로에서 반짝였다. 두 아들은 야영지에 가 있었다. 정원사는 온데간데없었다. 왼쪽 유방도 온데간데없었다. 뒤뜰에 도로 나와 왔다 갔다 하는 남편은 너무나도 착한 사람이었다. 도러시 스타이어는 움직일 수 없었고 움직이고 싶은지 확신도 안 섰다.

"그래, 부끄럽지," 프레드 엥겔만은 말했다. "옛날 버릇."

"나 충격받고 상처받았어," 도러시는 말했다. 그녀는 마비된 느낌이었다. 말을 하기도 힘겨웠다. "케네디한테 투표했었다고?"

프레드는 불행한 듯이 끄덕였다. "앨리스한테 이르지 마."

"음, 그러진 않겠지만 해명은 해야 돼."

"RFK? 그 친구는 그——"

"아니," 그녀는 말했다. "**스파이** 활동 말이야. 내 말은, 맙소사, 난 뭐가 됐든 다 얘기하는데."

"다는 아니지," 프레드는 말했고 그의 눈가엔 또다시 주름이 지어졌다. 그는 즐거운지 누가 봐도 들떠 보였지만 그녀를 배려하는 태도에서는 참을성, 기대감 같은 것이 배어나기도 했다. 조금 뒤 그는 저희 집 수영장을 가리켰다. "론 초대해서 넘어오라고 할까? 물에도 잠깐 들어가고 앨리스도 침대에서 끄집어내고 햄버거도 좀 굽고? 긴장이 좀 수그러들 것 같은데."

"나 저 사람 떠난다니까," 도러시는 말했다. "당신 탐구에서는 그 사소한 사실을 못 발견했나 보네."

"오, 발견했지, 발견했어," 프레드는 말했다.

"음, 그럼 당신도 **알겠네**. 저 사람 내 근처에도 안 올 거야. 흉물스럽고 역겹고 변태 같은 아내라서." 그녀는 멈칫했다. "저 사람이 쳐다봐?"

"그런 것 같은데, 저 쌍안경 붙들고 잠든 게 아니면." 프레드는 셔츠와 테니스화와 양말을 벗었다. "얼른 와, 나랑 같이 수영장에 뛰어들자. 내 예상대로라면 론은 당장 나타날 거야."

"못 움직이겠어."

"당연히 그러시겠지."

프레드는 그녀의 손목을 잡고 일으켜 세웠다. 그녀는 수영장까지 10에서 15야드를 끌려가듯이 갔다.

"내 바지," 그는 말하더니 면바지를 그녀의 가슴에서 치웠다. "비싼 놈의 물건인데 망칠 필욘 없잖아."

"당신 **대체** 누구야?"

그는 낄낄거리고 말했다. "이름은 프레디. 미합중국 해병대 퇴역자."

물은 따뜻하고 사랑스러웠다. 하일랜드파크가 새 곳처럼 느껴졌다. 프레드는 몇 바퀴 왕복, 도러시는 그냥 떠다녔는데, 그러다 그가 그녀 곁에서 노를 저으며 말했다. "혹이 여덟 개라, 거 죽이는데. 진짜 죽는 여자도 있겠어. 당신은 아닐 거야, 유감이지만. 난 5년으로 봐. 5년 하고 2개월 하고 며칠. 그보다 정확하게는 못을 못 박겠군."

"5년?"

"하고 2개월."

"당신 확고한 것 같네."

"확고하지, 자기. 아주 지독하게 확고하지."

"한 번 더 물을게. 당신 대체 누구야?"

그는 웃음을 짓더니 "이웃" 하고 말했다.

도러시는 교외의 눈부신 하늘을 바라보았다. 그녀는 수영장 한가운데 누워 기분 좋게 젖어 기분 좋게 떠다녔다. 가발도 옆에서 떠다녔다.

"우리가 5년이라는 정말 훌륭한 세월을 얘기 중이잖아," 프레드는 말했다. "내가 보기에 당신은 홍콩에 안 가. 덜루스, 위니펙, 어디로도. 최고의 자식이 둘에다 매우 군건한 남편이 하난걸. 내가 권하는 건, 그래도 가진 걸 잘 붙들라는 거야. 편한 길을 걸었잖아. 좋은 집에 좋은 차에. 별로 끔찍할 것도 없네." 남자는 헤엄을 쳐 멀어지기 시작했지만 이내 돌더니 물을 박찼다. "죄책감 가질 필요도 없어. 당신이 꿈에 그리는 옛날 그 남자 친구 말이야. 빌리. 그 친군 괜찮아. 그 친구도 성공했으니까."

"정보원은?" 도러시는 말했다.

"확인. 정보원. 저기 론 온다."

도러시 스타이어는 숨을 들이마시고 쑥 들어갔다가 도로 올라왔다. 1997년 7월 19일이었지만 더는 그날이 아닌 듯했다. 도러시는 손두덩으로 물을 내리쳤다. "5년이면 수컷이 한 트럭이지," 그녀는 말했다. "붙어 있을게, 프레디. 해낼게. 두고 봐."

"해낼 거야," 그는 말했다.

16
1969년도 졸업반

2000년 7월 8일 토요일 오후 3시 몇 분 전, 100명이 넘는 1969년도 졸업반이 하먼 오스터버그와 캐런 번스의 단축된 삶을 기념하고자 다턴 홀 예배당에 모였다. 식은 언제든 시작해도 되었지만 스피커 시스템에 결함이 생겨 당장은 수리가 진행되고 있었다. 추모객 무리는 진득하게 못 있고 왁자지껄해진 참이었다.

스푸크 스피넬리 옆에 앉은 마브 버텔은 데블 독*과 보온병에 든 마티니로 점심을 대신했다.

한입만 더 하자, 마브 버텔은 생각했다. 어쩌면 마티니까지는 비워야겠지, 어쩌면 오늘 저녁 소갈비까지는, 그러고 나서 짭짜름한 크래커랑 물까지는. 90파운드(약 41킬로그램)를 빼는 거야. 대걸레 공장도 팔고 이혼도 해서 앞으로 20년은 스푸크가 무슨 꿍꿍이였는지 알아가자고.

---

* Devil Dog. 크림빵 상표.

• • •

스푸크는 휴대폰을 붙들고 있었다. 그녀는 마브에게 기대어 눈을 감고 콧대를 주물러 두통을 가라앉혔다. 그녀는 두 남편 때문에 지쳐 있었다. 스스로 때문에 지쳐 있었다. 몇 분 전 그녀는 정당한 대접을 못 받는다는 울적한 기분에 젖어 저기 LA에 있는 건반 주자에게 전화를 건 터였다. 지금 그녀는 통화대기 중이었다.

마브와 스푸크 바로 뒤에서는 도러시 스타이어가 평생 원한을 품어온 게 틀림없는 빌리 맥맨과 날카로운 말을 주고받은 참이었다. "있지, 스푸크랑 뒹굴고 싶으면 괜찮으니까 뒹굴어," 도러시는 말한 참이었다. "신나게 즐겨, 다들 마찬가지니까, 하지만 빼길 일은 아니잖아? 특히 나한테는. 난 결혼한 여자야, 빌리. 질투 안 해."

폴렛 하슬로는 출입구에서 엘리 애벗을 기다렸다. 엘리는 화장실에서 마음을 가라앉히는 중이었다. 하먼은 익사했다. 엘리도 폐에 호숫물이 들어찬 느낌이었다. 그녀는 비밀 유지가 이토록 치명적인 일인 줄 전혀 몰랐다.

중앙 신도석에 앉은 에이미 로빈슨과 잔 휴브너는 추도식 소책자를 요모조모 살피고 있었다. "단축된 삶이라," 에이미는 말했다. "나였으면 절대 이렇게 표현하지 않았을 텐데. 나였으면 아마 '죽은'이라는 단어로 했을걸. 아마 '살해당한'으로. 아마 '익사한'으로. 죽은 건 **죽은** 거잖아, 안 그래?"

잔 휴브너는 고개를 끄덕였다. "같은 생각이야, 거기에 흑백논리로 적힌 그 단어만 포함하면. '단축된'이라며. 근데 '기념하고자'란 건 또 뭐니."

"정말 그렇네."

"그렇다니까," 잔은 말했다. "우린 지금 단축됐음을 기념하고자 여기 있는 거지 그 이상도 이하도 아닌 거야. 기정사실이야."

"기왕 기념할 거면," 에이미는 말했다. "보드카는 가볍게, 연애는 무겁게." 그녀는 빌리 맥맨을 쳐다보았다. "자연히 다른 주제로 이어진다. 너 단체로 해본 적 있니?"

"스리섬* 말이야?"

"스리섬. 포섬."

"안타깝게도 없어," 잔은 말했다.

"나쁜 생각 같다, 어째."

"나쁘기론 흠잡을 데가 없지. 아무튼 예의 갖추자 — 캐런이 무덤에서 얼굴 빨개질라. 까놓고 말해서 걔가 수줍음은 **잘** 탔는데."

"수줍은데 엉큼했어," 에이미는 말했다. "단념했던 적이 없잖아. 늘 누구한테 빠져 있었지."

"**빠뜨리기도** 했고," 잔은 말했다. "그 사회학 교수 말이야 — 이름이 뭐더라? 무슨 색깔이었는데."

"브라운."

"브라운, 맞아. 캐런이 상처받는 걸 즐기는 애잖아, 걔가 그 사람한테 길고 정성스러운 연애편지를 적어서 자꾸 보내더라고. 리포트에 스테이플러로 딱 찍어서 과제물처럼 제출하는 거 있지."

---

* threesome. 셋이서 하는 섹스. 포섬(foursome)은 넷.

"그 기억은 안 난다."

"사실에 입각한 얘기야."

에이미는 한숨을 쉬었다. "어떻게 됐어?"

"어떻게 됐겠어? 캐런이 그 사람 과목에서 A를 받더니 그가 자기한테 빠졌다는 결론을 내리더라고. 전부 캐런의 환상인 거지."

"그래도 사랑스러운 애였어," 에이미는 말했다.

"더없이 사랑스러웠지."

"무겁기야 했지만."

"너무 무거웠지," 잔은 말했다. 그녀는 하품을 한 다음 예배당을 둘러보았다. "그 단체 어쩌고 하는 거. 넌 해봤어?"

스푸크는 전 건반 주자의 가장 유명한 곡을 들으며 아직도 통화대기 중이었다. 오래전 그녀는 윌셔에 위치한 연기 자욱한 스튜디오에서 그 곡의 창작에 관여한 적이 있었다. 섹시하게, 약에 취해서, 말도 안 되게 젊은 모습으로, 라임 같은 눈과 구릿빛 피부로, 넘치는 환희를 코앞에 둔 채로, 그 곡만큼 경쾌하고 생각 없이.

밖은 기온이 세 자릿수에 근접한 화씨 98도(섭씨 약 36.7도)를 기록하고 있었다. 하먼 오스터버그는 익사했다. 캐런 번스는 살해당했다. 미국은 평화로웠다.

기온은 오를 대로 올랐다.

여기서 몇 마일 거리인 두 다코타주 끄트머리에는 폭우가 내렸다. 콜로라도주 북동부는 강풍이 불었고 네브래스카주는 토네이도가 발생했다.

• • •

"질문 좀 해야겠다," 잔 휴브너는 말했다.

"퍼부어봐," 에이미는 말했다.

"요 더위에 말이야, 얘. 요 불같이 뜨거운 동창회가 다 웬 말이래? 왜 하필 7월이야?"

"못 들었어?"

"못 듣다니?"

"말하면 안 되는데." 에이미는 예배당을 빙 둘러보았다. "말라. 너도 걔 문제에 관해 알지, 응?"

"난 몰라."

"맙소사, 흉보는 기분이다."

"너 흉 잘 보잖아. 무슨 문젠데?"

"우울증," 에이미는 말했다. "정신적 위기. 걔가 졸업생 총무거든, 전체 사항을 다 준비하기로 되어 있는 — 연회, 객실 예약, 그런 거다. 결국엔 메이오*에 들어간대."

"말라가?"

"6주 동안."

"어머," 잔은 말했다.

그들은 말라 뎀프시를 힐끗 넘어다보았다.

"사랑 문제야," 에이미는 말했다. "개인적인 의견이긴 한데, 결국 그 문제지 뭐. 걔가 데이비드를 흠모하잖아 — 데이비드한테 미쳤지 — 한데 걔는 그걸 도무지 믿질 않아. 자기가 아무도 사랑할 수

---

* Mayo Clinic. 미네소타주 로체스터에 본사를 둔 비영리 종합병원.

없다고 생각해."

"하, **저런**," 잔은 말했다.

빌리 맥맨은 데이비드 토드랑 말라 뎀프시랑 수다를 떨고 있었지만 관심은 스푸크 스피넬리한테 가 있었다. 당장 양해를 구하고 스푸크한테 건너가 사과를 하자, 그는 생각했다. 취해서 멍청하게 굴었어. 지퍼를 내릴 때 뇌까지 내려놓았어. 만약 도러시가 우연히 건너 들었던들 그게 뭐?

거의 한 시간쯤 늦어진 시각, 음향 시스템에서 끽 하는 불쾌한 소리가 나고 윙 하는 잡음이 뒤따르자 폴렛 하슬로는 일어나 설교단에 나가더니 사람들더러 착석해달라고 요청했다.

그녀는 마이크를 조정하고 엘리 애벗 쪽으로 한 차례 웃음을 지었다.

"하먼 오스터버그와 캐런 번스는," 폴렛은 말했다. "여러분 모두를 사랑했습니다. 그러니 반 시간이라는 더럽게 긴 시간을 사랑을 돌려주는 데 씁시다."

에이미 로빈슨이 잔 휴브너에게 플라스크 술통을 건넸다.

"캐런이 한 가지 유리한 게 뭐냐면," 에이미는 속삭였다. "기집애가 운 좋게도 추도사를 들을 필요가 없다는 거야."

"아니면 오줌 지릴 필요라든가," 잔은 말했다.

17
노갤러스

쉰한 살, 싱글, 다부진 몸, 하얗게 세가는 빨강 머리, 캐런 번스는 남자들에게 수줍음을 잘 타고 얼굴도 몸매도 특별하지 않다. 그녀는 투손에 위치한 노인주택 지구를 감독하는데 오늘은 시 바로 외곽 사막 공원으로의 도보 여행에 관한 여러 책임을 맡아 희망에 차 있다. 그들은 방금 밴으로 도착했다. 캐런, 홈우드 주택단지 거주자 다섯 명, 대럴 제티라는 운전사. 일렬종대, 그들은 또렷이 난 석탄재 오솔길을 저벅저벅 걸어 이런저런 야생화며 난쟁이 잣나무(piñon)며 사과로(Saguaro) 선인장을 지난다. 불볕더위지만 캐런이 공원 안내 책자를 큰 소리로 읽어주는 사이 남자들은 두런두런 골프 얘기, 여자들은 이마를 토닥거리며 단체로들 성의껏 움직인다.

캐런은 사막 나들이 복장이 아니다. 그녀는 대럴 제티를 의식한 차림새다 — 검정 슬랙스, 금색 샌들, 검정 면 블라우스. 검정이 그녀를 날씬하게 해준다.

대럴을 계약직 운전사로 고용한 지 여섯 주째, 그동안 캐런은 팔딱팔딱 디테일 넘치는 낭만적 환상을 품어왔다. 그녀도 저를 말리지 못한다. 사막의 태양 아래 선 지금도 그녀의 머릿속은 낯선 목소리들로 어수선하다. 그녀는 제 입속을 헤매는 대럴 제티의 혀를 상상한다. 그녀는 어느 이국적인 섬에서 신혼여행 중 그의 아침 식사를 차려주는 상상을 한다.

사랑일지도 몰라, 누구 혹은 무엇이 그녀에게 속삭인다. **그는 널 원해. 그가 지켜보고 있어.**

캐런은 얼굴이 빨개진다.

여전히 안내 책자를 큰 소리로 읽고 있는 그녀는 열 발짝만 더 가서 멈춘 다음 그를 돌아보고 웃음을 짓자고 되뇐다. 하지만 그녀는 곧 생각을 바꾼다. 스물다섯 발짝, 그녀는 생각한다. 딱 쉰 발짝.

그러고서 그녀는 저 혼자 숫자를 센다.

쉰이 되자 그녀는 멈추어 용감히 몸을 돌리지만 싱거운 눈길밖에 던지지 못한다.

대럴이 얼굴을 찌푸린다. 그는 반걸음을 내디딘다.

"무슨 문제라도?" 그가 말한다.

캐런의 심장이 죄어든다. 그녀는 고개를 가로젓고 빙글 돌아 석탄재 오솔길을 성큼성큼 나아간다.

정오, 에어컨을 켠 밴에 단체로 돌아오자 캐런은 서른여섯 살에 금발에 지나치게 공손하며 골초인 대럴 옆 조수석에 앉는다. 캐런은 오전 내내 사랑 꿈에 젖어 있었다.

"목장으로 돌아가는 거죠?" 대럴이 말한다.

"오, 물론이죠, 목장이요," 캐런은 말하더니 속으로 꿈도 꾸지 말자고 되뇐다.

대럴은 고속도로를 탄다.

그는 담배 물린 두 가느다란 손가락을 핸들에 걸치고 차를 몬다. 캐런은 담배를 피우지 않지만, 그 냄새도 싫어하지만 그의 담배를 가져다 제 입술에 물고 싶은 느닷없는 열망이 든다. 그녀는 손이 뻗치는 걸 참는다. 뻗어, 어느 목소리가 다그치지만 그녀는 두 손을 깍지 낀 채 도로만 빤히 쳐다본다.

그들은 점심시간에 딱 맞추어 홈우드 주택단지로 돌아온다. 캐런은 사무실 복귀 확인을 하고 부랴부랴 식당에 가 대럴의 테이블에 자리를 잡는다. 그가 머리가 벗어지기 시작한 여든 살의 반(半)귀머거리 베스 홀랜더에게 제 매력을 시험하는 건 예사로운 일이다. 대럴은 연습으로 한껏 꾸민 밤무대 같은 목소리로, 소년같이 기울어진 입술로, 하지만 대개는 흔들림 없는 담청색 눈으로 끼를 부린다.

"노갤러스*를 거쳐서 내려가요," 그가 베스에게 매 음절 유혹적으로 말하고 있다. "거길 넘어서 호시절로 가는 거죠. 당일치기로요. 신나게 싸돌아다니자고요."

베스는 혹해 있다. "그건 어디 보자고," 그녀는 말한다. "김칫국 마시지 마, 이 녀석아. 나도 싸구려 걸레는 아니니까."

"아니긴," 대럴은 말한다. "갈보같이 밝히시면서."

베스는 이 말에 웃음을 터뜨린다. 그녀의 남편이 — 일흔여섯 먹

* Nogales. 미국 애리조나주 샌타크루스 카운티에 있는 도시. 멕시코와 맞닿은 국경도시다.

은 에드 홀랜더가 — 끙 하고 말한다. "나도 껴줘. 자넨 베스를 따라다녀, 난 세뇨리타*를 따라다닐 테니까."

"좋아요," 대럴은 말한다. 그는 캐런에게 몸을 돌린다. "모험할 준비 되셨어요?"

"모험이요?"

"다 같이 밴 끌고 멕시코에 가는 거요."

캐런은 배 속에 롤러코스터가 들어선 기분이다. "다 같이요?" 그녀는 말한다.

"네, 선생님."

"음, 그거야 뭐," 캐런은 말한다.

대럴은 운전사로 고용됐지 인솔자로 고용된 게 아니니까 이 문제는 그가 나랑 확실히 해야 돼 하는 생각이 그녀의 머릿속을 스친다. 하지만 그녀는 이미 고개를 끄덕인 참이다. 대럴도 이미 테이블 너머로 그녀의 손목을 꼭 잡고 말한 참이다. "만사 제쳐놓고 내일 오전. 섹시하게 입으세요."

어처구니없는 열병. 캐런도 그런 줄 잘 알고 있다. 그런데도 그녀는 그날 저녁 제 아파트 복도 거울 앞에서 멕시코를 의식해 이 옷 저 옷 포즈 취하기를 여러 번, 감청색 스커트와 심플한 회색 블라우스로 결정을 내린다. 내가 진짜 환상을 좇는 걸 수도 있어, 캐런은 깨닫는다. 하지만 어린 시절부터 환상의 세계와 경험의 세계를 구별하느라 애를 먹어온 것도 의심의 여지가 없는 분명한 진짜다. 예를 들어 목소리들. 나타났다 사라졌다 하는, 주로 남자의 것인 그 목소리들. 여름 캠프 안전 요원, 사회학 교수, 밤마다 꿈속에서 안부를 물은 부인과 의사. 그때마다 그녀는 먼저 곁눈을 준 뒤 나중에 용기를 내어 교섭을 시작했었다. 거부는 매번 퉁명스럽고 참담했다. 그녀는 두 번이나 병원 신세를 졌다.

하지만 이번엔 경우가 달라 망상일 리 없고, 그래서 캐런은 대럴의 취향에 부응할 안목으로 신중하게 속옷을 고른다.

그녀는 검정 브래지어와 검정 팬티를 입는다. 거울 속의 저를 보고 그녀는 죽상이 된다.

사랑일지도 몰라, 그녀는 생각한다.

그러고서 그녀는 노갤러스가 무절제로 유명하다는 생각, 저가 어릴 적부터 열망해온 게 바로 그 무절제라는 생각과 함께 침대로 기어든다.

운전석의 대럴 제티, 그 옆자리의 캐런, 뒷좌석에서 대화 중인 홈우드 주택단지의 연로한 세 거주자, 그들은 19번 국도를 타고 남으로 향한다. 논쟁이 떠들썩하다. 일흔아홉 살인 일레인 워츠는 자기가 젊었을 적에 재규어였다는 주장을 변호 중이다. 오늘 아침에 베이글 먹은 걸 알듯이 내가 정확히 알아, 일레인은 말한다. 베스 홀랜더가 눈을 가늘게 뜨고 손을 오므려 귀에 가져다 댄다. "얘가 뭐였다고?"

"베이글," 노마 이클스가 말한다.

"뭐?"

두 열 뒤에서 에드 홀랜더가 소리친다. "망할 놈의 재규어! 거 부

---

* señorita. 스페인어로 '아가씨' '미혼 여성'.

자들이 끄는 차 있잖아."

"얘가 차를 먹었다고?" 베스가 말한다.

"자기가 **자동차였대,**" 노마가 말한다.

"차가 아니라," 일레인 워츠가 말한다. "내가 재규어였다고. 고양이. 퓨마 같은 거."

"아이고, 그만 좀!" 에드가 역정을 낸다.

"퓨마가 뭐야?" 베스가 말한다.

대럴의 눈이 이쪽저쪽으로 굴러다닌다. 그가 캐런을 보고 씩 웃는다.

그들은 노갤러스에서 국경을 넘는다.

대럴은 시내 중심부를 우회한 다음 초야(cholla) 선인장과 가시철망과 버려진 흙벽돌집이 늘어선 거리들을 쭉쭉 나아간다. 10분 뒤 그는 방향을 틀어 소노라 사막으로 거슬러 가는 왕복 2차선 고속도로에 오른다.

캐런은 그에게 어디로 데려가는 거냐고 묻는다.

"진짜 멕시코요," 대럴은 말한다.

"자, 그건 좋아요, 하지만 노갤러스는 어쩌고요?"

그는 웃음을 터뜨린다. "싸구려 술, 싸구려 여자들. 그런 걸 누가 원해요? 제가 모험을 약속드렸잖아요, 안 그래요?"

"그런 것 같아요."

"좋아요, 그럼," 그는 말하고서 광채 띤 함박웃음을 그녀에게 번쩍 내비친다.

20분 뒤 대럴은 화물차 휴게소에 차를 세운다. 날은 사막같이 뜨겁고 건조하다. 그들은 우르르 실내에 들어가 커피를 주문하고 테이블에 둘러앉아 이날을 논의한다. 분명한 행선지가 없다거나 터키석 팔찌와 지푸라기 솜브레로*의 세계에서 한참 벗어났다는 사실에 누구도 당황하지 않는 듯하다. 베스와 일레인과 노마는 쇼핑 계획을 재검토한다. 에드는 투우를 찾아보자고 이야기한다. "소고기가 피 흘리는 거 말이야," 이 말이 논쟁을 야기할 줄 알고서 그는 짓궂게 말한다. 일레인이 쏘아보고 말한다. "투우는 됐어. 그건 짐승을 괴롭히는 거지, 딱 그 짝이라고."

"왜 저러느냐면 저 여자가 한때 **짐승**이었거든," 노마가 말한다.

"퓨마였지," 베스가 말한다.

"아니야, 아니야, 아니라고!" 일레인이 소리친다.

캐런은 이러면 투손으로 돌아간다고 으름장을 놓는다. 하지만 발언을 할 때, "돌아갑니다" 하고 말할 때 그녀는 한쪽 무릎에서 저항의 움직임을 감지한다. 대럴이 그녀에게 웃음을 짓는다. 그의 손이 그녀의 감청색 스커트 안에 살며시 들어와 있다. 손은 몇 인치를 올라오다 넓적다리 중간에서 멈춘다. 반사적인 행동이야, 그녀는 속으로 말한다. "돌아가요," 그녀는 말하지만 확신이 없고, 그러자 대럴이 소리 내어 웃으며 말한다. "에이, 다 같이 신나게 즐길 거면서, 아니에요?"

그의 손은 확신에 차서 그녀의 넓적다리에 머물러 있다. 너무나 온화하고 예의 바른 그의 웃음도 확신에 차 있다. "커피 비우세요,

---

* sombrero. 지푸라기, 나무껍질 등을 엮어서 만든 챙 넓은 모자. 솜브레로와 터키석 장신구 모두 멕시코 문화유산.

여러분, 그러고 달립시다. 우리가 얘기하던 커다란 모험을 잊지 마세요."

그의 손이 그녀의 검정 팬티에 닿더니 안을 파고든다.

캐런은 지금 무슨 일이 벌어지고 있는지 전혀 이해가 안 된다. 그녀는 어질어질하다, 겁에 질려 있다. 열여섯 번째 생일날 밤 이후로는 이런 식으로 만져진 적이 없었다.

대럴은 정남향으로 한 시간 가까이 달려 험준한 사막을 반복해서 지난 다음 방향을 꺾어 자갈길에 오르더니 어마어마한 산쑥 지대며 폐가들을 요리조리 헤맨다. 왼쪽으로는 멀든 가깝든 자줏빛이 도는 까만 산맥만이 이어진다. 마을은 나타나지 않는다. 표지판이 붙은 길이나 사람도 나타나지 않는다. 그들은 수 마일을 달리는 동안 탈 것 하나 혹은 살아 있는 생물 하나 마주치지 못한 참이지만 캐런이 생각 중인 건 그런 것이 아니다. 그녀는 화물차 휴게소와 스커트 안을 파고든 대럴의 손길을 생각 중이다. 겁은 이제 사라졌다. 그녀는 그가 또 한 번 해주기를 바란다.

그녀는 에어컨 소리에 귀를 기울인 채 머리카락으로 부산을 떨면서 그에게 건넬 만한 말을 아득바득 떠올린다. 상황만 적절하다면 그의 손길을 또 한 번 받아들일 준비가 되었음을 알려줄 힌트. 만약 가능했다면, 다른 여자였다면 그녀는 자기가 얼마나 야성적인지, 얼마나 여성적인지 알려줄 방법을 찾았을 것이다, 그를 할퀴고 감싸서 평생 포로로 만들 방법, 자기가 느끼는 모든 감정을 그에게 안겨줄 방법, 그를 욕망과 상처로 미치게 만들 방법.

뒷좌석에서는 노마 이글스와 에드 홀랜더가 "메사*"라는 단어의 뜻을 두고 말다툼을 벌인다. 두 사람 다 세상없이 백치 같은 말을 아무 거리낌 없이 내뱉는데 이 덕분에 캐런은 목을 가다듬을 용기가 난다. 일곱까지 센 다음 말하기로 그녀는 마음먹는다.

그녀는 서른까지 세고 처음부터 다시 센 다음 말한다. "대럴, 당신 운전 정말 잘하시네요."

그의 이마에 주름이 잡힌다. 그는 당황하거나 불안해하는 기색이지만 고개를 끄덕이곤 말한다. "아유, 그럼요, 경험이 있으니까요. 국토를 싹 횡단한 게 예닐곱 번은 돼요." 그는 이 말을 하며 히죽 웃는다. "지나는 길들을 보는 게 좋아서랄까요. 방황하는 게 좋아서요."

"방황이요?" 그녀는 말한다.

"어디든지요. 여기저기."

"아, 운전 한번 기막히네요," 캐런은 말한다. "진심으로요."

그녀는 머리가 사막처럼 텅 비어 할 말이 도무지 떠오르지 않지만 대럴은 눈치를 못 챈 듯하다. 그는 깊은 생각에 잠겨 있다. 어쩌면 불과 한 시간 전 그녀의 스커트 안에 손을 넣고 검정 팬티 속을 파고들었던 걸 잊었는지도.

"운전이란 게 꽤나 까다로운 일이죠," 그가 그녀에게 말한다. "국토 횡단 정도의 여정일 땐 더더욱이요. 뭐랄까, 선(禪) 같아요. 가장 먼저 알아야 할 게, 길하고 싸워선 안 돼요, 내리막이며 커브며 일일이 걱정하지 말고, 눈을 그냥 정면에 계속 겨누고 있어야 돼요. 흐름을 타야 되죠." 그는 멋진 웃음을 그녀 쪽으로 툭 내비친다. "섹스 같

* mesa. 꼭대기는 평평하고 주위는 절벽인 탁자 모양의 지형.

아요, 제 생각엔. 느긋하게, 쉬엄쉬엄, 길이 **당신**을 몰게 맡기는 거죠."

캐런은 그의 말뜻을 전혀 이해 못 한다. "그래서 우리는 어디로 가는 길이에요?"

"네?"

"어디로 이어져요? 이 길이요."

대럴은 어깨를 쓱 들어 올린다. 혀가 무거워졌는지 그는 느릿느릿 말한다. "정확히 길이 원하는 곳으로요."

"제 말은—"

"지름길이에요," 그는 말한다. "10에서 15마일만 더 가면 도착해요."

그러더니 그는 딱히 이유도 없이 또 한 번 어깨를 으쓱한다. 그는 한 손으로 새 담뱃갑을 연다. 그는 백미러를 힐끗하더니 얼굴을 찌푸리곤 담배를 톡톡 꺼내어 불을 붙이고 말한다. "아무도 해칠 생각 없어요."

캐런은 자기가 똑바로 들었는지 확신이 안 선다. "무슨 말인지 이해가 안 돼요."

"이해할 것 없어요."

"**해친다**라고 했잖아요."

그는 에어컨을 세게 튼다. "저를 고용해주시다니 정말 친절하세요, 선생님. 무슨 일이 있어도 그 점은 감사해요."

뒷좌석에서는 베스와 일레인과 노마가 저희 앞에 펼쳐지는 사막 풍경을 보곤 얼마나 야성적이고 얼마나 원형 그대로냐며 말들을 보태고 있다. 캐런은 몇 초간 그들의 잡담에 귀를 기울인다.

"어떻게 해친다는 거예요?" 그녀는 말한다.

대럴은 아이 다루듯 그녀의 팔뚝을 쓰다듬는다. "남자관계 말이에요. 제가 보니 당신은 경험이 별로 많지 않군요."

캐런은 고개를 끄덕인다. 그녀는 제 검정 속옷을 의식한다.

"그 말이 맞는 것 같아요."

"처녀를 건드릴 순 없죠. 교양 없는 짓이죠."

"하지만 만약……" 그녀는 숨을 헐떡이며 다시 시작한다. 성난 포효가 그녀의 사고를 가르고 지나간다. "제가 개의치 않으면요?"

"개의치 않으면?"

"남자 경험이요. 저도 앞을 헤아릴 줄은 알아요, 안 그래요?"

대럴은 웃음을 터뜨린다.

"그야 명백하죠," 그는 말한다.

도로는 흙먼짓길이 된다. 20분 뒤 길은 완전히 끝난다. 사방이 황무지다.

덜커덕덜커덕 200야드를 더 나아가서야 대럴은 낡은 빨간색 픽업트럭 옆에 차를 세운다. 트럭은 얼마간 비어 있는 듯이 보이더니 조수석 문이 활짝 열리곤 오버올 작업복에 흰 야구 모자를 쓴 청년 하나가 나온다. 햇볕에 탄 얼굴, 반점으로 얼룩진 왼쪽 뺨. 그는 밴으로 느긋하게 다가와 몸을 수그리곤 대럴과 이야기한다. 청년은 20대 중반으로 보인다. 호리호리한 체형에 파란 눈이라 반점만 아니었으면 대럴과 쌍둥이로 통할 만하다.

대럴은 문을 열고 차에서 내려 청년을 따라 빨간색 픽업트럭으로 건너간다.

뒷좌석에서 베스가 말한다. "무슨 일이지?"

"어째 안 좋군," 에드가 말한다.

그들은 이제 픽업트럭 짐칸에 앉아 있다. 캐런, 베스, 에드, 노마, 그리고 일레인. 때는 이른 오후다. 대럴은 청년과 함께 밴 바닥의 융단을 일부 들어낸 뒤 드라이버를 들고 엎드려 중얼중얼 의사 표시 중이다. 캐런은 이 모습에 당황한다. 반점 청년은 틈틈이 의견을 내고 대럴은 그것을 무시한다. 둘 다 동요 중인 게 분명하다. 일순 드라이버가 손에서 미끄러지자 대럴은 고개를 홱 젖히더니 충격적이게도 서로 조화가 안 되는 두 개의 명사를 내뱉는다.

일레인 워츠가 폐 속부터 소음을 끌어낸다. 그녀는 캐런을 쏘아본다. "이 괴물을 고용한 게 당신이지."

"아주 공손했잖우, 그래도," 노마 이클스가 말한다.

"잠꼬대는," 일레인이 말한다. "모르겠어? 저것들이 우릴 살해할 셈이라고."

베스가 몸을 수그리더니 말한다. "저것들이 뭐?"

"살해!" 일레인이 고함을 친다.

"하느님 맙소사," 에드가 말한다.

캐런은 어쩔 줄을 몰라 귀에 아무것도 들리지 않는다. 그녀는 드라이버로 작업을 재개하는 대럴을 지켜본다. 그는 밴 운전석 바로 뒤쪽 바닥에 앉아 있고 캐런은 셔츠가 올라가 드러난 그의 탄탄한 구릿빛 배를 주목하지 않을 도리가 없다. 그녀는 겁을 먹었지만 한편으론 넋을 잃었다. 그를 보면 그녀는 고등학교 때 자기가 흠모했던 남자아이가 떠오른다 — 구내식당에서 그녀에게 웃음을 지어주곤 하던 남자아이, 언젠가 그녀가 떨어뜨린 책에 생생하고 흥분되는 그림을 그려주었지만 그녀가 로커에 놓아둔 숱한 연애편지에는 너무 수줍어 끝내 답을 하지 않았던 남자아이. 그 이른 연애 사건은 아무런 성과가 없었다. 그것은 무익하고 일방적이었다. 그 남자아이는 그녀의 열여섯 번째 생일날 밤 자동차 뒷좌석에서 그녀를 거의 호흡곤란으로, 거의 반쪽으로 만들었고, 그러곤 데어리 퀸에 그녀를 떨궈주더니 핸들을 주시한 채 그녀더러 집까지 걸어가도 괜찮은지 물었었다. 하지만 지금 이 순간 캐런은 저도 모르게 해피엔드를 떠올리고 있다. 걱정할 건 아무것도 없어, 당신과 결혼해 당신이 잡지에서 읽어온 온갖 황홀한 일, 자동차 뒷좌석에서 하는 일, 당신이 절박하게 원하지만 한편으론 원하지 않는 일을 할 거야, 아니 결혼 첫날밤에만 하는 일, 미풍과 꽃향기가 있는 외딴섬에서만 하는 일을 할 거야 하고 대럴은 곧 말할 것이다.

캐런은 어리숙하지 않지만 그 사실이 희망에 구멍을 내진 않는다.

대럴이 밴에서 슬며시 내리자 그녀는 엉겁결에 기대에 찬 전율을 느낀다. 그는 셔츠 자락을 바지에 집어넣더니 제 친구에게 간단한 말을 건네고, 그러곤 둘이서 픽업트럭 쪽으로 유유히 걸어온다.

일레인 워츠는 몸이 굳는다. 그녀가 베스를 쿡 찌르고 말한다. “살해 시간이야.”

“뭐라도 해봐,” 노마가 말한다.

“내가?” 일레인이 말한다. “나이가 일흔아홉이야.”

그들은 불행에 빠진 고갯짓을 하고 있는 에드를 힐끗 넘어다본다. 그는 그들에게 진정하라고 말한다.

"댁은 **남자**잖우," 노마가 말한다.

"늙은 남자지," 그가 말한다. "게다가 어리석지도 않고."

"저기, 개인적으론," 베스가 말한다. "목이 마르군. 그 왜 그건 말할 것도 없고." 그녀는 연극처럼 돌연 멈추어 눈썹을 치켜든다. "나도 숙녀잖아. 변소가 필요하다고."

지금도 캐런은 희망을 청산하지 못한다. 그녀는 대럴에게서 신호를 찾고 있다. 어쩌면 웃음, 혹은 일말의 수줍은 눈 맞춤. 하지만 그러기는커녕 그는 몸을 웅크리더니 픽업트럭 바닥의 격실에서 녹색 구두 상자 여섯 개를 들어낸다. 그는 상자들을 제 친구에게 건네고 친구는 그것을 밴까지 나른다.

일레인 워츠가 일어서더니 말한다. "날 죽이지 마시우."

대럴은 씩 웃는다. "안심하세요."

"아니, 내가 원하는 건 그냥…… 이게 지금 무슨 일이지?"

"밀수 같아, 내 생각엔," 에드가 말한다.

"밀수?" 베스가 말한다. "신발을 밀수한다고?"

"마약," 에드가 말한다. "십중팔구 — 마약이지 뭐."

대럴은 사막의 햇볕 속에서 입꼬리가 불안정하게 떨려 보이는 웃음을 지으며 일어난다. 캐런을 쳐다보는 그의 눈엔 사과의 기색이 서려 있다. 그 밖에 다른 것도. 이를테면 갈망. 그녀는 그렇다고 확신한다.

이를 입증하듯 대럴은 발을 동동 구른다. 그는 그녀에게 눈길을 고정하지 못한다.

"20분만 더요," 그는 말한다. "그러고 다 같이 밴에 욱여 타서 국경으로 신나고 행복한 드라이브를 하는 겁니다. 국경만 넘으면 성공이에요."

일레인이 날카로운 비웃음을 툭 내뱉는다. "살해 행위를 까먹었다면 말이겠지."

"죄송하게 됐어요, 선생님. 살해 따윈 없어요."

"거짓말쟁이 같으니."

"아니야," 에드가 말한다. "개자식한텐 우리가 필요해, 모르겠어? 괴팍한 늙은이 무리 말이야. 그래야 세관에서 편하거든." 그는 대럴을 찬찬히 본다. "내 말이 맞지? 내 말이 맞는 게 맞을걸."

"네, 선생님. 모두가 그렇게들 처신을 하죠."

대럴의 기사도적인 파란 눈이 캐런의 얼굴을 또 한 번 힐끗 훑는다.

그녀는 자세를 단정히 한다. 그녀는 그를 다정하게 쳐다본다. 이상한 생각이긴 하지만 열여섯 번째 생일날 밤 먹은 데어리 퀸 아이스크림콘의 뒷맛을 갑자기 그에게 너무너무 말해주고 싶다고 그녀는 깨닫는다.

대럴이 다시 핸들을 잡고 캐런은 그 옆자리, 대럴의 친구는 나머지 사람들과 뒷좌석에 앉는다.

노갤러스에 근접하자 대럴은 라디오를 끈다.

"총원 주목," 그는 말한다. 그는 속도를 줄이고 캐런에게 웃음을 짓는다. "정말로 잘 들으세요. 국경에 닿으면 여기 전원이 평소처럼 기똥차게 행동하길 바랍니다. 터무니없는 생각은 금지, 익살맞은 표정도 금지." 그는 낄낄거린다. 그의 목소리는 높낮이가 없고 정중하다. "손을 무릎에 두고 교회에 온 듯이 구세요. 누가 묻거든 우린 관광객 패거리인 겁니다."

"안 따르면 어쩔 거지?" 일레인이 말한다.

대럴은 그 말을 곱씹는다.

그는 도로를 똑바로 응시하고 말한다. "그러면 얼굴에 총구멍을 내드리죠."

국경 통과는 짜릿하다. 대럴이 캐런의 손을 잡았다. 그는 국경 수비대원이 여권을 검사하는 동안 그 손을 편안히 쥐고 숨죽여 휘파람을 분다. 수비대원은 밴을 자세히 들여다보곤 그들더러 지나가라고 손을 젓는다. 정지신호에 걸려 일시 멈춤을 한 것과 다를 바 없다.

4분의 1마일(약 400미터)쯤 도로를 타자 대럴은 제 손을 치운다.

"얼마나 쉬워요," 그는 그녀에게 말한다. "정확히 제가 약속한 대로잖아요. 일생의 모험이요—장담하는데 다들 몇 년 동안 이 얘길 하고 계실걸요. 당신이랑 동료분들이요, 제리톨(Geritol) 강장제 드시면서."

"그럴 것 같네요," 캐런은 말한다.

그녀는 그의 손을 생각 중이다, 그의 손가락이 자신의 손가락과 맞물린 일, 수비대원이 몸을 숙여 여권을 요구하자 그가 먼저 손을 꽉 쥐어 용기를 준 일. 그녀는 더한 것을 열망한다. 그녀는 그가 어느 해변에서, 아침 식사 자리에서, 그 밖에 온갖 곳에서 제 손을 잡아주길 원한다.

그녀는 잠시 환상 속을 떠다닌다. 그러다 머릿속에서 일이 벌어진다. 작은 폭발.

그녀는 대럴 쪽으로 손을 뻗는다.

자유의지와 무관하게, 숫자도 세지 않고 그녀는 그의 오른손을 핸들에서 들치더니 제 무릎으로 가져가 그대로 꼭 붙들고 있는다. 대럴이 뭐라고 중얼거린다. 그가 떨쳐내려 해도 캐런은 단단히 버틴다. 그녀는 보다 운 좋은 여자의 삶을 도용한 참이다. 그녀는 패션모델이다. 그녀는 신혼여행 중이다. 그녀는 타이어와 도로의 마찰음, 남자의 살에서 나는 열을 인지하고 있다.

대럴이 핸들을 놓는다. 그는 자유로운 주먹으로 그녀의 이마를 딱 때린다.

"뭐야 빌어먹을," 그는 말한다.

투손에서 40분 거리, 대럴은 샛길로 차를 뺀다. 그는 서쪽으로 수 마일의 사막을 달려 알칼리성의 척박한 평지를 지난 다음 메마른 냇물 가에 차를 댄다. 그가 내린다. 그는 다른 사람들더러 동참을 요구한다.

"마지막 정거장입니다," 그가 말한다.

그는 베스가 밴에서 내리도록 거든 뒤 그녀를 도랑 저 안으로 데려간다. 일렬종대로 뒤를 따르는 캐런과 노마와 일레인과 에드. 늦은 오후. 바람이 일기 시작했다. 동쪽에서는 황혼이 한 점 얼룩으로 하늘을 어둡게 만든다.

대럴의 친구가 일레인을 팔꿈치로 쿡 찌르곤 평평하고 널찍한 바위 쪽으로 이동하라고 시킨다. "앉아요," 그가 말한다. "그 늙어빠진 주둥이는 놀리지 말고."

일레인은 앉는다.

베스, 노마, 에드도 그녀 옆에 자리를 잡는다.

몇 피트 떨어진 곳에서는 캐런이 자비를 기다리고 있다. 바람이 그녀의 감청색 스커트를 물고 늘어진다. 그녀는 초점 없는 대럴의 눈을 쳐다본다. "자, 이제," 그가 조용히 말한다. "편히들 쉬세요."

그의 친구가 낄낄거린다. "영원히 쉬세요. 어이, 저 여자 아주 혼꾸멍을 내줬어야 하는데. 비계가 쏙 빠지게."

대럴은 고개를 가로저으며 말한다. "닥쳐. 캐런은 내 공주님이야. 내 애인."

두 남자는 도랑 밖으로 기어 나간다.

그들은 낮은 소리로 대화를 나누더니 똑같은 나일론 재킷을 걸치곤 밴에 올라 멀리 몰고 가버린다.

날은 벌써 식어간다. 20분이면 어둠이 내릴 것이다. 저가 피운 흙먼지 속으로 사라지는 밴을 지켜보는 사이 캐런의 머릿속에는 언젠가 여기에 와본 적이 있다는, 혹은 이와 매우 흡사한 곳에 가본 적이 있다는 생각이 들어선다. 그녀는 풀썩 앉는다. 갈증 때문에 생긴 돌기가 입천장으로 느껴진다. 얼마 뒤 그것은 그녀가 아는 모든 게 될 것이다. 하지만 당장은 대럴 제티가 돌아와 자기를 데려갈 거라는 환상에 사르르 빠져든다. 그녀는 오래도록 기다려왔다. 조금 더 기다리지 못할 이유가 없다.

"내가 이 말은 해두지," 베스 홀랜더가 말한다. "완전히 녹초라는 거. 하이고야."

"그래도 그것들이 우릴 죽이진 않았잖우," 노마가 말한다.

"아유, 이게 뭐가 달라," 일레인이 말한다.

18
1969년도 졸업반

추도식 직후인 2000년 7월 8일 토요일 오후 4시 45분, 다턴 홀 학생회관 연회장에서 모임이 있었다. 대학 총장이 유쾌한 축사를 전하며 기부를 홍보했고, 그런 뒤에는 졸업생의 공로를 인정해 위엄 있어 보이는 명판 몇 개가 수여되었다. 루터교회 선교사 하나, 화학자 하나, 내과의 하나, 그리고 미네소타주 부지사 하나가 수상자 가운데 있었다.

이후 저녁 만찬 때까지 두 시간을 죽여야 해서 에이미 로빈슨과 잔 휴브너는 대학 시절 아지트였던 레드 카펫을 오후 늦게 급습할 친구들을 모았다. 잔과 에이미가 그랜드 애버뉴 행군을 이끌었다. 그들 모두에게 피곤한 원정이었다. 높은 습도, 중년의 나이, 부족한 잠. 소용돌이치는 낮고 험악한 구름이 쌍둥이 도시 상공에 모여들고 있어 비는 확실히 내릴 것 같았지만 당장은 온도계가 90도 대 후반(섭씨 약 36-37도)으로 여전히 불타올랐다. 들쭉날쭉한 대열을 그랜드 애버뉴에 죽 늘어뜨린 잔과 에이미 뒤로 폴렛 하슬로가 엘리 애벗과 나란히 서서 무거운 걸음을 했고 그다음은 말라 뎀프시, 그다음은 빌리 맥맨, 그다음은 데이비드 토드, 그다음은 스푸크 스피넬리, 그다음은 마브 버텔이었다. 주로 빌리를 위해 도러시 스타이어도 징집을 했지만 그녀는 막판에 가정사를 핑계로 무단이탈한 참이었다.

지친 아홉 친구가 레드 카펫에 뿔뿔이 들어선 건 오후 6시가 몇 분 지나서였다. 그곳은 세월을 타 달라져 있었다. 한때 추레했던 바는 대학가다운 세련미 쪽으로 급커브를 돌아 노출 벽돌과 스테인드글라스와 가짜 양치식물로 잔뜩 꾸민 모습이었다. 주크박스 하나와 당구대 둘만이 옛 모습 그대로 남아 있었다.

"자," 잔은 말했다. "합병을 계획해볼까?"

그들은 널찍한 원형 테이블에 둘러앉아 최신 유행 맥주를 피처로 몇 개 주문한 뒤 공세를 개시했다. 시간이 부족했다. 폐회 만찬이 감상에 젖은 악몽이 되리란 걸 그들은 알았고, 그래서 서로들 동기도 간절함도 미묘하게 다른 가운데 이 마지막 남은 시간을 의미로 채워야 한다는 중압감이 커지고 있음을 저마다 인지하고 있었다. 스푸크 스피넬리는 즐거움에 젖기로 마음먹은 참이었다. 그녀는 어떤 모범적인 그림을 친구들의 기억 속에 남길 셈이었다. 즉 여우 같은 스푸크, 눈부신 스푸크. 소화기 분말을 마시는 일 따윈 말하지 않을 셈이었다. 지금 이 순간 그녀는 테이블 밑에서 마브의 허리띠 버클을 끄르고 있었다. "샌드라, 샌드라," 그녀는 그에게 말하고 있었다. "자, 틀렸으면 말해, 근데 그게 아내 맞잖아, 그치? 혹시 샌디던가?"

"샌드라야," 마브는 말했다.

"샌드라 맞네. 우리 둘 다 무조건 샌드라라고 부르는 거야." 스푸크는 그의 무릎에서 내려다보았다. "편해?"

"아주, 고마워," 마브는 말했다.

"우리 둘 다 갑갑한 거 싫어하잖아, 그치?"

"응, 둘 다 그런 거 싫어하지," 그는 말했다. 그는 그녀에게 웃음을 지었다. 머저리의 사랑, 그는 생각했다. "질문 하나 할게. 내가 생각하기로 — 지금 보니 바보 같은 생각이지만 — 너랑 난 그냥 훌륭한 친구였던 것 같은데."

"아, 맞아. 네가 너무 보수적이지만 않으면. 기다리는 자에게 뜨거운 것이 오나니."

"정말?"

"그럼, 정말이지. 옛말도 있잖아. 마오쩌둥 주석."

"내 뚱뚱한 영혼에 복이 내리는군," 마브는 말했다.

스푸크는 그의 허리띠를 쑥 뽑더니 제 목에 감아 버클을 채우고 그에게 꼬리 부분을 건넸다.

"난 네 거야," 그녀는 말했다.

폴렛 하슬로는 주크박스로 가 25센트짜리 동전들을 넣고 있는 말라 뎀프시를 거들었다. 왜인지는 몰라도 그녀는 세상이 보다 홀가분해진 기분이었다. 아마 추도식 때문에. 직업적이든 아니든 자기가 여전히 목사라는 자각 때문에. 조금 뒤 그녀는 테이블로 돌아와 빌리 맥맨의 무릎에 앉아 말했다. "도러시는 잊고 나나 임신시켜라."

빌리는 낄낄 웃었다. "다들 걱정했잖아," 그는 말했다.

"이제 괜찮아."

"좋아 보인다. 말쑥해."

"왜 이리 다정해, 아저씨. 교회에 다녔어야 할 사람이."

"거 도움 되겠는데," 빌리는 말했다.

"그럼, 되지," 폴렛은 말했다.

그녀는 고개를 뒤로 젖히고 그를 유심히 쳐다보았다.

"고백할게," 그녀는 말했다. "진실의 시간이니까. 때는 1969년 6월 졸업식 날, 너는 도러시랑 있고 나는 내내 거기 앉아서 네 그 말총머리만 바라보고 있어. 못 그만두고. 말총머릴 놓친 가엾은 폴렛. 내가 망쳤지, 내 졸업식을. 놀랐니? 충격이야?"

"응," 빌리는 말했다.

"많이 아니면 조금?"

"아주아주 조금."

폴렛은 그를 콱 때리는 시늉을 했다. 그녀는 빌리의 무릎 위에 있는 게 좋았다.

"진짜로 놀라운 건," 빌리는 말했다. "네가 지금 앉아 있는 그 자리에 앉아 있다는 거야." 그는 양손을 그녀의 척추에서 걸어 잠근 다음 살짝 들어 그녀의 무게를 헤아렸다. 그는 그녀의 코에 키스를 했다. "학교 다닐 때 있잖아, 넌 항상…… 부담 없이 하는 말인데, 넌 항상 다가가기가 지독하게 어려웠어."

"젖가슴 때문이지 뭐," 폴렛은 말했다. "사람이 못 다가오게 밀어내니까."

"그럴 수도 있겠다."

"농담한 거야, 빌리."

그는 고개를 끄덕였다. 그는 그녀에게서 눈을 떼지 않았다. "그래서 말인데 네가 어떻게 아무하고도 엮여본 적이 없는 거지? 남자든 여자든 짐승이든?"

"결혼 말하는 거야?"

"응."

폴렛은 고개를 가로저었다. 그녀는 정말로 아는 바가 없었다. 조금 뒤 그녀는 말했다. "네 그 말총머리. 아마 그만한 걸 못 찾았었나 보지."

"다시 길러야겠다."

"동의," 폴렛은 말했다. "돌아온 거 환영해."

"고마워."

"한 번 더 해줘. 이번엔 입술에."

2000년 7월 8일 오후 6시 30분에 가까운 시각, 바는 상당수의 목마른 손님, 그러니까 주로 젊은이들, 주로 1969년엔 태어나지도 않았던 사람들, 주로 문신이나 피어싱이나 보석으로 치장한 사람들로 미어터지기 시작한 참이었지만 주크박스는 31년 동안 위험도 무릅쓰고 가슴도 앓아가며 노예같이 고생고생 손에 넣은 동전들을 잘만 받아먹었고, 따라서 음악은 〈누워요, 아가씨, 누워요〉*가 흘러, 아홉 명의 소중한 친구는 저희도 놀랄 만큼 음정 안 맞는 시끄러운 합창으로 거기에 추임새를 넣었다. 예전이라면 저희도 비웃었을, 실제로 비웃기도 했던 노골적인 감상에 다들 빠져 있었다. 이제 그것은 사랑처럼 느껴졌다.

---

* Lay, Lady, Lay. 밥 딜런의 1969년 앨범 〈Nashville Skyline〉에 포함된 곡.

"그 혁명은," 나중에 에이미는 말했다. "다른 것이 아니라 우리들에 관한 거였어."

"다른 것?" 잔 휴브너는 말했다.

"다른 모든 것."

"이해가 안 된다, 얘. 다시 말해봐."

"아이, 왜 있잖아. 우리가 세상을 바꾸려고 했잖니, 그런데 어떻게 됐어? 세상이 우릴 바꿨어. 바보 같은 클리셰지, 맞아, 그래서 너무 슬퍼, 너무 우울하고. 그게 다 엄마랑 아빠가 이유식 먹이듯 들려주던 진부한 얘기다 이거야. 그 양반들이 맞았어."

"좋다는 거야 나쁘다는 거야?"

"모르겠어," 에이미는 말했다. "하지만 내가 빌리 맥맨이랑 연애를 하고 있진 않을 것 같다."

그들은 빌리의 무릎 위에서 춤추고 있는 폴렛을 조금은 즐겁게 지켜보았다.

"보라, 행복에 빠진 기집애를," 에이미는 말했다. "어쩌면 저게 내 요점인가 보다. 늙을수록 하면 오스터버그처럼 되진 않겠다는 결론에 이른다는 거."

"아니면 캐런 번스라든가," 잔은 말했다.

"맞아," 에이미는 말했다. "누워요, 아가씨, 누워요."

엘리 애벗도 많이는 아니지만 보다 홀가분한 기분이었다. 한 시간 내로 그녀는 작별 만찬에서 마크를 만나 치킨 타라곤도 들고 여러 연설도 들으면서 유창한 대화를 나눌 터였고, 그 뒤에는 차를 타고 호텔로 돌아가 마크의 눈이 보이지 않는 캄캄한 시각에 이렇게 말할 터였다. "하면 기억하지?"

데이비드 토드는 미래가 어떨지 대부분 알고 있었다. 지금껏 30년 동안 송짜끼라는 강 변으로 실려 가는 밀도 높은 모르핀 꿈 속에서 조니 에버 상사가 내내 풍부한 정보를 제공해준 터였다. 그 남자는 입을 다물지 않았다. 지금도 계속해서 떠들어댔다. "타고난 떠버리, 마이크 사랑꾼," 그는 말하고 있었다. "스스로는 못 멈추지. 하지만 데이비 군, 내가 최소 수천억 번은 경고했잖아. 매사에 꼼꼼히 주의를 하라고. 악의는 없지만, 이봐, 요청한 건 너야. 네가 가보기로 한 길이라고."

데이비드 토드는 이를 시인했다.

그는 제 손에 쥐여 있는 말라의 손이 그녀가 단지 용서를 갈구한다는 뜻임을, 그리고 그 질문, 용서해줄 거냐는 질문이 마침내 주어진다면 이미 오래전에 용서한 그로선 고개를 끄덕이며 "그럼" 하고 대답하게 되리라는 뜻임을 잘 알았다. 그는 조금 뒤 저녁에 자기가 일어나 당구를 치러 가면 말라가 어떻게든 합류하리라는 것도, 그렇게 두어 판 끝내고 나면 그녀가 둘이서 만찬은 건너뛰고 얘기 나눌 장소나 찾아보자고 제안하리라는 것도 잘 알았다. 다만 그녀는 다시 한 번 노력해보는 데에는 진지한 흥미가 없었다. 그녀는 그를 아꼈다, 그랬다, 하지만 다음 날 아침이면 그에게는 제 손에 쥐여 있던 어느 손의 환각만이, 즉 말라의 그 손가락, 그 완벽히 들어맞는 감촉의 환각만이, 그 환상통, 실종된 것의 고통만이 남을 터였다, 종종 실종된 다리의 환각을 겪듯이.

그는 마브 버텔을 건너다보았다.

"당구?" 그는 말했다.

"좋지," 마브는 말했다. "바지만 제자리에 있어주면."

"근육 긴장도가 끝내준다," 빌리는 폴렛에게 말했다. "탄탄하네."

"자전거 타거든," 폴렛은 말했다. "수영도 하고."

"위니펙에도 자전거 있는데."

"그래? 물도 있어?"

"물도 있지. 물로 유명해."

"젖은 물*?"

"오, 그럼. 마지막 한 방울까지."

"젖어 있다," 폴렛은 말했다. "난 그런 게 좋더라."

"하느님 맙소사," 잔이 말했다.

"귀여운 커플이네," 에이미 로빈슨이 말했다.

잔은 고개를 절레절레했다. "정말이지, 내가 뭘 잘못하고 있나 보다. 요 립스틱, 요게 문젠가?"

"립스틱은 잘못 없어."

"그럼 성격? 얼굴?"

"얼굴인 것 같다," 에이미는 말했다.

데이비드와 마브가 에이트 볼을 하는 동안 다른 사람들은 술 마시고 회상에 잠기고 주크박스를 들으면서 시간의 압박을 애써 외면했다. 밖은 멍든 하늘이 무너져내리고 있었다. 비는 아직이었지만 다가오고는 있었다—콜로라도는 곳곳에 홍수, 캔자스는 전역에 뇌우가 내렸다. 에이미는 블랙잭의 궁핍화법칙**을 설명했다. 잔 휴브너는 한때 알았던 난쟁이에 관해서 이야기했다. 스푸크 스피넬리는 제 죽음이 임박했다는, 그게 느껴지고 심지어 소리도 들린다는 이야기를 했다. 내 안의 목소리 같아, 그녀는 말했다. 어느 노파의 목소리, 중얼중얼하는 소리, 인디언과 초원과 금속피로***에 관해 끊임없이 재잘거리는 소리.

"아까 장례식 봐," 잔은 말했다. "노아의 방주. 모든 건 둘씩이야."

나중에 그들은 대학 시절부터 내려온 진실 게임을 했다. 에이미 로빈슨이 규칙을 점검했는데 그 규칙은 31년 전에도 가변적이고 변덕스러워 그때그때 영감을 따랐었다. "확실히 기억나는 건," 에이미는 말했다. "자신의 가장 끔찍했던 일을 고백해야 한다는 거야, 지금도 밤에 이불을 걷어차게 만드는 거. 뭔가 엄청난 거."

잔 휴브너가 손을 들었다. "네가 기본적인 핵심을 깜빡한 것 같다, 에이미. 내가 확실히 아는데 이건 **웃기는** 게임이었거든. 어떨 땐 벌주를 택하든가 반드시 마시든가 해야 돼, 거의 확실해."

"아마 거짓말할 때," 말라가 말했다.

"아니면 그 말을 아무도 안 믿을 때," 잔이 말했다. "그러면 꼼짝없

---

* wet water. 물이 잘 퍼지도록 표면장력을 줄이고자 습윤제를 첨가한 물. 우리말 용어가 없어 보통은 그대로 '웨트 워터'로 통용된다.

** 또는 궁핍화이론. 카를 마르크스의 이론으로 자본주의가 발달할수록 노동자는 궁핍해진다는 것.

*** metal fatigue. 금속 재료가 꾸준히 힘을 받으면 연성이 점점 줄어들고 끝내는 파괴되는 현상.

이 마시는 거지. 술이 걸려 있어, 분명해."

"난 안 할래," 엘리가 말했다.

"그래라," 스푸크가 말했다. "그럼 난 그냥 도러시나 여기로 불러야지. **그 기집애**의 제일 끔찍했던 일을 들을 수 있다면 내 남편들 중 하나를 바치겠어."

"재활용품 수거일 까먹었던 거," 에이미가 말했다.

"론이 먹을 저녁밥 태워먹었던 거," 잔이 말했다. "그 매력적인 두 아들한테 저녁으로 인스턴트 갖다 바쳤던 거."

"진짜야, 나 여기서 나갈래," 엘리가 말했다. 그녀는 핸드백으로 손을 내리뻗었다. "이런 말 하기 싫지만 몇 분 지나면 나도 마지못해서——"

"엘리," 폴렛이 말했다.

"난 못 하겠어."

"우린 네 친구야, 얘."

엘리는 누가 투광조명이라도 켰다는 듯이 눈을 깜빡거렸다. 그녀는 몇 초간 내면의 섬광에 눈앞이 하애져 갈피를 못 잡는 듯했다. "좋아," 그녀는 말하더니 핸드백을 테이블에 올려놓고 두 손으로 핸드백 각을 잡았다. "한 판, 그걸로 끝. 그리고 내가 마지막에 할래."

"마지막 오케이," 폴렛이 말했다. "마지막도 금방이니까."

"그럼 다 된 거네," 스푸크가 말하곤 휴대폰을 꺼냈다. "도러시가 첫 타자야. 뭔 얘길 할지 듣고 싶어 죽겠다."

스푸크가 세 번이나 번호를 눌렀지만 도러시의 전화는 내내 통화 중이었고, 그래서 말라 뎀프시가 자원해 나섰다. 그녀는 제 뒤쪽 당구대에 데이비드가 있다는 걸 알고 있었다. 그녀는 1, 2분 내로 일어나 그에게 합류할 생각이었다. "너희도 어쨌든 이 일을 다 알고 있거나," 말라는 말했다. "적어도 기본적인 건 알고 있지만, 그래도 실제로 했던 말을 꺼내는 게 좋을 것 같다—내 입으로 했던 말 말이야." 그러더니 그녀는 1979년 크리스마스 당일에 관해서 이야기했다, 너무나 혐오스럽게도, 너무나 죄스럽게도 하고많은 아침 중 하필 그날 아침에 남편을, 즉 데이비드 토드라는 익히들 아는 이름의 점잖고 사랑 많은 사람을 떠났다고. 그녀는 말했다, 하지만 그땐 그게 유일한 길, 심지어 올바른 길 같았어, 왜냐하면 거짓으로 메리 크리스마스를 빌어주고, 산타 포장지로 싼 스웨터랑 새 토스터를 보고서 우아 감탄하고, 음, 그러는 게 훨씬 못돼 보였거든—다른 갖가지 소름 돋는 죄에 기만죄 하나를 더 얹는 거라는 얘기였다—하지만 지금은 멀쩡한 관점으로 다른 입장도 이해하게 되었는데, 그도 그럴 것이 내가 한두 주 더 기다린다고 죽진 않았을 테니까—어쨌거나 그녀는 새빨간 거짓말을 하는 파렴치한이 되어 있었다—그리고 미처 말은 못 했지만 솔직히 그때 딴 남자, 몇 살 어린 남자가 검정 빨강이 섞인 할리를 타고 길에서 기다리고 있었거든, 게다가 데이비드에겐 크리스마스가, 그러니까 진짜 크리스마스, 예컨대 **잘 있어, 미안해**라는 의미가 아닌 진정한 의미의 크리스마스가 두 번 다신 없을 테니까.

헐렁한 해수욕 바지에 코에는 은장식을 박은, 사실상 소년 같은 영양부족 청년 하나가 테이블로 다가와 "저놈의 걸쭉한 60년대 뽕짝"으로부터 주크박스를 구출해달라고 요청했다.

“가서 만화나 보렴,” 에이미는 말했다.

말라는 일어나 화장실로 갔다. 데이비드 토드를 쳐다보는 사람은 없었다. 한마디 거드는 사람도 잔 휴브너 말고는 없었다.

잔은 말했다. “어머, 이 얘기 **참** 웃긴다.”

폴렛 하슬로는 빌리의 무릎에서 일어나 테이블 저쪽으로 가서는 엘리 애벗 옆에 앉았다. 폐를 끼친 건 없다고 그녀는 판단했다. 작은 연애가 지속된 건 끽해야 내리 20분 남짓이었고 그녀로선 말 한 마디, 은밀한 손길 한 번 후회되지 않았다. 게다가 언젠가 그런 결론에 이르더라도, 예컨대 자기가 눈물을 쏟게 되더라도 그녀는 언제든 동창회의 광기 탓으로 둘러댈 수 있었다.

“내 차례,” 그녀는 말했다.

빌리 맥맨은 폴렛이 그대로 있어주었다면 좋았을 텐데 싶었다. 그는 그녀가 제 무릎에 있는 게 좋았지만, 대체로 그녀가 좋았지만 죄책감이 문제가 된 것도 사실이었다. 그의 마음을 괴롭힌 건 스푸크 스피넬리로 그는 그녀에게 사과할 것이 있었는데 그녀는 때마침 이상한 행동을 하고 있었다. 너무 정신이 없었고 너무 깔깔거렸다. 그녀의 목에는 아직도 마브의 허리띠가 감겨 있었다. 그녀는 자꾸만 그걸 잡아당기며 눈알을 뒤집었다. 아마 내 착각이겠지, 아니면 이틀 내리 취해서거나 하고 빌리는 생각했지만 그것보단 남들 모두가 그리고 그녀 스스로도 툭하면 그러듯 그녀를 이용해먹은 그의 어리석음이 방아쇠를 당겼을 가능성이 더 컸다. 때가 되면 그는 그녀에게 무슨 말이라도 해야 할 터였다. 그리고 한쪽으론 폴렛을 따로 불러 간밤의 일을 고백해야 할 터였다. 적어도 정직하게는 하자. 무슨 일이 있었는지 폴렛에게 알리고 그게 없었던 일이면 좋겠다고, 아니 더 정확하게는 그게 차라리 너랑 있었던 일이면 좋겠다고 말하자.

그는 스푸크가 일어나 죄다 남자 녀석들뿐인 어린 대학생 무리 쪽으로 어슬렁어슬렁 넘어가는 모습을 지켜보았다.

마브 버텔도 이를 알아차렸다.

그는 당구 큐를 내려놓고 스푸크의 팔을 붙들어 그녀를 엘리 애벗에게 데려다 넘겼다.

"뭔가 이상해," 그는 엘리에게 말했다. "무슨 일인지는 나도 몰라 — 그냥 애 좀 잘 보고 있어." 마브는 멈칫하더니 고개를 절레절레 했다. "그리고 내 허리띠 돌려받을 수 있는지도 좀 봐줘."

"그 재니스라는 여자, 그 여자가 꼰질렀니?" 에이미 속에 있던 변호사가 튀어나와 말했다. "경찰이 연루됐어?"

"물론," 폴렛은 말했다.

"체포된 거야? 고발됐어?"

"싹 다."

에이미는 고개를 끄덕였다. "하지만 재판까진 안 갔다?"

"필요가 없었거든," 폴렛은 말했다. "장안의 화제, 장로들의 화제였으니까. 취업 전망에 좋을 게 없지."

"그 여자가 고소는 취하했니?"

"그럼. 피해를 입혔으니까, 인생이 망하는."

"에그," 에이미는 말했다. 그녀의 목소리는 사그라들었다.

"웃긴다, 웃겨, 웃긴다!" 잔 휴브너는 말했다.

• • •

말라 뎀프시는 당구대에 있는 데이비드에게 합류하고 데이비드는 토요일 밤 인파의 술렁임에 묻혀 그녀에게 방금 이렇게 말한 참이었다. “뭘 그런 걸로 그래. 제일 좋아하는 친구 사이에 할리가 대수겠어?”

“제발,” 그녀는 말했다.

“좋아해, 누구보다, 제일. 다 용서했어.”

“그런 뜻으로 안 들려,” 말라는 말했다. “나한테 자격이 있다는 건 아니야.”

데이비드는 경쾌한 척 어깻짓을 했다. 하지만 그가 느끼는 건 머잖아 닥칠 것의 공허함이었다. “용서가 멋진 게 뭐냐면,” 그는 그녀에게 말했다. “애쓴다고 얻어지는 게 아니라는 거야. 그건 그냥 공짜로 주어져. **카수스 벨리***는 필요 없어. 자, 한 방 때려. 6번 공. 살살.”

“나 스포츠 팬 아니야, 데이비드.”

“맞다,” 그는 말했다. “혹시 만찬은 땡땡이치는 거야?”

말라는 그를 빤히 살폈다. “제대로 맞혔어, 데이비드. 카수스 벨리가 있어. 항상 점을 보거든.”

“나 때문이구나, 그럼.”

“난 그런 말 안 했는데. 하지만 가끔은 있잖아 — 어쩜 이것도 부당한 건지 모르지만 — 가끔은 당신이 매사에 섣불리 판단하는 것 같아. 일단 마음을 먹으면 벌어진 일이 되어버리니.”

“할리는 내 상상이었다 이건가?”

“좋은 질문이다,” 말라는 말했다.

그녀는 몸을 돌리려다 멈추어 다시 그를 마주했는데 데이비드는 그녀가 그래야 한다는 것도 반드시 그러리란 것도 알고 있었다.

"둘이 슬쩍 나갈까? 좋아 싫어?"

데이비드는 고개를 끄덕였다. 그는 그녀를 너무나 사랑했다. "어디 보자, 우린 만찬에 가서 작별 인사를 건네게 될 거고, 그런 다음 골이 띵해지게 얘기 나눌 곳을 찾아보게 되겠군. 용서도 하고 잊을 건 잊고. 당신이 생각한 게 그거지?"

"대략," 말라는 말했다.

"그다음엔 뭐야? 그대로 쭉 행복하게 살았다?"

"데이비드."

"난 다른 생각이었는데."

"잘났어 정말. 남의 대답까지 지어내서는."

"나랑 재결합할 거야?"

"그만해."

"놀라셨군," 데이비드는 말했다. "점쟁이께서."

31년 떨어진 송짜끼에서 조니 에버가 낄낄거리며 말했다. "좆나 화끈한데!"

진실 게임은 갈수록 흐지부지되었지만 에이미 로빈슨은 텍사코 주유소는 불결했고 변소는 더더욱 불결했으며 신혼여행이 끝나갈 무렵엔 자기가 이미 스스로를 걸어 잠근 채 독신이 되기로 결심했다고 투지 넘치게 설명했다. "평생 가장 운 좋은 순간이었어," 그녀는

---

* casus belli. '전쟁의 이유' 또는 '전쟁의 명분'이라는 뜻의 라틴어. 여기선 그냥 '이유' 또는 '명분'.

말했다. “그렇게 결국 혼자가 되는 거지. 묘하다니까, 난 예전에 지랄맞게 용감했는데 말이야. 똑 부러졌었잖아, 그치? 주근깨에 들창코잖아? 귀염상이잖아? 진짜로 말이야, 진짜로 귀염상 아니니?”

스푸크 스피넬리는 두 남편과 쌍둥이 자매에 관해 이야기했다.

잔 휴브너는 백설 공주의 시련에 관해 이야기했다.

데이비드 토드는 얕고 물살 빠른 강, 우주에 주파수가 맞춰진 트랜지스터라디오에 관해 이야기하려 했지만 그 순간 말라를 보고는 그만두기로 결심했다.

엘리 애벗은 사라진 참이었다.

저녁 7시가 막 지난 시각이었고 몇 블록 떨어진 곳에서는 1969년도 졸업반이 작별 만찬 자리에 앉아 있었다.

하지만 바에서는 여럿의 얼굴이 진실 게임을 아직 한 회도 돌지 않은 마브 버텔 쪽으로 향했다.

“배고픈 사람?” 그는 말했다.

그러고 나서 그는 말했다. “좀 봐줘라.”

한참이 지나고서야 마브는 한숨을 쉬고 말했다. “좋아, 하지만 당혹스러울 거야.”

19
너무 마른 사람

1988년 3월, 마브는 일시적이지 않은, 주로 물과 의지력으로 하는 엄격한 다이어트에 난생처음으로 안착했다. 평생 나부끼던 살은 그해 8월 초 41파운드(약 18.6킬로그램)나 빠져 있었다. “어머, 당신 진짜 말도 안 되게 자랑스럽다” 하고 아내는 말했는데 마브의 녹슨 기억에 비추어 보건대 그녀가 어떤 종류의 칭찬이라도 해준 건 그때가 유일무이했다. 두 달 반이 지난 10월 중순, 마브는 목표치였던 220파운드(약 100킬로그램)에 도달했는데 이는 12학년* 때 이래로 가장 가벼운 몸무게였다. 샐러드 채소와 탄산수로 아침 식사를 끝낸 그날 오전 그는 이혼소송 제기로 자축을 했다.

11월 첫날, 마브는 덴버 서쪽 근교에 위치한 제 대걸레 및 빗자루 공장에서 도로를 따라가면 바로 나오는 빌트인 아파트로 이사했다. 그는 새 옷을 구매했고 태닝 숍에 등록했고 TV 앞에 엑서사이클**을

* 우리나라로 치면 고등학교 3학년.

설치했고 일종의 탐구심에서 도시 곳곳의 여러 세련된 바를 매일 저녁 드나들었다. 여자들이 눈길을 주었다. 마브는 자신감을 얻었다. 그는 마흔한 살이었고 계류 중이던 이혼을 변수에 포함해도 말도 안 되게 부유했다. 산업용 최고급 대걸레 제조 비용은 1달러 50센트를 조금 밑돌았고 완벽한 빗자루는 그보다도 조금 덜 들었다. 먼지는 영원했고 수요는 꾸준했다. 마브가 그 사업에서 매력은커녕 흥미조차 발견하지 못한 건 사실이지만 평생을 중증 비만으로 인한 부진에 매여 있던 사람에게는 커다란 자단나무 책상 앞에 얼마간 꼼짝없이, 얼마간 죽은 듯이, 오래오래 이윤을 내면서 앉아 있는 게 언제나 사업가의 미덕이었다.

하지만 이제 마브 버텔은 백일몽에 잠겼다. 새롭고 무한한 미래가 나타났다.

밤에 침대 위에서 심장박동이 불규칙해질 만큼 복근을 수축시키며 그는 〈포브스〉 표지에 실린 저를 상상했다. 크라운을 씌운 이, 비싸게 한 머리, 얼마 전만 해도 입으면 거대한 부활절 햄처럼 보였던 화려한 더블브레스트 양복 중 하나를 아마도 걸쳤을 모습. 눈물젖은 농담은 이제 그만. 이제는 격려와 포옹과 다이어트에 관한 질문뿐.

그런 생각에 그는 고취되었다. 마브는 충동적으로 제 공상의 말만 듣고 저 혼자 199파운드(약 90킬로그램)라는 벅찬 목표를 세웠다. 그는 그 목표를 3주 조금 못 가 달성했다.

순풍이야, 그는 판단했다. 멈출 이유가 없어.

** Exercycle. 자전거형 운동기구 상표.

그는 오후 느지막이 마시던 마티니는 끊고 엑서사이클에 앉는 시간은 두 배로 늘렸다.

욕실 거울에 비친 마브의 갈비뼈는 침몰한 갤리언선의 골격처럼 처음엔 느리게, 그 뒤엔 급속도로 드러나기 시작해 왠지 무서운 고대 유물을 보는 듯했다. 그는 표준 신발 사이즈만큼 허리를 뺐다. 심지어 새 옷도 헐렁했다. 극적이긴 마찬가지여도 가끔 걱정스럽기까지 한 건 마브 버텔의 성격 변화였다. 어린 시절부터 그는 내내 내성적이고 나긋나긋한 개인, 자신감 없고 수줍은 외톨이였지만 이제는 어느새 TV 속에서 볼 법한 대사들을 제 우아한 비서에게 던지는, 엘리베이터에서 농담을 건네는, 그 지역 바에서 여자들과 말을 터 인생 얘길 주고받는 사람이 되어 있었다.

이런 가운데 툭하면 마브는 제 새것 같은 날씬한 몸에 걸맞은 일화들을 지어냈다. 여기는 맛깔스러운 디테일, 저기는 혹하는 거짓말.

그는 여러 야간 업소에서 여러 번에 걸쳐 화이트 삭스 3루 코치, 성형외과 의사, 신부, 전직 신부, 스쿠버다이빙 강사, 전과자, 〈태양의 서커스〉 곡예사가 되었다. 스물네 살의 어느 명랑한 빨강 머리 아가씨한테는 은퇴한 로데오 카우보이라고 주장했다. 다음 날 저녁 같은 점포에서 꼿꼿한 검정 머리 여자한테는 "은퇴한"이라는 단어를 생략했는데 이것이 기적적으로 먹혀드는 바람에 그는 화장실에 갈 때 다리를 살짝 절어 일을 진척시켜야 했다.

여자들이 육체적인 건강함만 보고 개 풀 뜯어 먹는 소릴 감수하다니 진기하구나, 마브는 자평했다.

그는 대걸레 및 빗자루 사업은 언급하지 않았다. 이혼이 완성되지 않았다는 자세하고 불편한 말은 피했다.

이 모든 것은 그에게 기만행위의 여운을 남겼지만, 그래도 마브의 불행한 역사를 감안하면 허풍은 그의 유머 감각에 어필하는 바가 있었고 복수심에는 더더욱 그러했다. 그가 기억하는 한 그는 만년 뚱뚱보 조연, 만년 코미디 감초로서 놀림당하고 조롱당하고 무시당해왔었고, 그래서 나이가 반 토막밖에 안 되는 여자들의 매혹적인 눈에서 페인트처럼 넘쳐흐르는 존경심을, 심지어 경외심을 보게 되면 격렬한 기쁨이 들었다. 그는 권태를 가장했다. 그는 결코 무리하게 추근대지 않았다. 심지어 가장 예쁜 아가씨랑 있을 때에도 마브는 무관심하다 할 정도로 정중했다. 이것으로도 복수하는 기분이 들었다. 뚱보한테 편견을 가진, 눈이 삔 저 지난날의 여성 군단에 대한 앙갚음이었다.

1988년 12월 4일 오전, 마브 버텔의 체중계 수치는 190파운드(약 86킬로그램)를 간당간당하게 밑돌았다. 마브는 30년 넘는 세월 중 처음으로 인간다운 인간이 된 기분에 겨워 몸과 마음이 날아갈 듯했다.

그날 오후 마브는 충동적으로 사무실 파티를 열어 시끄러운 음악과 이른 보너스로 야단법석을 떨었고, 파티 이후에는 덴버의 상류층 레스토랑 중 하나에서 저녁을 먹을 텐데 같이 가겠느냐고 비서에게 청했다. 마른 새사람 마브의 예상대로 그녀는 응했고, 그렇게 그들은 저녁 7시에 남들이 탐내는 구석 자리로 안내를 받았다. 메뉴는 극도로 입맛이 돋는 이탈리아 북부식이었다. 그리하여 마브의 비서, 샌드라 딜레오나라는 이름의 스물여섯 살 먹은 눈부신 아가씨도 역시나였다.

현명하게도 마브는 샌드라의 맞은편 안전한 자리에 앉았다. 하지만 그는 거의 2주 만에 처음으로 올리브 뺀 마티니를 주문했고, 그러곤 몇 분 만에 또 한 잔을 시켰다. 얼마 못 가 자리 배치 계획을 수정하도록 그를 고무한 건 두말할 것 없이 알코올이었다. 마브는 샌드라의 바로 오른쪽으로 자리를 옮겨 넥타이를 느슨하게 풀더니 장난기를 품고 그 젊은 여자 쪽으로 몸을 기울였다. 이미 낮고 불분명한 목소리가 된 그는 당신과 논의하고 싶은 문제가 있다고 털어놓았다. "개인적인 사안인데," 그는 말했다. "간질간질한 거예요."

샌드라의 눈은 가늘어졌다. 그녀는 경영대학원 졸업생에 기질 자체가 냉담했고 눈치가 대단히 빨랐다. "개인적인 것?" 그녀는 말했다. "그게 뭘까요?"

마브도 몰랐다. 그는 당장의 화성에 맞추어 즉흥 연주를 하고 있었다.

"간질간질한 거요," 그는 반복했다. 그는 이두박근에 힘을 주고 배를 당겼다. "실은 어디서부터 시작해야 할지 모르겠어요. 고백부터 해야 하나. 나랑 일한 지가 — 얼마? — 거의 1년?"

"열 달이요," 샌드라는 말했다.

"맞아, 열 달. 그리고 당신은 나를 철저히 사장으로만 알고 있죠. 조언자로." 그는 머뭇거렸다. "내가 그동안 호감 가는 인상을 준 것 같은데, 어때요?"

"그냥 괜찮았어요," 그녀는 말했다.

"그럼 만족은 해요?"

"만족이요?"

"나랑 지내는 거요. 당신 직업."

"음, 아마도요," 샌드라는 말했다. "밤에 대걸레 꿈까지 꿀 정도는 아니고요."

마브는 그녀에게 한 차례 고마움의 웃음을 지었다. "하지만 급여, 근무 조건, 그런 건 다 만족하죠? 내가 걱정하는 건 당신의 전반적인 복지예요."

샌드라의 약삭빠른 갈색 눈이 당혹과 의혹이 섞인 감정을 전했다. 그녀는 장신에다 기막히게 정리된 금발이었다. 5피트 10인치(177.8센티미터), 마브는 추정했다. 1온스도 안 넘는 125파운드(약 56.7킬로그램). 표지 모델 같은 얼굴색, 보로통한 입술. 몇 달 전 뚱보 시절 그는 이 아이한테 거의 관심을 두지 않았었다. 소용없는 일이었다. 도달 범위 밖, 그녀는 해왕성처럼 차갑고 가질 수 없어 보였다. 이제는 상황이 달랐다. 홀쭉해진 배를 동반한 부푼 자신감으로 마브는 용감히 그녀의 손을 잡고 말했다. "어쨌든 고백할게요. 시작합니다. 나는 단순한 대걸레 사내가 아니에요, 또 어떤 노력을 하고 있느냐면…… 이걸 어떻게 말해야 할지 모르겠군요."

사실 그는 뭘 말해야 할지 모르기도 마찬가지였다. 그는 얼른 머리를 굴렸지만 결국 얼른 근처에도 미치지 못했다. 남은 인생 동안 마브는 다음 발언을 후회하게 될 터였다. 뚱보였던 과거, 새로 얻은 날씬함, 그 유예된 꿈들과 탐탁지 않은 직업과 김빠진 결혼 생활과 평생을 따라다닌 조롱과 수치심과 더 나아지고 싶은 갈망, 이 발언은 온갖 술집 거짓말이 흘러나오던 것과 똑같은 양상으로 흘러나왔다. 말을 하면서도 마브는 이것이 실수임을 깨달았다. 그는 목젖에 손을 얹고 눈을 질끈 감았다. **이러지 마**, 그는 생각했지만 그의 혀는 계속해서 움직였다. 네 음절, 두 단어 — "난 작가죠" — 이 때문에 그는 값비싼 대가를 치를 터였다. 공황 발작, 불면증, 심장병, 끝없는 수치심, 끝없는 합리화, 또 한 번의 비참한 결혼 생활. 그는 막연하게나마 이를 알고 있었다. 처참히 표류하게 될 줄 상세히는 아니어도 대체로는. 그런데도 그는 여전히 멈추지 못했다. 향후 그는 폐암 환자가 첫 담배의 기억을 더듬을 때 반드시 느낄 바로 그 자기 연민과 자기혐오로 이 순간을 돌이키게 될 터였다.

"작가요?" 샌드라는 말했다. "아마추어 작가 말씀이세요?"

"에, 아니요."

"취미 같은 건가요? 끄적거리는?"

출입문이 활짝 열렸다. 바로 그때, 그 기적적인 찰나의 순간 마브는 고개를 끄덕이고 "그럼요, 취미죠" 하고 말하거나 혹은 웃음을 지으며 잠자코 있어도 되었을 것이다. 수수께끼로 있어도 되었을 것이다. 겸손함을 꾸며도 되었을 것이다. 그는 생애 마지막 날까지 이 선택지들에 시달릴 터였다. 하지만 그는 샌드라의 얼굴에 드러난 불신 때문에 — "끄적거리는"이라는 단어의 경멸적인 어감 때문에 — 마음을 굳히고 목젖에서 손을 뗐다.

"아니요," 그는 차갑게 말했다. "진짜 작가요. 소설."

샌드라는 그를 빤히 관찰했다. 그녀의 약삭빠른 눈 안쪽에서 무슨 일이 벌어지고 있는지 마브는 짐작만 할 수 있었다. 몇 가지 면밀한 계산, 분명해. 경영학 석사의 적절한 의심으로 누그러뜨린 다양한 전망과 가능성.

"그래서 책은 출간됐어요?" 젊은 여자는 말했다.

"물론이죠. 지금 논의하려는 게 그거예요."

"하지만 사장님 성함은 들어본 적이 없어요. 작가로는요."

"아이고, 맞아요, 못 들어본 게 당연해요. 그래서 말을 꺼내는 거예요." 마브는 제 술을 비우고 잔을 빤히 살폈다. 그는 이제 몰입해 있었다. "필명이라고 들어봤죠? 일상적 관행인데, 사실은."

"네, 그럼요," 샌드라는 말했다. "그게 어떻게 되세요?"

"어떻게 되다니 뭐가요?"

"필명이요," 그녀는 말했다.

마브는 내면의 카드식 카탈로그를 후딱 넘겼다. 더없이 엉뚱한 가능성만 남아, 그녀가 잡지나 텔레비전에서 얼굴을 확실히 알아볼 유명 브랜드 작가들만이 그에게 떠올랐다. 어깨를 으쓱하려던 그때, 식전의 간단한 장난인 양 웃어넘기려던 그때 그는 널리 읽히고 높이 평가받는, 강박적으로 세상을 등지고 사는 성공한 문학계 인사의 이름이 제 입에서 나오는 걸 들었다. 이젠 물러설 수 없는 데까지 갔음을 그는 알았다.

"토머스 피어스요?" 샌드라는 말했다. "그게 사장님이라고요?"

마브의 눈 근육이 씰룩씰룩했다. "인상적이네요," 그는 말했다. "솔직히 말해 당신이 그를 안다니 놀랐어요. 나를요. 아주 기분 좋게 놀랐어요."

"이런, 어떻게 모르겠어요?" 그녀는 말했다. "그러니까, 맙소사, 그는…… **사장님은** 우리의 아주아주아주 위대한 작가 중 한 사람이잖아요."

"책들은 읽어봤어요?"

샌드라는 고개를 가로흔들었다. "당연히 안 읽어봤죠. 아무도 안 읽어봤을걸요. 그게 중요한 게 아니에요. 사장님은 유명 인사라고요. 모두가 사장님에 **관해** 알아요."

"모두는 아니에요," 마브는 겸손하게 말했다.

"음, 그렇죠, 비교하자면 — 그 왜 — 영화배우만큼은 아니죠. 그렇더라도요." 그녀는 말을 멈추고 아랫입술을 깨물었다. 의심이 그녀의 예리한 갈색 눈 속으로 다시 쇄 후퇴하기 시작했다. "오케이, 그러니까 사장님이 토머스 피어스다, 거참 놀랍네요. 하지만 그게 어째서 고백이라는 건지 모르겠어요."

마브도 모르긴 마찬가지였다.

그는 손수건을 꺼내어 이마를 닦은 다음 마티니를 또 한 잔 주문했다. 사고가 분열된 참이었다. 그는 이 거짓말에 난 어느 개구멍으로 슬쩍 빠져나가고만 싶었다. 하지만 한편으론 그녀가 믿게끔, 심지어 저 자신도 믿게끔 이 사안을 밀어붙이고픈 무자비한 욕구도 느꼈다. 뚱뚱보 평민 시절 탓에 그의 상식은 어떻게든 왜곡되어 있었다. 어딜 봐도 여기서 벗어날 방법은 없다고 그는 되뇌었지만 무언가 병적인 것이 그를 부추겼다. 병적인 호기심. 어떤 은밀한 열망. 그는 작가가 **될 수도** 있었다. 되어야 마땅했다. 그는 언어를, 그 음과 음절을 사랑했다. 마브는 대학 시절에 저널리즘을 전공했고 졸업하고 나서도 노트와 연필 몇 자루와 매혹적인 편집자 한둘을 대동하고 뉴욕의 커피숍에서 죽치고 있는 저를 자주 마음에 그렸었다.

거기에 종지부를 찍은 건 대걸레 및 빗자루였다. 타성도, 게다가 뜻대로 안 되는 결혼 생활과 부담스러운 비만도.

이제 마브는 빈 잔을 가만히 들여다보면서 잠시 마음을 가다듬었다. "미안," 그는 말했다. "질문이 — ?"

"고백이라던 거요," 샌드라는 말했다.

"맞다. 오해의 소지가 있을까 봐 두렵네요. 내 말은…… 사실 부끄럽긴 한데, 나는 지금 거의 이혼 상태라 홀몸이라는 건데…… 음, 비밀을 나눌 사람이 필요했어요. 다정한 귀(ear)가요. 들어줄 사람이."

샌드라는 그 말을 곱씹었다. "그런데 왜 저죠? 저는 비서인데."

마브는 웃음을 짓고 팔을 뻗어 그녀의 손을 잡았다.

"아주 잘 짚었어요," 그는 노련하게 말했다. "그 안에 내 고백이 있는 거죠."

"그 말씀은—?"

"열 달이나 반해 있었어요."

마브는 그날 저녁 제 규칙을 어겼다. 스타나 따라다닐 어린 아가씨한테 빤히 보이도록 추근댔을 뿐 아니라 저 자신도 사기라 여기는 죄를 저질러 그녀를 집으로, 그러고 침대로 데려갔다. 설상가상으로 마브는 사랑에 빠졌다, 아니 사랑에 빠졌다고 상상했다. 그랬다, 그것은 입이 바싹 타는, 정신 못 차리는 젊은 날의 사랑이 아니었다. 기껏해야 그것은 제 몸무게의 3분의 1을 최근에야 뺀, 6주 뒤에나 이혼이 완성되는, 대걸레 및 빗자루 때문에 오랫동안 자존심이 뭉개졌던 남자에게나 찾아오는 사랑이라고 그는 판단했다.

그는 다음 날 밤에도 샌드라와 잤고, 그 뒤엔 두 달간 매일 밤을 그랬다. 연애는 거의 모든 면에서 짜릿했다. 이를테면 그녀가 다른 눈으로, 때론 노골적인 숭배의 눈으로 기쁘게 쳐다봐주는 모습. 그는 그 아이의 똑똑함, 침대에서의 전문성, 심지어 나한테 득 되는 게 있나 하는, 세상을 계산적으로 대하는 모습도 좋았다. 그녀는 패션

모델 같은 몸, 펜타곤 중앙처리장치 같은 중추신경계를 지닌 사람이었다. 마브에겐 이 모든 게 새롭고 신났지만 하루가 끝날 무렵이면 그의 사고는 더없이 순수한 공포에 흠뻑 젖었다. 그는 잠들 수도 생각할 수도 없었다. 문학적 분신으로 토머스 피어스를 고른 건 불행이었다. 그 남자는—카메라를 혐오하고 사람을 혐오하는—은둔자가 맞았다, 사실이었다, 하지만 그는 문어(文語)의 대가요, 스톡홀름*에 갈 운명인 언어 신동이었고, 그래서 역겨우리만치 어리석고 무모한 날조에 마브의 등골은 서늘했다. 그는 창피함 때문에, 언제 발각될지 모른다는 공포 때문에 불쑥불쑥 힘이 빠졌다. 탈출구도 없었다. 낮에는 샌드라가 사장실 바로 밖 운영실 책상을 지켰다. 밤에는 샌드라가 침대 옆자리에 누워 피어스의 극도로 난해한 장편소설 하나를 훑다가 올려다보곤 비유며 모호한 언어 쪼가리에 관해 질문을 던졌다. 마브는 그런 물음에서 모면되게끔 행동했다. 그는 한숨을 쉬거나 고개를 가로저은 다음 문학은 체험되어야지 해설되어서는 안 된다고 설명하곤 했다. 또 어떨 땐 나가떨어져 자는 척했다. 눈을 감은 채, 제 어리석음에 꽁꽁 얼어붙은 채 그는 사각사각 책장 넘어가는 소리, 쌕쌕 샌드라의 숨소리에 귀를 기울였는데 그런 비참한 순간이면 일말의 축복이라도 내려서 다행이라 여겼다. 하느님을 찬양하나니, 토머스 피어스가 작가 사진 게재를 허락하지 않았던 것이다. 게다가 샌드라도 아직은 인세 명세서나 진행 중인 작업 등 질척대는 문제를 궁금해한 적이 없었다.

마브의 체질에 가해진 피로는 티가 나기 시작했다. 12월 말까지

---

* 노벨문학상 시상식이 열리는 곳.

그는 12파운드(약 5.4킬로그램)가 더 빠져 허리띠 구멍을 하나 더 졸라매야 했다. 사무실에서 그는 근무시간에 문을 잠가놓고 어떤 명예로운 해법을 찾느라 애썼다. 그는 그 아이를 해고할까 고민했다. 공장을 팔고 다른 대륙으로 뜰까도 고민했다. 하지만 마브의 마음은 이제 사로잡혀 있었고, 그래서 결국 그는 아무것도 하지 않았다.

그는 기다렸다. 그는 기적을 마음에 그렸다. 핵무기로 인한 대학살, 유행성 기억상실증.

해가 바뀌어 1989년 1월 1일, 마브 버텔의 체중은 178파운드(약 80.7킬로그램)를 기록했는데 심장병과 만성 불면증을 앓는 키 6피트 2인치(188센티미터) 남성의 건강에 이는 적신호에 가까웠다. 열여드레 뒤 그는 딱 170파운드(약 77킬로그램)까지 떨어졌다. 다이어트는 이와 거의 무관함을 그는 알았다. 오직 공포심이 뼈가 불거지도록 근육을 빨아먹고 있었던 것이다. 그는 식욕도 없었고 기력도 없었다.

이는 안절부절못할 변화였다. 하루하루 비참하다 보니 그는 날마다 초조함과 짜증이 늘었고 샌드라가 방에 들어오거나 입을 열기 시작하면 배가 씰룩거렸다. 들통날 건 확실했다—언제 어디서냐의 문제지 만약의 문제가 아니었다. 그런데도 마브는 2월 초 그 불가피함에 결국 덜미가 잡히자 깜짝 놀랐을 뿐 아니라 충격까지 받았다. 샌드라는 며칠 동안 극히 말수가 준 채 그를 힐끗힐끗하기만 하던 참이었는데, 그러던 그녀가 어느 날 저녁 식사 때 포크를 내려놓더니 입을 닦고 말했다. "뭔가 거슬리네요."

마브는 눈을 감았다. 그는 무엇이 닥칠지 알았다.

"들추고 싶은 마음은 없지만," 그녀는 말했다. "이 부탁은 해야겠어요. 우리 둘 다 툭 터놓을 필요가 있어요."

"툭 터놓다," 마브는 말했다.

"네. 내가 느끼기론…… 어떨 땐 의심이 들어요. 어쩌질 못하겠어요."

마브는 눈을 돌렸다가 마음의 상처를 안고 도로 그녀를 쳐다보았다. 신뢰받지 못하는 남자의 분노가 그를 사로잡았다.

"그래서 쭉 생각해봤어요," 샌드라는 말했다. "그러니까 당신은 작가예요, 유명한 작가요, 다만 글은 **전혀** 쓰질 않죠."

마브는 그녀를 빤히 쳐다보았다. "내가?"

"음, 네. 써요?"

그는 눈을 부라린 다음 냅킨을 접더니 뒤로 털 기대어 거짓말을 했다. 그는 문학이란 꼴사나운 대중적 여흥이 아니라고, 그건 단락이면 단락, 음절이면 음절, 예술의 철저한 고독 속에서 추구된다고 그녀에게 알려주었다. "그 밖에," 그는 말했다. "내가 잠긴 사무실 문 뒤에서 무슨 짓을 하고 있을 거라 생각해? 컴퓨터게임? 솔리테어?"

"거기까진 미처 —"

"더구나," 그는 엄하게 말했다. "이건 진짜 작가로선 할 얘기가 아니야. 우린 책을 가지곤 망각될 수다를 떨지 않아, 창작에 관한 뉴스 특보 따윈 방송하지 않는다고." 그의 목소리는 한 옥타브 올라가 있었다. 프라이버시를 주제로 공들여 발언하던 그 순간 마브는 자기가 온갖 열띤 단어를 품고 있다는 생각이 들었다. "다른 사람은 몰라도," 그는 말했다. "당신은 이해해야지."

샌드라는 그의 얼굴을 살폈다. "됐어요. 정말로 쓰고 있다면……

좋아요. 기뻐요."

마브는 "반가운 말이군" 하고 말하면서도 떨떠름하고 퉁명스러운 말투였다. 그건 어느 정도 진심이 담긴 말이었지만 이렇게 쉽다니, 이렇게 빨리 포기하다니 하는 놀라움을 감추기 위한 가면의 역할이 훨씬 컸다. 그는 생각했다, 하기야, 포기 안 하고 배겨? 거짓말의 뻔뻔함, 그 범위와 위풍에 그는 갑자기 주눅이 들었다. 어째 자기가 초야의 글쟁이, 고만고만한 글이나 끄적이는 하찮은 사람이라고 주장하고 있는 것 같지가 않았다. 그는 천재를 도용한 거였다. 그는 필생의 작업, 두어 권의 걸작, 타인의 정력과 화학반응과 천부적 기교를 제 것으로 착각한 거였다.

그것을 깨닫자 그는 속이 메슥거렸다.

시큼하고 치명적인 무엇, 암세포 맛 같은 무엇이 목구멍을 타고 올라오는 바람에 마브는 당장 모든 걸 실토할 뻔했다. 하지만 바로 그 순간 식탁 맞은편에서 샌드라가 머리카락을 착 튕기고 말했다.
"문제는, 난 아직도 이해가 안 된다는 거예요."

"안 된다니?" 마브는 말했다.

"나는 비서잖아요. 당신 우편물도 받고 당신 전화도 받는데 문학하고 관련된 건 하나도 없어요. 전부 대걸레랑 빗자루지."

"오, 그래?"

"네. 그래요."

"참 나," 마브는 말했다. "짜증 나게도 비꼬네."

샌드라는 고개를 끄덕이곤 일어나 말 한 마디 없이 식탁을 치우기 시작했다.

그녀는 남은 저녁 내내 말이 없었다. 그는 그녀가 입술을 물고 저를 쳐다보고 있음을 누차 알아차렸는데 한번은 용의자 식별처럼 관찰당하는 기분이었다.

마브는 그것이 추앙인 줄 알았다. 그게 아니었다.

그날 밤 불 꺼진 침대에서 샌드라는 말했다. "오늘 도서관에 갔었어요. 사진을 한 장 찾았네."

"그래?" 마브는 말했다.

"네. 낡은 사진이요. 되게 흐린 사진인데 25년, 30년 전 것 같더라고요. 한데 닮질 않았던데요. 당신이 아니었어요."

마브는 제 낄낄거림을 들었다. 변명거리가 단 한 개도 떠오르지 않았다. 주목받는 방식, 특별한 사람이 되는 방식, 일종의 게임으로서 이 모든 게 시작된 지 수억 년은 된 듯했지만 지금 그는 회선이 꼬여 어둠 속을 허우적거리고 있었다.

"이게 재미있다고 생각한다면," 샌드라는 조용조용히 말했다. "당신은 불쌍한 인간이에요."

"맞아," 그는 말했다. "재미없어."

"그럼 설명해요."

마브는 침대에서 일어앉았다. 그는 너무너무 배가 고팠다. "세상에 못 할 게 뭐 있겠어?" 그는 중얼거리며 콧대를 꼬집었다. 그는 격하게 침을 삼켰다. 티본스테이크가 간절했다. 조금 뒤 그는 심호흡을 한 다음 느릿느릿 고통스럽게, 하지만 엄청난 용기를 내어 말했다. "실은," 그는 말했다. "책을 둘이서 쓰고 있어. 나는 숫기가 없고 그는 아니지. 당신이 본 건 그 사람 사진이야."

"그 사람?"

"바로 그 사람. 내 공동 저자."

그러고 플루토늄의 반감기 같은 20초가 흐르는 동안 마브는 몇 가지 귀중한 지혜를 캐냈다. 가장 놀라운 건 이거였다. 인류의 잘 속는 성질은 외적 한계가 없다는 것. 무엇이든 가능하다는 것—부활절 토끼, 잊지 못할 성질의 사랑, 흰 수염을 한 호탕하게 웃는 신. 인간이라는 피조물은 일상적 거짓말보다는 이해 못 할 기적을 선호하는 경우가 부지기수라는 것.

거기다 마지막 순간 마브는 천재적 솜씨로 토머스 피어스 본인 못지않은 대사 한마디를 불쑥 내뱉어 즉각 신뢰와 시간 모두를 벌었다.

그는 말했다. "나랑 결혼해줄래?"

승리는 수명이 짧았다. 죄다 헛된 오락뿐인 사흘간의 에로틱한 축제가 있었는데 그것이 끝나자 마브는 자기가 아무래도 무덤을 더 깊게 파 벌레들이 꿈틀대는 속으로 뛰어든 것과 다름없다는 각성과 두통 속에서 깨어났다.

믿음을 갖겠다는 샌드라의 의지가 그녀의 상식과 합선을 일으킨 건 사실이었다. 하지만 이제 마브에겐 그러한 결과들이 두 배 세 배 걷잡을 수 없이 불어난 것 또한 사실이었다. 여기엔 우스꽝스러울 게 없었다. 시계가 매초 똑딱거릴 때마다 그의 혈관엔 독극물이 주입되었다. 제 기만으로 인한 현실을 받아들이기 힘들 때가 있었다. 있을 수 없는 일 같았다. 언제나 홍에 겨운 뚱보였는데. 대걸레 사내였는데. 남모를 몇 가지 불만을 품고 살면서 겉으론 빼기기나 하는 불쌍한 팔푼이였는데.

어떤 면에선 다이어트가 영혼의 위장복을 200파운드 벗겨낸 것 같다고 마브는 생각했다. 그에게 남은 건 유령 같은 해골, 무섭고 역겨운 이방인이었다.

이후 며칠 사이 그는 3파운드(약 1.4킬로그램)가 더 빠졌다. 머리숱이 두피에서 떨어져 나갔다. 이 두 개도 턱에서 덜렁거렸다. 식욕은 돌아왔지만 — 그는 너무나 허기졌다 — 음식을 넘길 순 없었다. 이제는 인생 한 시간 한 시간이 토머스 피어스의 종잡을 수 없고 무서운, 예측 불허의 법칙을 따르는, 가공의 정신병원 같은 가장 그로테스크한 소설의 짜임새와 결을 띠는 듯했다.

3월 첫 주 마브의 이혼이 완성된 날 샌드라는 약혼 발표 편지를 한 보따리 부쳤다. "나한텐 친구들도 있고 가족도 있어요," 그녀는 말했다. "비밀로 할 이유가 있어요? 숨길 게 있는 것도 아니고."

그녀는 가늘게 뜬 눈을 쳐들고서 그가 피할 때까지 눈길을 붙들었다.

마브에게는 힘든 순간이었다.

"숨길 거야 전혀 없지," 그는 말했다. "하지만 진심으로 바라는데, 피어스 일은 당신이 털어놓지 않았으면 해. 그건 성스러운 거니까. 거룩한 거."

"이해했어요," 샌드라는 말했다. "거룩."

"약속하는 거지, 그럼?"

"한 마디도."

그럼에도 불구하고 그날 저녁 마브는 속닥속닥 걱정될 만큼 자랑을 늘어놓는 전화 통화를 우연히 들었는데 거기서 샌드라는 문자 하나하나까지는 아니어도 약속의 정신만은 어기고 있었다. 그는 이 어구를 분명히 알아들었다. "문학계 거물." 그리고 이 단어들도. "미련한 은둔자."

여자아이가 전화를 끊자 마브는 그 앞에 마주 섰다.

"저기, 당신이 자랑스러워서 그랬어요," 샌드라는 말했다. "난 사람들이 —"

마브는 손사래를 쳤다. "거룩하단 건 어떻게 된 거야? 당신은 나한테 새빨간 **거짓말**을 했어. 뻔뻔하고 노골적인 거짓말."

"내가 한 말은 '거물'이 다예요. 이름은 안 댔잖아요, 안 그래요?"

"헛소리 같은 궤변이야," 마브는 말했다. "내가 못 참는 한 가지가 말이야, 도저히 못 참는 게 이중성이야."

그는 그 이상 말하지 않았다.

막다른 길이라고 그는 생각했다.

그는 끙 하더니 빙글 돌아 힘차게 냉장고로 가서는 한 파인트 가득 든 아이스크림을 거의 1년 만에 처음으로 게걸스럽게 해치웠다. 그의 식욕은 어마어마했다. 그는 또 먹을 수 있었다. 그것은 일종의 보복이 분명했지만 한편으론 기쁨이기도 했다. 그는 벌써부터 아이스크림이 한 온스 두 온스 옛날의 마브로 바뀌는 걸, 어쩌면 더 크고 더 나은 모습으로 바뀌는 걸 느낄 수 있었다. 그는 그날 밤 잠자리에 들기 전에 데우지 않은 구운 콩 통조림 하나, 키라임(Key-lime) 파이 하나, 양고기 갈비 한 대, 배 하나, 처트니 한 통, 그리고 다진 호두 한두 줌을 먹었다.

그가 간식 일부를 화장실에서 빼고 와 침대에 눕자 샌드라는 말했다. "당신 토머스 피어스 아니죠, 그렇죠?"

"응."

"작가가 전혀 아니에요?"

"응," 그는 말했다. "그래도 마르긴 했잖아."

그들은 어쨌거나 결혼을 했지만 이제는 조건이 따랐다. 현찰 보상금, 이의 제기가 불가능한 유언. "내 말을 한 번이라도 거스르면, 짜증이라도 나게 하면," 결혼식 전날 샌드라는 통보했다. "당신이 얼마나 소름 끼치고 경멸스러운 사람인지 온 세상이 알게 될 거예요."

"물러도 돼," 마브는 제안했다. "결혼식 말이야, 이를테면."

"지금 **그게**," 샌드라는 말했다. "내가 '짜증'이라고 말한 거예요."

그녀의 경영학 석사 교육은 잘 써먹히고 있었다. 그녀는 이미 여러 권의 가족 수표책과 매우 엄밀한 혼전 합의서를 소유 중이었다.

마브는 이 중 무엇에 관해서도 대체로 언쟁을 벌이지 않았다. 그는 받을 벌을 받는 거였다. 비록 무기징역이 언도되진 않았지만 그는 그걸 예상하던, 심지어 애타게 바라던 참이었다. 그래도 어느 일이나 그렇듯 플러스와 마이너스는 균형을 찾았다. 마브로선 점심으로 양지머리를 먹거나 저녁으로 수플레를 먹는 동안 제 예비 신부에 대한 존경으로 저도 모르게 가슴 벅찼던 적이 실로 여러 번이었다. 더 중요한 건, 그가 그녀에게 무조건적인 존경을 보내지 않았던 적이 한 번도 없다는 거였다. 이 여자의 냉정한 리더십을 따른다면 대걸레 및 빗자루 산업은 확실히 번영할 터였다.

거기다 채무도 있었다. 영원히 토머스 피어스 행세를 하라고, 문학계의 외톨이, 종잡을 수 없는 문인으로 남아 있으라고 향후 인생 원장 차변에 샌드라가 조건을 걸어둔 터였다. "우리 엄마랑 아빠, 내 두 자매, 내 마사지사한테 이미 말했다고요," 그녀는 말했다. "내가 거짓된 인생을 살 수밖에 없다면, 그럼 당신도 그래야죠." 그녀는 경고차 그에게 눈살을 한번 찌푸렸고, 즉 수십 년의 앞날이 그의 영혼을 견인하도록 허락을 내렸고, 그런 다음 그의 이마에 새침하게 키스를 건넸다.

"그나저나," 그녀는 말했다. "그만 좀 먹어요."

그들은 알프스로 신혼여행을 갔다. 마브는 스위스, 프랑스, 이탈리아 북부의 양념들을 철저한 자제력으로 단호히 물리쳤다. 샌드라는 쇼핑을 했다. 7월 초 둘이서 다시 덴버에 내렸을 때 마브는 수하물 저울에 올라가 바늘이 멎길 기다렸고, 곧이어 긴 도피 끝에 귀향길을 발견한 사람의 만족감으로 한숨을 내뱉었다. 혹은 귀향을 다 마친 사람. 공상과 놀아나다가 제 인생의 날인이 완료된 건 엄연한 사실이라고 그는 시인했다. 여차하면 무덤에서까지 불어날 몸뚱이 하나를 빼곤 그의 모든 게 씁쓸한 결말을 맞은 거였다. 그건 일면 슬픈 일, 일면 기쁜 일이었다. 걸신들렸던 지난 수십 년 동안 마브는 대식가인 위장의 지배를 받기도 했지만 그보다는 희망의 지배를, 즉 자신과 다르고 자기가 절대 될 수 없는 온갖 모습에 대한 굶주림, 꿈과 환상에 대한 굶주림, 만족을 모르고 바닥없으며 궁극엔 죽음을 부르는, 영원히 종잡을 수 없는 다름(otherness)에 대한 허기짐의 지배를 더 많이 받았었다. 그는 공상을 무도회장으로 곱게 모셔다 준 참이었다. 그는 그곳을 혼자서 떠나온 참이었다.

그렇게 끝나버리자 마브는 남은 것에 안주했다. 그는 점심을 혼자 먹었다. 그는 보이는 건 뭐든 먹었다. 그는 전처럼 뒤뚱뒤뚱 걸어 다녔다. 그는 불행을 자초해 이제는 그 속에서 안도했다. 그러다 불가능한 몽상의 속삭임이 들리기라도 하면, 하다못해 저를 위한 지극히 작고 보잘것없는 소망이라도 들면 그는 승자에게 상금을 준 적 없는 조작된 TV 오락 쇼를 대하듯 아예 신경을 끄곤 했다.

그렇다, 무기력한 인생이었다. 그리고 무의미한 인생이었다. 하지만 완전히 불만족스럽진 않았다.

낮 시간을 때우느라 가끔씩 마브는 사장실 문을 잠그고 인터폰을 무음으로 해놓고 제 말랐던 시절의 기억을 몇 자씩 끄적였다. 상업출판을 염두에 둔 건 물론 아니었다. 그는 교훈을 익힌 사람이었다. 그래도 문장을 만지면 재미있었다. 그는 제 것을 포함해 이름 몇 개를 바꾸곤 동기와 의도를 섬세히 음미하며 낄낄거렸다. 어떤 건 지어냈다. 어떤 건 살을 붙였다. 그 일은 결국 일종의 연애가 되었고 그렇게 그는 작가가 되었는데 이는 마치 이제는 그 일로, 허구인 제 불쌍한 삶을 녹여내는 일로 거짓말을 만회할 수 있다는 것 같았다.

20
1969년도 졸업반

급속히 늙은 아홉 명의 1969년도 졸업반이 제각각 자리를 찾아 앉았을 때 작별 만찬은 디저트와 커피 단계에 접어들어 있었다. 마브 버텔은 유독 꼴이 말이 아니었다. 스푸크는 그를 뒤쪽 테이블로 데려가서는 다른 사람들에게 손사래를 치더니 그의 넥타이를 바로잡아주며 뭐라고 속삭였다.

"불쌍한 녀석," 잔 휴브너는 말했다.

"우리가 불쌍하지," 에이미는 말했다. "쟤는 스푸크라도 있잖아. 우린 **뭐가** 있니?"

"서로가 있겠지. 뭔가 나은 게 재깍 안 나타나면."

"뭔가 짐승 같은 거," 에이미는 말했다.

"샤토브리앙*," 잔은 말했다. "2인분."

에이미는 턱으로 어딘가 급히 가리키는 동작을 했다. "저기저기. 살짝 봐, 티 나게 보지 말고."

"뭔데?"

"폴렛하고 빌리. 좋아 죽는다 그냥. 이럴 줄 누가 예상이나 했니?"

잔은 한숨을 쉬었다. "개인 무용수네. 내 취향의 설교자인걸."

폴렛 하슬로와 빌리 맥맨은 일단 두고 보자는 조심스러운 사랑에 빠져 있었다. 그들은 서로를, 특히 각자의 진실한 동기를 믿었지만 아직 사랑 자체는 믿지 않았다. 그들은 저희의 감정에 신중을 기하고 같은 테이블 동기들에게 예의를 지키면서도 틈틈이 서로를 힐끗하고는 힐끗한 걸 들켰다며 부끄러워 씩 웃곤 했다. 사랑은 두 사람 모두에게 놀라움이었다. 빌리는 복수를 찾아서, 폴렛은 하느님을 찾아서 왔다가 둘 다 실망을 앓던 터였다. 하지만 이제 막 베일을 벗기 시작한 어떤 의미, 덜 문자적인 의미에서 그들은 바람직한 줄 몰랐고 가능한 줄은 더더욱 몰랐던 것들을 발견한 참이었다. 사랑은 어떻게든 발생한다는 데서 그들은 예사롭지 않은 인상을 받았다. 배신이나 이전의 상처로 훼손되지 않은 오랜 친구 관계에서 사랑이 발생한다는 게 위대한 기적 같기도 하고 싸구려 마술사의 속임수 같기도 했다. 인생은 그들을 회의적인 사람으로 만든 터였다. 빌리도 폴렛도 이것의 정체가 무엇이든 이것을 믿을 준비가, 혹은 서로를 믿을 준비가 아직은 되어 있지 않았지만 이것을 안 믿기도 어렵다는 사실 또한 동시에 깨닫고 있었다.

같은 테이블 폴렛 맞은편에서는 엘리 애벗이 제 남편 마크와 숨죽여 대화 중이었는데 그는 복잡은 하지만 웃기기는 확실히 웃긴 그

---

* Chateaubriand. 두툼하고 넓은 프랑스식 안심 스테이크.

농담의 흐름을 따라잡기가 버거운지 즐겁고 기대에 찼으면서도 조금은 당혹스러워하는 표정이었다. 그녀의 눈은 제 접시에 놓인 크렘 브륄레*를 한 번도 벗어나지 않았다.

하지만 그녀가 접시에서 보고 있는 건 크렘 브륄레가 아니었고 남편에게 들려주고 있는 건 농담이 아니었다.

"네가 뭘 하건," 잔 휴브너는 에이미 로빈슨에게 말했다. "나한테 철학적으로 굴지 마. 나 괴로워. 나한테 필요한 건…… 뭐가 필요한지 **알면서**."

에이미는 핸드백에서 플라스크를 꺼내어 두 모금을 들이켜고 잔에게 넘겼다. "좋아, 근데 사소하게 철학적인 요점 하나만 **짚자**. 내 안의 변호사 때문일 수도 있고 세월 때문일 수도 있는데, 이 공간을 빙 둘러보면 이 사람들 죄다 있잖니 — 그러니까 선한 사람들도 말이야 — 착한 사람들, 거의 전부네, 도러시도 예외 없이…… 근데 갠 어디 갔어? 또 꾸미러 갔구먼, 뻔하지 뭐. 그래서 내 말은 뭐냐면, 너도 그런 생각을 안 할 수 없다는 건데…… 아이씨, 까먹었다." 그녀는 테이블보를 향해 눈을 깜빡깜빡했다. "어쩌면 그게 요점인가 보다."

"사랑만 있으면 된다는 거?"** 잔은 말했다.

"아마도. 쭉 해봐, 기집애야. 불러봐."

엘리 애벗은 아비곳이라는 호숫가 리조트만 언급하곤 말허리를 끊었다. "마크, 미안해," 그녀는 말했다. "애초에 지금 시작하는 게 아니었어. 우리 둘만 있으면 얘길 못 할까 봐 그런 건데."

그는 그녀를 말똥말똥 쳐다보았다. "알 수가 없네. 아비 새가 뭘 어쨌는데 그래? 물이 어쨌길래? 그게 다 뭐?"

"나중에," 엘리는 말했다.

그녀는 의자를 뒤로 빼고 양해를 구한 뒤 알맞은 말을 찾으러 자리를 떴다.

마브 버텔은 기분이 조금 나아진 상태였다. "네가 날 봤어야 하는데," 그는 스푸크에게 말하고 있었다. "그때가 내 평생 단 한 번 영화배우 같을 때였어, 딕 파월이든 캐리 그랜트든 누구든 말이야, 왜 그 특수 잠망경 없이도 똘똘이를 확인할 수 있더라니까. 아주 말랐었지. 너도 아주 껌뻑 죽었을걸."

"지금도 죽이잖아," 스푸크는 말했다. "작가일 뿐 아니라 실제 로데오 카우보이면서."

"올가미 던지기***," 마브는 말했다. "두 걸작 사이로."

그는 그녀를 쳐다보았다. 그는 어딘가 타격을 입히고 싶었다.

"너무나 사랑해," 그는 말했다.

"응?"

"너무너무."

스푸크는 잠시 그의 눈길을 붙들다가 웃음을 짓기 시작하더니 눈을 피했다.

---

* 커스터드 크림과 설탕이 주재료인 프랑스 디저트.

** 원문인 "all you need is love"는 비틀스의 노래 제목.

*** calf roping. 여기서 calf는 '송아지' 말고 '종아리'라는 뜻도 있다.

마브는 한숨을 쉬었다. "내 마음을 아프게 할 셈이구나, 그렇지?"

"아휴, 참, 아마도," 스푸크는 말했다.

도러시 스타이어는 느지막이 도착했다. 그녀는 집에서 론과 저녁을 먹고 나서 보형물을 넣고 빨갛고 예쁜 칵테일 드레스로 갈아입고 저녁분 타목시펜*을 복용한 뒤 머리와 아이섀도와 손톱을 가지고 야단법석을 떤 참이었다. "끔찍할 정도로 늦진 않겠지만," 그녀는 론에게 말했다. "그래도 날 기다려줄 이유는 없겠지."

"저기," 그는 말했다. "내가 같이 가도 되는데."

"그래도 되지, 그럼. 근데 그럴 이유는 없으니까."

그녀는 제 자동차 열쇠를 낚아 들고 그에게 키스를 날렸다.

밤 9시 15분 연회장에 들어서던 도러시는 돌아서 집으로 향할까 순간 고민했다. 여기 이 사람들은 사실상 외계인, 바다 밑바닥에서 건져진 새로운 생물 종이었고, 그래서 우연히 출생만 겹칠 뿐 정말로는 제 세대가 아니라는 생각이 그녀는 들었다. 그녀는 어울리질 못했다. 세대도 그녀와 어울려주질 않았다—음악도 정치도 멍청한 윤리관도. 그녀는 잔과 에이미가 반은 노래 반은 악쓰는 소리로 천장에다 내지르고 있는 사랑만 있으면 돼 하는 헛소리가 몹시 싫었다. 명백히 말해 사랑만 있다고 될 건 아니지, 도러시는 생각했다. 그건 절반도 안 돼. 비를 피할 지붕도 있어야 돼. 일류 종양학자, 실력 좋은 외과의, 아주 강력한 약품들로 채워진 약장도 있어야 되고. 타목시펜도 있어야 돼. 재낵스랑 팩실**이랑 가짜 유방이랑 운이랑 담력은 물론이고 발열과 갈증, 일시적 폐경으로 인한 반응을 견디게 해줄 무언가도 있어야 된다니까. 지능과 상식도 있어야 돼.

도러시는 앞을 헤치고 바에 가서는 진 토닉을 주문해 단숨에 들이켰고, 그러고 나서 반은 횡설수설하며 울먹이고 있는 엘리 애벗과 대화를 시작했다. 물이 어쩌고저쩌고, 하면이 어쩌고저쩌고.

"이걸로 귀찮게 하고 싶진 않은데," 엘리는 말했다. "하지만 그냥 있잖아…… 난 **못 하겠어**. 폴렛은 나더러 죄다 불쑥 털어놓으라는데, 숨도 쉬지 말고 말이야, 근데 알맞은 말이 도저히…… 맙소사, 미안하다. 폴렛한테 얘기해야겠어, 걔가 빌리하고 용무가 많지만 않으면."

"알 만하다," 도러시는 말하고서 데이비드 토드 쪽으로 멀어졌다.

데이비드는 머릿속이 환해지는 물질을 화장실에서 탐닉하고 막 돌아온 참이었다. 그는 두 다리로 딛고 서서 차고를 향해 야구공을 날리는 아이로 돌아가 있었고 그의 형 미키는 "야, **바로** 너야, 네가 메이저리그야" 하고 말하고 있었으며 그 말에 데이비드는 웃음을 터뜨리더니 불현듯 산송장 같은 모습, 송장이 되어가는 모습으로 송짜끼라는 얕고 물살 빠른 강의 그늘진 기슭에 가 있었고 거기서 조니 에버 상사는 입 다물 생각을 안 했는데 이 남자는 이것과 저것과 그 사이의 모든 것에 관해, 그러니까 대지의 굴곡, 파이(π) 배후의 증명, 말라가 데이비드를 떠나 할리를 탄 찐따한테 간 이유, 그리고 자세히 말하기는 언짢지만 그녀가 데이비드에게 다시는 돌아오지 않을 이유에 관해 끊임없이 지껄여댔다.

---

*　tamoxifen. 유방암 치료제.

**　재낵스(Xanax)와 팩실(Paxil) 모두 항우울제 상표.

도러시 스타이어가 안부를 물으며 팔을 낚아채자 데이비드는 고개를 들어 조니 에버의 꾸물꾸물하는, 교묘한 말로 환심을 사는 죽음의 해골에 빠져들었다. 하지만 그에게 창백해 보인다고, 얼이 좀 나간 것 같다고 알려준 것도 도러시 그녀의 목소리였다. 조금 지나자 조니의 얼굴은 도러시의 얼굴이 되었다.

"응, 괜찮아," 데이비드는 말했다.

"진짜지?"

"흠잡을 데 없어. 천사랑 얘기 중인걸."

"데이비드, 그 말 참 **다정하다**."

"그럼, 다정하지." 그에게 한 가지 생각이 떠올랐다. 그는 도러시의 팔짱을 꼈다. "흥미로운 거 한번 안 해볼래?"

말라 뎀프시는 도러시 스타이어를 남자 화장실로 안내하는 전남편을 지켜보았다. 무슨 기분인지 알기 어려웠다. 따라서 말라는 여느 때처럼 거의 아무것도 느끼지 못했다.

어쨌거나 그건 그녀의 잘못이었다. 대부분이 그녀 잘못이었다.

그녀는 남자 화장실 문이 휭 닫힐 때까지 기다렸다가 그 뒤에야 돌아서서는 마지막 후렴 중인 에이미 로빈슨과 잔 휴브너에게 합류하러 어슬렁어슬렁 갔다.

빌리 맥맨과 폴렛 하슬로는 연회장 주방으로 자릴 옮긴 참이었다. 불은 꺼져 있었다. 폴렛의 스커트는 무릎에 걸려 있었다.

"이거 섹스야," 그녀는 말했다. "아니면 다른 거야?"

"당장 알려줄게," 빌리는 말했다.

• • •

여러 사람이 벌써들 작별 인사를 전하며 껴안고 전화번호를 교환하고 택시나 버스나 심야 비행기를 타러 출입구 쪽으로 이동하고 있었다. 그 밖에는 다들 밤을 묵을 계획이었다. 미네소타주 부지사는 미정이었다. 그의 새색시는 떠나길 원했다. 그의 전 약혼자는 대화를 원했다. 20피트 떨어진 곳에서는 전 인기 농구 선수이자 현 세 아이의 어머니가 방금 집에 전화를 걸어 하루 늦는다고 말한 참이었다. 저명한 내과의도 마찬가지였다. 두 사람은 이제 바에서 의기양양하되 민망해하는 얼굴을 하곤 과연 하루로 될지 각자 추측에 젖어 집행유예를 위해 건배했다.

어떤 이들은 자기는 이번 동창회가 틀림없이 마지막일 것이다 하고 동창회에 대한 거부감을 드러내면서 쉽게 떠나고 쉽게 떠나보냈다.

어떤 이들은 지루해했다.

취해서 감상에 젖은 전 미식축구 선수 두 명은 마지막으로 한 번 더 상체를 모아 아자아자 하고 손을 맞부딪치더니 출입구 쪽으로 돌진했다.

폴렛과 빌리는 주방에서 나타났다. 폴렛은 소리 내어 웃는 중이었고 빌리는 구두를 당겨 신고 있었다.

어질러진 만찬 테이블에서는 전혀 취하지 않은 백발의 화학자와 은퇴한 사서가 시간성이라는 불충분한 법칙과 화해를 했다.

이날 저녁 떠나기로 예정된 사람들 중에는 마브 버텔도 있었다. 그는 덴버행 11시 30분 비행기에 앉아야 했다. "물론 예약은 언제든 바꾸면 돼," 그는 딱히 희망도 열의도 없으면서 말하고 있었는데 스푸크 스피넬리가 입을 다물자 그녀의 팔을 쓰다듬고는 또 이렇게 말했다. "샌드라는 물론 노발대발하겠지. 덧붙이자면, 다른 건 몰라도 그건 아주 확실해."

스푸크는 웃지 않았다.

그녀는 같이 공항으로 차를 타고 가 게이트에서 그를 배웅할 셈이었다.

"좋아좋아," 마브는 말했다.

남자 화장실에서는 도러시 스타이어와 데이비드 토드가 정신적 교감을 즐겼다. 앞으로 몇 시간은 네가 공산당원에게 표를 던지고 있을 수도 있어, 데이비드는 그녀에게 경고했다. 도러시는 엄숙히 고개를 끄덕이며 LSD 반 장을 입에 넣었다.

나머지 절반은 데이비드가 했다.

"애들은 잘 지내?" 그는 말했다.

엘리 애벗은 남편을 데리고 주차장으로 나가 모든 것을 털어놓았다. 훗날 그녀는 마크의 오른쪽 어깨 너머로 보이던 노란 가로등의 뿌연 빛과 그 빛으로 지워진 그의 얼굴을 기억하게 될 터였다.

그는 무엇보다도 당혹스러운 듯했다.

"괜찮으면," 마크는 말했다. "나 먼저 호텔로 갈게."

그는 그녀를 쳐다보려 하지 않았다. 그는 제 자동차 열쇠를 꺼냈다.

"나중에 봐, 그럼," 그는 말했다. "당신이야 틀림없이 누가 태워주겠지."

그것은 도러시를 먼저 강타했다. 20분 뒤 그녀는 데이비드 토드와 인공물을 비교하고 있었다.

"베트남하고 구역질 나는 유방암," 도러시는 말하고 있었다. "누가 생각이나 했겠어?"

"별 차이 없구나," 데이비드는 말했다.

"어머, **당연히** 별 차이 없지. 누가 고약하게 쑤군덕댈 일도 없고, 안 그래? 누구나 아야 하는 부분이 있잖아, 사소한 뻘짓들이랑 바보짓들. 사랑에 실수들을 한다고. 멍든 영혼, 훼손된 자아, 기타 등등, 어쩌고저쩌고." 도러시는 제 인공물을 밑으로 내려 폐허를 유심히 살폈다. "아름다운데, 내가 볼 땐. 명예 훈장치곤 고약하지만. 론은 있잖아 — 내 남편 말이야, 품위 있는 사람 — 론은 이걸 보려고도 안 하더라. 공화당원이야. 불만은 없어. 빌리랑 결혼했어야 했나 싶긴 해, 어쩐지, 하지만 누군들…… 여기 이 상처 봐봐. 보여? 자주색 같은 거? **진짜** 자주색이지?"

"완전," 데이비드는 말했다. "우리 여기서 나가야겠다."

"좋아, 근데 이렇게 하자. 베트남하고 암은 있잖아, 그건…… 무엇과도 달라, 그렇지? 일단 거기에 발을 들이면, 들이면, 다신 집에 못 돌아오니까. 내 말 맞지? 거기다 대고 네가 할 수 있는 말이 뭐가 있겠어? 많지 않을걸. 잘은 몰라도 와우, 웩, 어머나 아니면 '매우 감사하지만 그걸로 충분해요, 다음에 합시다, 난 그 씨발 걸 **평생** 겪을 테니까' 하고 말하겠지. 어머! 입이 거칠어서 미안."

"가자," 데이비드는 말했다. "드레스 올려."

"싫어, 솔직히 난 됐어, 저기에 끼고 싶은 마음이 반도 안 들어, 하나도 안 신나." 그녀는 제 가슴을 빤히 내려다보았다. "와, 너무 자주색이다! 고약한 퍼플 하트*네."

연회장의 개방된 출입구에서는 미네소타주 부지사가 이제는 루터교회 선교사인 전 약혼자에게 유쾌한 작별 인사를 건넸다. 그의 전 약혼자는 웃음을 지었다. "그래, 안녕," 그녀는 말한 다음 부지사의 예쁜 새색시를 마주했다. "서로 인사도 못 했네요," 그녀는 말했다. "하지만 혹시라도 마음잡고 떡을 쳐야겠다 싶으면 — 내 말은, 못 잊을 떡이요 — 자고로 믿을 만한 선교사 체위**를 권해드려요."

"지금 뭐 하세요?" 부지사의 색시는 말했다.

데이비드 토드는 도러시의 형태 변경을 도운 뒤 그녀를 다시 연회장에 데려다 앉히곤 그녀의 화학작용을 늦출 오렌지 주스를 찾았다.

밤 10시 30분을 막 넘긴 시각이었다. 분위기는 처져 있었다. 열다섯에서 스무 명은 여전히 바를 기웃거렸고 다른 몇 사람은 출입구 근처에 있었다. 미네소타주 부지사는 방금 떠난 참이었다. 폴렛 하슬로와 빌리 맥맨은 하얗고 멍한 얼굴로 바닥에 책상다리를 하고 앉아 있는 엘리 애벗을 위로하는 중이었다.

엘리는 부르르 떠는 제 몸을 껴안았다.

노래도 멎어 있었다. 몇 사람만 웅얼웅얼, 대다수는 그러지 않았다.

"괜찮아," 폴렛은 말하고 있었다. "다 해결될 거야. 이제 비밀은 없잖아 — 그것만으로도 엄청난 거야, 엄청난 시작이라고."

엘리는 말이 없었다. 그녀는 하먼이 물 밖으로 손을 뻗어 하늘을 붙들려다 쑤욱 하고 멀어지는 모습을 지켜보았다, 그 텅 빈 눈 하며 당혹감에 젖은 모습, 마크와 많이 닮은 모습.

마브 버텔과 스푸크 스피넬리는 자리마다 돌면서 작별 인사를 건넨 다음 마브가 스푸크의 팔뚝을 잡아 출입구 쪽으로 인도했고, 문을 지났고, 그렇게 저희 삶으로 돌아갔다.

택시를 타고 공항까지 절반을 달렸을 때 스푸크는 그에게 기대고 말했다. "우리 어떻게 견디지?"

"우리 둘이 함께하는 거 말이야?"

"우리 둘. 누구든."

마브는 한동안 조용했다. "우리도 한땐 행복했는데."

"정말?" 스푸크는 말했다.

"오, 그럼. 아니면 그렇다고 생각했거나. 그게 그거지."

스푸크는 밝아졌다. 그녀는 그에게 좀 더 다가붙었다. "언젠가 결혼하자."

"좋지," 마브는 말했다.

"너랑 나랑, 영원히 행복하게."

"환상의 세계로," 마브는 말했다.

• • •

---

* Purple Heart. 미국 대통령이 군인에게 수여하는 무공훈장. 여기서는 자주색과 가슴을 이용한 말장난.

** missionary position. 직역하면 '선교사 체위'지만 보통은 '정상 체위'라는 뜻.

도러시 스타이어와 데이비드 토드는 이미 저편에 있었다.

연회장은 어두웠다. 불도 에어컨도 꺼져 있었고 사람도 음악도 없었지만 그들은 어쨌든 춤을 추고 있었다, 접촉도 없이, 박자는 달라도. 도러시는 빨갛고 예쁜 칵테일 드레스를 벗어 안팎을 뒤집은 다음 뒤쪽에 놓아둔 터였다. 그녀는 10분 전 폴렛 하슬로와 떠난 빌리 맥맨에게 제 용기를 증명하고 있었다.

데이비드는 바닥에 앉아 춤을 추었다. 그는 이곳에 전에도 한두 번 와본 적이 있었다.

어느 시점에 그는 발자국 소리를 듣곤 말라가 자길 챙기러 돌아왔다는 생각에 위를 쳐다보았다. "어이, 내가 경고했지," 조니 에버가 경멸을 드러내며 거만하게 말했다. "여기서도 경고, 저기서도 경고. 내가 영웅이 되어줄걸 그랬군. 대신 벌을 받고 말 걸 그랬어, 30년 치를, 얼마나 더 이럴지 누가 알겠어? 정신 차려, 제군. 네가 할 일은 말이야, 그냥 '삼촌*' 하고 외치기만 하면 돼. 그다음은 내가 알아서 할게. 내 말은, 성령을 찾았다가 다진 소고기를 찾았다가, 너희 인간들은 대체 뭐가 문제야? 여긴 테르모필레**가 아니야, 영화가 아니라고. 그만둬도 무방해."

폴렛 하슬로와 빌리 맥맨은 시내를 지나다 엘리 애벗을 호텔에 내려주었다. "들어가기 싫어," 엘리가 말했다. "못 하겠어."

"할 수 있어," 빌리가 말했다.

"얼른 가," 폴렛이 말했다. "있는 그대로 진실하게, 그뿐이야. 내가 약속하는데, 그는 어쨌든 널 사랑해."

엘리는 심호흡을 하고 제 친구들과 포옹한 다음 차에서 내렸다.

"어떻게 생각해?" 빌리가 말했다.

"1분만 기다려주자, 엘리베이터에 오르는지." 폴렛은 앞을 똑바로 응시했다. "우린 그 뒤에 체크인하면 될 거 같아."

잔 휴브너, 에이미 로빈슨, 말라 뎀프시는 인적 없는 캠퍼스를 습한 어둠 속에서 말없이 걸었다. 밤 11시 10분, 기온은 여전히 90도대 중반(섭씨 약 35도 언저리)이었다. 그들은 저희 기숙사 계단에 앉아 담배 한 대를 돌려 피울 뿐 한동안 아무 말도 하지 않았다.

그러다 말라가 말했다. "내 잘못이었어, 너희도 알겠지만."

"뭐가?" 에이미가 말했다. "데이비드?"

"그 문제도. 근데 내 말은 동창회 말이야. 총무인 이 말라의 책임이거든, 그런데 작년엔 예약하는 걸 새까맣게 잊었어. 공지, 예약, 전부 다. 그러고 금년엔—어떻게 됐는지 너희도 봤지—금년엔 하마터면 잊을 뻔했고. 등신. 고작 7월로 정한 게 최선을 다한 거라니."

"허허, 참," 잔이 말하고서 에이미에게 눈길을 보냈다.

에이미는 눈길을 돌려보냈다.

세 사람 다 불편한 질문 따위 꺼내봐야 득 될 것이 없다고 보았다.

"사실은," 에이미가 말했다. "이러는 것도 좋았어. 형제단, 뭐 그런 것들. 우리의 독무대였는데." 그녀는 멈칫했다. "기억 안 나?"

---

* Uncle. 미국 정부를 가리키는 '샘 삼촌(Uncle Sam)'을 뜻하기도 하고 누구에게 도움을 청하는 의미로 '아저씨'를 뜻하기도 함.

** 영화 〈300〉에도 나온, 페르시아와 스파르타의 싸움이 벌어진 전투지.

말라는 고개를 가로저었다.

“퓨즈가 끊어졌어,” 그녀는 말했다. “난 인간미가 없나 봐.”

21
잘못된 것

1969년 7월 마지막 날, 데이비드 토드는 미니애폴리스 바로 외곽에 있는 휴버트 H. 험프리 재향군인관리국 병원에 도착했다. 그의 오른쪽 다리는 일본에서 절단한 참이었다. 왼쪽 다리는 심의 중이었다. 그 뒤 3주 반 동안 여러 개의 끈적끈적하고 명상적인 목소리가 또 한 번의 절단 가능성, 그 찬반양론을 불규칙적으로 논했다. 데이비드 자신은 신경을 쓰기엔 너무 먼 데 있었다. 그는 송짜끼로 돌아가 개미의 식민지가 되어 갉아 먹히고 있는 제 발을 보면서 천사들과 논의 중이었다. 멋진걸, 그는 판단했다. 발이 아니라 밥이네. 모르핀은 그를 전에 가본 적 없는 곳으로, 즉 블랙홀과 백색왜성, 고대의 묘지, 트로이의 성벽, 뚜꿍(Tu Cung) 외곽의 도랑*, 대놓고 다리를 뜯어 먹는 타락한 클레오파트라의 휘황찬란한 침실로 데려갔다. 그는 제 고상한 관념을 눈으로 직접 보았다. 그는 1927년 뉴욕

* 미군에 학살된 베트남 사람들의 시신이 널려 있던 곳.

양키스에서 유격수를 맡았다. 그는 1948년 12월 22일 자정이 몇 분 지난 시각 저기 스가모 구치소에서 도조 히데키가 삐걱대는 교수대의 쪽문을 통과해 시간을 이탈하는 걸 구경했다.* 그는 웰링턴 국립묘지에 노새**들을 우두머리로 앉혔다. 그는 다하우에서 화덕도 빡빡 닦고 와시타에서 총 겨누며 말도 타고 린든 존슨의 전쟁 브리핑도 방청하고 포드 극장에서 상연된 어정쩡한 코미디도 관람하고 헥터 오르티스의 트랜지스터라디오에서 나오는 정신 나간 소리도 들었다.*** 병원에서의 첫 주가 저물던 어느 시점에 데이비드는 말라 뎀프시가 저를 굽어보고 있음을 어렴풋이 알아차렸다, 걱정 중에도 침착한 그녀의 입술, 오직 사랑만 누락된 감정으로 가득한 눈. 내 상상일 뿐이야, 그는 합리화했다. 어쩌면 상상이 아닐 수도. 어느 쪽이든 간에 말라가 웃음을 지으며 이마에 키스를 하자, 혹은 그런 기분이 들자 데이비드는 비명을 질렀다. 그러지 않을 수 없었다. 여린 손길 하나, 간단한 소리나 스치는 이미지 하나에도 고통이 따랐다.

그는 결례를 사과하며 막 일어앉았지만 말라는 이제 거기 없었다. 데이비드도 거기 있지 않았다, 완전히는. 그는 송짜끼강의 거품 소리를 가까이 들을 수 있었다. 죽은 친구들과 곰팡이와 썩어가는 제 발의 냄새를 맡을 수 있었다.

며칠 뒤 진통제로 정신이 또렷할 때 말라 뎀프시가 다시 나타났다. 그녀는 애정 어린 호칭을 중얼거렸다. 그녀는 진실할 것을 약속했다. 하지만 그녀가 사라지자 병원 마취제 성분으로 누군가 낄낄 웃음을 흘렸다. "진정해, 내 친구, 네가 생각하는 그게 아니니까. 내가 단언했듯이 넌 살았어, 하지만 지금부턴 기본적으로 죄다 개 같은 일만 이어질 거야. 솔직해야겠군. 그게 한 가지 규칙이니까, 그렇지? 이 솔직 어쩌고 하는 거 말이야, 데이비, 그것 때문에 돌겠어. 지나치게 요식적이잖아. 윗사람은 나더러 허풍을 치려면 쳐라, 웅변하듯이 해라 하지만 난 거짓말은 시작도 안 한다고. 감언이설도. 마음을 찢어놓기가 싫거든." 조니 에버는 격분한 척하며 혀를 끌끌 찼다. "아무튼 나한테 특종이 있어. 저 아가씨가 지금 어떤 기분이냐면—즉 말라 양 말이야—그녀는 진짜로 유난히 더 슬픔을 느끼고 있어. 아마 어떤 죄책감이 버무려졌겠지, 그것 때문에 그녀가 너 같은 바보 놈이랑 결혼하려는 거고. 진짜 불쌍하다, 인간아. 이런 경우를 전에도 많이 봤어. 에바 브라운, 데일 에번스****." 그는 또 한 번 낄낄거렸다. "이랴, 불구가 나가신다."

데이비드는 1969년 크리스마스 당일에 퇴원했다. 그와 말라는 한 해의 마지막 날 친구 몇 명이 참석한 가운데 다턴 홀 예배당에서 수수한 결혼식을 올렸다. "내가 열심히 노력할게," 마이애미에서 신혼여행을 하던 중 호텔 뒤쪽의 붐비는 백사장에서 말라는 그에게 말했다. "실은 내가 얼마나 겁이 나는지 당신이 알 필요가 있어. 내 평생 있잖아, 데이비드, 난 내가 결국 결혼을 하게 될 줄 생각도 못 했거

---

* 태평양전쟁을 주도한 전범 도조 히데키의 사형 집행을 가리킨다. 공식 사망일은 23일.

** mule. 속어로 마약 운반책을 뜻하기도 함.

*** 다하우는 독일 다하우 강제수용소. 와시타는 인디언 대학살이 있었던 와시타 강. 포드 극장은 링컨 대통령이 암살된 곳.

**** 에바 브라운(Eva Braun)은 히틀러의 오랜 동거녀이자 유일했던 아내로 스물세 살 위인 히틀러와 10대 때 사랑에 빠졌다. 데일 에번스(Dale Evans)는 미국 영화배우로 10대 때 이미 이혼녀가 되고 이후로도 몇 번의 결혼을 더 했다.

든, 누구랑 하든 말이야." 그녀는 잠시 말을 끊었다. 그녀의 눈은 선글라스 뒤에 숨어 있었다. "당신도 알잖아, 데이비드. 나는 잘 다녀오셨어요 여보 하는 주부가 못 돼. 난 공간이 필요해. 나 자신이 될 시간이."

"좋아," 데이비드는 말했다. "난 그냥 이게 선심만 아니면 좋겠어. 내 다리 말이야. 다리였던 곳. 동정은 필요 없거든."

"설마 동정일라고."

"그래?"

"응," 말라는 말했다. "우리가 신혼여행 중이다, 그치?"

데이비드는 눈길을 돌렸다. 그는 이어지는 몇 분을 모르핀이며 총 맞은 발이며 뜨겁고 은빛인 우주의 중심과 연결된 어느 자신만만한 디스크자키에 관해 논의하고픈 유혹이 일었다. 그러는 대신 그는 제 의족을 수건으로 가리곤 대학생쯤 되는 아이들 무리가 백사장 저편에서 배구 하는 모습을 가만히 내다보았다. 저들은 취해 있었다. 저들은 행복했다. 저들은 무지했다. 저들은 잠결에 여러 목소리가 들리지도 않았고 미래의 비참한 표류가 건너다보이지도 않았다.

그는 다시 말라를 쳐다보았다.

"미안," 그는 말했다. "하지만 말해줄 거지, 응? 그게 동정이면?"

"데이비드, 거기에 화내고 역겨워하지 **않으면** 나야말로 얼간이지. 일말의 동정이어도 말이야. 그것 때문에 우리가 결혼한 건 아니야."

"다만 확신은 없다?"

"난 그런 말 안 했거든. 겁이 난다고 했지."

"확신 없다는 말로 들려."

잠시 무거운 침묵이 돌았다. 말라는 선글라스를 벗고 눈을 비빈 다음 해변에서 주운 물건인 양 제 결혼반지를 뚫어지게 내려다보았다. "잘 들어, 당신은 나한테 소중해," 그녀는 말했다. "맞아, 난 기쁨에 겨운 신부는 아니야, 당신이 결혼한 건 그런 사람이 아니지. 설명하기가 어려워. 그게 뭔지 아니면 어디서 왔는지 나도 모르지만 내 안엔 그냥 완전히 혼자인 것, 완전히 사적인 것이 있어. 비 오는 날이 매일 계속되는 것 같아."

데이비드는 고개를 끄덕이고 말했다. "좋아, 그럼."

"좋긴 뭐가 좋아," 말라는 말했다. "하지만 진실해야지. 거짓말은 안 할게."

그녀는 자리를 털고 일어서더니 선글라스를 옆에 던져놓고 대서양으로 첨벙첨벙 들어가 풍덩 뛰어들었고, 그렇게 신혼여행 중 30초를 바다 밑바닥에서 보내면서, 겁도 먹고 양심의 가책도 느끼면서 나는 천 년 동안은 결혼하지 말았어야 한다고, 점잖고 사랑 많은 데이비드 토드 같은 남자랑은 절대로 결혼하지 말았어야 한다고 속으로 되뇌었다.

다턴 홀 3학년이던 해 가을 데이비드랑 사귀고 있을 때 말라 뎀프시는 전직 고등학교 교사인 어느 기혼 남성과 불륜에 빠졌었다. 그 연애는 어떻게 보면 짧고 어떻게 보면 광년 같은 한 달 남짓 이어졌다. 1967년 그 4주 동안 말라는 반짝이는 거대한 거품을 타고 이리저리 부유하는 듯했다. 그녀는 언젠가 자기가 경멸하고 조롱했던 섹시한 옷을 사러 — 레이스 팬티, 속이 비치는 네글리제를 사러 — 어느새 쇼핑을 다니고 있었다.

사람들은 그 변화를 알아보았다. 데이비드도 마찬가지였다.

"질문," 그는 어느 날 아침 말했다. "말라는 요즘 어디 갔어?"

그의 말투는 유쾌했다. 그의 눈에선 근심이 배어났다.

말라는 선택지를 고심하느라 잠시 말을 않다가 이내 말했다. "휴가 갔나 본데. 머리 식히러."

불륜은 10월 중순 말라의 기숙사 주차장에서 끝났다. 화창한 날이었다. 빨간 구형 캐딜락, 공회전하는 엔진, 가을 공기를 맞아 열린 창문. 금발에 까만 눈동자, 치명적 미남의 표본인 짐 앤더슨이라는 고등학교 교사는 그녀에게 역학을 설명했다. 그는 저능아 반에 음성학을 가르치고 있다는 듯 느리고 젠체하는 말투였다. 그는 죄책감과 불면증과 명예 문제를 들먹였다.

어쩌면 다음 생에는, 그는 말했다. x 축이 의외의 y 축과 혹시라도 교차한다면.

"당신 말 잘 알아들었어요," 말라는 말했다.

차에서 내린 그녀는 제 방에 올라가 바닥에 앉아서 데이비드의 전화번호로 다이얼을 돌렸고, 전화벨 두 번 만에 끊고는 폭언을 내질렀고, 그러곤 반바지와 스니커즈로 갈아입은 뒤 세인트폴 교외 중산층 동네에 자리한 그 교사의 집까지 3마일을 달렸다. 구형 캐딜락은 진입로에 주차되어 있었다. 근처의 투명 비닐 밑에는 완전 새것으로 보이는 유모차가 있었다.

해가 저물기 직전 말라는 초인종을 눌렀다.

자기가 왜 거기 있는지 혹은 무엇을 기대하는지 잘은 모르지만 짐 앤더슨의 아내가 문을 열자 말라는 저도 모르게 생각도 말도 할 수가 없었다. 그 여자는 부서질 듯한 인상의 수척한 사람으로 서른다섯 살쯤 되었고 불그스름한 갈색 머리는 양 갈래로 가지런히 땋아 고무줄로 잡아맨 터였다. 그녀는 빛바랜 청바지, 허리께가 헐렁한 노란 거즈 소재의 블라우스를 입고 있었다. 왼손에는 플라스틱 뒤집개가 쥐여 있었다. 그녀 뒤에서는 방 안의 TV 수상기가 최대 볼륨으로 쾅쾅거렸다. 저녁 뉴스, 아시아에서 벌어지고 있는 골칫거리. 브로콜리와 튀긴 포크 촙의 짙은 냄새가 문간으로 밀려들었다. 말라에게는 이런 세세한 것들이 — 뒤집개, 땋은 머리, 이런저런 냄새, 저녁 뉴스가 — 평생을 갈 터였다.

여자는 물러서더니 비어 있는 손으로 머리 갈래 하나를 홱 끌어당겼다. "우리 귀엽지 않아요?" 그녀는 말했다. 그녀의 목소리는 침착했다. "남편 전용 창녀가 되기엔 끔찍하게 어리잖아요."

말라는 할 말이 없었다. 하지만 그녀는 이 여자의 슬픈, 놀라지 않는, 피로에 지친 얼굴이 자기가 필요로 했던 걸, 3마일을 달려서 얻고자 했던 모든 걸 정확히 말해준단 사실을 이제 깨달았는데, 말하자면 말라 스스로도 저가 결코 용서받지 못할 줄 아는 거였다.

신혼여행이 끝나고 데이비드와 말라는 세인트폴에 위치한, 대학까지 도보 가능한 거리인 방 두 개짜리 집에 세를 들었다. 돈이 문제였다. 데이비드의 장애인 보조금이 조금은 도움이 되었지만 침대며 소파며 온수며 먹을거리가 여전히 필요했다. 그들은 갚아야 할 학자금 대출이 있었다. 그들의 부모는 해줄 수 있는 게 거의 없었다. 약간의 논의 끝에 말라는 대학원을 미루고 미니애폴리스 시내로 준법률가 일을 하러 다녔는데 그 일은 처음엔 괜찮아 보였으나 결국엔 박봉에 커피 심부름꾼이나 다름없었다.

그녀는 웃는 입은 넓히고 스커트 길이는 줄이라는 충고를 받았다. 1970년이었다.

결혼 첫 달 동안 데이비드는 에스컬레이터를 이용하고 계단을 오르고 마호가니 지팡이의 도움으로 미끄러운 지면을 수월히 다니는 법을 익히는 일일 네 시간 주 여섯 번의 재활을 이어나갔다. 진전은 더뎠다. 어떨 땐 밑동부리가 전기 콘센트에 꽂힌 느낌이었다. 어떨 땐 정강이 내지 발목이 있었던 허공을 저도 모르게 긁고 있었다. 육체적인 면에서 데이비드는 스스로 극복할 줄 알았다. 머리는 달랐다. 그는 밤이면 흔히 몇 시간씩 뜬눈으로 누워 죽은 친구들의, 캐즈 메이플스와 앨빈 캠벨과 다른 모두의 재잘재잘하는 비난을 들었다. 그는 닥 팔라디노가 키 큰 풀밭에 아예 흡수되는 모습을 보았다. "어이, 내가 말했잖아," 조니 에버가 속삭이곤 했다. "총 맞은 네 전우들 말이야, 그 친구들 모두 주체 못 할 만큼 시간이 남아돌았었다니까. 영겁이라 해도 될 만큼 말이야—죽어라 이빨 까는 것 말곤 할 짓들이 없었다고." 조니는 제 천부적인 잡담에 감탄한 듯 잠시 말을 끊곤 했다. "악의는 없지만, 데이비, 한 가지만 더 말할게. 생존자의 죄책감, 그거 개 같은 거야. 그것 때문에 커스터의 말이 죽었다고. 커스터도 그것 때문에 죽었을걸.*"

1970년 4월 말 데이비드는 가구를 재벌질하는 계약직 일자리를 구했다. 그 일이 약간의 현찰을 벌어다 주어 그는 사기도 오르고 좀 더 완전한 사람이 된 기분도 느꼈다. 그는 그 일에 능숙했다. 두 달 뒤 그는 차고에다 제 가게를 차려 주문형 장롱들과 몇 개의 정교한 책상 및 식탁을 제작했다. 사업은 번창해 여름이 끝날 무렵 데이비드는 스넬링 애버뉴에서 떨어진 폐업한 주유소에다 제 사업체를 확장했다. 그는 손수 만든 간판을 내걸고 조력자를 고용했다. "자랑스러워해야 돼," 말라는 말했고 데이비드는 여러모로 그리했다. 목공일은 야구가, 메이저리그가 아니었지만 그가 즐기는 일이었다. 그는 손에 쥐인 연장의 느낌이 좋았다. 그는 훌륭한 목재의 향이 좋았고 기하학 문제에서 깔끔한 해답이 떨어질 때 같은 만족감이 좋았다. 게다가 그 일은 목소리들을 떨쳐내는 데, 정신을 송짜끼에서 떼어놓는 데 도움이 되었다.

크리스마스를 일주일 앞두고 그는 말라를 위해 검정호두나무로 된 우아한 침실용 탁자를 만들었다. 사포질하고 착색하고 기름칠하는 틈틈이 그는 빅 리그를 공상했다. 그에겐 두 다리가 있었다. 그는 투구할 때 발 전환(pivot)이 빨랐다. 그는 행복하게 결혼해 그대로 쭉 살 터였다. 의족은 뻥이었고, 연기 같은 거였고 조니 에버는 마이크를 쥔 일개 허풍쟁이에 지나지 않았다.

말라와 데이비드의 결혼 생활은 시작부터 여러모로 불편했다. 산만하고 조심스러웠다. 신경이 늘 곤두서 있었고 가끔은 겁도 났다.

말라 입장에서는 고등학교 교사 생각을 암만해도 박멸할 수 없었다. 그 남자는 그녀의 머릿속에서 빈둥빈둥, 마치 그녀 안에 제집처

---

* 조지 암스트롱 커스터(George Armstrong Custer)는 남북전쟁과 인디언전쟁 당시 기병대 사령관. 호전적이고 경솔했던 인물로 리틀 빅혼 전투에서 실책을 저질러 제7기병대와 함께 전멸했다. 거기서 살아남은 건 코만치라는 이름의 말뿐이다.

럼 눌러앉아 밤엔 베개를 같이 쓰고 식사 땐 의자를 당겨 앉는 불청객처럼 굴었다. 말라는 그가 그리웠다. 또 그녀는 1967년의 행복한, 사랑에 미친 젊은 여자도 그리웠다, 눈이 뒤집힌 말라, 애송이 말라, 4주 동안 거품을 타고 캠퍼스를 이리저리 부유했던 말라. 지금은 암담한 날들이 돌아와 있었다. 절망이랄 순 없는, 불행만도 못한 날들. 예전의 그 익숙한 수동성, 영혼의 냉담하고 무기력한 중립성뿐인. 아무것도 그녀를 감동시키지 못했다. 아무것도 상처를 주지 못했다. 그녀는 모든 것과 차단된 느낌이었다. 고통과, 기쁨과, 저 자신의 감정과. 어떨 땐 어느 강력한 약물을 잔뜩 주입당한 것 같다고, 한 방에 가는 신종 수면제 한 움큼 내지 발륨*을 삼킨 것 같다고 그녀는 생각했다. 그녀는 꼬박 하루를, 어떨 땐 한 주를 웃음 한 번 없이 돌아다닐 수 있었다. 성생활은 괜찮되 괜찮은 것 이상은 아니었다. 일상생활은 좋되 좋은 것 이상은 아니었다. 그래도 그녀의 일상은, 마치 균형을 맞추듯이, 데이비드 토드 같은 견실한 남자와 견실한 결혼 생활을 해나가는 데서 값진 평온을, 일종의 평화를 품고 있었다. 그녀가 제일 하기 싫은 일은 그에게 상처를 주는 거였는데, 이는 다시 말해 모든 걸 가장하고 있다는 뜻이었다.

"침실용 탁자 아름답다, 진짜 아름다워," 그녀는 1970년 크리스마스 날 아침 그에게 말했다.

그녀는 격한 함박웃음을 지었다.

"뽕 간다," 그녀는 말했다. "그냥 너무너무 행복해."

1973년 그들은 멧 구장**에서 멀지 않은 블루밍턴에 집을 사 여름밤 퇴근 후 툭하면 미네소타 트윈스의 시합을 관전하러 9분 동안 드라이브를 하곤 했다. 데이비드는 쌍안경을 들여다보느라 눈을 찡그린 채 박스 스코어를 꼼꼼히 적어가며 관심 가는 내용과 상황을 분석했다. 그 대부분은 말라에게 아무런 의미가 없었다. 그녀는 구장의 환한 불빛, 7회 때의 몸풀기***, 맥주 냄새와 팝콘 냄새가 좋았다. 하지만 시합 자체는 그녀에게 불가사의로 남아 있었다. 심지어 온갖 차트와 도표를 이용한 데이비드의 강의 후에도 말라는 번트의 기능이 무엇이며 멀쩡한 정신으로 히트앤드런을 감행하는 이유가 무엇인지 여전히 몰랐다.

결혼 초반 말라는 야구장에서 보내는 이런 밤들이 재활 과정 전부를 원상태로 돌려 그를 전시 상황으로 보내버리진 않을까 걱정했지만 데이비드가 받은 영향은 영락없이 그 반대였다. 거의 매번 그의 기분은 누그러졌다. 눈으로 긴장이 배수되면서 그 전쟁을 씻어내리는 덕에 밤에 잠꼬대도 그리 많이는 하지 않았다 — 적어도 전과 같은 분노나 사나움은 아니었다. 그녀에게 불안함을 주고 때로 겁을 주는 건 무엇보다도 밤늦은 시각의 횡설수설이었다. 그녀는 취침 시간이 두려웠다. 그녀는 야구 시즌이 끝나는 게 두려웠다.

1975년 2월 중순 말라는 침실에 녹음기를 들고 들어와 화장대에 올려두고 녹음 버튼을 눌렀다.

다음 날 아침 그녀는 카세트테이프를 데이비드에게 틀어주었다.

"저 목소리," 그녀는 말했다. "저게 누구게?"

---

* Valium. 신경안정제 상표명.

** Met Stadium. 메트로폴리탄 구장의 준말.

*** seventh-inning stretch. 숫자 7의 행운을 바라 7회 공격 전 몸을 푸는 관례적, 미신적 행동.

데이비드는 자리에서 일어나 싱크대로 가서 제 시리얼 그릇을 헹구고 저가 마실 커피를 한 잔 따랐다. 그는 내내 등을 보이고 있었다.

"저것 때문에 무서워," 그녀는 말했다. "저 목소리. 저건 당신이지만 당신이 아니기도 해 — 저 욕설이 다 뭐야. 저게 누구든 내가 보기엔 위험한 사람이야. 누굴 해칠 수도 있을 것 같다고."

데이비드는 그녀 쪽으로 빙글 돌았다. 그는 몇 초간 생각에 잠긴 표정이었다.

"맞아," 그는 말했다. "저 사람이 그럴 수도 있겠다."

"누군데?"

"누군진 나도 잘 몰라. 악몽을 꿨나 봐. 같이 잊어보자."

"데이비드, 테이프 듣기는 했어? 내가 저걸 어떻게 잊어?"

"방법은 나도 몰라."

"모르면 그걸로 땡이야? 얘기도 하지 말고 날 쳐다보지도 마라? 있잖아, 맙소사, 그냥 테이프를 한 번 더 틀어보자, 코미디 프로라 생각하고."

"이봐, 그만해." 데이비드는 그녀에게 삿대질을 했다. 목소리도 내면의 어둠 속에서 치솟은 게걸스러운 소리, 야만적으로 돌변한 소리였다. "당신은 이해 못 해. 하나도. 내가 설명하려고 해도, 말을 꺼내려고 해도 — " 그는 고개를 세차게 흔들더니 손을 뻗어 손가락 관절로 제 의족을 탁탁탁탁 두들겼다. "보여? 다리도 하나 절단하고 열여섯 명이 죽는 것도 보고 썩은 내도 맡고. 당신이라면 자면서 욕이 안 나오는지 어디 봐봐."

"트집을 잡으려던 건 아니야, 데이비드. 노력을 하려던 — "

"무슨 노력? 대화?"

"응."

그는 그녀 쪽으로 발작 같은 반보를 내디뎠다. 그의 표정에 무언가 변화가 있었다. "대단해," 그는 말했다. "빨간 캐딜락 얘길 해보자. 유모차도. 여보, 내가 다리는 하나여도 귀는 두 개야."

말라는 그를 쳐다보았다. 바깥에서는 구급차인지 경찰차인지가 사이렌으로 비상사태를 고하며 지나갔는데 그 짧고 참혹한 순간 말라는 세상이 이 모든 것에 무관심하다는 생각, 배신과 기만과 시시한 열정에 아랑곳하지 않는다는 생각이 들었다.

데이비드의 입술은 그녀가 한 번도 본 적 없는 일그러진 웃음으로 비틀렸다. "왜 꿀 먹은 벙어리야? 저 테이프녹음기로 열을 올려도 모자랄 판에. 침묵은 붙들어 매둬."

"당신 알았구나," 그녀는 말했다.

"첫날부터. 레이스 팬티라며. 나 등신 아니야."

"그런데 아무 말도 안 한 거네."

"무슨 말을 할까? 나를 제발 사랑해주세요?"

"데이비드."

"할 말이 뭐가 있겠어, 안 그래?"

그는 테이프녹음기에서 카세트를 꺼내어 휴지통에 휙 던졌다.

"전직 교사라며, 그런 놈이 할 짓이야?" 그는 말했다. "나 혼자 생각했어, 이봐, 시간을 줘, 그녀는 돌아올 거야, 다리가 있든 없든. 그래서 기다렸지. 5년을, 세 사람이서. 당신, 나, 교사 선생님. 다 같이 저녁이나 한 끼 먹자고. 그룹 섹스도 하고. 빌어먹을, 종종 당신을 지켜봤어, 환상의 나라로 훨훨 멀어지는 걸, 씨발 어딜 다니는지."

그는 웃음을 터뜨렸다. "인조인간의 아내로군. 그놈도 이 불구자가 누군지 궁금하겠는걸."

그는 제 커피 잔을 싱크대에 놓고 물을 틀더니 수도꼭지를 빤히 바라보았다. 그는 세상에서 떨어져 나온 양 멍해 보였다. "벽에 낙서도 했잖아. 쭉 알고 있었어."

"말도 안 돼," 말라는 말했다. "그건 아무도 모르는데."

"그래, 그렇겠지. 별 안에다가 했잖아."

"우리가 끝났다고 얘기하는 거야?"

그는 대답하지 않았다.

말라는 잠시 기다렸다가 그에게로 건너가 그의 팔에 손을 얹었다. "성에 안 차는 줄 아는데, 나도 열심히 노력했어. 그건 사실이야. 하지만 어떨 땐 당신이 모든 걸 미리 결정해둔 느낌이었어 — 내가 누군지, 내가 뭘 원하는지. 꼭 나를 떠나보내야만 하는 사람 같았다고."

"내가 나쁜 놈이구나?"

"아니. 하지만 사람은 상상하는 대로 얻는 법이야."

데이비드는 눈썹을 치켜들고 비웃었다. "땋은 머리? 유모차?"

"그 얘기가 아니라."

"그 멋진 캐디*는?"

말라는 그의 팔에서 손을 뗐다. 그녀는 핼러윈 파티에서 데이비드의 얼굴을 뒤집어쓴 모르는 사람과 대화하는 기분이었다. "사랑해," 그녀는 조용히 말했다. "하지만 모든 게 거짓이고 썩었고 불운하다고 처음부터 생각해버리면…… 그럼 그건 **진짜** 불운한 거지. 몇 년 동안 내가 느낀 게 그거야, 당신이 나한테 상처받길 원하는 것 같다는 거.” 그녀는 말을 멈추었다. 무언가 잘못되었다는 인상이 들었다. “땋은 머리? 그걸 어떻게 알아?”

데이비드는 두 손바닥으로 대수롭지 않다는 동작을 했다.

“익명의 출처,” 그는 말했다.

“그건 답이 아니야.”

“하지만 충분하지.”

데이비드는 슬프면서도 심술궂은 얼굴로 몇 초간 그녀를 쳐다보다가 씩 웃고는 조니 에버가 기다리는 수전 쪽을 힐끗했다. “쌍년. 시간을 줘봐야 여기서 나갈걸. 잘 있어라 이거지. 괴벨스처럼 사라질 거야. 내 말 믿어, 파트너, 우린 지금 역사를 얘기 중이니까. 미래도. 꺾인 희망 말이야. 들들 볶는 연애 감정.”

말라는 말했다. **“뭐라고 했어?”**

결혼 생활은 4년 더 이어졌다. 말라와 데이비드 모두 그것에 숨을 달고자, 행복의 농축물이라도 얻고자 노력했고 주기마다 — 유대든 계약 관계든 — 저희가 맺고 있는 것이 여전히 구조될 수 있다고 스스로 믿음을 불어넣었다. 그들은 포기하지 않았다. 데이비드는 두 달에 한 번씩 재향군인관리국 정신과 의사를, 즉 저 같은 1960년대 참전 용사요, 나이도 또래인 여자를 만나러 가 조니 에버 상사는 천사도 악마도 유령도 중개자도 아니라는, 마이크 앞의 그 남자는 사실 데이비드 자신에 지나지 않는다는 강한 확신이며 몇 가지 공감대를 나누었다. 그 말은 이치에 맞았다. 그도 내심 어느 정도는 그런

* Caddy. 캐딜락의 애칭.

줄 쭉 알고 있었다. 그는 잠자리가 한결 나아졌다. 그의 꿈은 어슴푸레하고 나긋나긋해졌다. 오르티스의 트랜지스터라디오 소리나 앵앵거리는 소리나 송짜끼의 단조롭고 살인적인 음은 어쩌다가만 들렸다.

말라와는 합의를 본 상태였다. 침묵이 고통을 지워준다는 양 두 사람 모두 말라의 전직 교사 얘기나 데이비드가 겪은 강가의 시련 얘기로 빠질 수 있는 대화는 암묵적으로 피했다. 둘 다 질문하는 법이 없었다. 둘 다 자진해서 말하는 법도 없었다. 1976년 말라는 준법률가 일을 그만두고 미네소타 대학교 대학원에서 미술사 공부를 시작했다. 데이비드의 가구업은 번창했다. 겉으로, 가끔은 속으로도 그들의 삶은 그런대로 매끄럽게 진행되었다. 그들은 한 달에 서너 번 부담이 쌓이면 섹스를 했다. 그들은 TV 앞에서 식사를 했고, 살가운 수다를 떨었고, 가끔은 소리 나게 웃었고, 휴가를 갔고, 저희 집 증축 계획을 세웠고, 친구들 집에 놀러 다녔고, 담배를 끊었고, 다시 피우기 시작했고, 생일과 기념일을 챙겼고, 음악을 들었고, 쉐보레를 샀고, 요가를 시작했고, 이 중 무엇으로도 충분치 않음을 깨달았다.

1978년 초에는 그 잔잔함도 고문이 되어 있었다. 그들은 전혀 싸우지 않았는데 그것은 꼭 싸움 같았다. 친절한 행동들에서 뇌물 맛이 났다.

하지만 그때조차 그들은 부단히 노력했다.

그들은 포옹과 키스를 식료품 목록 밑바닥에 깔아두었다. 그들은 사교댄스 강습에 등록했다. 끝을 맞기 한 해 전인 1978년 12월 중순에는 세인트폴에 있는 퀘이커파 예배당에 예배를 나가기 시작했는데 침묵이 규칙인 그곳에서 두 사람은 견고한 참나무 벤치에 나란히 앉아 지친 회의론자로서 기적을 탐색하곤 했다. "어이, 딱 봐도 집중 못 하고 있구먼 뭘," 조니 에버는 속삭였다. "이거 다 노력 낭비야, 꼭 물속에서 숨을 쉬려고 하는 웬 불쌍한 등신 새끼를 보는 것 같다고. 어디 계속해봐, 맹렬하게 과호흡을 해보라고, 자연은 그런 식으로 돌아가지 않으니까. 이 여잔 빠르게 시들고 있어, 데이브. 저 칙칙한 눈을 좀 봐, 딴 데 가 있는 저 눈길을. 맹인이 봐도 알겠다." 조니는 어떨 땐 한숨을 쉬고 어떨 땐 낄낄거렸다. "그리고 이 교회도 쓰레기야, 데이비. 내 곧장 말하지, 이곳은 우리 본회퍼*에게 좆도 도움이 안 돼. 네 베트남 전우들한테도. 걔들 목소리가 들렸어야 할 텐데 — '하느님, 하느님!' — 진짜 인상 깊었지, 그러다 목들만 쉬어가지고 나중엔 다 죽었지만. 자, 좋은 소식이랑 나쁜 소식이 있어. 나쁜 소식은 네가 결국 네 마음을 다 갉아먹을 거라는 거야. 좋은 소식은 모두가 죽는다는 거지. 현재를 직시해, 나중도 직시하고. 내가 **바로** 교회야."

그렇게 내면의 대화가 맛이 가는 순간이면 데이비드는 겉으론 그렇게 안 보여도 저 혼자 말하고 있음을 깨달았다. 그는 팔을 뻗어 말라의 손을 꼭 잡고서 돌아올 반응을 기다리곤 했다, 약간의 악력, 일말의 온기를.

"우아, 샌님 같은 놈," 조니는 중얼거렸다. "넌 싸움닭이라고, 자식아."

---

* Dietrich Bonhoeffer. 독일 신학자로 제2차 세계대전 중 나치에 대항하다가 사형을 당했다.

• • •

1979년 봄에 말라는 한 남자를 만났다. 그녀는 그게 사랑일지도 모른다고 생각했다. 연하, 주식 중개인, 오토바이 라이더, 꿈속에서 강물이 보글대는 않는 사람.

그녀는 크리스마스 날 데이비드에게 털어놓았다.

비열한 짓임을 말라는 알았지만 그 대안은 더욱 안 좋았다.

그녀는 날이 새기 전 침대에서 슬며시 빠져나왔다. 그녀는 부엌으로 가 창문으로 이웃집 크리스마스 불빛을 내다본 뒤 침실로 돌아와서는 데이비드 옆에 누워 그가 깨길 기다렸고, 그러곤 입술을 축이고 말했다.

데이비드는 베개에 얼굴을 묻었고 말라는 옷을 입었다.

눈이 보슬보슬 내리고 있었다.

말라는 수화기를 들고 젊은 주식 중개인에게 전화를 걸어 길에서 기다려달라고 부탁했다. 조금 뒤 전화를 끊으려고 하니 데이비드 토드에겐 두 번 다시 크리스마스가 없을 거란 생각이 떠올랐다.

그녀는 오렌지 주스 조금과 머핀 반 개를 먹었다.

그녀는 작은 배낭을 쌌다.

그녀는 동틀 녘에 현관을 나서 검정 빨강이 섞인 할리가 눈을 맞으며 기다리는 거리를 내려다보았다.

"사실 있잖아," 조니 에버는 말했다. "난 나쁜 놈이 아니야. 좋은 놈도 아니지만 그래도 믿음을 줘봐. 거물 존, 그는 있는 그대로 말하기 콘테스트에서 최우수상을 받을 자격이 있으니까. 좋든 나쁘든, 들뜨든 가라앉든 나는 내가 본 대로 말한다고. 마음을 찢건 딴 주머니를 차건. 별로 흥은 안 나지. 모두가 전달자를 욕하니까. 이 세상엔 정의가 없어, 내세에나 개뿔 있을까 말까." 조니는 한숨을 쉬었다. "내 애도를 받게나, 친구. 삼가 어쩌고저쩌고." 그는 또 한 번, 이번에는 더 깊이 한숨을 쉬었다. "고생길은 지금부터야."

1980년 4월 그들은 이혼했다. 집이 큰돈에 팔려 그들은 그걸 반반 나누었고, 그러고서 한 달 뒤 말라는 주식 중개인과 시카고로 이사해 거기서 경영 전공자들에게 미술사를 가르쳤고, 재혼을 했고, 임신을 했고, 유산을 했고, 점점 조바심이 났고, 점점 싫증이 났고, 그러다 힘든 두 번째 이혼을 겪더니 어느새 저 혼자 딱히 행복할 것도 비참할 것도 없이 도로 울적함에 젖었는데 그녀로선 그게 유일한 생존 방식인 듯했다.

데이비드는 제 정신과 의사랑 사귀기 시작했다. 만남은 여섯 주 동안 이어졌다. "넌 더 잘할 수 있어," 조니는 말했다. "실은 네가 그걸 고민했다는 것만으로도 놀라워 — 그 여잔 그냥 뭐랄까 뉴에이지잖아, 뽕 잔뜩 맞은 머릿속 간섭자. 완전 이교도이기도 하고. 모르는 게 없다는 왕재수 말이지. 나더러 허상이라고 주장한다며. 그렇다면 있지, 진지하게 얘기하는데, 내가 저를 저기서 진짜로 기다리고 있는 걸 보면 그년은 충격깨나 먹겠군." 데이비드는 대꾸하지 않았다. 그는 이 잡담을 무시하는 법을, 즉 마음속에서 그 기원을 파악하고 한 귀로 흘리는 법을 익힌 터였다.

여러 면에서 말라가 옳았음을 이제 그는 잘 알았다. 그는 제 관점만을 믿었었고 결국엔 그 믿음이 다소간 사실을 낳았었다. 그는 그녀를 영원히 그리워할 생각이었다. 그는 절대로 희망을 단념하지 않을 생각이었다. 그는 술에 진탕 취하고 줄담배를 피우되 그 결과에 대해선 아랑곳하지 않을 생각이었다. 그는 절대로 재혼하지 않을 생각이었다. 그는 죽는 날까지, 아마 죽은 뒤에도 제 부족한 용기를, 다시 말해 제 부족한 상상력을, 해피엔드를 내다보지 못하는 제 무능함을 후회할 생각이었다.

1987년에 말라는 쌍둥이 도시로 돌아왔다. 데이비드는 공항에서 그녀를 마중했다. 그는 그녀를 도와 아파트를 보러 다니고 소파베드와 그릇 몇 개를 빌려주었다.

"선심이 아니면 좋겠어," 말라는 말했다.

"애정이야," 데이비드는 말했다.

그들은 친구로 남았다.

그들은 1년에 한두 번 다턴 홀 근처의 아무 바에서 만나 사는 얘기도 하고 서로의 안녕도 빌어주었다. 동창회 때면 서로 떨어질 수가 없었다. 그들은 서로 손도 잡고 술도 같이 마시고 어떨 땐 잠도 같이 잤다. 무심코, 마치 아무 일도 없었던 것처럼 데이비드는 어쩌다 한 번씩 말라의 머리카락을 제 손가락에 돌돌 감기도 하고 예전 팀 동료와 야구 얘기를 할 때처럼 말라의 잘록한 등허리를 쓰다듬기도 했다. 그것은 말라에게도 일종의 안식이요, 맞춤옷 같은 것이었다. 그들은 서로 운명처럼 보였다. 그들은 사랑에 빠져 보였다. 둘을 잘 아는 친구들뿐 아니라 모르는 몇몇 사람까지도 잘못된 게 무엇인지 자주 궁금해했다.

22
1969년도 졸업반

밤늦게 미니애폴리스 정서쪽에 뇌우가 닥쳐 번개와 폭우와 우박이 쏟아졌다. 마브 버텔의 비행기는 한 시간 반 지연되었다. 스푸크는 시간도 때우고 작별의 구김살도 펴고자 그를 출발 게이트 바로 맞은편에 있는 셀프 포토 부스로 이끌었다. 스푸크는 막을 친 다음 곁에 다가붙어 그에게 카메라를 보고 웃으라고 말했다. "사모아 해," 그녀는 말했다.

"사모아," 마브는 말했다.

"언젠가 해."

"언젠가," 마브는 말했고, 그러자 카메라 플래시가 터졌다.

나중에 그들은 플라스틱 의자에 앉아 공항 착색 유리창에 비친 저희 모습을 구경했다. 폭풍이 접근하는 기미는 없었다. 2000년 7월 8일 후텁지근한 토요일 밤 자정에 가까운, 일요일에 가까운 시각이었고 중앙 홀은 텅 비다시피 인적이 드물었다. 앉아서 덴버행 비행기를 기다리는 승객은 여섯 명이었다. 스푸크의 왼쪽에서는 근사한 셔츠와 깃 달린 스텟슨* 차림의 딴 세상 사람 같은 카우보이 두 명이 이만 짐을 챙기고 내일 아침에 운을 시험해봐야 하는 것 아니냐며 그윽한 목소리로 비행기 지연에 관한 대화를 나누었다. 그들 맞은편에서는 매우 창백한, 매우 연로한 노파가 플라스틱 의자에 앉아 졸면서 옹알옹알 잠꼬대를 했다.

스푸크는 한숨을 쉬더니 마브에게 방금 나온 사진 한 장을 건넸다. "소장품에 추가해," 그녀는 말했다.

"꼭 그럴게," 마브는 말했다.

"우리만의 비밀이다, 응?"

그는 호기심 어린 눈으로 그녀를 쳐다보았다. "힌트를 줘. 어디가 비밀인데?"

"사모아. 언젠가."

"아, 언젠가," 마브는 말했다. "그야말로 깊고 어두운 비밀 중 하나지. 심지어 나한테도."

"안 믿는단 거야?"

"유감스럽게도."

"요 몇 분 안 되는 동안에도?"

"안 믿어. 못 믿어."

"에이, 이런," 스푸크는 말했다. "거참 문제다. 나를 안 믿는다니."

"믿고 싶어."

"그럼 믿어. 한번 믿어봐."

"믿을 수야 있었지, 안 그래?" 마브는 말했다. "네가 끝을 미리 말하지만 않았어도. 실연의 아픔이랬지, 아마."

"내가 그렇게 말했다고?"

"그렇게 말했어. 크고 또박또박하게."

"그 단어로? 직접 인용이야?"

"아주 비슷해."

스푸크는 그 주제로 몇 초 고민에 빠졌다. "좋아, 내가 진실을 말했어야 했어. 하지만 그런다고 해서 언제, 어디서, 어떻게가 배제되는 건 아니야. 언젠지 누가 알아. 내 인격이 전부 바뀌고 나서인지. 내가 팔백 살 먹었을 때인지."

"잘하면 그때쯤에는," 마브는 말했다.

"난 그냥 희망을 갖고 싶은 거야."

마브는 사진을 지갑에 넣었다. 이제는 빗줄기가 그들 앞의 유리창을 타고 흐르고 있었다. 두 카우보이는 담배를 피우러 자리를 뜬 상태였다. 창백한 노파는 여전히 졸면서 잠꼬대를 옹알거렸다.

얼마간 시간이 지나자 마브는 제 손목시계를 보더니 일어섰다. "샌드라한테 전화해야겠어," 그는 말했다. "순식간에 돌아올게."

"여왕님한테 내 사랑 전해줘."

"물론이지," 그는 말했다.

마브는 고작 몇 분 자리를 비웠다. 그가 돌아왔을 땐 밤이 전류로 미쳐 날뛰고 있었다. 활주로 너머에서 포악한 비바람이 수평으로 불었다.

"결항이야," 스푸크는 말했다. "내일 가."

"오늘 밤이나 내일이나 차이가 있나?"

"그런 뜻이 아니야. 왠지 이상하고 오싹한 기분이 들어서 그래, 마

---

* Stetson. 카우보이모자 상표.

브, 저 비행기 안 타면 좋겠어."

"어떤 기분이길래? 뭔데?"

"하룻밤만 더 있어."

마브는 한동안 아무 말도 하지 않았다. 자기는 아직 늙은이가 아니라는, 언제든 또 한 번의 다이어트, 또 한 번의 인생을 시도해 샌드라와 대걸레와 평생의 불행을 뒤로할 수 있다는 생각이 들었다. 아울러 저녁에 너무 과음을 했다는 생각도 들었다.

"결국 이렇게 되는군," 그는 말했다. "일말의 희망이라도 있다는 생각이 들었으면 지금 당장 너한테 여행 가방을 넘기고서 알 게 뭐야 하고 아무 비행 편이나 예약했을 거야. 하지만 내가 바보는 아니지." 그는 그녀를 쳐다보았다. "왜인지 알고 싶어?"

"응."

"네가 스푸크라서. 나는 마브고."

"저 비행길 타겠다고?"

"태워만 주면."

"맙소사, 내 말 안 들리니? 오싹하다니까. 진지하게 말하는 거야."

"잘 들려," 마브는 말했다.

자정 직후 폭풍이 다가오는 사이 잔 휴브너와 에이미 로빈슨과 말라 뎀프시는 축 처져 쓸쓸한 모습으로 조금은 심란해서, 조금은 침체돼서 다들 방에 들어가기가 망설여져 기숙사 계단에 앉아 있었다. "어머나, 다들 변했다," 잔이 말했다. "전엔 그랬잖니, 지금쯤 피자 한 판 시켜가지고 배달하는 애한테 살랑살랑 꼬리를 쳤었잖아. 이제는 콜드크림 바르면서 레터먼*이나 보는 신세네."

"인터넷 방송도," 에이미 로빈슨이 말했다.

"내가 인간미가 있을까?" 말라가 말했다.

"그럼," 에이미가 말했다.

"우리한테 필요한 건," 잔이 말했다. "남성 형태의 인간이야. 한 부위만 있어도 만족스럽겠는데."

"있지, 들어봐," 말라가 말했다. "나한테 인간미가 있다면 난 뭐가 **잘못된** 거지? 왜 난 아무도 사랑을 못 할까?"

"못 하긴, 하고 있으면서," 에이미가 말했다. "너 데이비드 사랑하잖아."

"하지만 **푹** 빠져 있진 않아."

잔이 콧방귀를 뀌었다. "개 데려다 묶어놔, 우리가 모범을 보여줄게."

"그거 좋다," 에이미가 말하곤 웃음을 터뜨렸는데, 그러자 다음 순간 기온이 10도는 곤두박질친 듯했다. 그곳엔 잠시 칼바람이 불더니 번개가 내렸고, 그러더니 훨씬 사나운 바람이 불었고, 그러더니 비와 우박이 몰아쳐 밤이 깨져버렸다.

"어머나," 잔이 말했다. "나 싸겠다."

캠퍼스 저편의 어둑하고 텅 빈 연회장에서는 도러시 스타이어와 데이비드 토드가 식량을 찾아다녔다. 그들은 이 테이블 저 테이블 돌아다니며 잔뜩 남은 음식을 주섬주섬 주워 먹었다. "있지, 나 채식주의자야," 도러시가 그에게 말하고 있었다. "그래서 조심해야 돼.

---

* David Letterman. TV 토크쇼 진행자.

예를 들면 요 훌륭한 치킨 타라곤 같은 거. 실제론 안 삼켜, 맛만 보는 거지."

"맛만 살짝," 데이비드 토드는 말했다.

"나 재수 없다, 그치? 와우. 나 왜 이리 배고프지?"

"단백질 부족이야," 데이비드는 말했다. "아미노산, 그게 집짓기 블록이거든."

"아," 도러시는 말했다.

"역사적으로 사실이야."

"물론 사실이겠지. 근데 **저거** 크렘 브륄레야? 맛만 보자. 내가 돼지같이 먹으면 말려."

"돼지 쫓기구나," 데이비드는 말했다.

도러시는 다리 하나, 가슴살 절반을 먹었다. "둘만의 만찬이네," 그녀는 말했다. "우리 턱받이 해야겠다. 정장도 입고. 어머나 세상에, 저거 크렘 브륄레 **맞네**……. 있잖아, 데이비드, 나 내내 궁금했어. 냉전은 대체 어떻게 된 거야? 흐루쇼프*는? 대체 **그 사람** 지금 어디 있어? 왜, 너 베트남에 있었잖아, 응?"

"있었지," 데이비드는 말했다. "흐루쇼프는 못 봤어."

"에구, 못 보는 게 당연하지. 숨었을 테니까, 보나 마나." 그녀는 그를 쳐다보았다. "네 다리 너무 유감이야."

"그래. 고마워."

"난 젖을 하나 잃었어."

데이비드는 고개를 끄덕였다. "나도 알아, 자기야, 나도 유감이야."

"완전히 사라졌어, 완전히. 한땐 훌륭한 가슴이었는데 지금은 이렇게 한쪽으로 치우친 공화당원 꼴이야. 쓸모없이."

"나도 봤어. 네가 아까 보여줬잖아."

도러시는 눈살을 찌푸렸다. "내가 젖이라고 했니? 내가 젖이라고 한 거 론한테 말하지 마, 젖, 젖."

"당연히 안 하지. 기밀 정보잖아, 도러시."

"부끄러워서는 아니야. 있지, 그 사람 부자다. 론 말이야. 테니스광에 만사가 뜻대로 되어야 하는 사람이고 자기 정원을 사랑해. 맹세하는데 — 이건 거짓말 아니야, 과장도 아니고 — 널브러진 낙엽을 손으로 줍는 사람이라고. 한 번에 한 장, 알아? 깐깐이 앤디. 훌륭한 아버지야. 배도 안 나왔고 청결하긴 또 어찌나 청결한지. 내 망가진 몸매도 아무렇지 않게 여겨. 불이 꺼지면 나를 스물한 살짜리 완벽한 C 컵처럼 대해준다니까. 어머, 나 **배고픈가 보다.**" 그녀는 제 빨간 칵테일 드레스에 숟가락을 문지르고 크렘 브륄레를 접시에 덜더니 바닥에 앉아 먹었다. "여기가 더운 거야 아니면 내 착각이야?"

"더운 거야," 데이비드는 말했다.

"그럼 저 소리는? 저거 천둥이니?"

"그런 것 같은데."

"천둥! 이런, 잘됐다!" 그녀는 제 입을 토닥토닥 닦고서 그를 쳐다보았다. "앉아, 제발. 이 브륄레 좀 거들어. 버터도 좀 가져오고."

데이비드는 그녀 옆에 쪼그려 앉아 교대로 숟가락질을 했다. 비

---

* Nikita Sergeevich Khrushchyov. 소련 정치가. 스탈린 이후 일인자로 등극, 1958년 총리까지 되었다. 명암은 있지만 반(反)스탈린 노선을 걸어 소련의 긴장 완화에 힘썼던 정치인.

는 이제 세차게 두들기고 있었다. 번개 때문에 연회장은 푸른빛 도는 흰색으로 번쩍거렸다.

“이제 좀 진지해지자,” 도러시는 말했다. “옛날엔 — 얼추 아주아주아주 옛날이라고 하자, 영원에 가까울 만큼 — 그땐 나도 꽤 매력적이었어, 안 그래? 대학 시절에?”

“매력적이란 말로는 모자랐지,” 데이비드는 말했다. “넌 치명적이었어.”

“고마워요, 아저씨. 그래서 그냥 궁금했어. 내 말에 최고로 솔직한 의견을 줘야 돼, 숨기지 말고. 네 생각엔 내가 빌리 따라서 그냥…… 이걸 어떻게 말하지? 귓속말로 할게. 준비됐니?”

“준비됐어.”

도러시는 침을 삼키고 입술을 핥은 뒤 그에게 몸을 기울였다. “론처럼 굴면 안 돼, 빼지 마,” 그녀는 말했다. “내가 빌리 따라서 그냥 캐나다로 떠밀려 가야 했을까? 베네딕트 아널드 부인으로 살고? 거짓말하기만 해봐.”

“거참 어렵다,” 데이비드는 말했다.

“당연히 어렵지, 그래서 내가 묻는 거잖아. 근데 있지, 맙소사, 난 못 하겠더라고. 세상 끝처럼 보였거든. 안락한 요소까지 전부. 더구나 어렸잖아 — 그냥 당혹스러웠어, 알지? 우리 가족. 내가 자란 방식. 너도 **못** 할걸. 다들 날 어떻게 생각하는지 알아, 잔이랑 에이미랑 전부, 다들 날 컨트리클럽에 있는 왕재수로 보잖아, 사까시(blow job) 따위 안 하는 부류로. 근데 나 안 그렇거든. 나 날라리야. 게다가 똑똑해. 불어도 읽을 줄 알고 한때는 완벽에 가까울 정도로 몸매도 끝내줬는데, 그런데 이유를 모르겠다니까……. 그래서 말인데,

내가 실수한 걸까? 내 말은, 넌 도망가지 않았잖아."

"도망갔어야 했던 것 같아," 데이비드는 말했다.

"거짓말. 그런 말 하지도 마."

"오케이, '같아'라는 말은 잊어버려. 나는 절대적으로 적극적으로 도망갔어야 했어. 전혀 의심 갖지 말고."

"데이비드, 넌 영웅이야, 너도 그—"

"나란 인간은," 데이비드는 말했다. "비참한 이혼남에다 마약에 빠진 괴물이야."

도러시는 유감스러워서 고개를 가로저었다. "난 그 말이 진심이 아니라고 아주아주아주 확신해. 맙소사, 이 브륄레 뭐니!"

"정말로 진심이야."

"싫어," 그녀는 말했다. "그럼 나는? 나도 엄청난 실수를 했게?"

"했지."

"했다고?"

"네 상황에서 말이야, 내 상황 말고. 그래 보이는걸."

도러시는 한숨을 쉬었다. "실수구나. 빌리는 나를 사랑했으니까, 그치?"

"의심의 여지가 없었지."

"그러더니 지금은 폴렛을 사랑하고. 날 보던 거랑 똑같은 눈으로 걜 보더라. 홀딱 빠져서."

"글쎄. 걔가 그랬어?"

"나 못 울게 말려."

"그래, 그럴게," 데이비드는 말했다.

그녀는 잠시 멍해 있었다. "데이비드, 네가 방금 '사까시'라고 했니?"

"네가 그랬어, 도러시."

"내가?"

"아주 확실해."

"내가 그 말을 했다고?"

"99퍼센트 확실해."

"으악, 이런." 도러시는 고개를 절레절레하더니 유리창을 올려다보았다. 그녀의 눈동자가 사라졌다. "근데 지금 들리는 거 우박 소리야?"

"산성 우박," 데이비드는 말했다.

"요란하다, 그치?"

"응, 그러게."

그들은 우박과 비와 천둥도 듣고 창문이 번쩍거리는 것도 보았다. 조금 뒤 도러시는 말했다. "있지, 나 행복해."

시내 호텔 방에서는 엘리 애벗이 끈적끈적한 7월의 어둠 속에 홀로 누워 있었다. 그녀의 TV 수상기는 CNN에 맞추어져 있었지만 그녀는 무언가 다른 것을 보고 있었다. 죽은 치과의, 아비 새 떼. 밤 12시 12분이었다. 마크는 몇 시간 먼저 체크아웃을 한 터였다. 그의 여행 가방도 없었다. 그가 남긴 메모는 퉁명스러우며 좋아질 가망이 없었다. 많은 것 중에서 지금 엘리에게 상처가 되는 건 그녀가 남편을 진심으로 사랑하며 언제나 그래왔다는 사실, 아울러 스스로의 인생을 어쩌다 그리 체계적으로 망쳤는지 저도 모르겠다는 사실이었다. 그 어리석음 때문에 그녀는 멍했다. 자기 배신 때문에도. 하면과의 불륜은 결국 일종의 실험이었음을, 자기가 웬만큼 부족할 게 없는, 웬만큼 운 좋은 여자라는 명제를 시험할 수단이었음을 그녀는 이제 알았다. 그녀는 울 수도 없었고 잠들 수도 없었다. 비와 천둥도 전혀 도움이 되지 않아 얼마 후 엘리는 리모컨을 집어 채널을 돌리기 시작했다. 실내장식 예능, 기상경보, 파이어스톤 타이어 광고, 리스본 지진*, 불길에 휩싸인 힌덴부르크호**, 그녀의 블라우스에서 흰 코르사주를 떼어 먹는 마크, 가라앉는 하먼, 생기 없는 눈과 호탕한 웃음과 질질 끄는 텍사스 말투를 지닌 어느 음흉한 전도사.

같은 호텔 두 층 밑에서는 빌리 맥맨과 폴렛 하슬로가 샴페인과 바닷가재 샐러드를 룸서비스로 주문했다. 그들은 벌거벗고도 아무렇지 않게 침대에 양반다리로 앉아 있었다. 그들은 지난 40분간 두 번의 섹스를 한 참이었고 음식을 기다리는 지금은 전환점이란 주제를 논하고 있었다. 인생 대부분은 사는 순간 저절로 지워진다는 데 그들은 동의했다. 또 그들은 지상에서 보낸 저희의 세월을 합친 시간, 그러니까 한 세기 이상에 달하는 시간 중 기억에서 살아남는 건 고작 몇 시간 안 된다는 데에도 동의했다. "기억에 남는 건 우리의 결정이라는 얘기야," 폴렛은 말했다. "우리가 좋다고 말하는 순간, 우리가 아니라고 말하는 순간. 벼랑에 몰려서 우리가 하는 선택들. 결혼을 한다. 결혼을 하지 않는다. 내가 그 가엾은 여자 집에 몰래

---

* 1755년 11월 1일 리스본에서 일어난, 리히터 규모 진도 9로 추정되는 대지진.

** 1937년 5월 6일 프랑크푸르트발 뉴욕행 여행선 힌덴부르크호가 목적지 근처에서 불타버린 사고를 가리킴.

들어갔을 때랑 똑같아, 그 온갖 결과들 있잖아, 내가 이젠 목사가 아니다 하는 거. 네가 캐나다로 도피한 것도 마찬가지고. 인생을 인생답게 만드는 건 그런 거야, 왜냐하면 넌 그 밖의 모든 걸 잃거든—오줌 쌌던 거, 멜로 연속극, 딱지 앉았던 거, 휴가, 평생 나눈 전화통화 거의 전부. 어마어마한 양의 시간을 말이야. 자기 인생을 행사해본 적이 한 번도 없는 것처럼."

"오늘 밤," 빌리는 말했다. "이 기억은 잃지 말자."

"그럼. 폭풍까지도. 저 소리 가만히 들어봐."

"불 끌까?"

"아직."

빌리는 두 손을 뻗어 그녀의 얼굴에서 머리카락을 걷어냈다. "이 말을 어떻게 해야 할지 모르겠어. 하지 말아야 할지도 모르겠다. 하지만 네가 진짜로 원한다면 넌 여전히 목사야. 작은 교구지만. 봉급도 적고."

"빌리와 딸?"

"그래, 딱 우리 둘. 셋."

"목사관은 어때?"

"목사관?"

"너희 집 말이야, 빌리. 네가 상주 여자 목사를 찾고 있는 것 같은데?"

"어, 맞아," 그는 말하더니 웃음을 터뜨렸다.

"그럼 도러시는 어떡하고?"

빌리는 제 손을 치웠다. "사연 알아?"

"대부분. 다는 아니고."

"이 얘기 하려면 불 꺼야겠다."

"꺼버려," 폴렛은 말했다.

폭풍이 지나가고 15분 뒤인 새벽 1시 20분, 마브 버텔은 스푸크를 안고서 한참을 그대로 있었고, 그러다 씩 웃더니 그녀의 엉덩이를 찰싹 때리곤 덴버행 유나이티드 항공 878 편에 탑승했다. 비행기는 거의 빈 채였다. 그는 창가 좌석에 털썩 앉아 넥타이를 느슨히 하고 젖은 활주로를 내다보았다. 비행이 무서웠던 적은 한 번도 없었지만 지금은 그도 스푸크처럼 고약한 기분이 들었다. 명치 쪽에 주기적인 발작이 있었다. 마브는 코트 주머니에서 1파인트들이 버번을 꺼내어 한 차례 길게 투약한 다음 작별의 의미로 한 차례 더 꺾었고, 그러고 나서 안전벨트 버클을 채운 뒤 고개를 뒤로 젖혔다. 동창회는 이제 끝이야, 그는 결심했다. 놀아만 났어, 이득도 없이. 옛 시절의 재탕이면서 모든 게 예전만 못해, 왜냐하면 난 이제 대학 시절의 애송이가 아니고, 희망은 이루기 어려워졌고, 합병증은 끝내 인간을 무너뜨릴 테니까. 스푸크는 스푸크야. 페이드아웃.

게다가 중요한 게 뭔데?

고장 난 심장. 막힌 동맥. 몇 년 있으면 내가 귀신(spook)이 될 판이야, 그는 합리화했다.

버번은 그의 이맛살을 펴주었고, 그러자 마브는 눈앞을 스치는 친숙한 얼굴들을 한동안 지켜보았다 — 빌리와 잔과 데이비드와 엘리와 말라와 그 외 모두 — 세월이 한 일 때문에 다들 낡은 모습. 안 믿어져, 삼십 몇 년이라니, 그는 생각했다. 천 년, 아니 백 년도 안 됐다는 건 더더욱 안 믿어져. 대걸레 및 빗자루, 52인치 허리와 대출금 청산 말곤 내세울 것 없는 두 번의 험난한 결혼 생활. 물론 자초한 건 나지만 그래도 인생을 이런 식으로 낭비하다니 이게 있을 수 있는 일인가. 늘 나 자신을 쇄신할 작정이었건만 다음 주, 다음 해, 염색체는 어떻게든 대들기만 했지. 경멸하는 인생에 발목 잡힌 인간이 된 거야, 대뜸 제 탓부터 하는. 당해도 싸다고 차츰 믿어버리는.

이것이 지금 그의 기분이었다.

단념이나 다름없었다.

그는 병뚜껑을 또 한 차례 연 다음 기내 승무원이 발랄하게 전하는 비상시 행동 요령에 귀를 기울였다. 합성사진 같은 두 카우보이는 어디서 다시 나타나 기내 뒤쪽에 막 자리를 잡은 참이었다. 고대인 같은 매우 창백한 노파는 통로 건너편에 앉아 졸고 있었는데 꿈나라로 돌아간 모습이 세상보다도 오래되어 보였다.

마브는 제 독서등을 끄고 눈을 감았다.

에라, 그는 생각했고, 그러자 그의 옆자리로 스푸크 스피넬리가 살며시 다가와 앉았다. "이런 공상을 해봐," 그녀는 말했다.

에이미와 잔과 말라는 저희 기숙사로 피신했다. 그들은 몸을 씻고 파자마로 갈아입은 다음 에이미의 방에서 모였다.

몇 분이 지나자 폭풍은 시작했을 때처럼 갑자기 끝났다 — 천둥, 그러다 똑똑 빗방울 소리. 에이미는 불을 껐다. 세 사람은 침대에 가로로 누워 담요 하나를 같이 덮고 작은 녹색 양초 불꽃을 대면했다. "지금 놀라운 생각이 들었는데," 에이미가 말했다. "지금 여기에 있잖아, 요 침대 하나에 공인 섹시녀가 셋이야. 남자는 제로고. 이게 말이 되니?"

“측은하다,” 말라가 말했다.

“정정할게,” 잔 휴브너가 말했다. “섹시녀 둘, 추녀 하나.” 그녀는 담뱃불을 붙였고 콜록하며 연기를 내뱉었다. “희망을 단념한단 얘긴 아니야.”

“애는 나도 없어,” 에이미가 말했다. “우리 중엔 아무도 없네.”

“슬프다,” 말라가 말했다.

“슬플 수도 있고 아닐 수도 있고,” 에이미가 말했다. “근데 난제는 이거야. 30년 전에는 어디 짐작이나 했니, 우리 셋처럼 엄청난 여자들이 말이지, 완전 섹시하고 애도 쑥나 잘 낳을 여자들이 결국 혼자가 될 줄 누가 알았어? 애도 없고 남자도 없을 줄?”

“난 알았어,” 말라가 말했다. “난 그럴 줄 알았어.”

“그래,” 잔이 말했다. “그래도 넌 인간미가 없어.”

“그런 뜻으로 말한 거 절대 아니야,” 말라가 말했다. “수사적 표현이지.” 그녀는 잔의 담배를 가져다 한 모금 빨았다. “솔직히 말해봐. 나 어때?”

“인간미?” 잔이 말했다.

“응,” 말라가 말했다.

“있긴 있어,” 에이미가 말했다.

잔이 말라의 팔을 찰싹 때렸다. “시시한 얘기 작작 해 — 너 인간미 있으니까 — 하지만 충고는 하나 해줄게. 강요할 뜻은 없지만, 내가 너였으면 데이비드를 찾아 길을 나서겠다. 걔한테 널 떠올릴 뭔가를 줘. 나같이 못생긴 애들은 말이야, 우리한테는 두 번째 기회가 없어. 들이대. 그 녀석이 깍깍 신음하게 만들어.”

“좀 변태적인걸,” 에이미가 말했다. “우리한테 비디오 보내라.”

말라는 양초를 바라보았다. "그 사람 지금 어디 있을까?"

"까짓것," 잔이 말했다. "도러시랑 해롱해롱하고 있겠지. 얼른 가. 5년 뒤에 보자."

"모르겠어," 말라가 말했다. "두려워. 잘 안 풀리면 어쩌지?"

"잘 풀리면 어쩔래?" 에이미가 말했다.

말라는 잠시 뜸을 들이다가 잔과 포옹하고, 에이미와 포옹하고 문을 나섰다.

주변이 고요했다.

"에그, 기집애야," 에이미는 말했다. "너랑 나만 남았다."

2마일 떨어진 시내 호텔 방에서는 엘리 애벗이 제 슬픔 때문에 TV 전도사의 영적 인도를 받고 있었는데 그 남자는 올챙이배에 피부는 밀가루 반죽 같고 눈은 생기 없으며 턱이 늘어진 커다란 얼굴은 특색이 거의 없었다. "일반인분들," 그는 말하고 있었다. "깊은 고민에 빠진 여러분 모두가 소파에서, 침대에서, 지금 머물고 있는 그 자리에서 몸을 일으켰으면 합니다. 불면증 환자도 모두요. 오쟁이 진 남편이니 정신병자니 결과론자니 사랑에 환장해 죄를 범하는 성도착자니 가릴 것 없어요, 여러분 모두가 이제 슬슬 TV로 바짝 다가왔으면 합니다. 팔을 쭉 뻗으세요. 저한테 팔을 두르고, 그대로 꼭 안고 계세요."

남자의 물처럼 맑은 눈은 즐거움에 젖어 초롱초롱 이상하리만치 낯익은 빛을 띠었다. 그는 카메라를 보고 윙크하는 듯했다.

"당신 말이에요 당신, 자기," 그는 말했다. "옳지 잘한다."

• • •

두 층 밑에서는 빌리 맥맨이 위니펙 시절 얘기를 방금 대강 끝낸 참이었다. "앞서 네가 못을 박았듯이," 그는 폴렛 하슬로에게 말했다. "우리의 선택이 곧 우리 자신이야. 그 밖의 모든 건 어디로 싹 다 빨려 들어가지. 죄다 불량 식품처럼 시시한 헛소리인 거야." 그는 낄낄거렸다. "어째 거만하게 들린다."

"조금," 폴렛은 말했다.

"입 다물까 봐."

"아니야, 똑똑한 티 내도 돼. 네 말은, 이를테면 아까 밤에 내가 네 무릎에 앉은 걸 말하는 거잖아. 그것도 분명 하나의 선택이었어, 아주 훌륭한 선택."

"맞아," 그는 말했다. "그걸 말한 거야."

폴렛은 엎드려 빌리의 가슴에 머리를 댔다. 그녀는 깊은 숨을 쉬었다. 그녀는 이전에 오롯한 사랑을 해본 적이 없었다. "그리고 지금도," 그녀는 말했다. "어쩌면 그런 순간 중 하나일지 모르겠다."

"그럴지도 몰라."

"나 머리가 해롱거려, 빌리. 며칠 전만 해도 인생이 끝난 줄 알았거든, 진짜로 그런 줄 알았어." 그녀는 어둠 속에서 일어앉았다. "만약에 지금 이것도 망하면 어쩌지?"

"안 망해."

"우리 결혼해야 할까?"

"오케이."

폴렛은 웃음을 터뜨리고 말했다. "바로 오케이야?"

"매우매우 오케이," 빌리는 말했다.

"도러시가 뭐라고 할까?"

빌리는 어깨를 으쓱했다. "이러겠지. '이런.'"

다턴 홀 캠퍼스에서 여덟 블록 반 떨어진 서밋 애버뉴의 오래된 벽돌집에서는 미네소타주 부지사가 밤늦게 안 자고 우유를 홀짝거리며 제 정치적 미래를 재검토 중이었다. 그는 앞서 40분 전 폭풍 때문에 깬 참이었다. 그는 부엌으로 내려가 탈지유를 한 컵 따르곤 폭우와 우박과 번개를 내다보고 있었다.

폭풍은 느릿느릿 지금은 동쪽으로 멀어진 참이었다. 별들이 나와 있었다. 노란 달도 걸려 있었다.

하지만 상쾌한 한밤의 정적 속에서도 부지사는 역사에 대한 후회로 어느새 싱숭생숭 불편해하고 있었다. 그는 30년 전 한 가지 꿈 때문에 다른 꿈을 잃은 사람이었다. 그는 낭만 대신 정치를 택하느라 사랑과 이상주의와 상당량의 청춘을 저당 잡힌 채 사랑스럽고 마음 넓은 어느 동창과 파혼한 적이 있었다. 그는 선교사 생활은 나와 전혀 맞지 않는다, 나는 세상의 중심이 되어야 한다, 그 열기가 필요하다, 그래서 너를 사랑하긴 하지만, 이런 말 하기가 가슴 아프지만 내가 페루의 어느 후줄근한 오지에서 썩어가는 모습은 상상을 못 하겠다 하고—스스로가 보기에 설득력 있는 언어로—그 여자아이에게 말했었다.

"참 현실적이구나," 여자아이는 이렇게 말한 뒤 더는 말이 없었다.

그녀는 떠나서 루터교회 선교사가 되었다. 그는 세도가가 되었다. 그 부끄러움은 그를 떠난 적이 없었다. 지루한 정당원 생활 4년, 이후 위원장 생활 5년, 이후 주(州) 상원 생활 8년, 이후—최고의 시절인 — 법무장관 생활 6년 내내 한 번도. 지금은 연임 중인 부지사였다. 명백한 후계자라고 그는 즐겨 생각했지만 사실 명백한 것에는 다소 못 미쳤다. 쉰세 살. 오랫동안 해먹은 국민의 일꾼 노릇. 정치생명이 끝난 건 아니었지만, 아직은 아니었지만 여전히 정치 들러리였다. 부케 받는 사람, 건배사 올리는 사람, 명랑하고 칭찬에 후하며 평생 희망만 품고 사는 결혼식 하객.

새벽 1시 45분이 막 지나자 부지사는 컵을 헹구고 전화기로 가 다이얼을 돌리기 시작했다.

그러다 그는 저를 비웃었다.

그는 "페루" 하고 말한 다음 수화기를 탕 내려놓고 침대로 돌아갔다. 그는 현실주의자였다. 아침이면 이 싸구려 감상도 역사가 되리란 걸 그는 알았다.

"내가 지금 무슨 생각 중이냐면," 도러시 스타이어는 말했다. "한 장 더 해도 괜찮겠다 하는 건데…… 그걸 뭐라고 불러?"

데이비드는 웃음을 터뜨렸다.

"압지, 종이*," 그는 말했다. "나라면 위험한 짓은 안 하겠어."

"그러지 말고, 진짜야, 나 지금 몸 상태 끝내줘. 최고로 완벽해."

"그래도 살살 해. 처음이잖아, 응?"

"그럴 수도 있고 아닐 수도 있고."

"어느 쪽이든. 많이 하나 적당히 하나 똑같아."

---

* 압지(blotter)와 종이(sheet) 모두 마약인 LSD가 흡착된 종이, 즉 LSD 자체를 일컫는 속어.

"진짜 분위기 깨네," 도러시는 말했다. "그렇게 매너 없이 굴면 나 삐친다. 정말이야, 어떻게 하나 봐."

데이비드는 또 한 번 웃음을 터뜨리더니 반쯤 피운 담배를 그녀에게 건넸다. 폭풍은 45분 전에 지나갔고 지금은 둘이서 연회장 바닥에 무아지경으로 누워 있었다. 그들은 육체를 탈피한 상태였다. 벽들이 움직이고 있었다. 새벽 2시가 다 되어가는 시각이었다.

"이런 시간에," 데이비드는 말했다. "삐치는 건 쿨하지 못해. 네 볼보 얘기나 해봐."

"그 쌍둥이!" 도러시는 소리쳤다. "어디 보자 — 오, 맙소사! — 나의 놀라운 두 아들, 거액의 현찰, 컨트리클럽 회원권 두어 개, 아직도 어디가 어딘지 모를 그 커다란 집. 이런 맙소사 맙소사, 데이비드, 나 집에 가기 싫어."

"싫어?"

"싫어. 나 암 걸렸잖아, 너도 알다시피."

"알아, 네가 보여줬지."

"내가?"

"확실히 보여줬어."

"혹이 여덟 개래."

"여덟 개," 데이비드는 말했다. "기억나."

"너 되게 사려 깊다. 여덟. 참 지독한 숫자야." 도러시는 무언가 역한 걸 삼키려는 듯이 목으로 소리를 냈다. 그녀는 울지 않았다. 그러는 대신 그녀는 조금 뒤 키득키득 웃었다. "이러면 미친 소리로 들릴 거 나도 아는데, 난 그게 완전히 사라지지 않은 거 알 수 있어. 암 말이야, 그게 아직도 내 안에 있어. 고 조그만 알갱이들이…… 나 취했나? 고 작고 불쾌한 알갱이들이 있잖아, 수백만 개나 되는데 전부 색깔이 달라. 난 그게 느껴져, 데이비드. 알레르기나 뭐 그런 것처럼 내 핏속에만 있는데 왠지 뜨겁고 간질간질한 거 있지. 암이 확실해. 집에 가면…… 집에 가기 싫다, 그냥 싫어, 얘기 끝." 도러시는 불붙인 담배를 천장으로 던지곤 꽁초가 어둠 속을 핑그르르 도는 걸 지켜보았다. 꽁초가 내려오기까지는 몇 시간이 걸린 듯했다. "나 있지, 론을 떠날 뻔했어. 2, 3년 전인가, 몇 년 전에 거의 그랬었어. 간발의 차. 간발의 차로 놓쳤지—론이 쓰는 말이야. 간발의 차! 어머, 나 **진짜** 취했다, 그치?"

"진짜 취했어," 데이비드는 말했다.

"그래서 어떻게 됐느냐면, 내 옆집에 그 참견쟁이 이웃이, 그이가 그러지 말라고 설득하더라. 마법을 걸더라고."

"어쩌면 네가 떠나고 싶지 않았을 수도 있잖아. 정말로는."

"모를 일이잖아?" 그녀는 어색한 생각에 빠져들었다. "내가 무시무시하게 멍청한 질문 좀 해도 돼? 아니다, 그냥 물어볼게, 근데 그 전에 부탁 하나만 들어줘. 나한테 팔 좀 둘러봐. 1분만 안아줘."

그는 그녀를 바짝 끌어당겼다.

"포근하다," 도러시는 말하곤 그를 올려다보았다. "이게 섹스로 이어지길 바라는 건 아니야, 너도 알겠지만."

"확실히 알겠는걸."

"좋아, 다행이다. 아주 다행이야."

"나도," 그는 말했다.

"좋아, 내 무시무시한 질문은 이거야. 우리 동창회 때 말이야, 데이비드, 가령 다음엔 누가 참석을 못 할지 궁금해서 둘러볼 때가 있니? 캐런이나 하먼처럼? 잔인한 거 알아, 하지만 어떨 땐 나도 주체가 안 돼. 얼굴들을 보면 궁금해지기 시작해서."

데이비드는 어깨를 으쓱했다. "아니, 난 없는데."

"한 번도?"

"그런 건 아니고."

"음, 난 둘러봐," 도러시는 말했다. "전엔 불쌍한 마브가 다음일 거라고 생각했어, 아니면 잔, 아니면 너 — 온갖 약에 담배에 그 다리 문제 때문에 — 그런데 지금은, 맙소사, 너무나 확신이 드는 게…… 나도 틀렸으면 좋겠어, 물론, 근데 5년 뒤면 내가 여기에 못 나올 거란 생각이 들어." 그녀는 눈을 감았다. "가끔씩 암이 **보이거든**. 내가 그 알갱이들 얘기 했던가?"

"했어. 수백만 개라고."

"맞아. 조그만 점들. 아주 활발한."

"활발?"

"이거 지어낸 얘기 아니야. 진짜야, 지금은. 그것들이 내 핏속에 있어." 도러시는 울 것처럼 또 한 번 낮은 소리를 냈지만 목소리는 밝아졌다. "내 옆집 이웃, 그이가 나더러 가망 없는 사람이래. 몇 년 안 남았다, 그렇게 말하더라."

"의사야?" 데이비드는 말했다.

"암살자야. 퇴역한 것 같은데 좀 복잡해. 요점은, 그이가 맞을지도 모른다는 거지."

데이비드는 고개를 가로저었다. "그 사람 돌았다, 도러시. 얘기 듣지 마."

"잘 모르겠어. 이상한 사람인 건 맞아, 하지만 그 사람의 무엇이 있잖아, 그러니까 그 사람 목소리, 나를 보는 모습…… 그걸 대하면 집중이 되고 상황을 직시하게 돼. 시간이 문제겠지. 그걸 어떻게 사용할지가. 오늘 밤 너랑 이렇게 보내서 다행이야." 그녀는 데이비드의 귀에 키스를 건넸다. "옛날로 돌아가서, 내가 생각하기에 예전엔 내가 아주 쪼끔…… 좀 거들어봐."

"날이 서 있었다?" 그는 말했다.

"나라면 다르게 말하겠다."

"고리타분했다?"

"고리타분! 고리타분이 더 맞겠다. 처음으로 인정하는데—" 그녀는 돌연 움찔하더니 손가락 하나를 입술에 가져다 댔다. "저 소리 뭐지? 들리니?"

"아니."

"우리 뒤쪽 같은데. 출입구 쪽."

"아무것도 없어."

"아이, 있거든," 도러시는 말한 다음 웃음을 터뜨렸다. "말라네, 보나 마나. 뭐든 걸겠어."

잠시 후 말라 뎀프시가 걸어 들어왔다. 그녀는 불을 켜고 몇 초간 상황을 살피더니 제 발을 내려다보았다. 그녀는 파자마에 쪼리 차림이었다. "미안," 그녀는 말했다. "내가 끼어든 거면 본의는 아니—"

"끼어든 거 아니야," 도러시가 말했다.

말라는 나가려고 돌아섰다.

"그러지 마," 도러시가 말했다. 그녀는 일어나서 출입구로 가 말라의 팔짱을 꼈다. "얘, 아무 문제 없어, 나 지금 집에 가려고 했어. 왜, 남편 때문에. 수아레*, 모금 행사—나 늦었다, 한참 늦었어."

도러시는 제 핸드백을 찾은 뒤 데이비드의 이마에 키스를 건네고 말라에게도 키스를 건넸다.

"설마 운전할 건 아니지?" 데이비드는 말했다.

"그럼, 안 하지. 걸어갈 거야. 해 뜰 땐 집이겠다." 그녀는 출입구로 가더니 걸음을 멈추고 말라를 돌아보았다. "거기 너랑 있는 사람만큼 다정한 전남편이 없어. 완전 신사더라. 물론 다리 한쪽은 없지만."

"알고 있어," 말라는 말했다.

"잘 간수해, 알았지?"

말라는 고개를 끄덕이고 말했다. "지켜보자."

네브래스카주 높은 상공에서는 마브 버텔과 스푸크 스피넬리가 레버를 눌러 좌석을 뒤로 젖히곤 눈을 감고서 737기의 커다란 엔진이 내는 소음에 귀를 기울였다. 때론 엄청나게 홍겹고 때론 견디기 힘들었던 지난 이틀은 긴장의 연속이어서 지금은 지긋지긋함과 중년의 애수가 뒤섞인 감정이 도져 있었다. 스푸크는 자려고 애쓰다가 이내 포기하고 마브의 결혼반지를 만지작거렸다. 기내 조명은 어둑해져 있었고 승무원들은 졸고 있었으며 엔진은 또 다른 삶에서 들려오는 듯한 자장가 소리를 냈다.

통로 건너편 어둠 속에서는 노파가 잠꼬대를 옹알거렸다.

두 카우보이는 기내 뒤쪽에서 껴안고 있었다.

수 마일을 날아가서 스푸크는 말했다. "자기야, 난 괜찮아. 덴버

---

* soirée. 보통은 집에서 밤에 격식을 차려 하는 파티를 뜻하는 프랑스어.

에 도착하자마자 크게 한번 안아주고, 작별 인사 전하고, 그러고 비행기 잡아서 쌍둥이 도시로 돌아갈 거야. 내 걱정은 하지 마."

마브는 몇 초 뜸을 들였다. "그러니까 이게 다 무슨 일이야? 불쑥 따라 타서는. 마브랑 야반도주도 아니고."

"내가 말했잖아."

"다시 해봐."

"그냥 아까 그 기분 때문이라니까." 스푸크는 쑥스러워하는 눈으로 그의 감정을 헤집어놓았다. "설명을 못 하겠어. 그 오싹한 기분. 비행기가 추락할 걸 확실히 알았던 것 같아."

"그럼 왜 탔어?"

"오, 제발. 뻔하잖아."

"너한테나 뻔하지. 이유가 뭐야?"

"그래야 그런 일이 **안** 생기니까," 스푸크는 말했다. "나한테 상처 줄 수 있는 건 아무것도 없거든, 나 자신 말고는." 그녀는 말을 멈추더니 어디로 멀리 부유해 가는 듯했다. "그거면 답이 되겠지."

"맙소사," 마브는 말했다. "그렇게 얘기하지 말고."

"미안해, 자기야. 어쩔 수 없잖아." 그녀는 다른 화제를 찾는지 기내를 빙 둘러보았다. 그러다 그녀는 마브의 허리띠 버클을 톡톡 두드렸다. "우리 장난 좀 쳐도 되겠다."

"되기야 하겠지만," 마브는 말했다. "일행이 있잖아."

"일행이 어디에?"

"옆집. 여사님."

스푸크는 통로 건너를 힐끗했다. 물빛의 험악한 두 눈이 그녀에게 빤히 맞섰다.

"그건 여기까지만 하자," 스푸크는 말했다. 그녀는 잠시 조용했다. "근데 네가 날 거기로 어떻게 차갈지 그래도 얘긴 들어야겠다, 사모아나 방콕 같은 로맨틱한 곳으로 어떻게 업어 갈지."

"어떻게 되겠지," 마브는 말했다.

"내가 기다리잖아. 꼬셔봐."

통로 건너의 노파는 눈을 감고 고개를 절레절레하더니 자는 척을 했다. 이 사안은 그녀의 소관 밖이었다. 듣는 이는 아무도 없었다.

네브래스카 서쪽은 점점 솟아 콜로라도로 접어들었다.

전방에는 폭풍우가 들이닥친 광대한 미개척지 포니족 국립 초원(Pawnee National Grassland)이 펼쳐져 있었다.

"생각만 해도 멋진걸," 마침내 마브 버텔은 말했다. "너랑 나. 그럴 리는 없겠지만, 그렇지?"

"그렇지," 스푸크는 말했다. "그래도 꿈은 꾸기로 하자."

그러고 나서 그들은 한동안 공상에 빠져 저희 둘의 해피엔드를 교대로 지어냈다. 밑에서는 흑토지대와 목초지와 전람회장과 여름 정원과 밀밭과 야구장과 장례식장과 외로운 농장 불빛과 인적 없는 도로 들, 즉 미국의 거대한 심장이 이쪽의 사정도 모른 채 주르르 지나갔다. 때는 새 시대, 새 세기, 7월 아흐렛날인 일요일 새벽 3시 직전이었고 마브 버텔이나 스푸크 스피넬리나 젊었을 적의 격동적이던 세상은 어느 무모한 협박 내지 시효가 한참 지난 약속처럼 어디론가 물러나 있었다. 닉슨은 죽은 사람이었다. 그 전쟁도 끝났다. 이제는 새로운 전쟁들이 있었다. 하지만 스푸크와 마브 그리고 그 시절을 살아남은 수백만 명이 그랬듯 지금도 어디에서는 눈부신 미래에 대한 공상을 반드시 갱신하고들 있을 터였다.

• • •

도러시 스타이어는 말짱한 정신 명랑한 기분으로 세상과 접속한 채 구두를 손에 들고 스넬링 애버뉴를 따라 행복한 밤길을 걸었다. 그녀는 영원히 살 생각이었다. 그렇다, 그럴 생각이었다, 그녀는 이미 한 번 살아보았고 삶은 별것 아니었으며 영원이란 그저 현재의 한 조각, 이를테면 철벅철벅 밟히는 물웅덩이, 달, 젖어 있는 보도, 제집의 노란 해바라기들한테 물을 주는 이웃이기 때문이었다. 늦은 시각이었다. 별들이 나와 있었다. 그녀는 론이 마약*을 좀 구할 수 있을지 궁금했다. 마약 골프, 마약 브리지 게임.

에이미 로빈슨과 잔 휴브너는 에이미의 침대에 나란히 누워 다 타 버린 양초에서 피어오르는 몇 줄기 연기를 지켜보았다. 그들은 8월에 라스베이거스로 여행 갈 구상을 하고 있었다. "네 행운, 내 미모," 잔은 말하고 있었다. "우리가 어떻게 잘못되니?"

에이미는 말했다. "싹 쓸어버리자."

파자마와 쪼리 차림인 말라 뎀프시는 데이비드 토드를 데리고 캠퍼스를 가로질렀다. 새벽 3시가 막 지난 시각이었다. "잠깐 앉았다 가도 돼," 말라는 말했는데 그녀로선 용기를 낸 거였다.

"앉는 게 낫겠어," 데이비드는 말했다.

"난 아무런 약속도 못 해줘."

"괜찮아. 앉기나 하자."

---

* 원문은 LSD를 가리키는 속어인 "acid(산)".

"당신 마약 하나 보던데, 데이비드? 얼추?"

그는 웃음을 짓고 말했다. "새 발의 피만큼이야." 그는 그녀를 쳐다보았다. "한번 해볼래?"

"아니," 말라는 말했다. "당신도 안 했으면 하는데."

"어디에 앉을까?"

"글쎄," 그녀는 말했다. "예배당?"

새벽 3시 11분, 도러시 스타이어는 집까지 절반을 걸었다.

미네소타주 부지사는 잠들어 있었고 루터교회 선교사인 그의 전 약혼자는 방금 일어나 진정제를 먹은 참이었다.

빌리와 폴렛은 서로 너무나 운이 좋다, 겁난다, 이 모든 게 순식간에 파도처럼 덮친 불가능한 기적 같다 이야기하며 계획을 세우고 있었다. 폴렛이 "심장마비 오는 줄" 하고 말하자 빌리는 "하마터면" 하고 말했는데 이때도 시각은 새벽 3시 11분이었다.

10초도 안 지나 있었다.

마브와 스푸크는 콜로라도주 북동부 3만 2000피트 상공이었다.

전 인기 농구 선수이자 현 세 아이의 어머니와 쌍둥이 도시 내과의는 기숙사 1층 방에서 가장극을 펼쳤다.

세 층 위에서 잔 휴브너는 처음부터 능욕자요, 폭군이요, 모략가요, 저주요, 병균이었던 전남편 리처드가 어느 날 손을 흔들고 웃음을 지으며 말 한 마디 없이 저를 떠나버리더라고 에이미 로빈슨에게 설명했다.

"제발," 에이미는 말했다. "그만 좀 해라."

캠퍼스 2마일 밖에서 엘리 애벗은 최악을 대비하되 무언가 나은 것을 희망했다. 그녀는 어디서 남편을 찾을지, 남편이 찾아지길 자기가 바라는지 안 바라는지 몰랐지만 TV 전도사의 현명한 조언에 따라 노력해서 잃을 건 아무것도 없다는 결론을 내렸다. 그녀의 여행 가방은 꾸려져 있었다. 몇 시간 뒤 날이 밝으면 그녀는 호텔 체크아웃을 하고 집으로 날아가 현관문을 통과한 다음 죽기 살기로 기다릴 셈이었다. "또 누가 압니까," 전도사는 말했다.

새벽 3시 11분이었다.

스푸크는 말했다. "그게 뭐니?"

마브는 말했다. "그게 어때서?"

26초가 흘러 있었다. 창백한 노파는 허공에다가 쯧쯧쯧 혀를 찼다.

말라 뎀프시와 데이비드 토드는 다턴 홀 예배당의 축축한 계단에 앉았다. 말라는 왜 자기한테 전쟁에 관해 말할 생각을 한 번도 하지 않았느냐고, 무엇을 봤는지, 무엇을 들었는지, 그 끔찍한 강에서 무슨 일을 겪었는지 왜 말을 안 했느냐고 그에게 물었고, 그 말에 데이비드는 대부분의 일은 완전히 뒤죽박죽이라 떠올리기가 불가능하다고, 그 밖의 일은 믿기지 않을 거라고 최선을 다해 설명했다. 말라가 "믿을게" 하고 말하자 데이비드는 고개를 가로저으며 "안 믿을걸" 하고 말했고, 그 말에 말라가 "말해봐" 하고 말하자 데이비드는 웃더니 제 손목시계를 들여다보았다. 새벽 3시 11분이었다. "언젠가 다음에," 그는 말했다.

프레드 엥겔만의 자명종이 울렸다. 그는 가운을 걸치고 밖으로 나가 현관 계단에 앉아서 밤이 배달해주는 것을 눈에 담았다.

"언젠가," 내과의는 세 아이의 어머니에게 말했다.

"배고파 죽겠다," 잔은 말했다.

"언젠가, 좋아," 말라는 말했다. 그녀는 숨을 들이마셨다. "나 당신 확실히 사랑해. 다만 결혼은 못 하겠어."

"물론 못 하지," 데이비드는 말했다.

빌리는 말했다. "잠은 좀 올 것 같아?"

"응," 폴렛은 말했다. "근데 뭐 하러 자? 네 딸한테 전화 걸자. 지금."

"너도 걔가 사랑스러울 거야," 빌리는 말했다.

몽롱한 도러시는 힘찬 걸음으로 스넬링 애버뉴를 벗어나 집까지 여섯 블록을 남겨두고 있었다.

에이미 로빈슨은 말했다. "나도야, 허기져 돌아가시겠어. 팬케이크 당긴다."

"빙고," 잔은 말했다.

다턴 홀 예배당 앞 나무에서 똑 하고 물방울 떨어지는 소리가 났다.

부지사는 잠결에 돌아누웠다.

포니족 국립 초원은 몇 세기나 그랬던 것처럼 평평하고 적막하게 펼쳐져 있었다.

사각사각하는 소리가 났다.

"실은 있잖아," 데이비드는 말했다. "내 쓰레기 같은 기억 중에서 어떤 것들은 진짜 어처구니가 없어. 내가 처음으로 내륙에 도착했을 때가 그래. 어디서 어쩌다 그랬는지 모르겠는데, 내가 우연히 인식표를 잃어버린 거야. 왜 있잖아, 별것도 아닌 그 망할 놈의 우스꽝스러운 인식표. 내내 목에 걸려 있던 게 쥐도 새도 모르게 사라졌는데 무서워 죽겠더라고. 사복 차림인 거잖아, 알지? 죽음의 도시에 방금 떨어져서는 그러고 있는 거야, 단속에 걸리거나 쌍욕을 먹는 게 무서워서. 진짜야, 아직도 그 꿈을 꿔."

"데이비드," 말라는 말했다.

"응?"

"그 강에 관해서 얘기해줘."

엘리 애벗은 샤워실로 들어갔다. 착각인지 몰라도 그녀는 잔잔한 희망의 바람이 마음을 휘 스치는 기분이 들었다.

"자기야," 스푸크는 말했다.

빌리는 딸과 통화 중이었고 딸은 이렇게 말했다. "정말?"

에이미 로빈슨과 잔 휴브너는 옷을 걸치는 중이었다.

잔은 말하고 있었다. "거기 그랜드*에 가면 밤새도록 저녁 식사가 있어. 끝내주는 팬케이크에 귀여운 웨이터에."

도러시 스타이어는 보도에 몇 분 앉았다 가도 재미있겠다고 판단했다.

빌리는 폴렛에게 수화기를 넘겼다.

"잘하면 우리도 점수 좀 딸 거야," 잔은 말했다.

조니 에버는 입을 삐쭉거리며 물처럼 맑은 눈으로 세상을 지켜보았다.

"원숭이**들이란," 그는 툴툴거렸다.

말라는 "그 강 말이야, 데이비드, 얘기해줘" 하고 말했고 데이비드는 "나도 그 얘긴 안 믿겨" 하고 말했다.

---

*	라스베이거스에 있는 호텔 및 카지노 다운타운 그랜드(Downtown Grand).

**	monkey. 속어로 '인간' '개구쟁이'를 뜻하기도 한다.

도러시 스타이어는 여름밤의 풍성한 별들을 올려다보았다.

스푸크는 "자기야" 하고 말했고 하먼 오스터버그는 멜론을 발로 차 엘리 애벗에게 넘겼으며 빌리는 제 소집영장을 불태웠고 캐런 번스는 새로 채용된 사회학 교수를 말똥말똥 쳐다보았다. 때는 2000년 7월 9일 일요일 새벽 3시 11분이었지만 타오르는 쓸쓸한 초원들의 저 상공은 지금도 7월, 언제나 7월이었다.

"잘하면 우리도 점수 좀 **딴다** 이거군," 에이미는 말했다.

"잘할 것도 없어," 잔은 말하고서 에이미의 손을 잡았다. "나랑 가자, 얘. 우린 황금기잖니."

옮긴이의 말

황금 세대. 미국에서는 전후(戰後) 세대, 다른 말로 베이비 붐 세대를 일컫는 말이다. 제2차 세계대전 종전 후인 1946년부터 양적으로나 질적으로나 현대사회로의 대변혁이 가속되기 시작한 1964년까지 태어난 세대를 뜻하지만 보통은 1960년대에 청년기를 보낸 이들을 가리키는 말로 팀 오브라이언이 바로 이 세대에 속한다.

그 시절 청년들은 무엇을 보았나. 1960년대 그 10년 사이의 일을 간단히 적으면, 미국에서는 흑백 분리주의를 타파하려는 공민권운동이 일어났고 마틴 루서 킹과 JFK와 RFK 등 좋은 사람들이 암살당했고 냉전이 극에 치달았고 그로 인해 인류가 처음으로 달을 밟았고 무엇보다도 베트남에 본격적으로 발을 들인 미국이 젊은이들을 사지로 보내 국가와 개인, 개인과 개인의 마찰을 야기했고 지식인층과 학생층을 중심으로 참다못한 많은 지각 있는 사람들이 기존의 칙칙하고 경직된 세상을 바꾸려는 운동들을 일으켰고 히피 문화가 부흥했고 우드스톡과 비틀스와 밥 딜런 등이 막막한 마음을 달래주었다.

미국만이 아니었다. 프랑스에서는 68혁명, 일본에서는 전학공투회의, 우리나라는 4·19혁명. 이 모든 일은 서로 내막도 취지도 추이도 다르고 때론 의도와 다른 결과를 가져오기도 했지만 어쨌거나 세대론이 허황된 것만은 아님을 말해주는 근거로 작용한다. 어떤 판단을 떠나 적어도 특정 세대가 저런 어지러운 시절을 지나온 것만은 분명하다는 얘기다. 세상일에 전적으로 무심한 사람이 아니라면 저 시절 이전과 이후의 내면이 서로 같을 수 없으리란 것도 분명하다.

그만큼 시대정신, 시대의 가치관이 사회뿐 아니라 개인을 이끌던 때였고, 따라서 이 소설 앞부분에서 언급하듯 많은 이가 "시대에 고양되어 제 한계를 초과해" 살았다. 이것은 성숙일까? 성장일까? 만약 모든 것이 잠잠해지면, 세월이 흘러 시대도 시대정신도 물러나면 무슨 일이 생기나. 내면을 지탱하던 기둥이 빠져나갔을 때 개인은 어떻게 흔들리는가. 말하자면 개인은 언젠간 저만의 삶으로, 저 자신으로 돌아올 수밖에 없다는 것이고, 그땐 성장, 성숙, 혹은 퇴행으로 이어질 또 하나의 전쟁이 기다리고 있다는 것이다. 『줄라이, 줄라이』가 바라보는 건 그런 전후 세대, 베이비 붐 세대, 황금 세대 구성원 각자가 치러야 할 저만의 고독한 분투다.

『줄라이, 줄라이』가 미국에서 출간된 건 2002년, 즉 이 소설에서 그리는 서른 번째 대학 동창회가 열린 시기와 얼추 같다. 팀 오브라이언은 이보다 12년 앞선 1990년 『그들이 가지고 다닌 것들』을 발표해 베트남전쟁 참전 작가인 자신의 심란함을 전쟁 이야기로써 전달한 바 있는데, 그 작가가 무사히 10여 년을 더 살아 새로운 밀레니엄을 맞고 노년을 앞두게 되면 무엇이 보이는지, 변하는 것은 무엇이고 변함없는 것은 무엇인지, 세상을 향해 어떤 후회와 원망과 애정이 생기는지 『줄라이, 줄라이』는 실시간으로 들려준다. 이를테면 "정답은 쓰레기 같은 단어야"라고 어느 등장인물이 말하듯 인생은 정답을 갖고 있지 못하지만 그래도 무언가의 지탱을 반드시 받는다는 것. 사랑과 증오, 결혼과 이혼, 우정과 불륜, 이상과 현실 사이를 오가며 자꾸자꾸 체념하는 중에도 희망은 불시에 피어난다는 것. 모순이 인생을 완성한다는 것.

어디선가 팀 오브라이언은 『줄라이, 줄라이』의 제목에 관한 물음에 그 어감이 좋았다고 말한 적이 있다. "줄라이"는 녹음이 짙어지는, 생명 활동이 가장 왕성한 청춘의 달이요, 독립기념일이 있는 애국의 달 7월을 가리키는 말이지만 그와 동시에 "쭐라이", 즉 부질없는 죽음이 벌어졌던 베트남의 지명과 발음이 비슷한 말이기도 하다. 한 번만 불러서는 망가진 젊은 날이 야속했을까. 겪어보지 못한 7월을 꿈꿔봤던가. 줄라이, 줄라이. 어쩐지 한 번의 줄라이는 아프게 들린다.

2022년 11월

이승학

이 책에 쏟아진 찬사

올해의 주목 도서(Notable Book).

뉴욕 타임스

대단한 책.

에스콰이어

그의 세대 최고의 작가.

샌프란시스코 이그재미너

눈을 못 뗄 만큼 팽팽한 소설.

로스앤젤레스 타임스 북 리뷰

미국산 소규모 걸작. 팀 오브라이언은 돈 드릴로와 토머스 핀천을 포함하는 세대의 작가들 중에서 가장 완성된 작가다.

애틀랜타 저널 컨스티튜션

오브라이언은 이 시대를 정의하는 미국 소설가 중 하나고 이 작품은 그의 명작이다.

텍사스 먼슬리

방심할 사이도 없이 마냥 읽게 되는 소설.

MSNBC

깊은 만족을 주는 이야기. 오브라이언은 총명하고 대담하면서도 접근성이 너무나 좋다. 그는 우리가 알 법한 사람들을 선명하고 우아한 문장으로 그린다.

오프라 매거진 O

선명한 캐릭터, 전율이 있고 허를 찌르는 내러티브, 어렵게 얻은 지혜와 유머로 그린 개개인의 초상이 믿기 힘들 정도다. 독자가 『줄라이, 줄라이』를 기릴 이유는 많다.

시카고 선타임스

베트남전쟁 세대를 이보다 잘 그릴 작가는 없다. 증거가 필요하다고? 『줄라이, 줄라이』를 읽으라.

멘스 저널(Men's Journal)

최상의 정밀도로 세공한 작품. 그는 감상에 빠지지 않는 팽팽한 글로 감정에 강타한다.

샌프란시스코 크로니클

예리한 통찰과 애정이 있으며 자주 크게 웃기는 작품.

보스턴 헤럴드

사랑, 약속, 배신과 자기 배신을 깊은 진심으로 목청껏 노래하는 저마다의 목소리—미국의 삶이 배어나는 교향곡.

NPR

오브라이언은 『줄라이, 줄라이』로써 베이비 붐 세대의 포물선에 어둡게 벼린 곡선 하나를 더하되 그것도 능숙한 사실주의로 감정의 격앙을 불러일으키며 해낸다. 세대를 막론하고 당신은 갈수록 애타지 않을 도리가 없다.

보스턴 매거진

전쟁과 그 여파를 오브라이언처럼 쓸 줄 아는 작가는 없다. 정확한 디테일과 다정함, 연민과 유머와 심도 있는 감정을 갖추었다.

시카고 트리뷴

오브라이언은 독자를 각 등장인물의 핵심으로 인도하는데 거기서 초래된 이야기는 인생과 마찬가지로 달콤쌉

싸름하다.

덴버 프레스

오브라이언이 관대함과 정확함으로 새 영토를 건넌다. 그는 자기만의 언어로 우리를 포착한다.

클리블랜드 플레인 딜러(Cleveland Plain Dealer)

날카로운 관찰이 빛나는 특유의 산문에서 오브라이언은 긴 세월을 잊히지 않는 몇 순간으로 압축해낸다.

올랜도 센티널

강렬하다.

시애틀 포스트 인텔리전서(Seattle Post-Intelligencer)

오브라이언은 60년대 포크가 일군 신화를 아프고 계몽적인 진실로 대체한다.

마이애미 헤럴드

오브라이언의 글은 하여간 다부지고 간결하며 잔인할 정도로 웃겨 눈이 안 떨어지는 가독성을 지녔다.

시애틀 타임스

아름답게 각성하며 가슴 아프도록 정직하다.

프로비던스 저널 불레틴(Providence Journal-Bulletin)

여기엔 한 세대의 불안과 잃어버린 꿈과 계속되는 희망이 담겼다.

밀워키 저널 센티널

책을 내려놓기가 거의 불가능하다. 풍성한 뉘앙스를 지닌 오브라이언의 우아한 글쓰기는 단적으로 말하자면 너무나 매혹적이다.

오스틴 아메리칸 스테이츠맨(Austin American-Statesman)

거장답게 발휘한 연출. 오브라이언은 여러 인물과 삶, 그 과거와 현재를 영리하게 뒤섞어 병치와 생략이 돋보이는 시를 써낸다.

오리거니언(Oregonian)

어느 모로 보나 그의 가장 유명한 작품들만큼 잊히지 않는다.

라이브러리 저널

매우 감동적이고 매우매우 재미있는 아름다운 작품. 이 소설에는 내가 오랜만에 발견한 최고의 등장인물 몇 명이 들어 있기도 하다. 미국의 최고로 대단한 작가 중 한 사람이 내놓은 대단한 책.

로디 도일(Roddy Doyle, 아일랜드 작가)

이 소설은 가슴 아프고 강렬한 페이지터너이자 한 세대의 물증이다.

퍼블리셔스 위클리

몰입이 되는 아름다운 글. 그는 우리의 더없이 빛나는 최고의 작가 중 하나가 될 자격이 있음을 또 한 번 입증했다.

커커스 리뷰

빌어먹을 희망에 대한 애가요, 청구서요, 연대기인 『줄라이, 줄라이』는 팀 오브라이언만이 할 수 있는 일을 한다. 대단히 감동적인 이 장편소설은 젊음으로써 스스로를 정의했던 세대가 성숙에 접어드는 모습을 그린다. 그러므로 이 소설은 마음 아프고 풍자적이며 한편으론 비극적이다. 그 세대의 기여가 집계되고 나면 팀 오브라이언의 소설은 그중에서도 더없이 위대한 성취 가운데 하나로 자리매김할 것이다.

제임스 캐럴(James Carroll, 미국 작가)

유머, 실연의 아픔, 추억, 에로티시즘—현실의 눈부신 조각 모두가 『줄라이, 줄라이』로 수렴한다. 우리 시대의 거장인 이 기록자는 마음과 영혼을 얻기 위한 전투에서 또 한 번 승리했다.

제인 앤 필립스(Jayne Anne Phillips, 미국 작가)

『줄라이, 줄라이』는 사계절 모두를 위한 책이다. 재미있고 가슴 아픈 이 책은 우리 꿈의 본질은 무엇이며 그 실현은 우리를 어떻게 피해 가는지 들여다본다.

에드나 오브라이언(Edna O'Brien, 아일랜드 작가)